D1739309

MONESTARIUM

Née en 1957, toxicologue de formation, Andrea H. Japp se lance dans l'écriture de romans policiers en 1990 avec *La Bostonienne*, qui remporte le prix du festival de Cognac en 1991. Aujourd'hui auteur d'une vingtaine de romans, elle est considérée comme l'une des « reines du crime » françaises. Elle est également auteur de nombreux recueils de nouvelles, dont *Un jour, je vous ai croisés*, chez Calmann-Lévy, de scénarios pour la télévision et de bandes dessinées.

ANDREA H. JAPP

Monestarium

CALMANN-LÉVY

NOTA

Les noms et mots suivis d'un astérisque sont expliqués dans le glossaire et l'annexe historique en fin de volume.

Plan imaginaire de l'abbaye des Clairets

1. Écuries
2. Hostellerie
3. Parloir
4. Caves
5. Logement de la grande prieure et de la sous-prieure
6. Celliers
7. Palais abbatial
8. Terrasses et jardins de l'abbesse
9. Cuisines
10. Réfectoier
11. Scriptorium
12. Dépotoir
13. Fours et boulangerie
14. Porterie des Fours
15. Jardin médicinal et herbarium
16. Poulailler
17. Jardins potagers
18. Étables
19. Noviciat
20. Babillerie
21. Morgue
22. Pressoir
23. Escalier menant au dortoir des moniales
24. Étuves et chauffoir
25. Salle des reliques
26. Bibliothèque
27. Abbatiale Notre-Dame
28. Chapelle Saint-Augustin
29. Laverie
30. Infirmerie
31. Salle capitulaire
32. Cimetière
33. Cloître de La Madeleine
34. Chapelle de La Madeleine
35. Logement de la grande prieure
36. Rucher
37. Porterie Majeure
38. Porterie des laveries
39. Passage
40. Jardins de l'infirmerie
41. Cloître Saint-Joseph

SŒURS PRINCIPALES

Plaisance de Champlois : mère abbesse

CLOÎTRE SAINT-JOSEPH

Hucdeline de Valézan : grande prieure

Aliénor de Ludain : sous-prieure

Hermione de Gonvray : sœur apothicaire

Aude de Crémont : sœur boursière

Barbe Masurier : sœur cellérière

Élise de Menoult : sœur chambrière

Bernadine Voisin : secrétaire de l'abbesse

Clotilde Bouvier : sœur organisatrice des repas et des cuisines

Agnès Ferrand : sœur portière

Rolande Bonnel : sœur dépositaire

Adélaïde Baudet : sœur cherche

CLOÎTRE DE LA MADELEINE

Mélisende de Balencourt : grande prieure

Le négociant arménien Firûz plissa les yeux de fatigue. Les trois derniers jours de son voyage jusqu'à Al Iskandarïyah, élevée sur une langue de terre coincée entre la Méditerranée et le lac Mariout, avaient été interminables. La cité n'avait plus grand-chose à voir avec la Rhakotis égyptienne, bourgade de bergers et de pêcheurs, choisie par Alexandre en raison de son ouverture vers la mer et l'Europe. Des avenues la quadrillaient en damier, et une longue digue liait la partie continentale à l'île de Pharos.

Des vents brûlants avaient balayé les dunes, soulevant des tourbillons de sable rouge qui semblait s'incruster sous sa peau, malgré l'extrémité du turban qu'il avait rabattue sur sa bouche. Deux lieues* le séparaient encore de sa destination, le port. Incontournable verrou placé entre l'Orient et l'Occident, il s'y vendait et s'y achetait de tout. Des épices, des animaux rares, des étoffes, des femmes, des secrets. Tout trouvait preneur dans cette fourmilière humaine et si les comptoirs vénitiens contrôlaient une bonne partie du négoce officiel, un autre, clandestin mais tout aussi lucratif, leur échappait.

---

1. Alexandrie.

Les denrées vendables glanées par Firûz se résumaient à bien peu. Ses médiocres moyens ne lui donnaient pas la possibilité d'investir dans des marchandises et son petit troc lui permettait tout juste de vivoter. Piètre commerçant, escroc timoré et au fond empêtré dans une honnêteté dont il ne parvenait pas à se défaire, il n'avait récolté de par le monde que de petites médisances, de vagues ragots qui, habilement montés en épingle, pourraient passer pour de l'espionnage. Dérisoire espionnage en vérité. Sa mine avenante et sa provision de boutades lestes lui ménageaient des entrées chez les puissants. Des entrées de cuisines, mais il lui fallait s'en contenter. Enjoué et faux bavard, il avait un talent certain pour mener les autres aux confidences. Rien n'incite plus à la loquacité que l'impression que l'autre n'hésite pas à se livrer. On se sent alors en terrain de confiance. Firûz avait souvent joué de cette particularité humaine. Il ne lui restait ensuite qu'à trier ce qu'il pourrait utiliser, même en l'enjolivant au-delà du vraisemblable.

Qu'avait-il aujourd'hui qui puisse intéresser les chrétiens ou les sarrasins ? Presque rien. Les clabaudages d'un porteur d'eau rencontré à Candie[1], possession vénitienne qui pouvait s'enorgueillir de proposer un des plus prestigieux marchés d'esclaves d'Orient et d'Occident. L'homme, auquel Firûz avait doublé le prix du gobelet d'eau aromatisée à la menthe, s'était senti une fugace cordialité à son égard. Il lui avait confié qu'Al-Ashrah Khalîl, fils de Qalawûn « sultan de l'Égypte à Tadmor[2], et du Hedjâz à Biredjik et jusqu'aux confins

---

1. Héraklion.
2. Palmyre.

12

de la Cilicie », souffrait d'une maladie de Vénus[1] attra-
pée d'une de ses femmes. Vraie ou fausse, grave ou
bénigne, l'Arménien n'en avait pas la moindre idée.
De tels commérages se colportaient volontiers. Cela
étant, en dépit d'un caractère ombrageux, le vieux lion
Qalawûn avait jusque-là toujours respecté sa parole et
les trêves qu'il arrachait ou concédait aux chrétiens.
On pouvait espérer que son fils suivrait ses traces[2]. En
revanche, si le prince héritier décédait avant son père,
l'Orient chrétien risquait d'être vilainement chahuté.
Firûz espérait trouver à Alexandrie des amateurs pour
cette « information de première main » qu'il préten-
drait détenir d'un secrétaire ou, mieux, d'un médecin,
d'autant que Qalawûn ne comptait pas que des amis du
côté musulman. Nul doute que la nouvelle de la mort
imminente de son fils en inquiéterait ou en satisferait
bon nombre, selon les alliances.

Firûz hésita. Son chameau pouvait encore parcourir la distance le séparant du port. Cependant, lui était
las. La poussière rouge lui crissait entre les dents et lui
cuisait la peau des joues. Mieux valait s'arrêter dans
l'une de ces cahutes de paille et de boue séchée qui
parsemaient le delta du Nil. On pouvait y dormir pour
quelques piécettes, s'y goinfrer de ragoût de mouton
qui sentait le suint et y déguster d'exquises pâtisseries
faites de semoule de blé, de dattes, d'épices et de miel.

Il descendit la marche qui menait à la pièce toute en
longueur, servant à la fois d'habitation, de cuisine et de
salle pour les clients. Une natte de paille suspendue au
plafond bas délimitait grossièrement les deux espaces.

---

1. Maladie vénérienne.
2. À tort, comme le prouva le siège de Saint-Jean-d'Acre
quelques années plus tard.

La fraîcheur de la demi-pénombre, seulement trouée par la lumière qui se faufilait par les étroites fenêtres creusées dans les murs de terre brune, l'apaisa un peu. Un homme assis en tailleur dans un coin se leva et s'approcha de lui.

– Que souhaites-tu, voyageur ?

– Une paillasse et à manger pour moi, un anneau pour mon chameau.

Un garçonnet courut vers l'Arménien et lui tendit un gobelet de thé noir.

– Il y a une petite pièce là-bas où tu peux dormir en paix. Il te faudra la partager avec lui, reprit l'homme au visage tanné de soleil en désignant d'un mouvement de menton le coin opposé.

Il disparut ensuite derrière la natte.

Firûz s'approcha de quelques pas. Il arrivait fréquemment que l'on dût s'accommoder d'étrangers dans la même chambre que soi. L'homme accroupi leva la tête. Sa peau d'un noir d'ébène luisait de sueur. Il leva l'une de ses longues mains maigres en signe de salut. L'autre reposait sur une sorte de grande besace de toile crasseuse. Firûz répondit par un hochement de tête. De beaux cheveux à peine ondulés cascadaient sur ses épaules décharnées. Sans doute l'un de ces « hommes noirs à cheveux raides ou crépus », ainsi que les avait nommés Hérodote[1]. Le marchand arménien s'étonna de la grâce des gestes du voyageur. Il était assis à même le sol, les genoux remontés vers son menton, et paraissait très grand, très maigre. En dépit de la touffeur accablante du dehors, il grelottait.

– Es-tu malade ? s'enquit avec courtoisie Firûz, peu désireux de provoquer l'autre.

_____

1. En parlant des Éthiopiens.

– Une fièvre des marais[1]. Ne t'inquiète pas, elle ne s'attrape pas. Enfin… tu ne risques pas de l'attraper à mon contact, expliqua l'autre dans un égyptien approximatif, rythmé par un plaisant accent.

– Il faut te reposer à ce que j'en sais, conseilla l'Arménien.

Un sourire cordial étira les lèvres grisées de fièvre.

– Elle me ronge depuis des années, depuis que… je n'ai pas pu poursuivre ma route. Pourtant, le port n'est plus si loin.

– Ainsi, tu t'y rendais toi aussi… Nous cheminerons ensemble demain, si tu le veux.

– Si Dieu le veut. J'ai soif. Tellement soif.

Firûz lui tendit sans réfléchir son gobelet de thé. Un geste qui l'étonna par sa spontanéité. Un bref instant, il regretta ses jeunes années, lorsque la générosité qu'il avait héritée de sa mère lui semblait évidente. Toutefois, le monde dans lequel il louvoyait depuis ne s'y prêtait pas. Le conseil d'un Bédouin lui revint : « Tendre la main vers l'autre, c'est la meilleure façon de se la faire trancher. »

L'homme avala bruyamment le breuvage. Il lâcha le gobelet qui roula sur le sol. Sa tête partit vers l'arrière, heurtant le mur. Un flot de sueur lui dévala du front, plaquant ses cheveux sur ses tempes, et Firûz se fit la réflexion que sa peau rendait en eau tout le thé qu'il venait de boire.

Un murmure :

– Aide-moi à me lever, l'ami. Conduis-moi où nous pourrons nous allonger.

---

1. Malaria, connue depuis l'Antiquité. On trouve ses premières descriptions et son lien avec les marécages sur des papyrus égyptiens datant de 2000 avant Jésus-Christ.

L'Arménien le souleva par les aisselles. L'homme noir se cramponnait de ses dernières forces au gros sac de toile posé contre ses jambes. En dépit de sa maigreur, il était grand et lourd. Firûz le soutint comme il le put, bagarrant afin de ne pas s'effondrer. Il essaya de se charger du sac, mais l'homme le défendit, lui arrachant des mains d'un geste brusque. La petite pièce qu'on leur louait pour la nuit n'était distante que de quelques pas, pourtant Firûz désespéra d'y parvenir avec son fardeau. L'homme s'affala sur la natte de raphia et se tassa sur lui-même en fœtus, fourrant son bagage contre son ventre.

– Souffres-tu?

– Non. J'ai soif. J'ai froid.

– Je vais te chercher de quoi boire et manger, et puis tu te reposeras. Après une bonne nuit, tu seras debout.

– Pourquoi veilles-tu sur moi que tu ne connais pas?

En effet, pourquoi? Firûz demeura muet, incapable de trouver une réponse.

– Je ne possède rien qui puisse tenter un voleur de passage, murmura l'autre, presque amusé.

– Je n'y avais pas pensé, remarqua Firûz, étonné de sa sincérité.

L'homme noir somnolait lorsqu'il revint avec une cruche d'eau, deux galettes de blé et une écuelle fumante de semoule, de pois jaunes et de mouton. Il semblait chantonner dans son demi-sommeil. L'Arménien se rapprocha. Il ne s'agissait pas d'un chant, mais d'une langue inconnue et mélodieuse. Il secoua légèrement l'épaule du malade, qui se réveilla en sursaut.

– Mange, mon frère de route. Prends quelques forces.

– Je n'ai pas faim.

– Mange quand même.

L'autre se força, ramassant de ses longs doigts aux ongles carrés de petites boulettes de semoule imbibées d'une sauce rougeâtre.

– D'où viens-tu ? Si c'est indiscret, je ne me formaliserai pas de ton silence.

– Indiscret ? Non, il est trop tard, même pour cela. Je suis né sur la plus grande des îles Dalhak[1]. J'étais pêcheur. Je remonte depuis de longs mois la berge africaine de la mer Rouge. Et me voici dans ce taudis de terre de la périphérie d'Alexandrie.

– Pourquoi ce long périple ?

– Pour ça, dit-il en désignant le gros sac plaqué contre son abdomen. Pour le vendre, m'en débarrasser.

– De quoi s'agit-il, si tu veux le dire ?

– Je l'ignore. Pourtant, j'ai senti sa puissance au travers de la toile tout le temps de mon voyage. Et vois-tu, je n'en veux plus… ou alors, ajouta-t-il dans un sourire défait, c'est lui qui ne veut plus de moi.

– Mange encore, bois. Ensuite tu me raconteras ton histoire. En échange, si tu le souhaites, je t'offrirai la mienne. Elle n'est pas très distrayante. Toutefois, je n'en connais pas d'autre.

Le grand homme noir semblait avoir brûlé ses dernières forces. Il tomba peu à peu dans une sorte de coma, balbutiant de délire en cette langue incompréhensible et si douce. L'odeur aigre de sa sueur s'élevait dans la petite pièce à en devenir suffocante. Il grelottait en dépit de la moiteur de la nuit.

Firûz le veilla comme il l'eût fait d'un proche ou d'un enfant, comme il avait veillé sa mère des années plus tôt. Il n'aurait su expliquer pour quelle raison, lui qui s'était détaché des êtres au point que les visages qu'il

---

1. Au large de l'Érythrée.

croisait maintenant devenaient interchangeables. Où se perdirent ses pensées et ses souvenirs durant cette nuit d'agonie d'un étranger? Il n'en avait au matin plus la moindre idée.

L'homme dont il ne saurait jamais le nom comprit-il que les premières lueurs du jour seraient ses dernières? Les relents lourds et nauséabonds des marécages proches parvenaient jusqu'à eux. Parfois un remous vigoureux signalait la chasse d'un crocodile.

— Merci, compagnon, chuchota-t-il.

— Merci de quoi? D'un gobelet de thé trop fort?

— Merci de m'avoir soutenu. La mort est moins laide et effrayante lorsqu'on l'affronte en amicale compagnie.

Il serra les mains de Firûz dans les siennes et désigna d'un regard le sac toujours plaqué contre son ventre. Ses yeux d'une belle couleur de châtaigne se ternirent, puis ses longues paupières étirées se baissèrent. Sa main se referma en étau sur le poignet de l'Arménien. Un soupir lui échappa et un déroutant sourire flotta sur ses lèvres sèches de fièvre.

Firûz demeura là quelques instants, incertain. L'homme mort venait-il de lui léguer son bagage? Avait-il le droit de s'en saisir? Étrangement, et alors qu'il eût volontiers détroussé un voyageur en d'autres circonstances, il tergiversa. Seule l'inacceptable pensée que s'il ne le récupérait pas, le tenancier s'en chargerait sans rechigner le décida. Sans même en inspecter le contenu, il le chargea sur son épaule, étonné de son poids. Il sortit dans le petit matin, priant pour le repos de son compagnon de rencontre qui, peut-être, lui avait un peu redonné le goût des humains.

L'évêque Jean de Valézan, un des plus jeunes prélats du royaume de France, s'impatientait. Une moue
de déplaisir sur le visage, il se tourna pour contempler
les maisons épiscopales[1] qui constituaient le cœur du
palais papal, cœur que l'on devait au court règne de
Nicolas III[2]. Une pensée chassa sa mauvaise humeur.
Dans peu de temps, il en serait le maître absolu, le
maître juste après Dieu. Car Dieu était à ses côtés, il
n'en doutait pas. Dieu aime les forts et les encourage de
signes. Seuls les imbéciles ou les courts de vue n'y per-
çoivent que des coïncidences. Monseigneur de Valézan
venait d'en recevoir une nouvelle preuve. Il flairait
son proche succès. Sa fulgurante ascension dans la hié-
rarchie religieuse n'était pas pour le détromper. Belle
revanche, en vérité. Thierry, son aîné, qui hériterait du
domaine familial à la simple raison qu'il l'avait précédé
de deux ans dans le ventre de leur mère, devait maintenant s'incliner devant lui. Jean de Valézan attendait
avec délectation le moment où son frère lui présenterait

---

1. À cette époque, elles s'élevaient à la place de l'actuelle basi-
lique Saint-Pierre, dont la construction commencée en 1452 se pour-
suivra durant plus d'un siècle.
2. Pape de 1277 à 1280.

une requête, faveur pour lui ou sa mesnie[1]. Que ferait-il alors ? L'enverrait-il paître avec onctuosité, en lui rappelant d'un ton douloureux que de telles partialités familiales défiguraient l'Église, ou bien condescendrait-il à lui accorder son soutien ? Une pointe d'aigreur tempéra son plaisir. Jusque-là, Thierry s'était bien gardé de jamais requérir de son cadet un service.

Enfin, la mince silhouette de celui qu'il attendait se dessina à une centaine de toises*. Valézan attendit, profitant de ce dernier répit pour répéter son entrée en matière.

Antoine Cuvier s'inclina bas, murmurant :

— Monseigneur, j'ai accouru dès réception de votre missive.

— Et je vous en sais gré, mon bon Antoine, répondit Valézan d'une voix suave mais tendue. L'heure est grave, et je ne sais comment vous expliquer la situation dans laquelle nous nous embourbons… Avant cela, permettez-moi d'insister à nouveau : rien de nos échanges ne doit filtrer. La plus extrême discrétion est indispensable… de nous tous.

— C'est ainsi que…

Jean de Valézan interrompit le jeune prêtre d'un léger geste de la main et poursuivit :

— Par un enchaînement dont l'ampleur nous dépasse, Dieu nous a choisis tous deux afin de Le servir et de protéger la chrétienté ainsi que notre bien-aimé Saint-Père. Entendez-moi, cher Antoine, insista l'évêque d'un ton urgent : lorsque j'évoque l'effroyable danger qui menace la chrétienté, il ne s'agit pas d'une exagération…

Antoine Cuvier blêmit et se signa.

---

1. Maisonnée au sens large, du seigneur aux serviteurs logés.

20

– … mais de la crise la plus redoutable que nous ayons jamais eu à affronter. Nous ne sommes que bien peu à partager ce pesant secret, fardeau devrais-je dire.

– Notre Saint-Père…

– Nicolas IV* est dévasté à la perspective du chaos qui pourrait se répandre à la vitesse de l'éclair, le coupa de nouveau Jean de Valézan. C'est pourquoi nous devons tout mettre en œuvre… je dis bien tout, pour étouffer dans l'œuf cette… abomination.

– Je vous y aiderai au péril de ma vie s'il le faut, monseigneur.

– Antoine, cher Antoine… il est réconfortant d'être secondé par de belles âmes telle la vôtre, sourit le prélat. Je n'en attendais pas moins de votre valeur.

– Ordonnez et je vous obéirai, pour l'amour de Dieu et de notre vénéré Saint-Père.

Ils firent quelques pas en silence. Jean de Valézan se demandait jusqu'à quel point il convenait de mettre ce jeune Cuvier dans la confidence. Un secret n'est tout à fait sauf que lorsqu'il n'est pas partagé, ou alors par des défunts. Il se lança, à regret :

– L'un de nos espions vient de nous faire parvenir le message tant attendu. Un… objet qui avait disparu depuis deux ans non loin d'Al Iskandarïyah a refait surface il y a peu, à Constantinople. S'il venait à tomber en de mauvaises mains… ce serait la pire des catastrophes. Un séisme dont vous n'avez nulle imagination. L'Église ne s'en remettrait pas.

– Qu'est donc cet objet pour être si formidable et malfaisant ? s'affola le jeune prêtre.

– Il s'agit d'une sorte de relique, lâcha Valézan.

– En quoi une relique pourrait-elle nous nuire gravement ?

– Une relique qui n'appartient pas à la vraie foi, le renseigna l'évêque à contrecœur. Je ne puis vous en dire davantage pour votre propre sécurité.

L'autre, intrigué malgré son inquiétude, mais encore plus flatté par l'amitié que lui témoignait le puissant Jean de Valézan, hocha la tête en signe d'acquiescement. Ce dernier reprit :

– Il vous faut le récupérer, coûte que coûte. Il voyage en ce moment même vers la Terre sainte. Faute de solution de rechange, nous sommes parvenus à convaincre le jeune comte Aimery de Mortagne, qui séjourne en la citadelle Saint-Jean-d'Acre, de le recouvrer pour nous. Mortagne ignore que la papauté est derrière cette… tractation. Il doit toujours demeurer dans l'incertitude à ce sujet. L'ami dévoué et pieux qui nous sert de… médiateur auprès de lui a pour mission d'aller quérir ensuite l'objet des mains de Mortagne afin de le remettre à Guillaume de Beaujeu*, grand maître de l'ordre du Temple. C'est alors que vous interviendrez afin de l'acheminer jusqu'à moi.

– Et que deviendra ensuite cet… objet, si je puis ?

– Notre Saint-Père en décidera, cher Antoine. Nous aurons terminé notre lourde tâche. Je ne doute pas que notre bien-aimé Nicolas vous en sera reconnaissant.

– Monseigneur, prétendit s'offusquer Cuvier… Seule sa satisfaction et le rayonnement de notre mère l'Église me préoccupent.

– Je connais votre noble cœur. Nous ne sommes que deux laborieux serviteurs qui œuvrons de toutes nos forces à sa gloire, c'est-à-dire à celle de Dieu. Hâtez-vous, Antoine. Redoublez de prudence, de méfiance, même. Notre sort est entre vos mains. Si vous veniez à échouer… Que Dieu ait pitié de nous.

Le jeune prêtre s'inclina et s'éloigna d'un pas vif. Jean de Valézan le suivit un long moment du regard, s'interrogeant. Que ferait-il de ce brave Cuvier lorsqu'il aurait récupéré l'objet tant convoité ? Antoine risquait-il de lui porter préjudice ? Il était peu probable qu'il parvienne à approcher assez le Saint-Père pour s'apercevoir que celui-ci ignorait tout de l'existence de cette prétendue relique. Toutefois, le jeune homme représentait un impondérable. Et Valézan détestait les impondérables.

Seize ans plus tôt.
Saint-Jean-d'Acre, Terre sainte, octobre 1290

La route depuis Césarée – située plus au sud – jusqu'à Acre avait été interminable. Firûz, le marchand arménien déguisé en Bédouin, avait mené son chameau le long des sentiers de caillasse, s'attachant à ne jamais lever le regard, à ne démonter que rarement pour se reposer ou se sustenter. Ses mains, ses avant-bras et son visage colorés au thé fort pouvaient le faire passer pour un Égyptien. En revanche, le vert pâle de ses iris avait toutes chances de le trahir.

S'il marchandait habilement, combien son client lui offrirait-il pour son chargement de prétendu sucre[1]? Réservé aux plus riches, on l'utilisait surtout pour la préparation de précieux médicaments contre la toux et les brûlures d'estomac.

Lorsque surgit à l'horizon la blancheur assommée de soleil de la citadelle Saint-Jean, Firûz soupira de soulagement. À ce que l'on disait, la paix était enfin revenue dans les quartiers francs, vénitiens, pisans et génois, après d'interminables émeutes qui avaient failli tourner à la guerre civile, les uns revendiquant les posses-

---

1. D'abord importé d'Orient par Alexandrie, il sera ensuite utilisé en pâtisserie et comme condiment pour accommoder les viandes peu fraîches.

sions des autres et transportant en Orient les querelles et les rancœurs qui les avaient opposés en Occident. Les Pisans et les Vénitiens n'avaient pas hésité à utiliser les pierres des édifices génois afin de monter une enceinte fortifiée autour de leurs rues, en profitant pour élargir leur domaine. Deux ans auparavant, ils avaient été contraints de restituer aux Génois ce qu'ils leur avaient enlevé. Une trêve s'était donc installée, fragile à l'habitude.

Firûz comptait s'arrêter à quelques centaines de toises de la tour aux Mouches, qui surveillait le coin sud-est d'Acre. Les quartiers italiens s'étendaient derrière. Il se reposerait un peu, se laverait, tenterait de se débarrasser de l'infernale odeur de chameau incrustée dans sa peau avant de pénétrer dans la citadelle. Les dernières précautions étaient superflues. La présence de marchands bédouins à l'intérieur des hauts murs d'enceinte n'étonnait pas. Le commerce avec les terres musulmanes, et notamment l'Égypte, allait bon train. Peu de règles le bridaient, sauf l'interdiction d'échange de matériel stratégique, comme le bois, le fer ou les armes. Cela étant, nombre de négociants des deux bords avaient une conception toute personnelle des limitations.

La nuit tombait lorsqu'il se rapprocha de la cathédrale Sainte-Croix plantée presque au centre de la citadelle, non loin du palais du patriarche et de l'Hôpital. Il aperçut au loin la masse rébarbative de la tour du Diable, qui gardait la pointe nord de l'enceinte. Il avança d'un pas lent et digne, adoptant l'allure d'un commerçant satisfait d'une belle affaire. Pourtant, un vide s'était creusé dans sa poitrine.

L'intermédiaire rencontré à Constantinople un mois auparavant avait proposé une somme faramineuse, deux cents livres*. Firûz avait alors fixé le grand homme émacié au regard bleu pâle, tentant de rester de marbre.

25

Au prix d'un effort, il avait hoché la tête en crispant la bouche d'insatisfaction. Il avait murmuré de peur que sa voix ne trahisse sa stupéfaction et son émotion : « C'est bien peu monseigneur. Je vous avoue que j'en espérais davantage. Peut-être… peut-être n'êtes-vous pas l'acheteur que j'attendais. » L'autre avait aussitôt renchéri, menaçant d'un ton plat : « Je t'en offre trois cents, c'est mon dernier prix. Nous souhaitons vivement acquérir cet… objet. Tu lui trouveras peu d'amateurs. Il… brûle les doigts. Ne te montre pas trop avide, tu pourrais tout perdre, l'objet et bien pis. » Étrangement, Firûz avait eu le sentiment que l'autre savait ce qu'il recherchait quand lui-même ignorait ce qu'il vendait. Il avait dompté sa curiosité. Avouer qu'il méconnaissait la nature exacte de ce qu'il avait dissimulé dans le grand panier d'osier pendu au bât du chameau et recouvert de cristaux de sucre risquait d'encourager son acquéreur au marchandage.

Quelle étrange succession de coïncidences, si enche-vêtrées que Firûz parvenait à peine à les démêler. Pour-quoi s'était-il arrêté, deux ans plus tôt, dans cette case de paille et de boue séchée en fin de matinée quand sa destination finale, le port, n'était plus qu'à deux petites lieues ? Pourquoi avait-il offert quelques gobelets de thé à l'homme noir, et décidé de veiller sa fièvre, puis son agonie ?

Quel instinct l'avait prévenu de l'extrême valeur du contenu du sac ? Depuis deux longues années, il le tran-sportait partout avec lui, le surveillant à en perdre le sommeil, se réveillant parfois au creux d'un cauchemar, certain qu'on avait profité de son assoupissement pour le lui dérober. Il se levait alors, se précipitait, dénouait les liens qui le fermaient et soupirait de soulagement. Firûz ne savait comment, ni surtout à qui le proposer. Une nouvelle coïncidence – à moins qu'il ne se fût agi de la main du destin? – s'était portée à son secours, dans le grand bazar de Constantinople.

Il s'était arrêté devant l'éventaire d'un cordonnier afin de donner ses bottes à ressemeler et de s'y désaltérer d'un bol de tchaï aux feuilles de menthe. Un Européen jovial, bellement vêtu, portant l'épée, était déjà accoudé au comptoir. Après quelques instants rythmés de l'incessant vacarme du bazar, où s'entrecroisaient blatèrements hargneux et invectives en cent langues étranges, l'homme avait plaisanté :

– Tu sembles transporter un paquet bien pesant, l'ami.

– Il l'est, s'était contenté de répondre l'Arménien en chassant d'un revers de main les mouches obstinées qui s'agglutinaient en grappes sur les carcasses pendues à l'étal du boucher voisin.

– Es-tu marchand ?

– À mes heures.

– Comme nous tous, donc, avait ri l'homme.

– Vous faites commerce en cette terre ? avait osé Firûz en dépit de l'élocution et de la mise de son interlocuteur, qui indiquaient qu'il n'avait pas affaire à un homme de bas[1].

– Pas vraiment. Disons qu'il m'arrive d'acheter pour revendre à meilleur prix. Et toi, que cherches-tu à négocier ?

Firûz avait hésité. Le temps, le lieu se prêtaient mal à la confiance. Le grand bazar abritait tant de trafics, de roueries. On s'y faisait trancher la gorge pour quelques pièces ou un mot de trop. D'un autre côté, la constante promiscuité de Firûz avec son chargement lui rongeait la vie, sans qu'il sache pourquoi. Il craignait qu'on le lui vole et pourtant, il ne supportait plus d'y penser à

---

1. Abréviation de « de bas lignage ».

chaque instant. Le paquet lui pesait sur l'âme, de plus en plus. Depuis quelque temps, il le rendait responsable du dernier sourire de l'homme noir croisé à Alexandrie. La mort avait libéré l'homme de son fardeau, enfin.

L'Arménien s'était décidé : il devait se débarrasser de son chargement, au plus rapide, et surtout au plus offrant, quitte à le regretter ensuite. Il avait donc biaisé :

– C'est que… il ne s'agit pas d'un… objet commun.

La vague curiosité de l'autre s'était muée en intérêt.

– Vraiment ? Que vends-tu donc ? Un manuscrit rare, une relique, quelques potions inconnues ?

– Rien de cela.

– Tu m'intrigues, l'ami. Veux-tu me le montrer ?

– Eh bien…

L'espace d'un instant, Firûz avait été tenté de tourner les talons et de décamper. Une intuition l'en avait dissuadé. Sa route commune avec cette besace s'arrêtait bientôt. L'indescriptible soulagement que lui avait procuré cette certitude avait fait le reste. Il avait entraîné l'homme un peu à l'écart et dénoué les liens qui protégeaient son secret. L'homme avait plongé le regard vers les profondeurs du sac. D'abord, la surprise et la perplexité s'étaient peintes sur ses traits. Il avait plongé la main pour extraire quelques triangles de pierre rouge. Il les avait tournés et retournés entre ses doigts et avait blêmi jusqu'aux lèvres.

Quelques jours plus tard, il avait mis Firûz en relation avec un riche intermédiaire, du moins était-ce ce qu'il avait affirmé. L'homme maigre au regard bleu-blanc. Tous trois s'étaient retrouvés un soir dans une cabane plantée de guingois sur la rive orientale du Bosphore. L'homme, celui de l'échoppe du cordonnier dont Firûz n'avait jamais su le nom, n'était resté que quelques instants. Avant de les abandonner à leurs tractations, il s'était approché de l'Arménien pour lui murmurer à l'oreille :

— Tu fais bien de t'en défaire.

Il ne l'avait jamais revu.

Firûz avait regretté de ne pas conclure aussitôt l'affaire. Au lieu de cela, l'intermédiaire lui avait donné rendez-vous à un mois, au prétexte qu'il ne disposait pas de la somme convenue mais devait la récupérer au Temple de la citadelle Saint-Jean-d'Acre. Il avait ajouté qu'un petit marchand en voyage se ferait moins repérer qu'un bourgeois franc.

Depuis cette rencontre dans une cabane des rives du Bosphore, Firûz savait qu'il se débarrasserait sous peu de son encombrant paquet. Il avait le sentiment que la vie lui revenait. Étrange et grisante sensation. L'air lui semblait plus léger, plus odorant et, ce matin, il s'était fait la réflexion que les voix des femmes n'avaient jamais été aussi douces. Les femmes. Pas une n'avait arrêté son regard depuis deux ans, depuis cette nuit durant laquelle il avait accompagné les derniers instants de fièvre d'un inconnu d'ébène. Depuis, une ombre avait englouti son existence sans qu'il y prenne garde, sans même qu'il en devine l'avancée. Bientôt. Dans quelques minutes, le voile obstiné qui obscurcissait ses jours et ses nuits disparaîtrait à jamais.

Il contourna la cathédrale Sainte-Croix et obliqua en direction de la tour Maudite, qui surplombait le cimetière Saint-Nicolas. Dans une venelle qui descendait en pente douce vers le premier mur d'enceinte, il découvrit sans difficulté la taverne des Preux.

L'intermédiaire l'attendait déjà, attablé devant un cruchon de vin. Il régnait dans l'établissement une pénombre seulement troublée par la parcimonieuse clarté de quelques lampes à huile. Les yeux de Firûz s'accoutumèrent à la semi-obscurité, et il se félicita du peu de clients réunis. Ils auraient moins à craindre d'oreilles indiscrètes et pourraient mener leur échange en tranquillité. Seul un homme gras ronflait, avachi dans un coin, la tête renversée en arrière, la bouche grande ouverte. Ce peu d'affluence avait, à n'en point douter, justifié le choix de son acheteur. Le faux Bédouin s'installa en face du grand homme émacié, qui allait lui offrir une fortune et la paix d'esprit. Bien qu'ayant longuement répété son entrée en matière, il buta sur les mots. Quelque chose dans le maintien de l'autre l'intimidait, à moins que ce ne fût la fixité de son regard, si bleu qu'il en paraissait presque blanc.

– J'irai droit au but, monseigneur…

– L'as-tu ? le coupa l'autre.

– Certes, répondit l'Arménien en désignant la besace posée à ses pieds.

L'intermédiaire – d'il ne savait qui – parut satisfait et se laissa aller contre le dossier de sa chaise après lui avoir servi du vin.

– Bien. Alors buvons pour célébrer notre marché, proposa-t-il en levant son gobelet de terre cuite.

Firûz l'imita et but son vin d'un trait. L'alcool aigrelet le revigora, lui communiquant un peu de courage.

– J'irai droit au but, donc. Trois cents livres sont insuffisantes.

La bouche de son vis-à-vis se crispa.

– Nous avions topé, rétorqua-t-il d'un ton sec.

– J'ignorais l'exacte valeur de ma marchandise. Tel n'est plus le cas. D'autres propositions me sont faites, que je serais impardonnable d'ignorer.

– Combien ?

– Cinq cents livres, annonça Firûz sur une déglutition pénible.

– Morbleu[1], c'est une somme !

– J'en suis conscient. Aussi ne vous en voudrais-je pas si vous décidiez de renoncer. J'ai pensé plus honnête de vous prévenir puisque vous avez été le premier acheteur à vous manifester, rusa Firûz, tout en se rongeant les sangs.

Et si l'autre l'envoyait paître ?

– Va pour cinq cents et que ce soit ton dernier prix. La colère pourrait me venir.

– Je suis homme de parole, affirma Firûz d'un ton peu convaincu.

– Sais-tu seulement ce que ce mot signifie ? ironisa son interlocuteur. Sortons et procédons à l'échange.

– Auriez-vous la somme avec vous ? Toute la somme ? s'étonna le marchand.

– Que crois-tu ? Que j'en suis à ma première transaction avec des roublards et des cupides ?

Firûz ne protesta pas. Les termes, bien que blessants, lui allaient comme un gant, et il n'en était pas fier. Après, lorsqu'il serait très riche, il ferait le bien et plus jamais n'escobarderait[2] son prochain. Il en faisait le serment. Après, dans quelques minutes.

Il suivit l'intermédiaire, allongeant sa foulée pour se maintenir à sa hauteur. Ils s'enfoncèrent dans un entrelacs de ruelles, croisant rarement âme qui vive. Enfin, ils parvinrent au pied de la tour du Diable située à la pointe nord de la citadelle. L'homme n'avait pas prononcé un mot depuis leur départ de la taverne. Il sortit de sa jaque[3] richement brodée une lourde bourse et lâcha :

---

1. Contraction acceptable de « par la mort de Dieu », jugé blasphématoire.
2. Tromper, escroquer par la ruse ou de fausses paroles.
3. Sorte de veste arrivant à mi-cuisses et dont les manches fendues laissent apparaître celles du pourpoint qui se porte dessous.

– Je veux voir l'objet avant de le payer.

Firûz s'exécuta et se pencha vers le sac pour en défaire les liens. C'est alors qu'il découvrit derrière lui deux pieds. Il se tourna d'un bloc. Le gros homme aviné qui ronflait dans la taverne le considérait, un air indéfinissable sur le visage. L'intermédiaire commanda d'un ton sans hargne :

– Fais ton office, Michel.

L'autre tira le couteau de chasse qui pendait à sa ceinture. Et Firûz comprit. Il balbutia :

– Attendez… Je… J'ai été trop gourmand, vous aviez raison. Restons-en à notre premier accord : trois cents livres.

Le grand homme maigre hocha la tête en signe de dénégation et murmura :

– Je suis… homme de parole et ne m'en suis jamais dédit. Je t'avais prévenu dans cette cabane du Bosphore que trois cents livres constituaient ma dernière proposition.

Au regard désolé de l'intermédiaire, l'Arménien sut qu'il allait mourir. Il sentit également que l'argent n'avait que peu à voir dans son exécution.

Une main impitoyable lui tira la tête vers l'arrière. Il voulut hurler, mais le tranchant inexorable de la lame brisa net son cri. Il s'effondra en sanglotant, tentant d'endiguer le flot carmin qui giclait de sa gorge.

Le grand homme maigre tomba à genoux à côté du corps agité de soubresauts nerveux. Ils prièrent longtemps pour l'âme de celui qu'ils venaient d'abattre.

Étienne Malembert se signa et se releva, imité par Michel, une brute sans autre méchanceté que celle des ordres auxquels il obéissait aveuglément. Le faciès de bête de l'exécuteur s'était ridé de chagrin. Malembert lui lança avec gentillesse :

– Il fallait en passer par là, Michel. Peut-être cette histoire de surenchère n'était-elle qu'une duperie destinée à ouvrir plus large notre bourse. Quoi qu'il en soit, le vendeur nous aurait trahis à la première occasion, ou alors, sa langue se serait déliée à la faveur d'une soûlerie. (Il hésita, puis :) Michel, inutile de conter la fin de notre... négociation à notre maître. Il ne s'en informera pas, l'important pour lui étant d'avoir récupéré la besace. Notre devoir et notre honneur consistent à le protéger, surtout des ennemis qu'il ignore, ou des amis qu'il se croit. Allons, charge notre... acquisition avec précaution sur ton épaule, nous sommes attendus par notre seigneur.

Aimery, comte de Mortagne, âgé de vingt-cinq ans en cette année 1290, avait trouvé logis au château royal de la citadelle d'Acre, situé non loin de l'Hôpital, derrière la cathédrale Sainte-Croix. Il accueillit Étienne Malembert avec bonheur. Étienne le suivait depuis si longtemps qu'il avait presque le sentiment de l'avoir toujours connu. Malembert était l'un de ces nombreux pôtés[1] qui avaient souhaité faire allégeance à un seigneur. Pour la plupart soldats, ou issus de serfs affranchis, leurs motifs étaient divers : le manque d'argent ou de terre, l'ennui ou le peu de goût pour le labeur agricole. Toutefois, à la différence des serfs, ils choisissaient leur maître et l'estime mutuelle qui naissait bien souvent entre eux ne devait plus rien à la soumission

_____

1. De *postestate*, homme libre qui faisait volontairement allégeance à un seigneur de son choix.

de l'un. Collaborateur de son père, le comte Raymond, Malembert avait entouré Aimery au trépas prématuré de ce dernier, devenant une sorte de bienveillant tuteur. Le garçon était encore si jeune. Seul hoir[1] mâle, il avait vite senti que son chagrin devait faire place à la contre-attaque, des âmes avides – au nombre desquelles l'un de ses oncles – complotant afin de lui ravir et son titre et ses terres hérités. Grâce à Malembert, la sagacité et le bon sens politique de son père lui avaient été transmis. Étienne s'était battu pied à pied pour conserver à l'adolescent ce qui lui revenait de droit et de sang. Aussi Aimery ne considérait-il pas l'homme entre deux âges comme un secrétaire zélé, mais plutôt comme un cousin aimable qui ne faillirait jamais.

– Étienne, enfin ! L'as-tu ?

– Si fait, monseigneur. Michel le tient en bonne garde.

Une ombre de contrariété flotta sur le visage qu'Étienne avait vu changer au fil des ans. D'enfant poupin, blond cendré aux yeux gris comme sa mère, d'adolescent aux trop longs membres et à la voix qui dérapait des graves aux aigus, Aimery de Mortagne était devenu ce qu'il est convenu de nommer un beau spécimen de la gent virile. Grand, d'une minceur musclée, il portait ses cheveux ondulés mi-longs à la mode de l'époque. S'il avait conservé la teinte inhabituelle des iris de feu madame Lucie, ses paupières semblaient s'être étirées vers les tempes au point d'évoquer l'amande des barbares Mongols. Toutefois, ce qui étonnait le plus chez cet être sérieux, intelligent, retors même, était sans conteste la feinte indolence de ses mouvements. Malembert se demandait parfois d'où il

---

1. Héritier.

l'avait héritée. Feu le comte Raymond se mouvait comme le soldat qu'il avait été, avec lourdeur, efficacité. Quant à madame Lucie de Mortagne, son extrême nervosité conférait à chacun de ses gestes une urgence que fort peu méritaient. Aimery allait, venait, marquait la pose avec l'élégance d'un de ces acrobates italiens qui se soulèvent en chandelle d'une seule main. Chaque pas semblait avoir un motif, chaque geste paraissait pesé, presque lent. Et soudain, la lame de sa dague était sur votre gorge sans que vous eussiez compris d'où elle sortait.

— Ainsi, je ne puis le voir ?

— Certes si, monseigneur. J'ai cependant jugé préférable de le laisser en compagnie de Michel, dans les écuries, juste pour le cas où…

Un sourire chassa l'ombre, et Aimery remarqua :

— Près d'un cheval frais et sellé, je suppose ? Tu veilles à tout, cher Étienne. Que ferais-je sans toi ? Eh bien, allons. Je meurs d'envie de le découvrir. Qu'en as-tu pensé ?

— Peu de chose, je le confesse. Ce n'est autre qu'un entassement noirâtre et peu ragoûtant d'ossements… Quelques éclats de pierre rougeâtres également. Je n'en aurais pas donné un vil fretin[1]. À la vérité, je comprends mal l'insistance avec laquelle on vous pria de le récupérer afin de le remettre à monsieur de Normilly. Quoi qu'il en soit, selon moi, le vendeur arménien n'avait aucune idée de sa nature exacte.

— Il peut en remercier le ciel car, dans le cas contraire, nous aurions sans doute reçu ordre de le faire taire à jamais. Est-il reparti avec son argent ?

---

1. Pièce de monnaie valant un quart de denier, c'est-à-dire de peu de valeur pécuniaire.

– Nous l'avons reconduit jusqu'à la tour aux Mouches.

Il était inutile que la responsabilité d'une exécution troublât l'âme de son maître. En dépit de ses regrets, Étienne Malembert était certain d'avoir agi justement en n'accordant nul crédit à un menteur doublé d'un petit larron. Le déplaisir qu'il remâchait depuis des mois le submergea à nouveau. Par sens du devoir, obéissance à sa foi, Aimery de Mortagne s'était laissé entraîner dans une charade dont Malembert soupçonnait qu'elle recelait un mystère bien plus trouble que présenté. Il espérait être à même de protéger son seigneur. Il userait de tous les moyens afin d'y parvenir, s'il en venait à cela.

– Une affaire rondement menée, donc, résuma Aimery de Mortagne. Eh bien, allons découvrir cet… « entassement », ainsi que tu l'as baptisé. Il faudra ensuite le faire parvenir en grand secret à Béranger de Normilly, lequel doit le remettre en main propre à Guillaume de Beaujeu, grand maître de l'ordre du Temple*. Tu sembles bien sombre, mon ami, remarqua alors le comte.

– C'est que, monseigneur, cette cascade d'intermédiaires me surprend et m'inquiète. Qui se trouve à son amont ?

– Je l'ignore, mais partage ta méfiance. Nicolas IV*, notre souverain pontife, en est-il la source ? Je doute que Guillaume de Beaujeu ait agi pour lui-même. Or, le grand maître du Temple ne rend compte qu'au pape. Bah… Acquittons-nous au mieux de notre tâche. L'avenir dira si nous nous sommes fait mener.

L'Orient chrétien disparaîtrait un an plus tard, dans une marée de sang, de feu, de hurlements, dans une fureur de combats. Les trente mille âmes abritées par la citadelle de Saint-Jean-d'Acre, hommes, femmes, enfants, périraient en quelques jours ou seraient vendus sur les marchés aux esclaves. Guillaume de Beaujeu ne se remettrait pas de ses blessures. Nul ne le pressentait encore.

Douze ans plus tard.
Nord de l'Espagne et sud de la France, mai 1302

Alexia de Nilanay était remontée vers le nord, se faufilant à la nuit dans des granges, dans des bergeries, chapardant un peu de nourriture. Elle avait évité les lieux publics, les auberges et les étuves de femmes. À deux reprises, elle aurait juré avoir reconnu au loin ses deux poursuivants.

Une incessante question la hantait : pourquoi avait-elle été contrainte de se transformer en bête traquée ? Peut-être Alfonso s'était-il trompé ? Après tout, ces deux hommes la pourchassaient-ils vraiment ?

L'argent qu'elle avait amassé, du moins celui qu'elle n'avait pas dilapidé en robes, en parfums et en futiles mais charmants colifichets, lui avait permis de rentrer en France. Tout le temps de son périple, le plus souvent pédestre, parfois en chariot, dissimulant ses cheveux sous un bonnet de manante[1], baissant les yeux, elle s'était convaincue qu'une fois en royaume de France ce terrorisant mystère s'évanouirait. Elle revivrait, et peut-être oublierait-elle la terreur de ces dernières semaines.

Ce jour-là, elle parvint à Auch en fin de matinée. Il lui sembla que l'air était plus vivifiant, plus accueillant.

---

1. Le terme dérive de « manoir » et n'a aucune connotation péjorative à cette époque.

Elle sourit de la cohue des rues et se passa les bras et le visage à l'eau d'une fontaine. Elle resta là quelques minutes, détaillant les passants, les gamins en loques qui jouaient, les commères qui cancanaient, les charretiers qui rugissaient afin qu'on leur libère passage. La vie était là. Elle l'avait presque oubliée.

La faim la tenaillait. Elle récupéra la maigre bourse au fond de sa bougette[1] et s'enfonça dans les ruelles, sautant par instants afin d'éviter les immondices qui encombraient les rigoles centrales. Elle s'arrêta devant une vieille femme installée à même les pavés qui proposait des en-cas alignés sur une grande touaille[2]. Alexia choisit une part de gâteau d'épices et de miel et un peu de fromage de brebis. Le regard de la vieille se fixa sur un point situé derrière elle. Soudain, un bras sans aménité encercla la taille de la jeune fille, la plaquant contre un torse dur. Une voix menaçante murmura à son oreille :

– Tu nous suis, la belle, sans protester.

Alexia hurla, rua, tentant de griffer l'homme aux yeux. Il lui plaqua une main violente sur la gorge, la faisant hoqueter. La vieille ramassa ses marchandises et décampa sans demander son reste. Un silence s'abattit dans la ruelle. Des volets claquèrent, un verrou de porte fut repoussé. La terreur envahit la jeune fille. Nul ne lui porterait secours. Au bout de la venelle, à cinq toises* de là, quelques marches menaient à une église. Elle aperçut d'abord son ombre coulant comme une nappe sur la pierre. L'ombre du deuxième homme. Il apparut, un large sourire aux lèvres, et complimenta d'un petit mouvement de tête joyeux son compère. Alexia

---

1. Sac de voyage, généralement en cuir. On le portait souvent en bandoulière.
2. Linge ou torchon.

de Nilanay vit sa main remonter et frôler d'un geste machinal la dague pendue à sa ceinture. L'étreinte se resserrait sur sa gorge, l'empêchant de déglutir. Alors qu'elle luttait contre la suffocation, une leste boutade d'Alfonso lui revint. Elle se contorsionna et parvint à retourner son bassin. Elle bascula les hanches vers l'arrière, et son genou percuta à toute violence l'entre-jambe de l'homme. Il poussa un cri de porc et la lâcha.

Alexia fonça droit devant elle, ses pieds frôlant à peine les pavés. Elle courut à en perdre le souffle, bifurquant là, obliquant ailleurs. Enfin, elle s'engouffra dans la cour d'un immeuble bourgeois de deux étages. Le dos plaqué au mur, elle lutta contre un point de côté qui lui mettait les larmes aux yeux.

Et la fuite vers le nord reprit. Les nuits de peur succédèrent aux journées de marche, d'épuisement. Elle songea mille fois à s'asseoir, à attendre. À les attendre. En finir une fois pour toutes avec cette mortelle devinette, tendre la gorge vers le coutelas. Pourtant, à chaque fois, la rage la soulevait et elle repartait.

Où se rendait-elle ? Sa vie en eût-elle dépendu qu'elle eût été incapable de le préciser. Peut-être non loin de Montdidier, dans une ferme seigneuriale délabrée, vers une mère et un frère qui avaient juré qu'elle mourrait dans leurs cœurs si elle franchissait les limites de la grande cour. Elle les avait franchies, écœurée de cette vie de labeur ingrat et de misère, désespérée parce qu'elle savait au plus profond d'elle que son existence de l'année prochaine ressemblerait comme une jumelle à celle de l'an échu.

Pourtant, Alexia s'arrêta en chemin. Son exténuation lui fournit un honorable prétexte pour ne pas affronter ce qu'elle se savait incapable de supporter. Le reniement, les faces fermées et revanchardes d'une mère et d'un frère. Les insultes peut-être. Et puis, en vérité, autant l'admettre, le souvenir de ces deux êtres, cette ferme qui se cramponnait à l'arrogance passée de ses deux tours carrées pour ne pas sombrer tout à fait dans la décrépitude, demeuraient son ultime recours contre le désespoir. Elle ne pouvait pas les perdre tout à fait, aussi préférait-elle éviter de les affronter de nouveau.

Abbaye de femmes des Clairets,
Perche, fin septembre 1306*

Les centaines d'arpents* offerts à l'abbaye des bernardines de l'ordre de Cîteaux commençaient en bordure de forêt des Clairets, sur le territoire de la paroisse
de Masle. La construction du monastère – décidée par
charte de juillet 1204 à l'initiative de Geoffroy III,
comte du Perche, et de son épouse Mathilde de Brunswick, sœur de l'empereur Othon IV – avait duré sept
ans pour s'achever en 1212.

Généreusement pourvue et exemptée de charges,
l'abbaye des Clairets avait droit de haute, de moyenne
et de basse justice sans requérir l'aval du grand bailli,
ni de qui que cela fût. Les abbesses successives y
avaient prérogative de seigneur en la matière, laquelle
incluait les condamnations à la flagellation, à l'amputa-
tion, voire à mort. Les fourches patibulaires[1] servant à
l'application des peines, sitôt prononcées, s'élevaient
à quelques centaines de toises* de l'enceinte. Elles
avaient été dressées au lieu-dit du Gibet[2].

Moult privilèges avaient été concédés à ce monastère de femmes, l'un des plus importants du royaume.

---

1. Gibet constitué de deux fourches fichées en terre, soutenant
une traverse à laquelle étaient pendus les suppliciés.
2. Qui a conservé son nom jusqu'à nos jours.

42

Déchargé d'impôts, il pouvait se fournir en bois de chauffage et de construction dans les forêts appartenant aux comtes de Chartres. S'ajoutaient à ces précieux avantages, des terres à Masle et au Theil, ainsi qu'une rente annuelle plus que substantielle, que grossissait l'afflux des dons de bourgeois ou de seigneurs, voire de paysans aisés.

On y comptait à cette époque plus de trois cents moniales, une cinquantaine de novices et près de quatre-vingts serviteurs laïcs. Au fil des années, les Clairets s'étaient transformés en efficace ruche dont la puissance foncière et commerciale aurait pu rendre jaloux bien des petits seigneurs des alentours. Saisissante vision que ce royaume dédié à la prière et au travail, qui surgissait brusquement à l'orée de la forêt. Massif et sombre.

La plupart des bâtiments, dont l'abbatiale Notre-Dame au nord avec son chœur tourné à l'est vers le tombeau du Christ, avaient été édifiés en grison, un conglomérat naturel noirâtre composé de silex, de quartz, d'argile et de minerai de fer. Un haut et interminable mur d'enceinte protégeait l'ensemble, seulement troué par trois porteries, dont l'une principale qui ouvrait au nord. Juste derrière se trouvaient les édifices où l'on tolérait les étrangers de passage : l'hostellerie, le parloir et les écuries. Seuls les invités de l'abbesse jouissaient de quelques libertés d'aller. À droite s'élevaient le logement de la grande prieure[1] et de la sous-prieure, puis le palais abbatial. Cette dénomination prestigieuse ne désignait en réalité qu'un petit édifice trapu d'un étage, guère plus confortable que les dortoirs des moniales, où l'abbesse et sa secrétaire travaillaient et

_____

1. Seconde de l'abbesse, notamment en l'absence de coadjutrice.

logeaient. Son austérité était un peu compensée par les beaux jardins en escalier – les terrasses de l'abbesse – qui descendaient en pente douce vers l'ouest. Il s'agissait là de l'unique enjolivement concédé en ces temps d'application farouche de la règle de Saint-Benoît. Un peu plus au sud-est commençait le cloître Saint-Joseph. On y accédait par un passage ménagé entre les caves et les celliers. À droite du cloître s'élevaient, d'ouest en sud, les cuisines puis le réfectoire et le scriptorium. À gauche, la bibliothèque et la salle des reliques qui flanquaient le mur de l'abbatiale. Le fond du cloître était délimité par l'enfilade de la salle capitulaire, du chauffoir et des étuves avec à leur étage le grand dortoir des moniales. Derrière ce rempart s'étendaient l'infirmerie et ses jardins ainsi que le noviciat, la babillerie qui accueillait les enfants abandonnés et la chapelle Saint-Augustin. Enfin, totalement à l'est, excentré et sans accès direct au cloître Saint-Joseph, se tassait le cloître de La Madeleine. Ainsi que le sous-entendait son nom, il recevait les « ex-fillettes communes[1] », la soixantaine de repentantes[2] qui avaient choisi de rejoindre la vie monacale afin de purifier leurs âmes de péchés que seule la misère les avait contraintes à commettre.

Marie-Gillette d'Andremont fit un effort pour ne pas laisser transparaître sa mauvaise humeur. Elle avait déjà été supplette[3] de four de cette génisse de Gilberte

---

1. « Fillette commune », « fille de joie », « bordeleuse », « fille amoureuse », « folle de son corps », autant de synonymes à l'époque pour désigner une prostituée.
2. Prostituées ayant décidé de rejoindre un monastère afin de se laver de leurs « péchés ». L'Église les y encourageait.
3. Sœur suppléant une sœur semainière, cette dernière étant désignée pour effectuer une tâche ou une corvée durant une semaine.

Charon en début de mois. Autant dire qu'elle avait passé ses journées à nettoyer les cendres, charrier le petit bois, allumer les feux, puisque Gilberte se courbait de douleurs de dos, frissonnait de migraines ou d'aigreurs de ventre dès que se profilait la moindre corvée. Et ne voilà-t-il pas que la sœur cherche[1] lui annonçait qu'elle devenait semainière[2] de lecture ! Une autre interminable semaine, à rester debout, à déclamer les textes saints d'une voix ferme pendant que ses sœurs copiaient dans le scriptorium ou piquaient, ravaudaient, brodaient dans la grande salle commune d'été. Elle grimaça un sourire. Le regard d'épervier d'Adélaïde Baudet, la sœur cherche, la scrutait.

– Quel bonheur ! Cela étant, ma voix n'est certes pas la meilleure pour transporter toute la beauté et la force des Évangiles. Elle est parfois si fluette qu'on ne l'entend pas à trois toises.

Adélaïde Baudet ne fut pas dupe. Marie-Gillette d'Andremont faisait partie de son recensement « d'oisives, de dormantes et de babillettes », à l'instar de Gilberte Charon que ses accablantes douleurs de membres quittaient dès qu'une promenade ou un bavardage profane s'annonçaient. Au demeurant, Gilberte – accompagnée de quelques autres – figurait en tête de cette liste noire. Un endormissement au cours de nocturnes[3] lui avait valu ce douteux privilège. La sœur cherche, étonnée par sa profonde respiration, s'était rapprochée de la jeune religieuse comme d'une proie. Cette nuit-là, Gilberte Charon, à genoux, le visage

---

1. Sœur chargée de « chercher » et de remettre dans le droit chemin les oisives et les bavardes.

2. Moniale sans fonction permanente à laquelle on attribue une corvée différente chaque semaine.

3. Prière de nuit, aux environs de 22 heures.

enfoui dans ses bras croisés de dévotion, semblait prier avec une ferveur peu commune. La fureur l'avait disputé à l'indignation lorsque Adélaïde avait compris que ce sifflement bas et lent était, de fait, un ronflement. Elle avait balancé sans aménité sa grosse chaussure à semelle de bois dans la cheville de l'autre qui avait sursauté, ouvrant de grands yeux noyés de sommeil. La sœur cherche avait sifflé entre ses dents : « Que je ne vous y reprenne pas, c'est une honte ! »

Adélaïde dévisagea Marie-Gillette. La jeune femme était élancée, bien tournée. Un haut front, que ne diminuait pas le voile, donnait à son visage à l'ovale parfait une sorte d'angélisme accentué par de beaux sourcils blonds. S'ajoutaient ces grands yeux charmeurs que la cherche jugeait déplacés chez une moniale. Il y avait… comment dire sans offenser la pudeur… il y avait une sorte de langueur inappropriée chez mademoiselle d'Andremont, langueur que le siècle[1] eût appréciée pour sa séduction. La sœur cherche se posa la même question pour la centième fois. Pourquoi Marie-Gillette avait-elle rejoint leur ordre, dont la règle stricte ne séduisait que les plus pures, les plus oublieuses des facilités du monde ? Ce n'était certes pas dans une foi brûlante qu'il fallait en chercher la raison.

– Trois toises ? C'est plus qu'il n'en faut pour être entendue jusqu'aux piliers. Toutefois, chère Marie-Gillette, si la lecture vous déplaisait, je puis, pour vous être agréable, vous désigner semainière de cuisines. Ainsi que le disait notre maître saint Benoît, l'oisiveté est une ennemie de l'âme et nous devons nous occuper en partageant notre temps entre les travaux manuels et les lectures édifiantes[2].

---

1. Société laïque.
2. Extrait de la règle fondatrice de Saint-Benoît.

La perspective de récurer d'énormes pots noirâtres à coups de poignées de sable, de vider des truites, d'assommer des anguilles, ou de nettoyer les boyaux de porc étant encore moins réjouissante, Marie-Gillette se rétracta avec vivacité :

– Non pas, j'adore faire la lecture, avoir ainsi le sentiment de contribuer, bien modestement, à la paix intérieure de chacune.

– Comme c'est généreux à vous, ironisa la cherche. Eh bien, soit ! Allons, je dois poursuivre ma tournée.

Marie-Gillette regarda Adélaïde s'éloigner. Cette vieille acariâtre lui portait sur les nerfs. Elle sentait son animosité, sa méfiance. Méfiance certes justifiée. Marie-Gillette était assez honnête pour le reconnaître. Bah ! Elle n'allait pas se ronger la rate avec l'acrimonie d'Adélaïde Baudet. Après tout, elle jouissait de la protection de Rolande Bonnel, la sœur dépositaire[1], une des six discrètes[2], et ce n'était pas une petite sœur cherche qui lui gâterait l'humeur. On pouvait assurément rêver appui plus subtil que cette brave Rolande. D'un esprit médiocre mais d'une obstination qui forçait le respect, Rolande avait été élue dépositaire un an plus tôt et s'acharnait toujours à prouver à quel point on avait eu raison de la choisir pour cette tâche. Elle s'épuisait en additions, en soustractions, en divisions, reprenant ses calculs à trois fois, et sans doute rêvait-elle de colonnes de chiffres.

Marie-Gillette se leva du muret qui ceinturait le cloître Saint-Joseph. Elle s'y était installée une demi-heure plus tôt, profitant de la clémence de ce début

---

1. Sœur chargée de tenir les comptes de l'abbaye.
2. Du latin *discretus*, « capable de discerner ». Il s'agissait des sages : la cellérière, la boursière, la dépositaire, la portière et deux autres sœurs.

d'après-midi, au prétexte de méditer. Ses pensées l'avaient conduite bien loin et certainement pas dans les prières. Pour la millième fois, Marie-Gillette avait pilé devant le gouffre qui béait à ses pieds. Il s'en était fallu d'un cheveu qu'elle n'y sombre, quatre ans auparavant, une éternité plus tôt.

Cet après-midi-là, elle somnolait dans une chambre noyée du soleil de Castille. Enveloppée d'un tulle fin, elle souriait. Un choc sourd contre la porte qui menait à la grande salle commune. Elle avait ouvert, pas même inquiète. Le manche orfévré d'une large dague, laquée de sang. Une panique l'avait jetée dans la chambre. Ensuite, la fuite, durant des mois. Où se rendait-elle ? Sa vie en eût-elle dépendu qu'elle eût été incapable de le préciser. Elle avait aperçu l'ombre de l'homme, du tueur, avançant sur la pierre. Depuis, elle se demandait encore et encore « Pourquoi ? ». Le hasard, ou plutôt un très vague souvenir, l'avait conduite ici. Alexia de Nilanay s'était créé un nom : Marie-Gillette d'Andremont. Depuis ? Depuis, chaque jour était devenu une sorte de pari. Un inacceptable pari puisqu'elle en ignorait les règles et l'exacte définition.

Cesser de remâcher cet incompréhensible cauchemar. Elle bagarra contre l'angoisse qui l'engourdissait. Trouver une occupation, se secouer ! L'ironie de cette admonestation la dérida : la sœur cherche serait aux anges si elle l'entendait, elle qui ressassait jusqu'à plus soif que l'oisiveté était la pire ennemie de l'âme. Bien, Alexia, ou plutôt Marie-Gillette, allait vérifier l'état de ses dernières possessions terrestres. Deux rouleaux de toile peinte qu'elle avait dissimulés à son arrivée en l'abbaye – pour l'un derrière les gros volumes de la plus haute étagère de la bibliothèque, pour l'autre sous un monceau de cornes à encre fendues que l'on remisait dans l'armoire du chauffoir. Les rouleaux, ultime attache avec son passé, avec ses éclats de joie et ses charmants excès. Les frôler lui procurait une sorte de consolation toujours renouvelée, à la manière d'un puissant talisman. Les deux panneaux du diptyque demeuraient la preuve que, peut-être un jour… peut-être pourrait-elle enfin quitter ce lieu sinistre, ces murs rébarbatifs. Elle les vendrait alors. Ils étaient d'élégante facture.

Une cavalcade légère la rattrapa. Elle se tourna pour découvrir le plaisant visage d'Angélique Chartier, une novice en fin de probation. La charmante Angélique, fille d'un gros négociant de draps et de laine d'Alençon, lança avec son enjouement coutumier :

— Je vous ai vue de loin, en conversation avec notre bonne Adélaïde. De quelle semaine serez-vous ? Il me plairait que nous partagions une corvée.

De toute autre, l'adjectif « bonne » accolé à « Adélaïde » aurait provoqué l'ire de Marie-Gillette. Mais nul ne pouvait tenir rigueur de quoi que ce fût à la douce Angélique, pour qui le monde demeurerait toujours un jardin peuplé d'êtres bienveillants. Un rien intriguait, fascinait, amusait la très jeune fille. Ne s'était-elle pas un jour esclaffée en commentant leur ressemblance physique ? Toutes deux étaient blondes comme les blés, au regard bleu, de ravissante silhouette. Elle avait ri, assurant que l'on pourrait les prendre pour des sœurs jumelles. Cette similitude avait paru la satisfaire grandement puisque, avait-elle ajouté : « Après tout, nous sommes déjà sœurs en Jésus-Christ. »

— J'en serais moi aussi fort aise, chère Angélique. Cela étant, je suis de lecture.

L'autre lâcha un « oh » un peu dépité. Son sourire revint aussitôt, et elle déclara avant de s'éloigner :

— Quant à moi, je suis de ramassage de petit bois. Une autre fois, alors.

Marie-Gillette suivit du regard la course gracieuse d'Angélique. Sa coutumière alacrité avait le don de dérider les plus crispées. La bibliothèque, maintenant.

Feignant un intérêt dévorant pour une traduction richement enluminée des Évangiles, elle attendit non sans impatience le départ de cette déplaisante musaraigne d'Agnès Ferrand, plongée à son habitude dans des piles d'ouvrages. La sœur portière[1] se tenait appuyée à un haut lutrin de bois sculpté à trois tablettes. Plusieurs lectrices pouvaient ainsi se réunir afin de partager leurs trouvailles d'érudition.

Rien chez Agnès Ferrand ne parvenait à racheter son long visage de fouine. Elle faisait partie de cette redoutable espèce qui s'applique à vous tirer les vers du nez dans le seul but de nuire. On pouvait lui faire confiance pour répéter, en les déformant, tous les clabaudages qu'elle parvenait à collecter. Quant à ses cordialités, elles n'avaient d'autre objet que d'insister sur sa supériorité, en ridiculisant si possible son vis-à-vis. C'était sans compter sur l'habitude du monde et de son fiel de Marie-Gillette. Cette dernière avait mis au point une imparable stratégie : elle feignait l'idiotie, mettant un point d'honneur à ne jamais comprendre les allusions vipérines de la portière. Étrange qu'une pie-grièche[2] de cette envergure ait trouvé refuge aux Clairets. Il se murmurait qu'Agnès Ferrand était l'une des innombrables bâtardes semées par un clerc parisien pour qui le pouvoir avait quelques reconnaissances. On plaçait donc ses nombreux et clandestins rejetons où l'on pouvait. Agnès leva la tête, et ses lèvres s'étirèrent en un sourire peu engageant.

---

1. Sœur qui détient les clefs de l'abbaye et surveille les entrées et les parloirs.
2. Au figuré : chipie, harpie.

– Ma bien chère Marie-Gillette, quelle surprise, quel bonheur de vous apercevoir enfin en ce lieu. Je vous croyais réfractaire à l'étude. À votre décharge, elle est parfois ardue.

La jeune femme détailla avec insistance le visage revêche éclairé par de petits yeux noirs sans cesse en mouvement. Elle frôla du regard les lèvres minces, pincées et songea que la mauvaiseté marque certains êtres de bien plus disgracieuse façon que le grand âge.

– C'est que, ma bonne, je n'ai point votre savoir ni votre culture. Vous avez dû rendre votre famille bien fière, s'excusa Marie-Gillette d'un ton d'admiration.

Un regard aigu se posa sur elle. Agnès Ferrand cherchait si une pique se dissimulait sous cette phrase anodine et en apparence flatteuse. Elle se rassura : nulle ici ne pouvait connaître ses origines bâtardes. Elle se trompait. Lesdites origines en avaient réconforté bon nombre. Une petite vengeance aux humiliations dispensées par la portière.

– Malheureusement, je vous vais devoir abandonner, expliqua Agnès. Je dois rencontrer notre grande prieure, qui a besoin d'un conseil. Qu'en pensez-vous ?

– Qu'elle est fort avisée de le requérir de vous.

Agacée, Agnès Ferrand rectifia :

– Non, que pensez-vous d'Hucdeline de Valézan, notre grande prieure ?

– Oh, une femme admirable, une aubaine pour notre communauté ! mentit avec aplomb Marie-Gillette.

Elle patienta ensuite quelques instants, redoutant que l'autre ne revienne sur ses pas. Elle détailla la pièce de belles proportions. On s'y sentait pourtant à l'étroit, au point qu'elle évitait d'y rester plus que de nécessaire. Il y régnait en permanence une fraîcheur sèche, lourde d'essences de bois de genévrier et de cannelle propices à la conservation des ouvrages et à leur protection contre les insectes. Les fenêtres, qui permettaient à l'air du printemps de pénétrer, étaient défendues de grilles ouvragées qui interdisaient le passage des animaux ravageurs. On les occultait de peaux huilées à la mauvaise saison.

Elle se rapprocha de la porte, tendant l'oreille, feignant de déchiffrer les titres des ouvrages alignés. Pas un qui n'eût trait à la foi, à la vie monastique, si ce n'était un ou deux volumes consacrés à la science agricole. Certes, elle ne s'attendait pas à y découvrir les magnifiques romans de monsieur Chrétien de Troyes[1], comme ce *Chevalier de la charrette*. Pourtant, certaines chansons de geste de fort bon aloi auraient pu trouver place sur ces rayonnages. Que lui importait, après tout. On lui avait lu tant de poèmes qui resteraient à jamais gravés au fond d'elle. Parfois, le soir au coucher, elle se délectait de leur silencieuse récitation : « Belle amie, si est de nus : ne vus sanz mei, ne mei sanz vus[2]. »

Le silence l'environnait. L'odieuse portière était loin. Marie-Gillette tira l'escabeau devant le meuble de bibliothèque. Lorsqu'elle frôla du bout des doigts la toile du rouleau, caché derrière des volumes que nul ne consulterait jamais tant leur contenu était indigeste, elle soupira de bien-être.

Elle devait se hâter. Vite, le chauffoir. Ensuite, elle serait rassérénée. Pour quelque temps.

---

1. Vers 1140-vers 1190.

2. « Belle amie, ainsi en est-il de nous : jamais vous sans moi, jamais moi sans vous. » Marie de France, « Le chèvrefeuille » (*Lais*), écrit avant 1167.

Marie-Gillette se mordait les lèvres d'énervement. Elle avait retourné l'armoire aux cornes d'encre de fond en comble. Comment se pouvait-il ? Qui ? Le deuxième rouleau de toile peinte avait disparu. L'agitation la faisait transpirer. Une crainte superstitieuse se mêlait à son exaspération. La moitié de son talisman venait de s'envoler. Qu'est-ce qui pouvait la protéger, maintenant ? Elle se tança. Allons, elle allait le retrouver. Sans doute quelqu'une l'avait-elle déplacé. L'écho de bancs, de fauteuils que l'on tirait dans la pièce voisine attira son attention. Le conseil rejoignait la salle capitulaire qui jouxtait le chauffoir. Il lui fallait sortir en discrétion. Si elle venait à se faire surprendre, comment expliquer sa présence ?

En dépit de la fraîcheur de la soirée, Plaisance de Champlois respirait avec peine. La salle capitulaire bruissait des arguties, des mécontentements voilés des unes et des autres, des jalousies déguisées de la plupart. La jeune abbesse de tout juste quinze ans[1] n'ignorait rien du nombre de ses adversaires. Élue par ses sœurs sur vive recommandation du pape Clément V*, son parrain, il s'en trouvait pour regretter son âge encore vert, insister sur le fait que cet « appui » du Saint-Père ressemblait à s'y méprendre à un ordre, que si l'on n'y prenait point garde, le chapitre n'aurait bientôt plus

---

1. Jacqueline-Marie Arnault devint coadjutrice (sous-abbesse) de l'abbaye de Port-Royal, l'une des plus grandes et des plus prestigieuses abbayes de femmes, à l'âge de huit ans. En 1602, elle fut nommée mère abbesse à l'âge de onze ans sous le nom d'Angélique. Elle rétablit l'Étroite Observance et redonna à Port-Royal sa notoriété et son rayonnement culturel et économique. Jean Racine et Blaise Pascal furent d'ardents défenseurs de l'abbaye.

voix au chapitre[1] et que le pouvoir – qu'il soit tempo-
rel ou spirituel – finirait pas imposer ses représentants.
Cette opposition, qui virait à la mutinerie, était menée
de main de maître par Hucdeline de Valézan, la grande
prieure. Celle-ci avait espéré que la maturité de ses
vingt-huit ans, son habitude du commandement et son
indiscutable foi lui réserveraient le rôle d'abbesse au
décès de Catherine de Normilly, leur bien-aimée mère,
qui s'était écroulée, terrassée par une faiblesse de cœur
au début de l'hiver dernier.

Un sourire, le premier de cette longue journée, vint
à Plaisance à l'évocation de cette femme dont le titre
de mère avait été tant justifié dans son cas. De sa mère
de sang, Plaisance ne gardait qu'un souvenir confus et
sans chaleur. Lassée de ses incessantes grossesses, la
jolie dame qui l'avait mise au monde jetait parfois un
regard étonné sur cette avant-dernière version de sa pro-
géniture, semblant se demander quel prénom elle avait
bien pu lui attribuer. Sans doute était-ce la raison pour
laquelle elle avait opté pour un « mademoiselle ma
fille » peu compromettant qui lui évitait une fâcheuse
erreur. Monge, le frère de Plaisance et le cadet de cette
tribu qui s'étendait sur douze ans, n'était guère mieux
loti. Il était également « monsieur mon fils », rares rap-
pels à l'ordre lancés d'une voix incertaine. Au contraire,
madame Catherine de Normilly avait accueilli l'enfante
de six ans qui parlait, lisait, écrivait déjà le français, le
latin, sans oublier l'anglais, comprenait l'arithmétique
et l'astrologie, connaissait les textes sacrés et les véné-
rés Latins. Elle avait parfois ri, parfois grondé et toujours salué avec joie les progrès de son élève, de sa fille

1. Assemblée des moines ou moniales qui réglait la vie interne
du monastère. D'abord élus par les chapitres régionaux ou géné-
raux, les abbés et abbesses furent ensuite nommés par le pape.

spirituelle. La petite fille s'était peu à peu convaincue que dans un autre monde, un autre temps, Catherine de Normilly eût été la mère de ventre qui lui était destinée. Elle avait tenu cette certitude secrète, afin de ne pas effaroucher la grande femme dont les rares emportements ne ternissaient ni la bonté ni l'infinie générosité. Madame Catherine était sa véritable mère, mais elle ne le lui dirait jamais. Le reste, tout le reste, était devenu simple. Les corvées, le silence imposé, les nuits glaciales, les privations, rien ne l'avait plus rebutée. Puisqu'elle était la fille de madame Catherine, elle devait lui ressembler en tous points. À tout le moins, elle devait s'efforcer de contenter cette femme vieillissante dont l'énergie ne connaissait nulle trêve. Il le fallait, afin de lui plaire et de la persuader de leur communauté d'âme et de cœur. Plaisance s'y était employée, avec une ferveur et un amour qu'elle se découvrait. Le désert du cœur l'avait abandonnée, la laissant éblouie de reconnaissance.

Le regard de la jeune fille se posa, presque à la dérobée, sur les sœurs qui constituaient le chapitre. Elle se redressa. Dieu que sa charge nouvelle lui pesait ! Aurait-elle la force, l'autorité requise pour diriger les quatre cents âmes et plus de l'abbaye ? Hucdeline de Valézan, la grande prieure, murmurait à l'oreille d'Aliénor de Ludain, la sous-prieure, son ombre fidèle. Aliénor prenait mal de gorge dès qu'Hucdeline éternuait. On voyait rarement l'une sans l'autre, et Plaisance s'était souvent demandé ce qui avait pu rapprocher deux femmes si dissemblables. Après tout, on prétend que les contraires s'attirent. Hucdeline était péremptoire. Elle aimait à régner au-dessus d'une cour de moniales captivées par sa prestance et son habileté d'esprit. De belle langue, elle convainquait sans effort. À l'opposé, Aliénor de Ludain était de celles dont l'on ne remarque la présence que lorsqu'elles quittent une pièce en passant devant vous. Elle semblait soupeser le moindre mot, au point que ses phrases en devenaient inintelligibles tant elle les alourdissait de préambules : « Elle ne savait pas… peut-être, éventuellement que… après tout, qui était-elle pour… sans doute se trouvait-elle dans l'erreur… à l'évidence, son jugement n'était guère infaillible… » Au bout du compte, on savait rarement si elle avait souhaité formuler une chose ou son opposé. Sa nomination comme sous-prieure devait beaucoup à l'amitié que lui témoignait Hucdeline, mais également au bon sens politique de madame Catherine, qui avait jugé qu'une grande prieure autoritaire lui suffisait. La finesse de l'ancienne abbesse ne s'était pas arrêtée là. Elle avait fait élire Barbe Masurier cellérière[1]. Barbe était une femme entre deux âges, enjouée, qui avait rejoint le cloître à son veuvage, jugeant qu'il la changerait peu de la vie que lui avait imposée son défunt mari, un riche mercier[2] acariâtre et avare. Elle se trompait. Elle avait trouvé aux Clairets un magnifique dédommagement. Ses talents d'organisatrice avaient enfin été appréciés à leur valeur, non plus parce qu'elle économisait à un mari atrabilaire un commis, une souillon de cuisines et une garde-malade, sans oublier un délassement de nuit. Veuve sans enfants, cette mère qui s'ignorait avait conquis un petit monde qu'elle houspillait parfois, qu'elle rassurait et réconfortait le plus souvent. La tête sur les épaules et les pieds fermement plantés sur terre,

---

1. Sœur chargée de la gestion de l'abbaye : elle avait soin de l'approvisionnement et de la nourriture du couvent, surveillait les granges, les moulins, les brasseries, les viviers, les magasins, dirigeait la fourniture de meubles, d'objets divers et variés, et supervisait les visites.

2. Les merciers devinrent une corporation extrêmement puissante et furent considérés assez rapidement comme des bourgeois.

Barbe ne se connaissait pas d'ennemies, pas même Hucdeline de Valézan. Cet état de grâce avait pesé en sa faveur lors de son élection au poste de cellérière. Plaisance réprima un sourire lorsqu'elle la détailla. Barbe portait sa grande carcasse avec élégance. Âgée de quarante-cinq ans, elle restait alerte au point que nombre de ses cadettes auraient pu lui envier sa vigueur. Aude de Crémont, la boursière[1], retint ensuite l'attention de la jeune abbesse. Insaisissable Aude. Elle semblait toujours poursuivre un but confidentiel et très personnel. Pourtant, jamais Plaisance ne l'avait prise en défaut d'arrogance ou d'ambition. Plus troublante encore était sa manière de vous mener là où elle souhaitait vous voir, à coups de suggestions, d'insinuations, de soupirs ou de phrases à double entente. Plaisance ne parvenait toujours pas à se décider à son sujet, pas plus que madame de Normilly avant elle. La boursière était-elle une redoutable calculatrice ou une manipulatrice exerçant ses talents par simple distraction ? Plus urgent en ce moment, était-elle une alliée potentielle ou une ennemie probable ? Le toussotement d'Agnès Ferrand l'alerta. La portière la fixait, un mince sourire aux lèvres. Plaisance lutta sans grand succès contre le fard qui lui montait aux joues. Avait-elle manqué de prudence en détaillant chacune de ses filles ? Peu de chose atténuait la laideur et l'aigreur d'Agnès si ce n'était sa vive intelligence et sa culture. Au demeurant, n'eût été l'insistance de monsieur de Nogaret*, conseiller du roi Philippe le Bel*, sans doute Catherine de Normilly l'aurait-elle évincée du conseil des sages. Agnès était la deuxième énigme du chapitre. Elle possédait un don peu commun pour mettre en valeur, d'une simple phrase, d'un regard à peine appuyé, toutes les faiblesses

---

1. Sœur chargée d'effectuer les achats et les paiements.

des autres. Un désir de revanche expliquait-il sa permanente acrimonie ? Plaisance n'aurait su le dire. Toutefois, elle-même appréhendait la cinglante ironie de la portière. S'efforçant au calme, Plaisance lui destina un sourire plat, et tourna avec une feinte nonchalance le regard vers Rolande Bonnel, sa fille dépositaire. Pauvre chère Rolande ! Elle courait toute la journée, vérifiait, revérifiait tous les registres, les croisait entre eux, traquant le moindre fretin fautif. Elle harcelait les infirmières, la pitancière[1], la chambrière[2] et même la sacristaine[3], sans compter les quatre-vingts serviteurs laïcs au service de l'abbesse, les soupçonnant de dépenses injustifiées. Plaisance avait dû apaiser les humeurs froissées, assurer les forestiers, les gardes-bois, les vivandiers[4] et les tonneliers que leur probité n'était nullement mise en doute et que le zèle de la dépositaire était à mettre au compte de son envie de servir au mieux les intérêts de leur communauté. Cela étant, elle voyait venir, non sans alarme, le moment où elle devrait ramener cette brave mais fatigante Rolande à davantage de mesure et surtout de diplomatie. Jusque-là, Plaisance avait atermoyé, remettant toujours à demain la nécessaire conversation. La dépositaire était une de ses alliées et elle n'en comptait pas tant qu'elle puisse les blesser ou les vexer au risque de se les mettre à dos.

La jeune abbesse avait choisi deux autres sœurs parmi les officières afin de compléter ce conseil de discrètes, deux autres alliées, du moins l'espérait-elle. Élise de Menoult, sœur chambrière, et Hermione de Gonvray,

---

1. Sœur chargée des cuisines et de leur organisation ainsi que des repas.
2. Sœur chargée du linge et des vêtements.
3. Sœur chargée du mobilier liturgique, du fleurissement des autels et des reliques.
4. Intermédiaire qui vendait les vivres.

l'apothicaire, dont la blondeur juvénile aurait pu la faire passer pour une adolescente quand elle avait dépassé la trentaine. Élise intercepta son regard et hocha la tête avec discrétion pour l'assurer de son soutien. Elle avait rejoint leur ordre dix ans auparavant, alors qu'elle n'était âgée que de seize ans, pour fuir un mariage qu'elle n'avait ni l'effronterie ni le cœur[1] de refuser à son père. Le gendre que se souhaitait ce dernier avait quarante ans de plus que la ravissante Élise et souffrait d'une répugnante maladie de peau qui lui donnait l'aspect d'un batracien cloqué. Ces défauts avaient été jugés de mince importance en regard de la colossale fortune qu'il avait promis de mettre au service d'un futur beau-père de vingt ans son cadet, ruiné par de calamiteux investissements. Le lent clignement de paupières d'Élise apaisa un peu plus l'abbesse. L'alacrité de sa fille chambrière dissimulait une force d'âme et une ténacité peu communes. Quant à Hermione de Gonvray, elle patientait, à son habitude. Leur vœu de silence avait fort peu dû contraindre l'apothicaire, tant son économie de paroles confinait au mutisme. Elle répondait le plus souvent aux questions d'un sourire, d'un hochement de tête, ou d'un pincement de lèvres, selon qu'elle agréait ou désapprouvait. Un jour que Plaisance lui en faisait la remarque, Hermione avait rétorqué de sa voix douce et grave : « Qu'aurais-je à dire qui ne soit déjà ressassé ? » Toutefois, ses rares sorties faisaient mouche. Il y avait chez cette femme aux yeux limpides une rigueur, une inflexible exigence qui inquiétaient parfois l'abbesse.

---

1. Contrairement à la légende, l'Église prohibait les mariages imposés aux filles. Cela étant, il leur était très difficile de refuser la volonté paternelle.

Les différents points à l'ordre du jour avaient été passés en revue. N'en demeurait qu'un que Plaisance redoutait d'aborder. Elle retint un soupir consterné. Comment allait-elle leur annoncer que – sur ordre du pape, du roi, sans omettre la vive insistance du comte Aimery de Mortagne dont la maladrerie ne parvenait plus à absorber l'afflux de lépreux* – les Clairets devraient accueillir une cinquantaine de malades ? La géographie de l'abbaye s'y prêtait mal. Comment épargner aux sœurs la vision permanente de la déchéance physique, la crainte de la contagion, sans pour autant reléguer un peu plus ces pauvres âmes en souffrance ? Elle avait tourné et retourné le problème afin d'offrir au plus vite une solution de nature à calmer les plaintes et les protestations qui ne manqueraient pas de s'élever parmi ses filles. Une seule lui semblait appropriée. Diviser La Madeleine, excentrée à l'est, tasser dans la plus grande surface les fillettes repentantes et réserver la plus petite aux scrofuleux[1].

D'abord assez bien tolérés, les lépreux de Terre sainte s'étaient mêlés à la population. La propagation de la maladie*[2] avait étouffé toute magnanimité de la part des bien portants, effrayés par la possible contagion. De victimes, les ladres[3] étaient devenus coupables. Deux siècles plus tôt, on avait commencé de les parquer à la manière d'animaux. Si certains de ces

---

1. Scrofule : forme particulière de la tuberculose, caractérisée par des altérations de la peau ou des muqueuses, et des tuméfactions ganglionnaires. On regroupait à l'époque sous ce terme les maladies provoquant des symptômes dermatologiques.
2. Dont les synonymes à l'époque étaient « maladie scrofuleuse » et « ladrerie ».
3. À l'origine, lépreux. Le terme évoquant la perte de la sensibilité provoquée par la maladie, il a ensuite désigné les insensibles de cœur et les avares.

mouroirs avaient été richement dotés par les familles des chevaliers croisés atteints, ils n'en demeuraient pas moins des geôles. Il avait été fait interdiction aux malades de pénétrer dans les édifices et lieux publics, et obligation de signaler leur approche au moyen d'une cliquette[1]. S'y étaient vite ajoutés des soupçons de commerce avec le diable et de sorcellerie. Plaisance, pas plus que les autres, n'était dupe. On espérait qu'ils trépasseraient au plus vite afin de débarrasser les vifs de leur encombrante présence.

Elle s'éclaircit la gorge. On fit silence. Les huit paires d'yeux la dévisagèrent.

— Mes filles, nous reste à aborder le dernier point soumis à la réunion du chapitre élargi. Je... (Elle raffermit le ton.) Peut-être est-il préférable que je vous précise dès l'avant que notre... arbitrage n'est pas requis.

Plaisance souhaitait presque être interrompue afin de lâcher l'information qu'elle ne savait comment formuler. Elle poursuivit :

— Monsieur de Mortagne, notre bon comte Aimery, s'est ouvert au roi de ses difficultés. Il... La maladrerie de Chartagne* est bondée, depuis des années. Il arrive tous les jours à ses portes d'autres malades que l'on n'y peut loger. L'idéal eût été d'agrandir l'établissement, mais monsieur de Mortagne jugeant – à juste titre – qu'il avait assez fait preuve de charité et de générosité, refuse d'en payer le coût. Consulté sur cette épineuse situation, notre bien-aimé Clément V* a fait état des difficultés financières actuelles de Rome.

Un vague sourire étira à nouveau les lèvres d'Agnès Ferrand, la sœur portière. Les rumeurs ne tarissaient

---

1. Ancêtre de la crécelle. Il s'agissait d'une sorte d'éventail fait de lamelles de bois superposées que l'on secouait afin de signaler son approche.

pas au sujet du nouveau souverain pontife, élu un an auparavant. Sa vaste intelligence et son sens aigu de la diplomatie étaient connus depuis longtemps. En revanche, nul n'avait soupçonné, avant son élection, son extrême prodigalité vis-à-vis des membres de sa famille. Pas le moindre petit-cousin n'était exclu de sa libéralité, et se retrouvait bien vite évêque ou cardinal. Clément le munificent dépensait sans compter afin de combler de présents fastueux ses proches. La table qu'il tenait ouverte à ses alliés faisait pâlir d'envie les souverains les plus raffinés d'Europe. À coups de dizaines de milliers de livres, le nouveau pape avait entrepris la titanesque construction d'un château sur la petite seigneurie de Villandraut où il était né[1]. L'on disait qu'une fois les travaux achevés, sa somptuosité n'aurait rien à envier aux palais byzantins. Quant aux réfections de cathédrales et d'abbatiales, elles allaient bon train.

Plaisance ignora la réaction de la portière, peu désireuse de devoir justifier les incessantes dépenses de Rome, donc de son parrain qu'elle n'avait jamais rencontré.

Aude de Crémont, la boursière, lâcha avec un sens coutumier de l'insinuation :

– Je ne suis pas certaine d'avoir saisi. Faut-il que les Clairets contribuent à la construction d'une sorte d'annexe à la ladrerie de Mortagne ?

Plaisance se souvint de la phrase sibylline prononcée par madame de Normilly au sujet de la frêle et pâle miniature de trente ans, à la jolie bouche en cœur : « Aude est une pluie d'été. On l'espère. Pourtant, elle

---

1. Entrepris en 1305 ou 1306, les travaux furent terminés en 1312, un temps record à l'époque, preuve des moyens financiers mis en œuvre.

ne rafraîchit que rarement. » Elle se contenta d'un peu compromettant :

– Cette éventualité n'a pas été évoquée.

Hucdeline de Valézan comprit aussitôt où n'osait en venir l'abbesse.

– Ma mère, ne nous dites pas que le roi et… votre parrain envisagent de nous confier la garde de certains des malades ?

– Notre bien-aimé Saint-Père, rectifia Plaisance, en accord avec notre souverain, que Dieu le protège, a opté pour une solution temporaire et nous charge effectivement de soigner et de soutenir une cinquantaine des scrofuleux de Chartagne. Un chanoine de Saint-Augustin les visitera et leur offrira l'apaisement spirituel. Le comte Aimery, œuvrant à nous décharger au mieux, propose de les faire accompagner par son mire[1], un sieur Étienne Malembert. Puisque l'on souhaite mon sentiment au sujet de sa venue, j'entends refuser. Je ne doute pas de l'excellence de praticien de monsieur Malembert, cela étant, il s'agit d'un laïc et nous avons notre médecin. Je pense vous avoir tout dit.

Un brouhaha fit suite à cette annonce. Élise de Menoult la fixait. Aliénor de Ludain, la sous-prieure, tournait la tête en tous sens. Hermione de Gonvray avait baissé le visage et s'absorbait dans la contemplation de ses mains croisées.

– Ma mère, tonna la grande prieure, vous n'y songez pas ! Nous exposer de la sorte à la contagion ? C'est folie !

---

1. Le mire exerçait la médecine, le plus souvent sans diplôme, après quelques années d'étude. Laïc, il pouvait fonder une famille. Le médecin était docteur en médecine. Considéré comme un clerc jusqu'au XVe siècle, il avait interdiction de se marier.

– N'est-il pas de notre devoir et de nos vœux de servir Dieu en aidant les hommes ? contra Plaisance.

– Dieu et les hommes sont deux choses différentes. Nous travaillons à la gloire du Premier… ce qui sous-entend que nous restions en vie ! L'horreur de ces faces ravagées par le mal, de ces moignons suintants ! Même les mires et les médecins refusent maintenant de les approcher à moins d'une toise.

Elle porta la main à sa bouche en un geste d'effroi, puis se signa. Plaisance de Champlois comprit aussitôt qu'elle tentait de terroriser les autres afin d'affermir son pouvoir. Il lui fallait réagir très vite, sans quoi le clan des opposantes, des affolées ou des indécises se réunirait derrière la bannière d'Hucdeline de Valézan.

Aliénor de Ludain, il fallait s'y attendre, apporta son concours à la grande prieure en balbutiant d'une voix incertaine :

– Enfin… peut-être est-ce bien hâtif de ma part, mais… il est de fait… que tout le monde redoute maintenant la contagion… Quelle odieuse défiguration… La terreur qu'inspirent les scrofuleux est-elle tout à fait justifiée, je ne me risquerai pas à l'affirmer, pourtant…

– Que savons-nous, ma fille apothicaire, de la lèpre* et de sa propagation ? l'interrompit Plaisance.

Navrée de devoir intervenir, Hermione de Gonvray fronça ses sourcils blonds et lâcha un long soupir avant de se lancer.

– Elle est connue depuis fort longtemps, si l'on en croit des récits de médecins juifs ou arabes. Il semble en exister plusieurs formes. Les premiers symptômes en sont des macules, c'est-à-dire des sortes de taches souvent violettes ou cuivrées parsemant les membres, la chute de reins, le front et les épaules. Surviennent des lésions cutanées qui perdent toute sensibilité à la piqûre ou à la brûlure. La maladie évolue et atteint les mains et les pieds, qui résistent à la volonté du mouvement et deviennent traînants. Le visage de certains sujets finit par être ravagé au point d'évoquer un mufle de bête, puis, ils deviennent aveugles. Leur nez est comme rongé de l'intérieur. Certains meurent en dix ans, d'autres survivent sans qu'on s'explique pourquoi. Le plus troublant est que certains croisés sont revenus au royaume et n'ont commencé de manifester les premières atteintes que vingt ans plus tard.

Hucdeline sauta sur l'occasion.

– En d'autres termes, on peut être contaminé et l'ignorer fort longtemps, ce qui trahit une maladie particulièrement sournoise… dont nous ne voulons pas en ce lieu, asséna-t-elle en quêtant l'approbation de chacune.

La majorité hocha la tête, même Barbe Masurier qui avait blêmi à la description d'Hermione.

– En d'autres termes, rectifia Hermione de Gonvray, vous pourriez être atteinte et nous avoir déjà toutes contaminées sans que nous n'en sachions rien. Votre oncle et votre père suivirent la dernière croisade, si je ne m'abuse ?

La pesterie énoncée d'un ton plat claqua le bec d'Hucdeline. Temporairement. La jeune abbesse n'ignorait pas que l'aide que venait de lui apporter l'apothicaire était conditionnelle. Hermione n'offrait pas son soutien à une femme, mais à une politique, à une vision de leur couvent. Pourtant, elle retint un soupir de soulagement. Peu de moniales se risquaient à braver la grande prieure et à encourir son courroux. Il était vrai qu'Hermione semblait le plus souvent hors d'atteinte. Son économie de paroles, son goût pour la solitude mais également la paisible supériorité que lui donnait la science ne laissaient que peu de prise aux attaques. Aussi mademoiselle de Valézan préféra-t-elle faire mine de ne pas avoir perçu l'affront et se contenta-t-elle de répondre :

– Dieu nous en préserve, ma chère Hermione. Rassurez-vous : mon père décéda des suites d'une chute et aux dernières nouvelles, mon oncle se portait fort bien.

– Nous en sommes bien heureuses, se réjouit Rolande Bonnel, qui n'avait rien compris de l'offense à peine voilée. Cela étant, poursuivit-elle en comptant sur ses doigts, nous n'en sommes qu'à quatorze ou quinze ans, et notre sœur apothicaire vient juste de...

Le regard vipérin que lui jeta Hucdeline lui ôta toute velléité de poursuivre.

– Je comprends votre émoi, reprit l'abbesse. Malheureusement, je doute que notre consentement soit requis. À vrai dire, je n'ai pas reçu de Rome une... suggestion, mais un ordre. Ordre nous est donné de recevoir ces malades.

– Enfin, argumenta Hucdeline qui reprenait du poil de la bête, votre parentèle baptismale devrait nous épargner ce... cet inacceptable voisinage.

– Contrairement à ce que vous semblez croire ou vouloir faire accroire, ma fille, je n'ai jamais eu le bonheur de croiser mon parrain, rétorqua Plaisance d'un ton ferme. Son camerlingue s'est récemment adressé à moi comme il l'eût fait d'une autre abbesse. Les Clairets n'ont été désignés pour cet accueil qu'en raison de leur proximité de Mortagne. Il ne nous est pas demandé de discuter ou de désapprouver. Voici donc la solution à laquelle je suis parvenue. Elle n'est certes pas idéale, cependant je la crois raisonnable. Si quelqu'une en trouvait une meilleure, elle serait bienvenue. J'ai longuement réfléchi. À l'évidence, il nous faut écarter le plus possible ces malheureux des bien portants, ce que ne facilite pas le plan de notre abbaye. Il me semble donc judicieux de leur réserver une partie de La Madeleine, quitte à tasser dans l'autre nos filles repentantes.

– L'idée me réconforte, approuva Élise de Menoult en volant à son secours.

– Certes, mais qui s'en occupera, hormis le chanoine ? intervint Barbe Masurier.

– Celles qui souhaiteront plaire au Seigneur, décida Plaisance. Il n'est pas dans mon intention de contraindre les autres.

– Voilà qui soulagera tout le monde, applaudit Élise.

Plaisance de Champlois jouait finement. Une obligatoire promiscuité avec les malades eût été de nature à tourner bon nombre des moniales contre elle, ce dont elle n'avait vraiment pas besoin. Son autorité était déjà émiettée par les manigances du camp de la grande prieure.

– Vraiment ? lança Agnès Ferrand d'une voix ironique. Je doute fort que nos catins repenties soient de cet avis. Je gage que certaines d'entre elles, qui ont vive repartie, le feront savoir.

– Avez-vous une meilleure suggestion ? s'enquit Plaisance d'un ton patient.

– Il vous déplairait de l'entendre, d'autant que, si je ne m'abuse, madame votre mère est cousine de second degré de notre Saint-Père.

– Je n'ai pas revu ma mère depuis l'âge de six ans, sauf à l'occasion d'une courte visite. Notre pape, alors qu'il était encore monseigneur de Got, se fit représenter pour me tenir sur les fonts, ainsi qu'il est de coutume pour la parentèle baptismale éloignée. Quant à mon élection – dans laquelle il vous plaît de ne voir qu'une nomination – madame de Normilly en demanda l'approbation à Rome, pas l'inverse. Qu'il soit dit une fois pour toutes et devant chacune d'entre vous. Enfin, et pour vous rassurer tout à fait, je puis tout entendre.

Agnès Ferrand sembla décontenancée par cette véhémence sans éclat, qui résumait ce que nulle n'ignorait. Pourtant, elle s'acharna :

– Vous me permettrez d'en douter, ma mère, avec tout mon respect.

Née bâtarde, sans beauté, sans fortune, la portière n'avait eu d'autre option que la vie monastique. Elle s'y était trouvée environnée de femmes pour certaines fort belles, de haute naissance et richement dotées. Alors que cette mitoyenneté aurait dû, en toute logique, la rasséréner, elle l'avait rongée davantage par le continuel spectacle de ce qu'elle ne posséderait jamais. Son aigreur n'avait d'égale que son absence de générosité. Plaisance était contrainte d'admettre qu'alors qu'elle craignait Hucdeline, elle n'aimait pas Agnès.

– Mettez-moi à l'épreuve, rétorqua-t-elle d'une voix dont elle parvint à estomper l'exaspération.

– Si la papauté, plutôt que de faire bâtir une luxueuse forteresse en sa seigneurie de Villandraut, seigneurie qui n'a jamais été un enjeu stratégique, distribuait aux nécessiteux ne serait-ce que la moitié de la fortune engloutie de la sorte, nous n'aurions pas à accueillir les plus purulents d'entre eux.

Plaisance se leva et déclara d'un ton calme :

– Ainsi que je vous l'avais promis, je puis tout entendre, même vos blasphèmes. Il ne vous appartient pas de juger les décisions de notre Très Saint-Père, pas plus que celles du roi. Les délibérations de ce conseil sont secrètes. Je vous recommande, en amitié et pour votre propre tranquillité, de ne pas propager vos critiques au-delà des murs de cette salle. J'en profite pour rappeler à toutes présentes céans que votre opposition demeurera à jamais confidentielle. Mes filles, le chapitre est clos.

Plaisance de Champlois soupira en refermant derrière elle la porte de ses appartements, qui donnaient sur les terrasses inclinées. Par l'une des fenêtres de son vaste bureau, vitrées, comble du luxe, elle contempla les deux bouquetiers[1] en pente douce. À chaque printemps, les mauves jetaient leur note violente au milieu de l'immaculée blancheur des lys. Au soir, la jeune abbesse en percevait les effluves grisants, presque lourds. Mais le printemps ne renaîtrait pas avant de longs mois. Ne restaient des splendeurs végétales que quelques tiges noircies et desséchées.

Plaisance pouffa. Leurs jeux de voûtes. On plantait des arceaux d'osier dans la terre. Le jeu consistait à faire passer dessous une balle d'étoupe serrée. Il fallait une belle dextérité afin d'y parvenir, puisque le joueur ne devait jamais franchir les lignes qui le séparaient de ses cibles. D'abord, Plaisance avait remporté toutes les parties. Jusqu'au jour où une grimace douloureuse l'avait renseignée. Madame Catherine souffrait. Son dos la martyrisait en permanence. Se baisser était un supplice pour elle. Les larmes étaient montées aux yeux de la petite fille. Fallait-il qu'elle l'aime comme une mère pour souffrir à seule fin de lui offrir une distraction. Elle avait subtilement laissé madame Catherine gagner. Le contentement de la belle dame l'avait comblée.

---

1. Jardin strictement ornemental, de superficie modeste, réservé à la culture de fleurs destinées à l'agrément et au fleurissement des autels. À l'époque, on y trouvait principalement des lys, des roses de Damas et des giroflées, nombre d'espèces étant encore inconnues.

Le mince bonheur que lui procurèrent ces souvenirs fut éphémère. Il lui fallait préparer la venue des lépreux, tenter d'expliquer à ses filles du cloître de La Madeleine qu'aucune injustice n'avait conduit son choix, que seule la topographie le motivait et qu'elles plairaient ainsi à Dieu. Elle s'installa derrière sa grande table de travail, qui la faisait paraître encore plus menue.

Aucune injustice ? Allons, qui espérait-elle convaincre ? Sûrement pas elle. Cela étant, cette iniquité dont elle avait pris la mesure n'était en rien motivée par un quelconque mépris vis-à-vis de ces femmes, ballottées et trahies par la vie. Le cloître de La Madeleine hébergeait soixante anciennes prostituées. Seul le bon sens politique avait guidé le choix de la jeune abbesse. Il n'en demeurait pas moins qu'elle appréhendait sa rencontre avec Mélisende de Balencourt, grande prieure du cloître de La Madeleine. Celle-ci avait refusé le relatif confort des appartements privés que lui réservait sa charge. Elle s'était installée dans une austère cellule du rez-de-chaussée afin de se rapprocher du dortoir de ses filles situé à l'étage, et portait sa haire[1] jour et nuit, du moins le prétendait-on. Quelque chose chez cette grande femme décharnée faisait froid dans le dos. L'excessive rigueur de son ascèse déroutait Plaisance de désagréable manière. On prétendait qu'elle laissait avarier la viande avant de la consommer, qu'elle se fouaillait à saigner, qu'à l'hiver elle ôtait ses socques[2] et ses bas afin de marcher dans la neige jusqu'à en avoir les pieds bleus. Pourtant, Mélisende de Balencourt l'avait parfois étonnée par son manque de compassion. Sa sécheresse face aux

---

1. De l'anglais *hair* devenu *harja* en francisque. Chemise rugueuse, en général en poil de chèvre, portée par pénitence à même la peau.
2. Chaussures à semelles de bois.

peines du monde avait eu maintes fois l'occasion de se révéler. Mélisende souhaitait-elle montrer à toutes avec quelle opiniâtreté elle poursuivait sa quête de pureté ? Voulait-elle ainsi fustiger les autres, celles dont elle jugeait la foi imparfaite ? Pis, s'agissait-il d'un de ces délires dont l'abbesse avait entendu parler et qui conduisaient certains à rechercher la souffrance gratuite et les mortifications extrêmes au prétexte de purification ?

Un coup péremptoire porté sur la porte de son bureau tira Plaisance de Champlois de l'interminable recensement qu'elle s'imposait chaque jour après laudes*. Durant deux heures, elle relatait leur quotidien dans un grand registre dont l'utilité lui paraissait bien floue. Rien de leurs journées, pourtant semblables, ne manquait à son scrupuleux inventaire. Chaque bougie brûlée, chaque vêtement élimé jusqu'à la trame et remplacé, chaque commande de farine ou d'onguent pour chevaux y figurait.

Mélisende de Balencourt pénétra dans la grande pièce froide, jetant un regard vers la cheminée éteinte comme si elle soupçonnait l'abbesse d'abus d'aise. Le visage émacié de la grande prieure de La Madeleine évoquait à Plaisance un masque mortuaire, le squelette qu'elle serait bientôt. La peau grisâtre et sèche était tirée sur les pommettes, le nez et le menton comme si nulle chair ne l'en séparait. Seul l'éclat fiévreux de ses prunelles sombres semblait en vie. Mélisende s'approcha du bureau et baissa la tête, attendant. Ses mains, agitées d'incessants petits mouvements, pendaient le long de sa robe, presque translucides sur le blanc de la laine épaisse. Plaisance en détourna le regard. Elles ressemblaient à de longues griffes osseuses.

– Ma chère fille, je vous ai fait mander devant moi afin de vous expliquer le projet que le conseil a formé. Avant d'entrer dans le vif du sujet, je tenais à vous assurer que nous n'avions pas pris notre décision de gaîté de cœur, et que seule l'obligation dans laquelle nous nous trouvons nous contraint à…

– Suis-je dessaisie de ma fonction? demanda la grande prieure d'un ton sec.

Cette sortie sidéra Plaisance. Qu'est-ce qui avait pu lui mettre une telle supposition en tête? Mélisende de Balencourt avait revendiqué la fonction de grande prieure du cloître de La Madeleine, arguant que seule une chaste pourrait démontrer la merveille de l'abstinence charnelle aux anciennes filles de joie. Madame Catherine l'y avait nommée avec empressement. L'ancienne abbesse avait ainsi trouvé le moyen d'écarter de son entourage direct une fille dont le voisinage lui pesait. À la vérité, Mélisende s'acquittait au mieux de sa lourde tâche. Aucune de ses moniales ne s'en était plainte, et les activités du cloître n'engendraient nul commentaire désobligeant. Elles avaient, entre autres, la charge des ruches et des vignobles, et un miel et un vin de bonne qualité agrémentaient l'ordinaire des autres sœurs. Il n'était pas rare que l'on puisse en vendre à l'extérieur, augmentant les revenus plus que substantiels de l'abbaye. Quant à la cire, on ne manquait ni de cierges ni de bougies, ces dernières étant réservées aux discrètes et aux officières, les autres se contentant de lampes à huile.

– Certes pas. Vous réalisez des prodiges en encourageant ces femmes aux efforts et à la tempérance.

Il lui sembla que l'autre retenait un soupir de soulagement et un étirement de lèvres, sans doute un sourire, salua ce compliment. Étrangement, cette confirmation dans sa fonction paraissait lui avoir ôté tout intérêt

quant au motif de cette convocation. Un peu décontenancée par son évidente indifférence, Plaisance de
Champlois hésita :

– Ma fille… le comte Aimery de Mortagne ne peut
recueillir d'autres lépreux. Certains errent de par les
routes, quelques-uns se sont fait lapider par des villa-
geois affolés.

– Il nous faut alors leur ouvrir nos portes, la devança
Mélisende.

– C'est ce que nous demandent notre Saint-Père et
le roi, approuva Plaisance surprise de sa réaction. Cela
étant… Quelques-unes d'entre nous ne sont pas épargnées par la crainte ressentie par les laïcs, voire leur
animosité et…

– Le cloître de La Madeleine conviendrait. Il nous
suffirait de le séparer nettement en deux parties afin de
ne pas provoquer de réactions hostiles de la part de mes
moniales.

Plaisance avait redouté une attitude adverse de la
part de la grande prieure, défendant bec et ongles ses
repentantes. Néanmoins, sa fougueuse approbation lui
procura un vague déplaisir.

– Votre attitude, inspirée par la charité, vous honore,
chère Mélisende.

Il lui sembla que l'autre cherchait la signification de
ses paroles. Enfin, elle acquiesça :

– En effet, ma mère, « charité » est bien le mot. Afin
de montrer à Dieu notre amour, il nous faut aimer Ses
créatures les plus meurtries.

Rien dans la ligne aiguë de ses maxillaires, dans ce
regard de braise qui dévorait ses joues d'une pâleur malsaine, ne trahissait cependant le plus modeste amour du
prochain.

Plaisance se demanda soudain si la proximité d'avec
des lépreux ne la satisfaisait pas, au contraire de ce

qu'elle avait pu imaginer. Si les rumeurs qui couraient au sujet des mortifications dont elle se délectait étaient fondées, l'arrivée des scrofuleux lui fournirait d'autres formes de pénitence.

— Il vous faudra bien sûr, ma très chère, préparer vos filles à cette venue. S'il s'avérait que certaines rechignent ou protestent, je pourrais…

— Que nenni. Je les connais. Sous des dehors parfois frustes, elles ont un cœur pur, ayant tant souffert des autres.

Plaisance songea qu'elle faisait preuve d'un optimisme peu commun. Pourquoi d'anciennes prostituées accepteraient-elles sans inquiétude la proximité d'un mal rongeant ?

— Vous m'enlevez une vilaine épine du flanc, ma fille.

— Quand pensez-vous que les malades arriveront en l'abbaye des Clairets ?

— Le plus rapidement possible, à ce que j'ai cru sentir. Le comte Aimery est pressé de réduire l'encombrement de la ladrerie de Chartagne.

— On ne peut que le comprendre.

— Certes, approuva dans un murmure Plaisance, que la tournure de la conversation dérangeait de plus en plus. Je vous enverrai dès le demain les charpentiers ainsi que le maçon. Vous veillerez, ma fille, à établir avec eux un plan de séparation du cloître, séparation dont nous ne souhaitons pas qu'elle s'apparente à une geôle, ni pour vos moniales, ni pour les ladres à venir. Cela étant, nous la voulons… étanche. Vous me présenterez votre projet. Selon mes estimations, nous n'avons que peu de temps devant nous.

— Il en sera fait à vos ordres, acquiesça Mélisende comme un vrai sourire lui venait.

— Je vous en sais gré. Allez en paix, ma fille.

Un indéfinissable malaise persista en elle bien après le départ de la grande prieure de La Madeleine. Mélisende de Balencourt se leurrait-elle de bonne foi sur l'aisance avec laquelle ses moniales accepteraient leur future cohabitation avec la maladie ? Son attitude presque désinvolte cachait-elle autre chose ? Une angoisse imprécise étreignit l'abbesse. Dans sa démesure purificatrice, la grande femme décharnée aurait-elle imaginé de soumettre toutes les sœurs de La Madeleine au risque de contagion afin de sauver leurs âmes ? Un frisson la parcourut. La vie selon elle était un don dont nul être ne disposait. Quant à tenter de mimer les souffrances du Sauveur afin de s'en rapprocher, elle y voyait une sorte d'arrogance, bien humaine.

Il lui fallait en avoir le cœur net. Ne pourrait-elle charger quelqu'une d'une discrète enquête ? Quelqu'une que nulle ne soupçonnerait de double jeu. Certainement pas une des sœurs du chapitre.

Une semaine plus tard.
Maladrerie de Chartagne, Perche, octobre 1306

Jaco, dit le Ribleur[1], remonta ses braies[2] à la hâte. Il jeta à la fille assise sur le bord de la longue table de réfectoire :

– Hâte-toi, laideronne ! Si on nous trouve, moi le cul à l'air et toi les cuisses écartées, on devra encore se goinfrer de sermons jusqu'à plus faim, sans compter les corvées punitives.

La fille lui jeta un regard vide. Sans même rajuster sa robe relevée sur ses hanches, elle tendit la main.

– Donne.

Jaco s'exécuta à contrecœur. C'était une belle part de fromage qu'il avait chapardée à la nuit dans les cuisines. Une belle part de fromage en échange d'un bien médiocre soulagement des sens. D'un autre côté, il y avait peu de ladres de sexe opposé dans leur groupe maudit. Mieux valait être trop généreux que se retrouver dernier sur la liste de la fille. Certains d'entre les gars les bousculaient un peu, omettant de leur demander leur consentement avant de les trousser – après tout, qui s'en souciait –, mais le Ribleur n'était pas téméraire.

---

1. Qui se faufile à la nuit comme un voleur.
2. Pantalon large porté par les paysans depuis les Gaulois. Nous en avons gardé « débraillé ».

Ce n'était pas tant les réactions des ribaudes renversées sans cérémonie qu'il craignait que la colère d'un de ses compagnons de misère peu désireux de laisser sa part de femme aux chiens.

Il adressa un muet pardon à sa tendre Pauline de ce nouvel adultère. Rien de plus qu'un éphémère frottement de peau durant lequel ils oubliaient tous qu'ils allaient mourir.

La lèpre. Jaco l'avait contractée de son ancien maître, revenu quinze ans plus tôt de Terre sainte, défait et malade. Tant que le vieillard avait vécu, Jaco avait eu la paix. À sa mort, survenue six mois auparavant, Charles d'Ecluzole, grand bailli du comte Aimery de Mortagne, avait fait mander deux mires à fin d'expertise. Le diagnostic était tombé, la sentence aussi : la mort civile. La douce Pauline s'était, de fait, trouvée veuve. Qu'importait qu'elle ne présentât aucun des symptômes de la maladie. Elle pouvait, selon eux, la couver. Nul ne voulait plus leur donner du travail, tous refusaient qu'ils approchent à moins de cinq toises* leurs masures ou leurs fermes. La faim et la peur s'étaient ajoutées à la misère et au mal qui rongeait Jaco. Pauline avait volé, peu de chose, juste de quoi les nourrir. Un pain, des œufs, du lard, une vieille volaille qui ne courait pas assez vite pour lui échapper. Un soir, les hommes du grand bailli avaient ouvert la porte de leur cahute à coups de bottes. Ils avaient pointé leurs lances sur Jaco et tiré une Pauline épouvantée dehors. Il n'avait jamais revu sa douce mie aux cheveux de soie. Elle avait été emprisonnée, sans plus de formalités. Jaco s'était rongé les sangs à en devenir fou. Certes, ils étaient moins brutaux avec les femmes, aussi ne l'amputeraient-ils sans doute pas d'une main, comme ils l'eussent fait avec un chapardeur. Elle serait dénudée, flagellée en public et promenée entravée par les rues, offerte aux injures, aux obscénités, aux jets de crachats. Au fond, Jaco avait plus souffert du mal qui risquait d'échoir à son épousée que de ses membres du bas qui renâclaient parfois à lui obéir. Une semaine plus tard, ils étaient venus l'arrêter afin de le mener en la maladrerie de Chartagne, pertuisanes[1] brandies, plus pour se protéger de lui que pour le menacer.

Jaco s'était convaincu que son sort n'était guère plus faste que celui d'une bête de somme. Il devait découvrir que les créatures humaines savent se traiter plus durement que des bœufs de trait.

Des bêtes. Ils étaient devenus des bêtes dans cette tribu de hors-vie, se reniflant l'entrejambe pour déterminer la supériorité des uns sur les autres. Les plus faibles étaient écrasés, pis que dans une meute de loups. Ils entrapercevaient parfois les puissants, les rares chevaliers qui résistaient encore au mal. Ceux-là étaient logés dans un autre bâtiment, pourvu de chambres. Jaco ne les enviait pas. La mort hideuse rampait aussi dans leur direction. Les petits conforts dont ils jouissaient ne la tiendraient pas à distance.

Mais eux étaient devenus des bêtes. Entassés, bousculés, encouragés par leurs geôliers à crever au plus vite, ils se retournaient contre eux-mêmes plutôt que de s'allier pour résister. Pourtant, Pauline ne quittait pas l'âme de Jaco. Sans doute était-ce grâce à son sourire creusé d'une seule fossette qu'il n'avait pas sombré dans le désespoir.

Après quelques semaines passées à osciller entre la stupeur et l'angoisse, Jaco en était parvenu à une ahurissante conclusion : il avait eu de la chance. Sa chance se nommait Pauline. Sa chance avait un teint de lait tiède, des cheveux châtaigne et des yeux noi-

---

1. Lances.

sette. Grâce à sa jolie chance, il conserverait son âme jusqu'au bout.

Il s'était écarté des autres, de la haine qui les empoisonnait peu à peu, de leur souffrance, pour se consacrer seulement à ses souvenirs de Pauline, de leur vie d'avant. La promiscuité d'étable à laquelle on les avait contraints interdisait la moindre intimité. Il s'était donc aménagé un nid confortable dans son esprit. Un imprenable nid. Il avait cessé de les écouter, cessé de leur parler, se contentant de leur sourire, l'air vague et benêt, afin de ne pas attiser leur colère. Certains, les plus forts, n'attendaient que cela : un regard, un mot, presque rien afin de s'en prendre à quelqu'un, n'importe qui, dans l'imbécile espoir d'avoir moins mal. De Jaco le Ribleur, il était devenu Jaco le Simple. Sa prétendue crétinerie lui avait garanti un univers de calme en ces lieux de peur et de rage.

Depuis quelques jours, des rumeurs au sujet de leur prochain transfert circulaient. Célestin l'Ours – qui devait son surnom à la toison qui lui couvrait tout le corps ainsi qu'à sa force herculéenne, sans oublier sa mauvaiseté – avait éructé qu'on ne les déplaçait que pour les achever. En dépit du grain d'orge qui lui servait d'intelligence, Célestin était devenu le maître de leur troupe, le seigneur des lépreux. La brute sans cervelle n'avait pas hésité à occire deux de ses compétiteurs afin d'affirmer sa suprématie. Leurs cadavres avaient vite été incinérés par les gardiens. Les fumées noirâtres et nauséabondes qui s'étaient élevées des bûchers improvisés avaient découragé d'autres prétendants au trône de leur petite cour des miracles. L'Ours régnait donc sans partage et Jaco lui servait de bouffon, un rôle finalement confortable puisqu'il lui valait quelques égards de tous, notamment des filles, et même de ce finaud d'Éloi qu'il avait un peu supplanté dans la confiance de Célestin. Ce dernier ajoutait la bêtise à la superstition. Sa récente promotion au titre de « seigneur des lépreux » n'avait fait que le conforter dans sa certitude d'avoir toujours raison. Il était assez facile à manipuler pour peu qu'on le flattât dans le sens de son poil rêche et qu'on l'approuvât béatement, tout en le menant où l'on souhaitait. Les plus énormes flagorneries émaillaient maintenant le discours de Jaco, qui n'appelait l'Ours que « mon bon maître » ou « mon magnifique seigneur ». Jaco le Simple était de bon conseil et l'autre, si obtus fût-il, s'en était rendu compte. L'Ours avait évité quelques vilaines mutineries grâce à son bouffon conseiller. Il voulait croire que c'était Dieu lui-même qui avait placé le Simple sur son chemin afin de l'aider à régner. Grand bien lui fasse. Jaco, ex-Ribleur, n'était pas de force à résister très longtemps dans ce purgatoire que, justement, Dieu avait oublié. Il avait besoin de la protection de l'Ours, tout en la sachant fluctuante. Une meute. Voilà à quoi on les avait contraints de ressembler. Certes, ils avaient vite retrouvé le chemin de la fauverie, sans doute parce que ses lois permettent de survivre lorsque tout vous condamne à mourir et que l'espoir a disparu. Comme dans une meute, il suffirait qu'un jour l'Ours montre les crocs contre lui pour que le reste de la coterie se jette à sa gorge, ce menteur d'Éloi en tête. Jaco se méfiait de cette bête-là. La grande brute d'homme abritait une intelligence beaucoup plus vive qu'on ne l'aurait supposé.

Un coup de pied tira Jaco de son demi-sommeil. Il se redressa en sursaut. Un garde le toisait, cramponnant sa hallebarde. Il posa le doigt sur ses lèvres afin de le faire taire et murmura, agacé :

— Bouge-toi, le ladre.

— Que…

Les pires fables couraient. Ceux qui les colportaient prétendaient les détenir d'une source certaine : un garde, un prêtre, un mire. On en faisait parfois sortir un ou deux afin de les occire à l'extérieur dans le but de réduire leur nombre. On les ligotait et on les jetait par jeu aux bêtes sauvages. On leur lestait les jambes avant de les précipiter dans un lac. Jaco n'y croyait qu'à demi, mais quand même. Pourquoi le tirait-on du sommeil en prenant garde de ne pas réveiller ses compagnons de misère ?

— Suis-moi. Hâte-toi, on te demande, chuchota l'autre avec un regard apeuré pour les autres dormeurs couchés à même la paille qui jonchait le sol.

La mise du cavalier qui patientait au-dehors de la maladrerie surprit Jaco. Il s'agissait, à n'en point douter, d'un bourgeois aisé ou d'un secrétaire de seigneur. Le grand homme émacié, au visage si buriné qu'il eut été impossible de lui donner un âge, lui fit signe d'avancer et congédia le garde indécis d'un geste énervé de la main.

— Es-tu bien celui qu'on appelle Jaco le Ribleur ?

— Si fait, monseigneur.

— Reculons-nous de quelques toises. S'il te prenait l'envie de fuir, Michel, là-bas, se ferait fort de te rattraper et de punir ton escapade.

Jaco tourna la tête et découvrit, adossé à un tronc, bras croisés sur un torse de buffle, un titan qui ne le quittait pas des yeux.

— M'écouteras-tu sans tenter de folie ? reprit l'homme.

Jaco acquiesça d'un mouvement de tête.

Ils s'écartèrent et l'homme démonta. Il dépassait Jaco d'une bonne tête et lui évoquait un grand oiseau maigre et déplumé. Il le fixa d'un regard bleu pâle, implacable.

– Ainsi, tu es l'époux de cette Pauline. Une brave jeune femme… imprudente, toutefois.

À la mention de ce prénom, la gorge de Jaco se serra. Il ne put répondre que par un nouveau hochement de tête. Soudain, une épouvantable certitude germa dans son esprit. Il sentit son cœur lui remonter dans la gorge et gémit :

– Elle est… morte, c'est cela ?

Le regard qui l'épinglait changea. Une sorte de douceur s'y mêla.

– Non. Elle est vive, bien que se morfondant dans l'une des cages de femmes du grand bailli. En attendant son jugement.

– Dieu tout-puissant, soupira Jaco, que le soulagement faisait frissonner.

– Ainsi donc, ton épousée avait raison.

– Je ne…

– Peu importe ce que tu comprends, le coupa l'autre. (Il sembla réfléchir avant de lâcher :) Je veux croire que ce soin, cette inquiétude que vous avez l'un de l'autre, malgré vos tourments, est un gage de ton honneur. Selon elle, la maladie qui te défigure progressivement est une autre preuve de ta dignité puisque tu l'as contractée au service de ton maître quand tu aurais pu le fuir.

– Il était juste et de bon cœur.

– Je sais cela.

– Mais vous, n'avez-vous point crainte à m'approcher si près que…

– Je suis vieux et j'ai résisté à tant de morts. Le temps me presse. Venons-en à l'objet de ma visite : la liberté de ta Pauline contre une mission.

Un seul bout de la phrase retint toute l'attention de Jaco : la liberté pour sa femme. Il bafouilla avec précipitation :

– Cette mission vous est acquise, monseigneur.

– Entends-la d'abord. Si tu échoues, c'est un trépas certain pour toi. Si tu réussis, rien ne prouve que nous parviendrons à te sauver et de toute façon…

– Et de toute façon, c'est la mort ou cette vie d'enterré vif, conclut Jaco. Aussi mon hésitation serait-elle un luxe que je ne puis m'offrir, ne croyez-vous pas ?

– Voilà qui est parlé, l'ami.

– J'accepte toutes vos conditions sans les connaître. Pauline… Comment la ferez-vous sortir des griffes du grand bailli ? Une évasion ?

Un vague sourire tendit les lèvres de son vis-à-vis.

– Certes pas. J'ai passé l'âge de scier des barreaux et d'assommer des gens d'armes. Une clef qui ouvre une grille me sied bien mieux. Il suffit que le grand bailli reçoive ordre de libérer ta mie et le tour est joué.

– Seul le roi… ou son seigneur direct, le comte de Mortagne, ont ce pouvoir.

– Tout juste. Le comte Aimery, mon excellent maître, celui qui m'envoie. Les chapardages de nourriture de ta dame ont été dédommagés au décuple et les plaintes abandonnées. Il ne reste plus que le tour de clef à donner et elle est libre.

– Donnez-le, monseigneur, de grâce, donnez-le, supplia Jaco.

– Plus tard, après. Lorsque tu auras accompli ta mission. Tu as ma parole. (Le grand homme hésita, puis :) Allez, afin de t'apaiser, je te révèle un petit secret : Pauline a été transférée dans une des chambres de servantes du château de Mortagne. Bien que prisonnière et tenue au secret, elle y est logée, vêtue et nourrie en décence.

– Sur votre foi, monsieur ?

– Sur ma foi et devant Dieu. Que je meure maudit si je m'en dédis, répondit avec gravité l'homme, main sur sa jaque de tiretaine[1] couleur de prune, à la place du cœur.

– Que faut-il faire ?

– Peu et tant à la fois. Ourdir une émeute, une révolte des lépreux dès votre installation en l'abbaye des Clairets.

– Ainsi c'était donc bien vrai. Un ladre a entendu l'un de nos gardiens évoquer notre prochain transfert.

– La tâche est plus ardue que tu ne le supputes. Monseigneur de Mortagne a été formel : les moniales – chastes, repentantes ou novices – doivent être épargnées de tout mal, ainsi que les femmes laïques. L'abbatiale, la salle des reliques et les chapelles seront indemnes de toute profanation. Il te tiendrait personnellement responsable de tout manquement à ses exigences. En revanche, nos aimables bernardines doivent être terrorisées au-delà de leur raison. Quelques bastonnades sans gravité de serviteurs mâles, quelques bris de meubles, quelques cous de volailles tordus… ne nous déplairaient pas.

– Que…

– Silence, à l'instant. Je n'ai pas à t'offrir d'explication. Songe à Pauline. Qu'elle soit ton seul guide et ta finesse. Tu disposes de trois semaines après votre arrivée, laquelle aura lieu dès l'après-demain, pour mener ta tâche à bien. Au-delà, Pauline sera reconduite dans sa geôle putride pour y pourrir le restant de ses jours.

Enfin le miracle qu'il avait appelé de ses vœux. Que Pauline vive, libre. Lui allait passer sous peu, il n'en avait nul doute. Cependant, quitter ce monde en sachant que sa mort avait sauvé son aimée le rassérénerait jusqu'au dernier soupir.

---

1. Épaisse étoffe de laine ou, plus tard, de coton.

– Je m'acquitterai de ma mission à votre satisfaction et à celle de votre maître, messire. De grâce, exprimez-lui mon infinie reconnaissance.

Après un dernier regard, le messager énigmatique remonta en selle et rejoignit la brute qui n'avait pas lâché Jaco des yeux de toute l'entrevue, semblant à peine cligner des paupières. Les deux hommes échangèrent quelques mots qu'il ne perçut pas.

– Et s'il venait à apprendre que sa Pauline est libre, et chambrière au château, messire ?

– Comment veux-tu qu'il le sache, Michel ? Aimery notre maître n'est pas homme à garder emprisonnée une pauvre douceur dont le seul tort a été de tenter de nourrir son époux malade. Il peut être sévère mais n'a jamais terni son honneur, pas plus qu'il n'a bafoué sa parole. Bon sang ne saurait mentir, et celui de feu le comte Raymond était un des plus valeureux et des plus honorables que j'ai jamais rencontrés. Aimery n'y a ajouté que la subtilité.

Aimery de Mortagne était planté devant l'une des fenêtres géminées[1] de sa salle de travail lorsque Malembert se fit annoncer. Les murs de la vaste pièce étaient lambrissés de chêne sombre, un luxe rare en cette époque. Une grande armoire à trois niveaux, dont le plus bas faisait office de banc-coffre, se dressait face à la haute cheminée. Les torchères avaient été allumées.

— Monseigneur, je rentre à l'instant de la maladrerie.

— Quelle fut sa réaction?

— Ainsi que vous l'aviez deviné. Il nous servira. Et avec empressement.

— Après l'avoir vu, penses-tu qu'il réussira?

— Il a l'air fort dégourdi, et sa Pauline est un bel encouragement. De surcroît, il n'a rien d'un vulgaire coquin.

— Je le pressentais.

Un serviteur pénétra, chargé de deux verres d'épais cristal, emplis de vin d'épices tiède. Il les posa avec dévotion sur le bureau avant de s'incliner et de dispa-

---

1. Fenêtres groupées par deux, mais séparées par un mince intervalle de pierre.

raître. Seuls les plus grands seigneurs possédaient de telles raretés, le plus souvent ramenées d'Italie.

— Asseyons-nous, Malembert. Dégourdis-toi les membres du bas et dégustons notre vin en amitié.

Étienne Malembert salua l'honneur d'un petit mouvement de tête.

— Mon bon Étienne… quelque chose de torve se trame, et je m'y perds.

— « Torve »? L'adjectif me paraît faible, avec mon respect. J'avoue ne rien comprendre à cet ordre de déplacement des scrofuleux jusqu'aux Clairets. Êtes-vous bien certain qu'une de vos paroles n'aurait pu être interprétée…

— Que nenni ! Je retourne cette devinette en tous sens depuis près d'une semaine, lorsque nous avons reçu cette missive confidentielle de notre gentille espionne en l'abbaye des Clairets. Quel n'a pas été mon étonnement d'apprendre que j'aurais été à l'origine des… préoccupations papales. À moins d'avoir gravement perdu le sens, je ne me souviens pas avoir jamais requis – ou même suggéré – un tel transfert, et encore moins du Vatican.

— Peut-être s'agit-il d'une méprise? proposa Malembert, peu convaincu.

Aimery de Mortagne dégusta une longue gorgée de vin avant de rétorquer :

— J'ai trop louvoyé entre les stratagèmes de Rome pour n'y voir qu'un malentendu. Mais qui ? Rome n'est pas une tête, c'est une hydre. S'y mêlent tant d'intérêts, tant de convoitises et tant de calculs. La plus ardente pureté y côtoie la pire boue humaine. Tous ces puînés[1] qui endossent la robe en piètre compensation d'un titre,

---

1. « Nés ensuite », donc n'héritant pas du titre ou de la plus grande partie des terres.

d'une fortune ou d'une gloire. Il faut être bien benêt pour croire que leur frustration se satisfera de génu-flexions.

– N'est-ce pas le cas de monseigneur Jean de Valézan qui, bien qu'archevêque et discret ambassa-deur – c'est-à-dire espion – du roi de France à Rome, se sent toujours évincé d'une belle terre ?

– D'une belle terre que son aîné Thierry dirige mieux qu'il ne l'eût fait, précisa le comte.

– Selon vous, qu'a pensé monsieur de Valézan de la nomination à la tête des Clairets de la petite Plaisance de Champlois en place de sa sœur bien-aimée ?

– Connaissant l'animal, bien que ne l'ayant jamais rencontré, son tempérament sanguin sous sa mine empe-sée, je gage qu'il a rugi comme un forcené. Or, Valézan n'est pas homme à s'avouer vaincu. Au-delà du revers subi par sa sœur, c'est lui qui a reçu un cinglant camou-flet. Bah, ça lui fera le cuir, quoique je gage que le sien est déjà bien épais. Là n'est pas notre inquiétude. Il me faut découvrir si ce déplacement de malades est une simple bévue de secrétaire, ce dont je doute, ou s'il dis-simule autre chose. Puisque les ladres dépendent de ma justice, une révolte nous fournira un excellent prétexte pour intervenir et séjourner aux Clairets. Requérir une simple invitation eût sans doute provoqué la méfiance.

Quinze jours plus tard.
Abbaye de femmes des Clairets, Perche, octobre 1306

Mélisende de Balencourt épiait depuis presque quinze jours cette jeune Angélique Chartier. Ce tôt matin, la jeune fille frottait avec énergie les dalles du réfectoire du cloître de La Madeleine en compagnie de Claire Loquet. En dépit de leur silence imposé, une sorte de connivence joyeuse irradiait de leurs gestes et quelques ébauches de sourire s'échangeaient par-dessus brosses et seaux.

La jeune novice en fin de probation avait débarqué au cloître de La Madeleine deux semaines auparavant, après un entretien avec la mère abbesse au cours duquel elle avait requis permission de rejoindre les repentantes afin de les aider dans leur purification. Permission vite accordée puisque rares étaient les bonnes volontés qui recherchaient cette mitoyenneté. L'agacement gagna Mélisende. Que croyaient-elles, les chastes dindes : que ses filles avaient pris plaisir à leur luxure ? Que la débauche charnelle s'attrapait à la manière d'une maladie, surtout lorsqu'elle avait été imposée ? Quoi qu'il en fût, les candidates bien nées ne se pressaient pas aux portes du cloître. Ses filles, les ex-fillettes communes, ne s'en formalisaient plus, du moins avaient-elles le bon sens de le prétendre. Sauf peut-être cette Claire Loquet, une dure dont on se demandait quel étrange cheminement avait pu la conduire en ce lieu. Certes, Claire était femme de foi, mais également de rébellion, en un siècle où la rébellion seyait peu aux femmes et encore moins aux catins, repenties ou pas. Ses yeux noisette vous épinglaient comme si elle cherchait derrière votre front la trace d'une duperie. Sa bouche se crispait, prête aux insultes qu'elle retenait mais que l'on entendait haut et limpide. Quant à ses manières, elle les avait sans doute héritées d'un ongle-bleu[1]. Claire était l'une de ces femmes que l'on doit surveiller. Leur charme, leur faconde et, avouons-le, leur perspicacité en font de redoutables adversaires, prompts à rallier les indécis sous leur bannière.

Lorsque la grande prieure avait interrogé d'un ton sec Angélique Chartier au sujet de son choix, la ravissante jeune femme avait souri.

– C'est si... Ne me méjugez pas. Le choix s'est imposé à moi pour une broutille, un enfantillage qui a fait basculer ma vie. Je vous ai vues un jour ramasser des châtaignes. Une mignonne bagarre a éclaté. Vos filles se bombardaient de fruits en riant. Et je me suis dit soudain... vous allez me trouver bien ridicule... Je me suis dit que Dieu était là, à ce moment précis. Ces femmes avaient tant souffert, leurs corps avaient été vendus, parfois saccagés, leurs âmes avaient été humiliées. Néanmoins, elles jouaient de châtaignes. La ténacité de la vie et son miracle me sont apparus. Je souhaite de tout cœur rejoindre leur lumière.

Une chose étrange, disparue depuis des lustres, avait suffoqué Mélisende. L'émotion. Elle lui était montée

---

1. Artisan qui teignait les draps de laine et la toile, et travaillait à façon pour un marchand. Corporation peu reconnue et méprisée à l'époque.

dans la gorge, et une sorte d'insidieuse douleur lui avait serré le cœur.

Étrangement, un peu de lumière s'était infiltrée dans ce lieu sinistre depuis l'arrivée d'Angélique. Étrangement, Mélisende ne l'avait pas combattue. Pourtant, la grande prieure du cloître de La Madeleine ne voulait pas de joie, et encore moins de chaleur entre ces murs. Elle souhaitait qu'y demeure l'incessant rappel des souffrances extérieures, de l'injustice du monde.

Angélique, avec son intarissable bonté, son infatigable allégresse, était un aimant puissant. Bien vite, il avait attiré certaines des anciennes fillettes. Dont Claire Loquet, qui pourtant s'était constitué au fil des années une petite cour de suiveuses, au nombre desquelles sa confidente, Henriette Viaud.

L'espèce de sympathie qui avait aussitôt lié Angélique et Claire, bien dissemblables, avait alerté madame de Balencourt. Claire était une méfiante doublée d'une roublarde à qui on ne la faisait plus depuis longtemps. Quant au charme, elle en connaissait toutes les ficelles et ne se serait jamais laissé berner. Autre chose ajoutait à l'alarme de Mélisende de Balencourt : quelle raison avait pu véritablement pousser cette charmante Angélique, si épargnée par la vie, à les rejoindre, à partager leur vie de labeur bien plus âpre que celui réservé aux « autres », ainsi que les pensionnaires de La Madeleine nommaient les chastes du cloître Saint-Joseph ? Une fois l'émotion réprimée, cette anecdote de la bataille de châtaignes lui avait paru peu convaincante. Et pourtant, la ravissante jeune femme mettait son cœur à l'ouvrage, revendiquant les tâches les plus ingrates, les plus épuisantes, s'en acquittant avec une constante bonne humeur. Du coup, Claire n'avait presque pas protesté de la semaine au prétexte qu'on lui réservait les corvées les plus déplaisantes pour la punir, sans motif autre que l'exécration que lui vouait la grande prieure. Mélisende étouffa un soupir en rejoignant l'inconfortable recoin qui lui servait de bureau. Claire Loquet ne devait jamais sentir à quel point elle se méprenait. Au fond, la prieure se reconnaissait dans cette femme encore jeune, dans sa révolte, dans le désordre de ses excès de ton. Mais le désordre et la révolte peuvent mener au pire, c'était l'intime conviction de madame de Balencourt, aussi convenait-il de les mater au plus sévère. Elle s'y employait depuis plus de vingt ans.

L'arrivée d'Hermione de Gonvray, la sœur apothicaire qui les visitait tous les deux jours, mit un terme à ses pensées. Le presque mutisme d'Hermione était une trêve bienvenue. L'apothicaire s'installait devant un gobelet d'infusion, plongeant dans son coutumier silence. Parfois, elle s'enquérait de la santé des unes et des autres, limitant ses questions à trois ou quatre mots.

Claire leva les yeux des dalles noires et blanches et murmura, un éclat joyeux dans le regard :

— La vilaine crapaude est enfin partie. Nous pouvons souffler un peu. J'ai les mains gelées.

— Moi aussi, admit Angélique. Ce n'est guère charitable, « crapaude ».

— Cependant, c'est approprié.

— Nous devrions nous taire, chuchota Angélique.

— Pourquoi cela ? Le Verbe est divin. Faudrait-il le dédaigner ?

Angélique se redressa et approuva, surprise :

— Comme c'est juste. Se priver du Verbe, c'est donc se priver de Dieu. (Se ravisant, elle tempéra aussitôt son propos :) Oui, mais bavarder est une mauvaise distraction. On a la tête ailleurs qu'à sa tâche et on finit par raconter des bêtises.

Un sourire illumina le visage constellé de taches de rousseur de sa sœur.

– Vous êtes charmante. Ainsi, vous croyez tout ce que l'on vous raconte ?

– Bien sûr. Nul ne ment, ici.

– Quelle belle confiance !

Une gêne gagna Angélique. Elle demanda d'un ton blessé :

– Que voulez-vous dire ? Je suis bien certaine que notre grande prieure ou notre mère ne nous mentent jamais. Ce serait déchoir et pécher.

– Encore convient-il de définir ce qu'est un mensonge. Se taire et dissimuler la vérité est, selon moi, une menterie. Répéter sans réfléchir ce que l'on vous assène en vous en garantissant l'authenticité aussi. Ne croyez-vous pas ?

– Sans doute, hésita Angélique, que cette conversation déroutait.

Elle avait très vite été attirée par Claire, par cette énergie que l'on sentait dans chacun de ses mouvements, par sa brusquerie sans hargne qui lui rappelait un peu Marie-Gillette d'Andremont, une de ses sœurs préférées de l'« autre » côté. On avait le sentiment qu'aucun obstacle ne parviendrait jamais à décourager Claire de son but. Mais justement, quel était son but ? À l'émerveillement d'avoir découvert si vite une amie en une sœur, avait succédé une sorte de malaise chez la jeune femme. S'était greffée l'acrimonie de plus en plus tangible d'Henriette Viaud à son égard. Henriette supportait mal que son amie de longue date consacre du temps à la gentille novice. D'abord cordiale, elle s'était vite murée dans un silence vindicatif, se taisant et détournant le regard lorsque Angélique paraissait. Les pesteries et les mesquines vengeances n'avaient pas tardé. Trois jours plus tôt, Angélique avait trouvé au soir son matelas de paille glacial, trempé, empestant l'urine. Hier, une fâcheuse limace s'était faufilée dans son bas à la nuit. Elle ne s'en était rendu compte que lorsqu'elle avait plongé le pied dedans. Le sourire satisfait d'Henriette lorsqu'elle avait crié de dégoût l'avait renseignée sur l'identité de la rancunière.

Les yeux noisette qui la dévisageaient pétillèrent. Claire poursuivit :

– Que je suis soulagée de votre approbation. (Elle feignit de réfléchir puis :) Selon vous, serait-ce un mensonge d'affirmer que nous sommes toutes cloîtrées quand certaines vont et viennent hors les murs d'enceinte ?

– La tourière, bien sûr. Il le faut puisqu'elle collecte les dons des généreux et les règlements des aumôneurs contraints à l'*offeranda*[1] par jugement de leurs fautes.

– S'il n'y avait qu'elle, insinua l'autre femme.

– Enfin Claire, nulle ne peut sortir, sauf ordre écrit de l'abbesse. Les servantes portières qui gardent les huis ne le permettraient pas.

– Qui vous a dit qu'elles sortaient par les porteries ?

Angélique la fixa, plissant le front d'incompréhension.

– Saviez-vous, gentille sœur, que des souterrains courent sous toute la surface de l'abbaye ? reprit Claire.

– Qu'est cette faribole ? Un mystère de pacotille fabriqué par des oisives en mal de frissons ?

– Ah... On croirait entendre cette chère Hucdeline de Valézan !

La comparaison vexa Angélique qui serra les lèvres de déplaisir.

---

1. Don.

– Votre pardon. Vous ne méritez certes pas ce rapprochement, concéda Claire. Cela étant, n'y voyez nulle billevesée. Toutes les abbayes de ce temps furent construites sur le même plan. Les artères voûtées des souterrains servent à l'écoulement des eaux sales et des déjections. Pourtant, on peut se demander pourquoi certaines sont larges comme des avenues, permettant le passage d'un charroi, et semées d'anneaux de flambeaux afin d'en garantir l'éclairage.

Soudain méfiante, Angélique s'enquit :

– Les auriez-vous visités, ces souterrains, pour les décrire de la sorte ?

– Malheureusement, je n'en ai jamais découvert l'accès. Les moniales du cloître de La Madeleine, ainsi que vous l'avez appris, n'ont que fort peu d'occasions de s'aventurer ailleurs, si ce n'est au rucher, dans les vignes, au pressoir ou dans les vergers.

– Allons, on vous croirait encagée, protesta faiblement Angélique.

– L'image de la geôle s'impose parfois à l'esprit, en effet. Faites donc le tour des clôtures. Il n'existe qu'un passage permettant de lier La Madeleine au reste du monde. Au contraire des autres, il bute sur une grille, toujours fermée.

– Les clôtures sont faites pour nous protéger et nous permettre de méditer.

– À ce que l'on prétend. Pour en revenir à notre conversation, pensez-vous que tenir secrète l'existence de ces souterrains est un mensonge ?

Angélique eut soudain la certitude que l'autre la menait vers un but précis, sans toutefois parvenir à le cerner. Elle biaisa :

– Eh bien, peut-être existe-t-il une excellente raison à cela. Peut-être sont-ils très dangereux, infestés de vermine ou de maçonnerie peu fiable, que sais-je…

– Ah, je vous dérange encore, siffla une voix derrière elles. Décidément, vous semblez avoir tant de sujets de discussion !

Angélique se retourna, confuse. Henriette Viaud la fixait d'un regard peu amène. Profitant de cette interruption pour mettre un terme à son échange de plus en plus suspect avec Claire, elle se leva et déclara :

– Les dalles luisent comme un sou neuf. Allons, il me faut rejoindre les autres au rucher. Notre grande prieure s'inquiète. Elle a le sentiment que deux de nos ruches virent bourdonneuses[1], faute de roi[2]. Nous risquons de perdre pléthore de miel. À vous revoir très vite, mes sœurs.

Elle tourna les talons, résistant à l'envie de courir vers la porte.

Le visage fermé et hargneux qu'adoptait Henriette disparut. Elle destina un clin d'œil complice à Claire et s'approcha pour murmurer à son oreille :

– Qu'en penses-tu ?

– À moins que je ne m'abuse gravement, et qu'elle soit fieffée amuseuse, elle ignore tout des souterrains. Cependant, je crois qu'elle est envoyée en mission d'espionnage. J'aurais d'abord parié que sa commanditaire était Hucdeline de Valézan. Toutefois, sa réaction à son nom m'en dissuade.

– L'abbesse ?

– Pourquoi pas ? Je la croyais plus intelligente que cela. À moins d'être une rouée sous ses airs de candeur,

---

1. Colonie qui a perdu sa reine. Les autres abeilles pondent, mais leurs œufs ne donnent que des faux bourdons.

2. On a cru jusqu'aux observations d'un médecin hollandais (Ian Swammerdam) à la fin du XVIIᵉ siècle que les colonies d'abeilles entouraient un roi.

Angélique n'est pas l'espionne que je me serais choisie, rétorqua Claire avec ironie.

– Pourquoi fouinerait-elle à La Madeleine ?

– Pourquoi… ou pour qui ?

– L'abbesse se douterait-elle que… Nous serions perdues !

– Chut ! Je ne le crois pas. Toutefois, nous devons redoubler de prudence.

– C'est également mon avis, aussi pourquoi avoir mentionné les souterrains à Angélique ? osa Henriette, d'un ton de prudent reproche.

– Je voulais m'assurer qu'elle en ignorait l'existence. De surcroît, comme chaste, elle est plus libre de ses mouvements que nous. Avec un peu de chance, peut-être la curiosité l'emportera-t-elle sur l'obéissance et peut-être tentera-t-elle d'en trouver l'entrée. Je crois être parvenue à me faire apprécier d'elle. Elle se confiera et si elle hésite, j'arriverai à lui tirer les vers du nez. Quoi qu'il en soit, dans l'incertitude où nous nous trouvons au sujet de son rôle exact, le plus avisé consiste à la tromper. Après tout, nous nous y entendons. Continuons donc de lui jouer la comédie. Moi de l'amitié, toi de la jalousie, commanda Claire d'un ton froid.

– Et si elle venait à voir clair dans notre jeu ?

– Il faudrait alors changer de stratégie.

L'inquiétude se peignit sur le visage d'Henriette. D'une voix très jeune, presque enfantine, elle pressa l'autre :

– Claire, tu crois vraiment que nous faisons bien ?

– Avons-nous le choix ? (Soudain mécontente, elle poursuivit d'un ton hargneux :) Que suggères-tu ? Que nous finissions nos jours ici, à crever sous les tâches que nous réservent les « autres », habituées à appeler au service dès qu'elles doivent moucher leur nez ? Que nous nous satisfaisions de ce que l'on nous a contraintes d'accepter? Une porte de sortie s'est entrouverte. Je n'entends pas la rater.

– Moi non plus, Claire. Ne gronde pas ainsi, tu m'effraies, temporisa Henriette.

Les colères de Claire la terrorisaient. Elle connaissait leur violence. Certes, Claire ne lui ferait jamais de mal. Cependant, à chaque nouvel éclat revenait la terreur qu'un jour elle l'abandonne.

L'autre femme se radoucit aussitôt :

– Je ne gronde pas, du moins jamais contre toi. Souviens-toi… Souviens-toi toujours, Henriette, que la vie que nous subissons nous fut imposée. S'il faut nommer des coupables, répète-toi leurs noms, dont ceux de Jean de Valézan et de cette mauvaise carne de Balencourt. Que son fiel l'étouffe! Pour en revenir à Angélique, elle peut nous servir, véhiculer les informations tronquées que nous lui fournissons. En revanche, si elle était assez double pour nous desservir… il faudrait la circonvenir.

Marie-Gillette d'Andremont s'était faufilée un peu partout, fouillant, retournant huches[1] et coffres, dressoirs[2], armoires et crédences, et même les cabinets[3] et buffets[4] où l'on enfermait la vaisselle de cérémonie.

---

1. Sorte de coffre monté sur quatre pieds. On les a utilisés jusque très récemment afin d'y protéger la farine et faire monter le pain.
2. Sorte de vaisselier à plusieurs étagères dont on meublait aussi bien les chambres que les salles communes ou les cuisines des puissants.
3. Armoire montée sur quatre pieds, fermée de deux vantaux et dont l'intérieur est équipé d'une multitude de tiroirs.
4. Il s'agissait au Moyen Âge d'un meuble haut, assez comparable au dressoir, mais que l'on plaçait au milieu de la salle où l'on prenait les repas afin d'y ranger vaisselle, condiments et autres.

Elle avait fureté dans les dortoirs, tiré tous les volumes amassés dans la bibliothèque, bref, à l'exclusion du palais abbatial et du logement de la grande prieure et de la sous-prieure auxquels elle n'avait nul accès, aucun recoin n'avait échappé à sa fouille prudente mais méticuleuse. Elle oscillait entre inquiétude et contrariété. Où était donc passé le deuxième rouleau du diptyque ? L'abbaye ne comptait point tant de meubles dans lesquels on ait pu le ranger ou le cacher. Il fallait qu'elle le retrouve. Elle le revoyait, alors qu'il venait d'être terminé. Une puissante odeur de pigments et d'huiles d'œillette et de noix s'en dégageait encore.

Alexia avait battu des mains de surprise, de satisfaction aussi. Sur le premier panneau, une Vierge assise sur un rocher, diaphane et blonde, tenait l'enfant divin dans son bras droit replié en berceau. Un sourire attendri flottait sur ses lèvres. Ses cheveux tombaient en voile ondulé jusqu'à ses pieds. Le visage de trois quarts, elle tendait la main gauche en direction d'un soldat en armure dont on n'apercevait qu'une genouillère hérissée de plaques de métal. Sur le second panneau, l'homme de guerre, équipé d'une cervellière[1] qui dépassait de sa barbute[2], baissait la tête, peut-être confus du sang qui rougissait la pointe de sa pertuisane. Alexia avait félicité Alfonso de ce qui serait sans doute son œuvre la plus achevée. Pourtant, en dépit de la belle facture du diptyque, Alexia regrettait que son amant n'ait pas tenu compte de ses suggestions. Elle aurait préféré voir le guerrier en repentance, torse incliné vers la Vierge, un genou à terre, ce qu'aurait permis

---

1. Coiffure de mailles ou de plaques de fer enveloppant la partie supérieure du crâne.
2. Casque de métal de forme légèrement pointue, qui descendait bas sur la nuque et remplaça le heaume.

la genouillère articulée de son cuissot[1]. Quelle importance ? Leurs petits conflits ne duraient guère et se terminaient le plus souvent par un repas fin et une nuit de fougue. Cette vie lui manquait jusqu'à la souffrance.

Jaco le Ribleur, dit le Simple, tendit l'oreille. Les ronflements de ses compagnons cascadaient dans la grande salle où ils dormaient à la nuit. Il étira ses jambes et se redressa avec précaution. Il venait d'entendre l'écho sourd des grosses panières de vivres que l'on déchargeait avant chaque aube devant la porte de leur clos. Posant avec prudence un pied devant l'autre, il sortit. Comme chaque nuit depuis une semaine. S'il se faisait surprendre, les autres le massacreraient sans l'ombre d'une hésitation. Il adressa une muette prière à ce Dieu dont il avait parfois mis en doute la miséricorde jusqu'à sa rencontre avec le messager du comte de Mortagne. Il ne devait à aucun prix échouer dans sa mission. Pauline serait sauvée.

Une fois dehors, il déplia la toile qu'il gardait appliquée sur son torse et y jeta des miches de pain, des fromages, tout ce qu'il put y entasser. Dans quelques jours, il porterait l'estocade en descendant ses braies et en urinant sur le reste. Les braises qu'il attisait s'embraseraient.

Il passa le lourd ballot en bandoulière et, s'aidant de ses bras, escalada avec peine le mur d'enceinte. La peur le tenaillait. Les articulations de ses chevilles lui désobéissaient. Cette acrobatie, aisée quelques années plus tôt, exigeait maintenant de lui des efforts qui lui tiraient une grimace. Enfin il parvint au faîte de la muraille et sauta de l'autre côté. Plié, il courut aussi vite, aussi

---

1. Harnois de cuisse.

silencieusement que possible. Il dépassa le dépotoir et balança le contenu de son ballot dans le putel[1]. Il regarda les pains s'enfoncer avec lenteur dans la vase malodorante.

Lorsqu'il s'allongea à nouveau parmi ses compagnons, il grelottait de sueur, de froid, de peur. Demain au lever, il commenterait avec rancœur la raréfaction de la nourriture. Comme hier et avant-hier, il distillerait son venin. On avait décidé de les laisser crever de faim, loin du regard de tous, bouclés dans ce qui n'était qu'un abattoir. Ainsi s'expliquait leur transfert aux Clairets. La rage de Célestin, dit l'Ours, et de ses vassaux montait. Elle exploserait sous peu. Le plus ardu consisterait à la contenir afin de ne pas déplaire au comte de Mortagne.

– Vis, mon aimée. Vis pour moi.

_____

1. Fosse ouverte où parvenaient les déjections et les détritus organiques. Encore appelée « merderon ».

Petit Jean le Ferron mit son cheval au pas. La hari-
delle[1] de louage donnait des signes de faiblesse. Une
écume blanchâtre maculait son col. En dépit de sa hâte,
il avait intérêt à la ménager s'il voulait arriver et gagner
la bourse promise. Un sourire lui vint. Tudieu, que de
choses on pouvait faire avec cinquante livres! S'offrir
des vêtements de bourgeois, des filles, à boire dans les
tavernes les plus accueillantes, être respecté en dépit de
sa trogne qui déplaisait tant. Il fallait si peu, au fond,
pour les gagner. Tuer une donzelle, la belle affaire. Il en
existait tant qu'une de plus ou de moins ne changerait
pas la face du monde. La seule appréhension qui l'avait
troublé se résumait à quelques lettres : Dieu. Comment
Dieu verrait-il le fait qu'il s'introduise dans l'un de Ses
couvents de femmes afin de Lui renvoyer d'expéditive
manière l'une de Ses épouses? Petit Jean avait longuement soupesé ce problème. Quelques arguments,
imparables selon lui, l'avaient soulagé : il avait reçu
ses ordres d'un proche de Dieu, dont on pouvait espérer qu'il savait bien mieux qu'un exécuteur des basses
œuvres ce qu'il convenait de faire. De surcroît, Dieu
était loin et si occupé qu'une peccadille de cet ordre ne
retiendrait que bien peu Son attention. D'autant que s'Il

---

1. Mauvais cheval efflanqué.

ne souhaitait pas que cette fille meure, un signe surviendrait et elle vivrait. Peut-être Lui rendait-il service en Le déchargeant de la besogne de rappeler une créature à Lui. Et puis, autant l'avouer : Petit Jean avait déjà tellement tué, quand tuer était un ordre et une gloire. Alors, un être de plus ou de moins…

Il traversa Saint-Agnan-sur-Erre, un sourire aux lèvres. Il n'était plus qu'à quelques lieues* de sa destination, mais la nuit était encore lointaine. Un peu de repos, un bon souper ne lui feraient pas de mal. Il avisa l'enseigne d'une auberge peu reluisante dont le nom lui plut : *Le Chien qui pisse*, se demandant comment on avait dénommé le tenancier[1], maître Pisseur ou le seigneur Cabot[2] ? Il héla un galopin avachi contre les marches qui descendaient vers l'établissement.

– Es-tu de la maison ?

Le gamin, qui ne devait pas avoir dix ans, cracha un jet de salive avant de répondre d'un ton rogue :

– Pour mon plus grand malheur. Pourquoi ?

Se sentant généreux puisqu'il allait sous peu connaître les aisances de l'argent, Petit Jean le Ferron lui lança deux deniers d'argent en exigeant :

– Mène cette rosse à l'écurie et fais-lui donner du foin et un peu d'avoine ainsi que de l'eau. Ne la rationne pas afin de gratter quelques fretins de plus ou la peau des fesses t'en cuira longtemps.

– Elle est déjà tant tannée par les coups de cette vieille bourrique de maître Mâtin que vous ne lui ferez pas grand mal.

Un sourire échappa à Petit Jean. Ce n'était pas tant l'insolence du vaurien crasseux qui le distrayait que

---

1. Il était de coutume de nommer les aubergistes d'après leur enseigne.

2. Du latin *caput*, idée d'une grosse tête.

l'habile manière dont le cabaretier s'était tiré d'une incommode enseigne. Un mâtin : l'image était flatteuse. Pourtant, il ne doutait pas que ses clients l'appelassent « le Pisseur » lorsqu'ils étaient hors de portée d'oreilles.

Trois commères étaient attablées devant leurs gobelets de vin lorsqu'il plia sa haute et robuste carcasse pour passer sous la porte. Elles firent silence à son entrée, le détaillant à l'instar d'une taure[1] à la vente. Une moue admirative flotta sur les lèvres de la plus jeune et la plus gironde alors qu'elle évaluait sa carrure de lutteur de foire. Puis leurs regards frôlèrent le visage de Petit Jean et s'en détournèrent à la hâte. L'aigreur le saisit à la gorge. Encore et toujours ces regards dont on avait l'impression qu'ils se brûlaient lorsqu'ils frôlaient son mufle. Ce mufle avait été à l'origine de toute chose. Sa bestialité effrayait, répugnait. Et ils avaient raison d'être effrayés. Ils ne savaient pas à quel point.

Maître Mâtin se planta à quelques pas de lui. Oserait-il ? Oserait-il lui ordonner de sortir ? Certains l'avaient tenté, pour le regretter. Sans doute le tavernier sentit-il que tout mâtin qu'il se prétendait, il valait mieux faire échine basse. Le visage fermé, il déposa devant ce client dont il se serait volontiers passé un cruchon de sa piquette, puis tourna les talons. Les trois mégères vidèrent le leur bien vite, la mine sombre. Leur envie de caqueter et de gouailler leur était passée. Elles sortirent sans un autre regard pour la masse attablée.

– Maître Mâtin, héla Petit Jean, prépare-moi une chambre pour quelques heures afin que je m'y repose. Je partirai au soir échu.

L'autre réapparut dans la salle et grommela, le front buté :

---

1. De *taura*, « jeune vache ».

– J'en ai plus d'libre.

– Me la baillerais-tu belle[1], gargotier? Ta masure serait-elle prise d'assaut? Je n'ai point vu d'autre monture que la mienne.

– Plus d'libre, s'entêta l'autre, baissant encore le ton.

Il crevait de trouille. Petit Jean le sentait à sa voix chancelante, à ses mains qu'il avait croisées sur son gros estomac afin de les empêcher de trembler. D'une voix tranchante comme le fil d'un coutelas, il insista :

– Serait-ce ma trogne qui t'offusque, seigneur le Pisseur? Ou peut-être que je pue trop fort?

– Maître Mâtin, rectifia l'autre en essuyant d'un revers de main la sueur qui lui dévalait du front.

Le tenancier n'eut que le temps d'écarquiller les yeux. Une poigne brutale le propulsa contre le mur et se referma en étau sur sa gorge. Il balbutia :

– Si fait, j'ai une chambre, la meilleure… Gratuite pour vous, seigneur. Lâchez-moi, pour l'amour de Dieu.

– Que sais-tu de l'amour de Dieu, vermine?

D'abord, l'étau de chair et de fureur se resserra. Maître Mâtin voulut hurler à l'aide. Aucun son ne parvint à se faufiler dans sa gorge. La tête lui tourna, et il crut sa dernière minute arrivée. Puis l'étreinte se relâcha d'un coup, et il tomba sur le sol en terre battue comme un paquet lesté. Soudain jovial, Petit Jean le Ferron déclara :

– Et tu n'auras même pas à faire brûler la paille de mon matelas, ni à asperger le sol de ton taudis d'eau bénite. Il ne s'agit pas de la ladrerie, vilain rat !

---

1. Chercher à en faire accroire, se moquer.

Lorsqu'il ressortit, rassasié et un peu moins las, son cheval sellé l'attendait. Le gamin lui tendit les rênes, un air mariole sur le visage. Petit Jean hissa sa masse en selle et s'enquit :

— De quoi te réjouis-tu, galapiat ?

— De la scène de tantôt. Je vous rendrais bien vos deniers pour y avoir assisté. Toutefois, ce serait folie de ma part, mais l'intention y est. Il faisait plus le malin, le Mâtin. J'ai bien cru qu'il allait se pisser dedans ses chausses. Ça faisait longtemps que j'attendais ça. Grand merci à vous.

Petit Jean le considéra, le visage dépourvu d'émotion. Talonnant le cheval, il lança :

— Ta mauvaiseté devrait-elle me flatter ? Écarte-toi, car l'envie pourrait me prendre de t'écraser comme un insecte. Roupie[1] que vous êtes tous deux, le Pisseur et toi.

Il s'élança vers sa prochaine étape. Une masure de chasseur, située non loin de l'abbaye de bernardines des Clairets. La masure de Nicol le Jeune.

Nicol le Jeune devait dormir à poings fermés, grandement aidé en cela par la gourde d'hydromel vineux[2] qu'il n'omettait jamais d'emmener. Cette fermentation de miel et d'eau à laquelle on ajoutait du vin blanc ou de la gnaule et des aromates afin de la conserver coupait les jambes du plus robuste gaillard. Les journées d'un chasseur d'abbaye, à courir les bois, étaient longues et rudes. Surtout le froid venu. Le gibier se faisait rare. Aussi Nicol avait-il dû apprécier l'hydromel jusqu'à la dernière goutte.

---

1. Morve.
2. Ou « œnomel », connu depuis l'Antiquité.

Petit Jean se fit la réflexion que les choses allaient parfois bizarrement. N'est-il pas étrange que ce soit à l'été que la viande sur pattes abonde alors que les estomacs se contentent de moins ? Nicol était le nouveau chasseur des Clairets. Son prédécesseur vieillissant avait un peu trop traîné face à la charge d'un tiers an[1] ombrageux, oubliant que, malgré sa masse, un sanglier court presque aussi vite qu'un lièvre. L'animal, rendu fou par un coup de lance, n'avait laissé qu'une bouillie sanglante de l'homme.

Nul laïc, surtout masculin, n'était admis dans le cloître. Seuls y étaient tolérés, dans quelques bâtiments ou galeries, les invités de marque de l'abbesse. En d'autres termes, Nicol, toujours coiffé de son bonnet de chasseur en peau, livrait ses proies devant les cuisines et devait être peu connu, sauf de la sœur pitancière, des aides de cuisine et du cellier[2]. De ces derniers, Petit Jean faisait son affaire. Un joli bobard et un bon gorgeon devraient les convaincre qu'il remplaçait quelque temps son bon cousin le Nicol, blessé lors d'une de ses chasses.

Les bois des moniales regorgeaient de proies qu'elles ne partageaient avec personne. Tout juste distribuaient-elles aux plus pauvres le pain raté[3], dont nulle, même pas une de leurs catins repenties, n'aurait voulu. Du moins était-ce ce qu'on lui avait affirmé. Les moissons des deux dernières années avaient été catastrophiques[4]. On voyait parfois des enfants au ventre gonflé par les galettes de paille, de farine de gland, d'écorces d'arbres

---

1. Sanglier de plus de trois ans.
2. Qui avait la charge des celliers.
3. Pain entamé par les rats.
4. Une succession d'étés frais et très pluvieux seront responsables quelques années plus tard de grandes famines.

et d'argile[1] parcourir la campagne à la recherche de baies, de racines, de tout ce qui pouvait s'avaler sans en crever. Même le pain du pauvre, fait de méteil, d'orge et de seigle à peine tamisé devenait un luxe. Les grosses fermes voisines et les manoirs offraient au soir leurs tranchoirs[2] imbibés de sucs et de graisse de viande, plutôt que de les lancer aux chiens. Et ces grenouilles de baptistère faisaient bombance, prétendait-on.

Si l'extrême richesse du clergé irritait certains en période faste, elle indignait et rendait hargneux la plupart en ces temps de presque disette[3]. Des rumeurs circulaient. Il ne se passait pas de jour sans que l'on montre du doigt un couvent ou un prélat. La majorité d'entre eux étaient bien gras, pleins de sang, richement vêtus. Ils parcouraient la campagne affamée dans leurs fardiers couverts tirés à quatre chevaux de Perche, exhortant les riches comme les plus pauvres à donner pour leur salut. Certains avaient acquis à bon compte des hôtels particuliers de ville, menaient grande vie et tenaient belle table grâce aux offrandes. Quant à l'abstinence de chair, d'aucuns en avaient une conception toute personnelle. Certes, la position de l'Église concernant le nicolaïsme[4] s'était considérablement raffermie. Qu'à cela ne tienne ! Quelques prélats, que la perspective d'un durable célibat n'enchantait pas, étaient juste devenus plus discrets. Leurs jeunes maîtresses ou leurs jolis damoiseaux logeaient dans les charmants appartements des demeures bourgeoises plantées autour des

1. Composition du pain dit « de famine ».
2. Épaisse tranche de pain rassis qui servait d'assiette.
3. L'Église – et même les ordres mendiants – était en effet l'objet d'acerbes mais prudentes critiques, dont on trouve la trace dans des œuvres comme *Le Roman de la rose* écrit entre 1230 et 1280.
4. Mariage ou concubinage des clercs. Il fut assez bien toléré jusqu'au xe siècle, puis fermement condamné.

cathédrales. On murmurait que même le souverain pontife éprouvait une fougueuse affection pour l'éblouissante Brunissende Talleyrant de Périgord[1], laquelle lui coûtait fort cher.

La nuit était dense lorsque Petit Jean le Ferron parvint à proximité de la bicoque de Nicol le Jeune. Nulle lueur n'éclairait l'intérieur. Sa femme était morte en premières couches un an plus tôt. C'était aussi bien. Il devait être proche de vigiles*. L'hiver était arrivé en trombe cette année, prenant d'assaut les vestiges de l'automne. Une pellicule de givre recouvrait l'herbe. Une bise cinglante s'était levée et l'haleine de son cheval lui couvrait les cuisses à chaque expiration de l'animal.

Petit Jean calma son amertume. Le monde était ainsi fait. Mieux valait s'en accommoder en tentant de le rendre moins âpre. Il s'y employait. Allons, il ne pouvait demeurer là trop longtemps. Il devrait ensuite rejoindre l'abbaye pour son rendez-vous avec une grande prieure afin de lui délivrer le message dont il était porteur. Un message du commanditaire de Petit Jean, monseigneur Jean de Valézan, qui veillait avec un soin jaloux sur les intérêts de sa bien-aimée sœur, sans oublier les siens propres.

Il enroula les rênes de son cheval autour d'une branche basse et avança à pas prudents vers la masure. Un monticule de grosses bûches entassées non loin arrêta son regard. Il hésita. Petit Jean n'avait pas véritablement conçu de plan. Tuer est une ingrate besogne

---

1. En dépit des rumeurs qui perdurèrent longtemps après sa mort, il n'a jamais été prouvé que Clément V et la belle Brunissende eussent été liés par autre chose qu'une durable et chaste amitié.

dont il convient de se débarrasser en y songeant le moins possible. Il n'aimait pas tuer, mais qu'aurait-il pu vendre hormis sa force et ses mains ? Il ramassa la plus grosse des bûches et força d'un coup d'épaule la porte bancale construite de planches mal assemblées.

Nicol le Jeune ronflait à faire trembler les murs, avachi les bras en croix sur sa couche. La gourde en peau gisait non loin de lui, vide. Un mauvais feu achevait de se consumer dans l'âtre en cuvette, creusé à même le sol en terre battue. Petit Jean s'approcha de la couche à la frôler. La description qu'on lui avait faite du chasseur n'était pas menteuse. L'homme, un titan, avait à peu près la même taille et la même carrure que lui. Quant à sa hure, elle était si ravagée d'ivrognerie qu'on aurait pu les croire de la même parentèle.

Une sorte de regret, un peu vague, retint son geste quelques secondes. Au fond, la très prochaine mort de cet homme lui importait bien moins que la lancinante question qui lui trottait dans la tête depuis des années. Pourquoi ? Pourquoi cette vie de tueries quand il eût été plus simple de ne pas naître.

Il inspira, banda ses muscles. Le coup partit avec la puissance du tonnerre. Nicol le Jeune n'ouvrit même pas les yeux. Du sang dévala le long de sa tempe, de ses mâchoires. Il était mort. Une belle mort, se félicita Petit Jean, une mort dont la mansuétude allégeait un peu son fugace regret.

Abbaye de femmes des Clairets,
Perche, début novembre 1306

À l'est de l'abbaye, lui avait indiqué son commanditaire. Petit Jean le Ferron avait dû faire le tour de
l'enceinte avant de repérer la porterie dite des Lavoirs,
où devait se tenir son rendez-vous. Il s'agissait d'une
petite porte, verrouillée en permanence, donc sans portière laïque chargée de la surveiller. Elle ne servait
guère qu'aux allées et venues des serviteurs. La nuit
était pleine. Un froid de gueux le perçait jusqu'aux os.
Il avala quelques gorgées d'eau-de-vie à la gourde et
patienta. Un bruit de lourdes clefs, un frémissement
d'étoffe. Deux formes spectrales se tenaient devant
lui. Robes blanches, voiles, et manteaux dont la grande
capuche rabattue couvrait les visages. Une voix s'éleva
dans le silence, impérieuse, habituée au commandement :

– Votre nom ?

– Petit Jean, madame, envoyé par votre frère, monseigneur de Valézan.

– Qu'il soit béni.

– Il l'est, répondit le Ferron.

Après tout il était grassement payé, et un mensonge
de plus ou de moins…

– Quand pensez-vous… remplir votre office ?

– Au plus tôt. Vous devrez ensuite m'écrire ce message, que seul votre bien-aimé frère peut comprendre, afin qu'il me règle ma peine ainsi qu'il s'y est engagé.

– Le chasseur ?

– Il est mort. Je puis prendre sa place.

– Et vous rapprocher d'elle, bien. (Un soupir de ravissement souleva la poitrine de la femme. Elle ordonna d'un ton sans appel :) Elle doit mourir, vite. Elle est une menace permanente.

– Elle mourra, et j'ai tout intérêt à ne pas traîner ici.

– Voilà qui nous plaît fort, murmura l'autre femme avant d'être interrompue par un geste péremptoire de sa compagne.

Dans le cimetière situé à moins de dix toises de là, Aude de Crémont, sœur boursière, accroupie, se rencognait derrière le monument d'un caveau. Elle avait beau tendre l'oreille, rien de cette étrange et illégitime conversation ne lui parvenait. Quelle savoureuse coïncidence ! Les choses les plus distrayantes surviennent lorsqu'on s'y attend le moins. Une simple migraine de femme, et ne voilà-t-il pas qu'elle surprenait Hucdeline de Valézan, dont la démarche impérieuse l'aurait trahie par grand brouillard. La grande prieure, sans doute flanquée de son inséparable Aliénor de Ludain, ouvrait un huis dont elle n'était pas censée posséder les clefs, et discutait avec un laïc. À l'évidence, un rendez-vous secret. En dépit du plaisir qu'elle aurait eu à croire à une faiblesse de chair de la part d'Hucdeline, la mise de l'homme en faisait un serviteur, pas un amant. Surtout pas de l'exigeante damoiselle de Valézan. D'autant que la rigueur religieuse d'Hucdeline pouvait difficilement être mise en doute. Dommage. Or donc, pour quel dessein se rencontraient-ils ?

Mélisende de Balencourt considéra la jeune fille assise en face d'elle. Tout de cette Angélique Chartier aurait dû lui déplaire. Son intarissable gaîté, sa joliesse, sa bonté et même l'affection de plus en plus exclusive que lui portait Claire Loquet. Aux yeux de madame de Balencourt, Angélique était la preuve qu'elle avait toujours redouté de rencontrer : le mal pouvait épargner certaines créatures. Pis, il n'avait aucune prise sur elles et glissait sur leur armure d'ange. Pourquoi ? Pourquoi cette très jeune fille avait-elle été distinguée pour être et demeurer une pure quand elle n'avait rien fait de particulier pour le mériter ? Un ressentiment difficile à contrôler crispa la grande femme décharnée par les privations. Les voies du Tout-Puissant étaient impénétrables, et souvent blessantes. Elle rampait depuis si longtemps dans le fumier, elle se fustigeait au propre et au figuré pour recevoir ne serait-ce qu'un signe ténu qui lui prouve qu'elle avait enfin rejoint Son sein. Après, elle pourrait mourir enfin, en paix. Rien ne s'était manifesté. Sans doute rien ne lui serait-il jamais destiné. Et ne voilà-t-il pas qu'une autre peine lui était infligée aujourd'hui : Angélique Chartier requérait avec toute sa modestie et son enthousiasme de rejoindre les moniales du cloître de La Madeleine, puisqu'elle venait de prononcer ses vœux définitifs. Que choisir ? Accepter, s'infliger une permanente cohabitation avec un être qui avait tout reçu alors qu'il n'avait rien revendiqué ? Ou refuser ?

– Qu'en pensez-vous, madame ? insista Angélique. De grâce, acceptez ma requête. Mon travail parmi vous toutes fut une révélation. Je me suis sentie tellement justifiée de mon choix que j'en suis presque grisée. Comprenez-moi… le jour où j'ai passé la porterie Majeure des Clairets, accompagnée de mon père – le cher brave homme, si fier de moi et pourtant si désolé de me perdre –, ma vie s'est illuminée. Pourtant, je me suis laissé porter, bercer. J'ignorais où j'allais. Je savais juste que des flots bienveillants prenaient soin de moi. Si vous saviez… il est si malaisé de le décrire…

– Si notre mère approuve votre choix…, s'entendit prononcer Mélisende sans même le souhaiter.

– Oh! son approbation et ses vœux de réussite me sont acquis. C'est une femme admirable.

Angélique pouffa avant de poursuivre :

– Savez-vous que je l'ai trouvée bien jeune… Comme je me suis leurrée. Il y a… il y a derrière ce front juvénile une sagesse millénaire. On dirait que les secrets de la vie et des âmes s'y sont accumulés.

– Certes, lâcha la grande prieure d'un ton plus sec.

Elle n'aimait pas Plaisance de Champlois. Celle-ci représentait à ses yeux la compassion théorique, celle qui s'exerce aussi bien au profit des innocents que des coupables. Or, il faut avoir souffert dans sa chair pour connaître la différence entre les deux clans.

– Eh bien soit. Vos vœux définitifs étant maintenant prononcés, vous n'ignorez pas qu'aucune des corvées nous incombant ne vous sera épargnée.

– Je le souhaite, de tout mon cœur.

– Elles incluent les soins aux lépreux voisins.

– Je l'avais compris ainsi.

– Ils sont fort répugnants à approcher et certains sentent la pestilence à vous faire dégorger. La plupart des hommes sont rongés par le vice, quant aux rares femmes, elles ont des mâchoires de louves[1]. Il faudra vous en méfier. De tous. Notre mission les concernant, gardez-le présent en tête, consiste à plaire à Dieu. Rien d'autre. D'autant que rien ne prouve que cette maladie qui leur échoit ne soit pas une punition méritée.

––––––––
1. Bien que terrorisant les populations, le loup était méprisé et considéré comme un animal vil et sot.

Angélique se contenta d'acquiescer d'un vague mouvement de tête. L'aridité de cœur de madame de Balencourt était notoire. Les êtres vivaient, souffraient, mouraient sans que jamais elle ne manifeste le moindre émoi. Toutefois, par fugaces instants, la jeune femme avait espéré qu'il ne s'agisse que d'une façade. Elle s'en était même ouverte à Claire, qui l'avait rabrouée gentiment : « Chère Angélique. Décidément, jamais prénom ne fut si bien porté. Non, la crapaude a le cuir aussi insensible et épais qu'une vieille rosse, je vous l'assure. Quant à son cœur, sa vilaine bile l'a digéré depuis des lustres. »

– Vous savez aussi que nos relations avec le cloître Saint-Joseph se limitent à l'essentiel, poursuivit la grande prieure. Si vous y aviez des amitiés d'esprit…

– Non pas. Rien qui vaille qu'on s'y attarde.

La jeune femme conserva le regard droit. Pourtant, l'idée de ne plus croiser Marie-Gillette d'Andremont la peinait. Certes, la tendresse de Claire allégeait son chagrin et même davantage, mais elle percevait parfois chez cette dernière d'inaccessibles replis. Claire, si désireuse de l'accueillir dans son amitié, se fermait d'un coup, se dérobait d'une plaisanterie. La pauvre avait dû tant souffrir lors de son existence d'avant. On ne pouvait lui tenir rigueur d'instants de doute, voire de défiance. Angélique s'employait à rassurer sa nouvelle amie, à l'assurer que nulle déception n'entacherait jamais leur lien d'affection. Elle faisait preuve d'optimisme en la matière puisque la hargne dont la poursuivait Henriette ne semblait guère s'essouffler. Bah, la jeune femme se moquait de ces petites mauvaisetés, d'agaçants enfantillages qui finiraient par cesser.

Mélisende de Balencourt soupira. Peut-être Angélique Chartier était-elle la dernière épreuve qui lui serait imposée ? Seul cet espoir ténu lui permettrait d'affronter quotidiennement sa générosité et sa bienveillance.

– Vous avez raison, ma fille. Aucune créature ne mérite que l'on s'y attarde plus que le strict charitable. Seul Dieu peut réclamer toute notre énergie et notre attention. Vous pouvez vaquer à vos tâches. Notre sœur apothicaire ne devrait pas tarder. Notre bonne Hermione se désole. Nous sommes en remarquable santé. Ses simples, ses esprits et ses décoctions ne trouvent guère preneuses parmi nous. Je l'affirme toujours : la rigueur de l'ascèse protège de la plupart des maux !

Bien vite engagé, Petit Jean le Ferron avait peu à peu pris ses habitudes en l'abbaye. Ainsi qu'il l'avait prévu, le cellier avait gobé sans sourciller la fable du cousin Nicol blessé lors d'une chasse. Le cuisinier et la sœur organisatrice des cuisines et des repas, une certaine Clotilde Bouvier, également. Comme à l'accoutumée, son physique repoussant avait été un allié. Étrange comme les gens qui effleuraient du regard son visage difforme apprenaient à le redouter et tentaient de se ménager ses bonnes grâces sans qu'il lui fût besoin de manifester la moindre agressivité. Quant à sa fonction, il s'en acquittait au mieux, ayant assez braconné dans son jeune âge pour savoir pister et abattre le gibier.

Ce soir-là, Petit Jean haletait. Il avait traîné le jeune daim, abattu peu avant la tombée du jour, sur une bonne demi-lieue, ne s'arrêtant que pour souffler avant de hisser à nouveau sa charge sur ses épaules. Il espérait arriver devant les cuisines avant complies*, faute de quoi il ne trouverait âme qui vive. À son habitude, il ne s'y attarderait pas. Le Ferron n'ignorait pas que ses départs provoquaient un soulagement que nul n'aurait eu l'imprudence d'avouer tout haut.

Il avait rencontré de nouveau, à la nuit échue, la sœur de son commanditaire. Malgré le grand manteau qui la couvrait, sa silhouette était appétissante. Une moniale bien gironde, ma foi, qu'il ne lui aurait pas déplu d'apercevoir dans son plus simple appareil. À chaque fois qu'il avançait le torse vers elle pour comprendre son impérieux murmure, elle se reculait d'un pas, quand bien même il lui avait assuré ne pas souffrir de la lèpre. Au fond, il avait presque été soulagé de son attitude. Elle le craignait tout en le méprisant. Il y avait quelque chose de si souillé en elle qu'il avait parfois eu l'envie de la traiter comme une gueuse. Mais nécessité fait loi, et cinquante livres étaient une plaisante nécessité !

En revanche, Petit Jean n'avait toujours pas repéré sa véritable proie, sa proie humaine. Il ne s'en inquiétait pas, ayant jusque-là procédé avec autant de discrétion que possible. Il comptait passer maintenant à la deuxième étape de son plan. Se rapprocher de son gibier à deux pattes et l'envoyer rejoindre le monde meilleur dont elle ne doutait pas.

Plaisance de Champlois se redressa dans son fauteuil. Le siège, délicatement sculpté, était un des plus inconfortables que la jeune abbesse ait jamais pratiqué. Malgré l'épais coute[1] garni de plumes d'oie dont on avait rehaussé l'assise, il restait trop bas et profond pour sa petite taille et la faisait paraître naine derrière son immense bureau. Certes, elle aurait pu exiger son remplacement, mais ne parvenait à s'y résoudre. Dans ce fauteuil, madame Catherine avait passé le plus clair des trente dernières années de sa vie. Un involontaire sourire la dérida. Dieu que l'ancienne abbesse des Clairets avait été impressionnante lorsqu'elle inclinait le torse vers une interlocutrice, enveloppant de ses longs

_____
1. Coussin ou oreiller.

doigts les pommes de cristal taillé qui terminaient chaque accoudoir. L'ornement avait une utilité. Il permettait de se rafraîchir la paume des mains aux chaleurs[1]. En revanche, son contact devenait déplaisant à l'hiver. Plaisance avait parfois le troublant sentiment que la sagesse et la perspicacité de la femme qui l'avait précédée patientaient pour l'envelopper dès qu'elle s'installait devant son travail. Son regard tomba sur les interminables colonnes de registres comptables que venait de lui porter Rolande Bonnel, ou plutôt de lui fourrer sous les yeux. Son contentement s'évanouit.

Rouge d'indignation, Rolande avait soufflé :

– J'en ai enfin la preuve, la voici !

Joignant le geste à la parole, elle avait désigné une ligne de calculs d'un doigt accusateur, s'agitant comme une poule vindicative.

– Qu'est-ce ?

– Un trou, ma mère. Ou devrais-je dire un gouffre ! Un écart de douze deniers tournois*, rendez-vous compte. Oh, mais on ne m'en conte pas ! Je savais que nous abritions un filou… une filoute devrais-je dire. Quand je pense… Il faudrait toujours se méfier des mines trop vertueuses.

– Qu'insinuez-vous au juste, ma fille ?

– Vous le découvrirez, et votre cœur bienveillant en saignera. Une filoute, vous dis-je. Je soupçonne qu'elle n'en soit pas à son coup d'essai. Cela fait des mois que ces petites ponctions de trésorerie durent. Denier après denier, on finit par constituer des livres ! Ce n'est pas faute de l'avoir répété… Nulle ne m'accordait pourtant foi, avait-elle ajouté d'un ton de douloureux reproche.

Plaisance avait failli rétorquer que la somme était bien modeste en regard des milliers de livres de reve-

––––––––––
1. Cet utile ornement existait déjà dans l'Antiquité.

nus annuels de l'abbaye. Elle s'était ravisée à temps, de crainte de lancer sa fille dans une laborieuse et interminable argumentation, et avait promis d'y consacrer toute son attention.

L'ennui le disputait chez elle à l'irritation. Cette pauvre Rolande croyait-elle que la tâche essentielle de l'abbesse d'une des plus puissantes assemblées de femmes du royaume consistait à traquer une somme dérisoire ? Cela étant, Plaisance ne se leurrait pas. Rolande ne lâcherait jamais ce qu'elle pensait être son devoir et ce qui était, au fond, devenu son moyen d'exister aux yeux des autres. Or donc, selon la dépositaire, la trésorerie du cloître de La Madeleine était en cause. Douze petits deniers tournois s'en étaient échappés. En dépit de son peu d'affection pour Mélisende de Balencourt, sa grande prieure, Plaisance la voyait mal dérobant dans la caisse. Alors qui ? L'organisation du petit cloître des repentantes ne nécessitait l'intervention d'aucune sœur discrète. Trois officières seulement se partageaient les fonctions propres à cette extension de l'abbaye : une chambrière et deux infirmières. Plaisance subodorait l'absolue défiance de Mélisende à leur égard – défiance généralisée à tout être – et doutait qu'elle leur eût confié la charge des comptes.

La lassitude l'emporta sur l'agacement. Vêpres* ne tarderaient pas. Elle reprendrait sa fastidieuse tâche après le souper. Elle décida de profiter des quelques minutes qui la séparaient de l'avant-dernier office du soir pour s'arrêter en cuisines, avaler une infusion apaisante. L'usage voulait que sa secrétaire se chargeât de ses commandes. Cependant, Plaisance aimait l'ambiance des cuisines, leur paix soudaine après le fol affairement des repas. Les cuisines des Clairets avaient toujours exercé une sorte de fascination sur elle. Petite, elle les imaginait comme une sorte de débonnaire verrou qui aurait délimité le monde intérieur du dehors. Des commis s'y arrêtaient, des marchands y déchargeaient, des serviteurs laïcs s'y nourrissaient. Tous y discutaient, cancanaient, commentaient, et elle était certaine qu'en l'absence de la sœur organisatrice des cuisines et des repas, l'énergique Clotilde Bouvier, les plaisanteries allaient bon train. L'architecture complexe et pourtant parfaitement appropriée du bâtiment en rotonde l'émouvait à chaque nouvelle visite. Utilisée également pour le fumage des poissons, la vaste pièce avait été construite sur un plan octogonal. Chacune des huit absidioles qui en parsemaient le pourtour était prolongée d'un haut conduit de cheminée[1]. On préparait les repas dans celles qui étaient opposées aux vents dominants de la journée, afin d'éviter que les fumées ne se rabattent à l'intérieur. Au centre de la pièce se trouvait le foyer principal, celui que l'on utilisait pour le fumage. Quant au toit en clocheton de l'édifice, il avait été couvert d'écailles de pierre taillée, au lieu de bardeaux de châtaigniers utilisés pour la plupart des autres bâtiments, afin d'éviter la propagation d'un éventuel incendie.

Lorsqu'elle déboucha dans la cour, l'agitation des deux portières laïques chargées de surveiller l'huis de la porterie Majeure la surprit. Elle s'approcha. Les deux femmes se plièrent en révérence et la plus âgée éructa :

– Ma mère… Cré bon sang ! C'te sont plus acharnés que des mouches à vache, les galapiaux. Y'a en même des qui cognent cont' la porte. C'te presque tous les soirs qu'y r'viennent.

L'autre cria au panneau de bois :

– Morveux… Y'a rin, qu'on vous dit. L'pain raté c't'au matin.

---

1. Emprunté à l'abbaye de Fontevraud.

Plaisance écarta les deux femmes d'un geste et entrouvrit le judas. Ils avaient l'air bien calmes. Ils se tenaient à une demi-toise de la porte, les yeux leur dévorant le visage, sales, livides, efflanqués. Une fillette aux cheveux emmêlés tenait son petit frère par la main et le fixait. Les guenilles qui les couvraient ne devaient certes pas les protéger du froid. Une petite main crasseuse, semblable à une frêle serre d'oiseau, s'accrocha à la grille du judas. L'abbesse se hissa sur la pointe des pieds afin de diriger son regard vers le bas. Elle découvrit deux grands yeux sombres, liquides de fièvre. La voix minuscule d'un petit garçon supplia :

– Du pain, sainte dame. Pour l'amour de not' tit Jésus.

La plus âgée des portières lança d'un ton de mépris :

– Y z'envoient leur marmaille crottée pour vous attendrir. C'te pouilleux, grabugiaux et tout du même, toujours après un vilain coup. (Puis hurlant en direction de la menotte :) Vas-tu t'décrocher, p'tit gueux ! M'en va appeler des serviteurs équipés de bâtons, pour vous frotter les fesses !

– Laissez, ordonna Plaisance d'un ton sec. (Puis, à l'enfant dont elle n'apercevait plus que les ongles déchiquetés :) Revenez demain à la même heure. Il y aura du pain.

Un murmure indistinct lui parvint. Un soulagement, un remerciement confus et apeuré prononcé par quinze gorges enfantines.

Comme à l'accoutumée, l'entrée impromptue de la jeune abbesse dans les cuisines provoqua un raz-de-marée. Une bonne douzaine de paires d'yeux se tourna vers elle. Un silence mi-gêné, mi-respectueux s'abattit dans la haute pièce. Certaine que tous se demandaient ce qu'elle avait pu surprendre de leurs échanges, elle lança d'un ton affable :

– Poursuivez. Je m'en voudrais de vous interrompre dans votre tâche. L'envie d'un bon gobelet d'infusion m'a saisie juste avant vêpres…

Une gamine efflanquée se rua vers un chaudron et lui porta le breuvage demandé en expliquant dans une maladroite révérence :

– C'te du tilleul avé' d'la verveine, et avé' un peu d'menthe, madame.

– Mes préférés. Tu es bien aimable.

La fillette rougit jusqu'aux tempes et détala pour aller se cacher derrière les jambes d'un serviteur laïc.

– Cuisinier, que soient préparés chaque soir pour vêpres trente pains du pauvre[1] que l'on distribuera coupés par moitié devant la porterie Majeure.

L'homme se permit une réserve :

– Le mot va s'donner. Y'a dix ce soir, dès l'après-demain, y'en aura trente et pis bentôt cinquante.

La lourde porte fut poussée avec violence et une sorte de géant la passa en se courbant. Il braila :

– Tudieu, quelle suée ! C'est plus lourd qu'un vieux chanoine à bedaine !

La sortie, proférée en présence de l'abbesse, tétanisa l'assemblée. Le gaillard sentit que quelque chose d'inhabituel se passait. Il suivit la direction des regards embarrassés et craintifs et comprit dès qu'il découvrit la très jeune fille pâle et sérieuse. Il jeta la carcasse sanglante du daim au sol et inclina la tête.

– Mille pardons, madame ma mère. La fatigue, le froid… Je mériterais parfois qu'on m'écorche la langue.

– Et que ferions-nous d'un chasseur estropié ? demanda Plaisance d'un ton doux.

---

1. Fait d'orge et de seigle peu tamisés.

– Ma foi, c'est pas avec la langue que j'attrape le gibier.

– Votre nom, chasseur ?

Petit Jean le Ferron luttait depuis quelques instants contre une incompréhensible appréhension. Le brasier qui rugissait dans l'une des absidioles auréolait la jeune fille d'une sorte de halo lumineux et tiède. Cette bernardine, toute abbesse qu'elle était, ne lui arrivait pas à l'aisselle, et pourtant sa voix calme, presque grave, l'intimidait. Elle était si jeune que du lait lui serait sorti des narines si on lui avait pincé le nez. Le silence alentour l'étourdissait. C'était comme si les autres avaient été aspirés et que seuls eux deux se trouvaient face à face. Il leva la tête, lentement, serrant les dents, attendant l'irrémédiable. Il tira son bonnet de peau et la dévisagea. Elle détailla sa trogne bestiale durant ce qui lui sembla une éternité. Petit Jean songea qu'il aurait pu se noyer dans l'eau limpide de son regard qu'aucune crainte, aucun dégoût ne troubla. Elle approcha de quelques pas, jusqu'à le frôler, et répéta d'une voix douce :

– Votre nom ?

– Petit Jean le Ferron, à vos ordres, madame.

– Êtes-vous de la maladrerie ?

– Non, madame. Il s'agit d'une vilaine farce de ma naissance.

– Elle en réserve parfois qu'il nous faut accepter afin de ne pas les aggraver. (Se tournant, elle lança d'un ton qui ne souffrait nulle discussion :) Cuisinier, pour en revenir à notre affaire, s'il y a trente ou cinquante ventres affamés, nous devrions pouvoir les remplir un peu. Trente pains du pauvre que l'on distribuera coupés par moitié. Un demi-pain par enfant, quel que soit son âge. Et s'il faut en rajouter dix, nous pourvoirons. J'en avertirai mes filles fournière et organisatrice des repas dès après l'office. J'ai dit.

L'homme acquiesça d'un hochement de tête, gêné. Plaisance reprit, avec un sourire cette fois :

– Oh, et offrez un gobelet d'hypocras[1] à notre chasseur qui nous ramène jolie prise. Il fait grand froid.

Le cuisinier se précipita, proposant, peut-être afin de faire oublier son manque de cœur :

– Un gobelet vous réchaufferait aussi, madame.

– Je ne le souhaite pas... afin de me souvenir combien d'autres peinent au-dehors pour nous nourrir.

Elle sortit sur ces mots après un sourire qui s'adressait à tous, même à Petit Jean.

L'irrémédiable venait de se produire, à un point qu'il ne soupçonnait pas et que, pourtant, il espérait de tous ses vœux. Depuis si longtemps.

---

1. Mélange de vin rouge et blanc, sucré de miel et additionné de cannelle et de gingembre.

Une clameur tira Plaisance de Champlois du sommeil. Elle remonta instinctivement la couverture qui la
couvrait et s'assit dans son lit, un des rares meubles de
la petite pièce avec une escame[1] et une écritoire. Son
seul confort était un vase d'aisances dissimulé derrière
un paravent de bois mince, son unique ornement une
petite toile représentant une Vierge diaphane et blonde,
serrant contre elle l'enfant divin et tendant une main
menue vers un soldat en armure dont on n'apercevait
qu'un genou hérissé de plaques de métal et un gantelet. L'artiste avait-il voulu indiquer que ce simple geste
pouvait arrêter toute la violence du monde ? C'était ce
dont Plaisance s'était convaincue lorsqu'elle l'avait
trouvée, roulée dans l'armoire aux cornes à encre du
chauffoir. Quelque chose dans le visage à la fois juvénile et ardent l'avait bouleversée. Elle avait fait tendre
la toile de lin sur un cadre de bois et l'avait suspendue
dans sa chambre.

Une lumière jaunâtre et incertaine filtrait par les
étroites fenêtres. L'haleine de la jeune fille se concréti-
sait en buée dans le froid glacial de la chambre. Était-il
déjà matin ? Avait-elle raté les premiers offices ? Cela

---

1. Sorte de tabouret bas, étroit, souvent de forme triangulaire.

ne se pouvait. Pourquoi sa secrétaire ne l'avait-elle pas tirée du sommeil ? Des coups de poing violents assénés contre la porte basse qui fermait sa cellule la jetèrent hors du lit.

— Ma mère, ma mère… ! hurlait Bernadine derrière le lourd panneau clouté.

— Entrez, mais entrez donc… Que se passe-t-il ?

Livide comme un spectre, sa secrétaire se rua dans la pièce.

— C'est la fin du monde, madame… Une révolte… Ils vont nous égorger, peut-être même nous violenter…

La crise de nerfs de l'autre se communiqua à Plaisance, qui cria à son tour :

— Mais de quoi… que…

— Les scrofuleux… Ils sont sortis comme une horde mauvaise du clos de La Madeleine. Si vous voyiez… L'enfer crache ses monstres… Ils ont mis le feu à la paille… Saccagé les poulaillers. Toutes les volailles se carapatent… Il faut fuir, je vous en conjure, chercher refuge chez le comte de Mortagne… Doux Jésus, doux Jésus…

La tête entre les mains, Bernadine sanglotait. Plaisance tentait d'ordonner le chaos qui régnait dans son esprit, incapable de trouver une signification au discours haché de sa vieille secrétaire. Elle restait là, pieds nus, plantée au beau milieu de la pièce glaciale. Soudain, des hennissements affolés s'élevèrent. Bernadine gémit :

— Mon Dieu… Les écuries, juste à côté du palais abbatial. Ils vont mettre le feu aux écuries, faire brûler vives ces pauvres bêtes !

La vision de chevaux ruant dans leurs stalles, affolés, crinière en feu, eut raison de l'inertie de Plaisance. Elle se précipita vers l'escame, récupéra sa robe et ajusta

son voile à la hâte. Sans prendre le temps de se chausser, elle fonça vers l'escalier, escortée par les cris de sa
secrétaire, en ordonnant :

— Que nulle ne sorte des bâtiments. Qu'elles s'y barricadent.

— Restez… Je vous en conjure, ma mère, ils vont
vous tuer… Restez, pour l'amour de Dieu.

Plaisance courut comme une folle, se tordant les
chevilles, meurtrissant ses pieds nus aux arêtes des graviers de l'allée qui menait aux écuries. Elle contourna
le logement de la grande prieure et s'arrêta net. Un
groupe d'une demi-douzaine d'hommes, armés de flambeaux, gesticulant, braillant, s'en prenait aux portes des
écuries. Ainsi, ils ne voulaient pas l'incendier mais fuir.
L'un d'eux découvrit sa présence et hurla aux autres :

— En v'là une qui m'a tout l'air d'une naine ! (Puis
s'adressant à Plaisance, il gloussa :) Et qu'est-ce tu
fous là, pucelle ? Tu comptes nous empêcher de seller
les bourrins ? On a not'claque de votre hospitalité. Vous
voulez nous faire crever de famine, hein ? Ben, on n'est
pas d'accord. T'inquiète, y vous restera tous les pol-
trons qui se pissaient dessus à l'idée de nous suivre !

Soudain menaçant, il se rapprocha de deux pas. Son
visage, ravagé par la maladie, ressemblait à un mufle
d'animal. Les cheveux emmêlés qui lui tombaient aux
épaules en grosses mèches malpropres, ce front bas et
fuyant, ces sourcils broussailleux qui se rejoignaient au-
dessus du nez et la toison qui lui recouvrait les joues,
le menton et jusqu'à la gorge renforçaient cette comparaison. Tenant son flambeau à la manière d'une épée,
il se fendit. La boule de feu passa à quelques pieds*
du visage de l'abbesse. Elle cligna des paupières sous
la bourrasque brûlante mais ne recula pas. Pourtant, la
terreur l'avait envahie. Le groupe d'hommes avait fait

128

silence, et il lui sembla que la plupart s'amusaient de cette scène, attendant la suite.

– Vos repas sont les mêmes que les nôtres, s'entendit-elle répondre d'une voix plate, surprenante en ces circonstances.

– Ah ouais, et tu voudrais faire gober c'te menterie à qui ? Du pain moisi qui sent la pisse, du fromage aigre, rien d'autre. Pas assez pour caler vingt estomacs quand on est plus du double ! Vous voulez nous faire crever à p'tit feu, voilà c'que j'dis !

En dépit des paupières affaissées qui dissimulaient partiellement le regard de son agresseur, elle eut le sentiment qu'il parlait vrai. Comment se faisait-il qu'ils manquent de nourriture ?

– C'est qu'alors l'un de vous récupère une partie de la subsistance à son profit. Mes ordres étaient formels.

– « Tes » ordres ? Qui t'est ?

– C'est pas l'organisatrice des cuisines et des repas, en tout cas, lança l'un de ses compagnons. J'l'ai entra-perçue. C't'une grande membrue qu'a ben vingt ans de plus que ce moignon de nonne.

La panique fit trembler Plaisance. Quelle sotte d'admettre qu'elle était l'abbesse, la grande responsable de leur famine à leurs yeux. Que ferait-elle s'ils se jetaient sur elle ? Quelle bêtise de n'avoir pas écouté Bernadine, réuni quelques serviteurs laïcs avant de s'élancer.

– Et où comptez-vous vous rendre une fois dehors ? lança une voix essoufflée, un peu grave, derrière elle.

Plaisance sentit la main d'Hermione de Gonvray serrer la sienne.

– Les hommes du grand bailli seront prévenus dès votre départ et se lanceront à votre recherche… Si toutefois vous ne tombez pas dans une embuscade tendue par des paysans, car alors, Dieu ait pitié de vous, conclut la sœur apothicaire.

Un rugissement monta du groupe. La voix hargneuse d'un homme clama :

— Nous sommes déjà maudits, qu'est-ce qui pourrait nous advenir de pis ? Je dis qu'on embarque les deux pucelles. Si on nous cherche noise, on leur tranche la gorge. Ça devrait faire réfléchir paysans et bailli tout à la fois.

— Ouais, il a raison, l'Éloi, approuva un autre homme. Écoute-le, l'Ours.

Le regard du lépreux qui les toisait, celui que l'on nommait « l'Ours », passa de l'une à l'autre, et un sourire mauvais étira ses lèvres rongées.

— D'autant qu'elles pourront nous rendre d'autres p'tits services, hein les mignonnes, commenta-t-il d'un ton graveleux.

Un autre homme, assez fluet, se sépara du groupe et ricana :

— L'Ours, l'Ours, c'est pas une bonne idée. On avait dit « pas de femelles », ça retarde. Et puis, si on se fait pincer par le bailli, c'est la grande faucheuse assurée.

— Ta gueule, Jaco ! tonna Éloi, celui qui avait suggéré l'enlèvement des deux religieuses.

L'effroi avait gagné Jaco le Ribleur. Son plan avait admirablement fonctionné jusque-là, mais menaçait de lui échapper. Jamais il n'avait escompté que quelques moniales sortiraient afin de leur tenir tête. Or l'homme qui avait promis la liberté de Pauline avait insisté sur le fait qu'aucune des religieuses ne devait être malmenée lors de la rébellion qu'il ferait exploser. Éloi risquait de s'obstiner dans son plan à seule fin de marquer un point contre le nouveau bouffon-conseiller du chef. Il fallait à tout prix le contrer. Pourtant, la panique tétanisait Jaco. Que pouvait-il tenter contre tous les autres, qui n'attendaient qu'une forte gueule pour la suivre ?

– Perdu pour perdu, on va jusqu'au bout, poursuivit Éloi d'un ton mauvais.

– T'as pas tort, mon compère, acquiesça l'Ours sans détourner le regard des deux femmes.

Plaisance sentait la sueur qui trempait la paume d'Hermione se mêler à la sienne. Sa fille serrait convulsivement ses doigts. Pourtant, elle lança d'un ton égal et ferme :

– Votre compagnon Jaco est sage. Vous serez vite repris et pendus après bien des tourments. N'ajoutez pas à votre douleur qui est déjà grande.

– Qu'est-ce t'en sais, grenouille de baptistère ? feula l'Ours d'un ton où le désespoir le disputait à la rage. Tu veux l'apprendre ? Tu veux que j'frotte mon ventre sur le tien ? Dans quec'années tu sentiras plus les brûlures, dans quec' années ce joli minois aura l'air bouffé par les vers et tu craindras plus rien parce que tu seras morte aux yeux de tous, même des tiens.

Il se rapprocha encore d'un pas et tendit une main aux doigts recroquevillés vers l'épaule d'Hermione. Le reste se produisit si vite que Plaisance eut le sentiment d'avoir rêvé. Pourtant, Jaco, yeux écarquillés, désignait du doigt un point situé derrière elle. Pourtant, l'Ours fixait sa main d'où dépassait la pointe rougie d'une pertuisane. Pourtant, un flot de sang coulait vers le sol. L'abbesse tourna la tête. Le chasseur. Petit Jean le Ferron que, dans leur terreur, ni l'une ni l'autre n'avait entendu approcher. L'Ours dévisagea le titan et éructa :

– T'es des nôtres ! Un renard chasse jamais avec les chiens, parce qu'il sait qu'il se fera mettre en pièces au moment de la cuirée[1].

_____

1. De « cuir ». Lambeaux de la bête tuée que l'on donnait aux chiens de chasse. A donné « curée ».

– Je suis de personne et je chasse seul. Recule avant
que je te navre[1]. Ça me ferait ni chaud ni froid. Un
ladre de plus ou de moins, c'est pas ce qui alourdira
ma dette.

Un ruban de robes blanches déboucha de derrière
le logement de la grande prieure, précédé par les serviteurs laïcs que Bernadine avait réveillés à la hâte, armés
de faux, de fourches, d'herminettes[2] et de bâtons.

Il sembla à Plaisance que l'Ours hésitait une fraction
de seconde. Il recula, sans la quitter du regard. Puis il
rejoignit à grandes enjambées le groupe des lépreux.

Petit Jean lança :

– Rentrez dans votre clos avant qu'on vous y force
comme des animaux que vous êtes.

D'un geste de bras, il rameuta derrière lui les serviteurs laïcs afin d'escorter d'une haie de picois[3], de
serpes et de houes le groupe d'insurgés qui avançait
d'un pas traînant vers le cloître de La Madeleine.

Des tremblements convulsifs agitèrent Plaisance,
qui vacilla.

– J'ai cru notre dernière heure arrivée, avoua-t-elle
dans un murmure.

– Dieu tout-puissant, merci. J'ai eu si peur, ma
mère.

Plaisance se tourna vers sa fille apothicaire.

– Vous avez pourtant été brave, Hermione. Je n'ose
imaginer ce qu'il serait advenu de moi sans votre aide.
Merci, ma chère.

---

1. Transpercer gravement.

2. Utilisées par les charpentiers, les menuisiers ou les tonneliers
depuis l'Antiquité. Outil composé d'un fer aplati à taillant très large
monté perpendiculairement au manche.

3. Outil de mineur et de terrassier à long manche terminé d'un
bec de fer recourbé.

– Pour une fois, je n'ai pas réfléchi avant de m'élancer, confia la jeune femme avec un pauvre sourire.

– Que diriez-vous d'un gobelet d'hypocras pour nous remettre ?

– Je dis, ma mère, qu'il serait fort bienvenu. Notre sauveur… Est-ce bien le nouveau chasseur ?

– Si fait. Nous lui devons la vie. Je l'en remercierai dès demain… ou plutôt tout à l'heure.

– Des brutes, de véritables brutes…

– Non, Hermione, des malheureux. De pauvres malheureux. Je ne comprends rien à ce que m'a raconté cet homme, cet Ours. Comment se fait-il que leur pitance ait été si insuffisante ? C'est la faim qui les a poussés à la révolte, ou du moins qui a grandement contribué à leur fureur. Un scélérat en cuisines pille-t-il les panières qui leur sont destinées afin de revendre la nourriture hors nos murs ? J'en aurai le cœur net, et si tel est le cas, je sévirai. (Elle passa une main tremblante sur son front et proposa :) Allons, Hermione, nous avons bien mérité notre hypocras. Je gage que notre grande prieure ne tardera pas à sauter sur cette aubaine pour me nuire un peu plus. Je la vois déjà, rappelant d'un ton douloureux aux unes et aux autres ses prédictions calamiteuses.

Hermione ne répondit pas, et Plaisance se demanda si ses efforts de tout à l'heure avaient épuisé pour un temps sa mince réserve de mots ou si, au fond, elle n'en venait pas à juger, elle aussi, que l'installation des lépreux était une lourde bévue. Au demeurant, Plaisance n'aurait pu lui en faire reproche après cette éprouvante altercation.

Elle était encore très en dessous de la vérité. Dans les jours qui suivirent, Hucdeline de Valézan, flanquée de son ombre indissociable, Aliénor de Ludain, la sous-prieure, arpenta les couloirs, les dortoirs et le réfectoire, sans oublier les étuves, les cuisines et la bibliothèque afin d'évaluer l'humeur des unes et des autres. Alternant entre compassion et indignation, instillant des doutes, évoquant de probables et catastrophiques répétitions de la révolte qui, affirmaient-elles, « avait failli coûter la vie à notre mère et notre chère sœur Hermione », elles parvinrent à semer les germes de la terreur chez la plupart.

Lorsque Élise de Menoult, la sœur chambrière et l'une des plus fidèles alliées de Plaisance, alarma celle-ci sur le venin que distillaient les deux femmes, la jeune abbesse en resta d'abord coite. Plaisance de Champlois s'était attendue à un affrontement ouvert avec sa grande prieure, pas à un sournois travail de sape.

– Elles m'ont entreprise hier, avec finesse, dois-je préciser. Leur suavité n'avait d'égale que leur ténacité. À les entendre, elles se sont fort inquiétées rétrospectivement de votre bonne santé, ce qui motive leur grande angoisse. Selon elles, ces gueux de ladres ourdissent en ce moment même une deuxième rébellion qui, celle-là, devrait transformer l'abbaye en bain de sang. Sont-elles folles, ma mère ?

– Que nenni, elles sont redoutables, au contraire. Il n'est de terreau plus propice que la peur pour fomenter une révolution de palais. Si je me révèle inapte à garantir la sécurité de mes filles, pis, si ces deux manigancières parviennent à faire accroire que je la brade, le chapitre me destituera. Hucdeline aura alors la voie libre.

– Elle ne pourra – pas plus que vous – s'opposer au roi et à notre souverain pontife s'ils exigent que les Clairets accueillent des scrofuleux.

– Elle peut prétendre qu'elle s'y emploiera de toutes ses forces et insinuer qu'elle obtiendra le soutien de son frère, l'archevêque Jean de Valézan. Il est devenu l'une des éminences grises du Vatican.

— Il court des rumeurs à son sujet, répliqua Élise.

— Certes, et pas des meilleures. Sa… piété ne serait pas seule à l'origine de son ascension fulgurante. (Plaisance baissa la tête et avoua dans un murmure :) Je me sens désarmée, Élise. Peut-être Hucdeline a-t-elle raison, peut-être ne suis-je pas à la hauteur de ma charge, trop jeune, trop…

— Sornettes que tout ceci ! trancha l'autre. Hucdeline brasse beaucoup de vent. Toutefois, je suis certaine de son manque d'épaisseur quand je jurerais de la vôtre. L'abbaye vient d'être secouée par une crise grave. Vous trouverez l'aide dont nous avons besoin, ma mère. Quant à moi, je poursuis mon… disons ravaudage, aidée en cela par Hermione, qui n'a jamais tant discuté.

— Votre ravaudage ?

— Certes. Je passe de l'une à l'autre, dès après Hucdeline, et je découds tous les doutes qu'elle a savamment brodés dans leurs esprits. Mon dernier rafistolage avait nom Barbe Masurier.

— Barbe a-t-elle des reproches à me faire ?

— Non pas. Les deux comparses, Hucdeline et Aliénor, l'ont retournée en insistant sur les dangers qui pesaient sur vous. Vous connaissez Barbe. Son affection pour vous a fait le reste.

Marie-Gillette d'Andremont serra les lèvres de rage. En dépit de ses continuels efforts, le deuxième rouleau demeurait introuvable. Et maintenant, cela !

Imaginer les sévices qu'elle pourrait infliger en vengeance à Adélaïde Baudet ne l'apaisait plus. Pourtant, elle avait bien aimé ressasser ses inventions. Quelques-unes lui plaisaient particulièrement. Elle se voyait, propulsant avec violence la sœur cherche dans la grande cuve à lisier et l'y laisser se noyer dans un bouillonnement malodorant, ou bien tirer sur son passage, de toute sa hargne, les pieux qui maintenaient les stères de bûches empilées non loin des fours et la regarder se faire écraser par l'avalanche. Bourrique ! Une véritable bourrique acharnée. Il ne se passait pas de semaine sans qu'Adélaïde ne lui trouve une autre corvée. La lecture lui ayant sans doute paru trop douce, elle lui réservait maintenant les besognes les plus rudes ou les plus ingrates. Marie-Gillette s'était ainsi retrouvée semainière au curetage des cuves à purin, au nettoyage des poulaillers, au décendrage des fours, à l'approvisionnement du cloître de La Madeleine dont on avait renforcé à la hâte les barricades. Les dégâts, somme toute limités, qu'avait occasionnés le récent soulèvement des scrofuleux avaient tant marqué l'esprit des moniales que l'abbesse avait ordonné que la supplette chargée de conduire la charrette acheminant les panières depuis les cuisines soit accompagnée de deux serviteurs laïcs.

La jeune femme frissonna rétrospectivement. Ces visages ravagés par le mal terrorisaient encore plus maintenant qu'à leur arrivée. Presque toutes se demandaient si le fléau ne risquait pas de se répandre aux bien portantes et si un autre soulèvement, encore plus brutal, ne se préparait pas. Certaines suggéraient que l'on ferait bien mieux de les écarter en les repoussant au plus loin de la forêt des Clairets. Il n'y avait plus guère que Mélisende de Balencourt pour affirmer que l'arrivée des lépreux parmi elles était une preuve que Dieu les avait distinguées comme Ses agnelles préférées. Marie-Gillette, quant à elle, se serait volontiers passée de leur proximité. Certes, il fallait bien que quelqu'un se chargeât d'eux, mais si on avait pu la dispenser de les apercevoir jamais, elle ne s'en serait point offusquée. Enfin, cette affreuse semaine était passée. Elle avait porté les panières de linge et de vivres jusqu'à la clôture, les poussant ensuite du pied sur la terre battue du sentier qui menait à la petite chapelle de La Madeleine, refermant aussi vite qu'elle le pouvait la lourde porte de bois sombre qui condamnait ces lieux de crainte et d'abandon, terrorisée à la pensée qu'un bras monstrueux allait surgir pour la tirer vers l'intérieur. On murmurait que même les catins, du moins certaines, avaient protesté d'être ainsi parquées avec les ladres. Elles étaient pourtant peu exigeantes, travaillant trois fois plus que les chastes, soutenues par la promesse de l'Église que le labeur ingrat et les pénitences laveraient leurs âmes de tous « péchés ».

Quoi qu'il en fût, cette verrue d'Adélaïde Baudet n'en avait pas fini avec elle, ni avec les humiliations qu'elle entendait lui infliger. Après la semaine de maladrerie, elle l'avait désignée pour une nouvelle semaine de dépotoir[1]. En ces lieux de grand soin et d'extrême économie, on ne jetait presque rien et l'on cassait encore moins. La corvée de dépotoir aurait donc dû se limiter à deux gobelets et un cruchon à transporter jusqu'à l'ouest de l'enceinte de l'abbaye, à deux cents toises des cuisines, où un monceau de rebuts s'accumulait depuis un siècle derrière un rideau de châtaigniers. Que nenni ! Adélaïde ne l'entendait pas de cet air. Selon elle, la semainière devait également opérer un tri. Elle entendait qu'à la fin de la semaine, Marie-Gillette ait nettement séparé les débris par tas distincts. Un monticule de vaisselle brisée, un autre de fendue, un troisième d'ébréchée. La logique présidant à ce maniaque inventaire demeurait un mystère pour la jeune moniale. Seule la perversité d'Adélaïde pouvait, selon la jeune femme, expliquer ce catalogue de bris divers et variés. Tant qu'elle y était, pourquoi la sœur cherche n'avait-elle pas exigé qu'elle séparât les timbales des pots, des cruches, et des chaudrons ?

C'est donc d'exécrable humeur, remâchant son aigreur, que Marie-Gillette s'avança vers la haie de châtaigniers. Le jour n'était pas encore levé. Dans la nuit, une épaisse couche de neige avait recouvert l'herbe desséchée par l'hiver, lui rendant une élégance bleutée. La jeune femme serra ses bras sur sa poitrine, coinçant ses mains sous ses aisselles dans une vaine tentative de les réchauffer un peu. Elle pesta dans son souffle : elle aurait l'onglée d'ici le midi, à coup certain. Une horrible idée germa dans son esprit. Et si c'était précisément ce que recherchait Adélaïde Baudet ? La rendre malade, ou pis, l'occire lentement ? Elle trébucha sur

---

1. Endroit où l'on jetait la vaisselle et les pots cassés, et toutes sortes de rebuts.

une souche dissimulée par le manteau neigeux et se tordit le pied. Une crise de larmes la suffoqua. L'inanité, la stupidité de ses efforts la frappa de plein fouet. À quoi servait tout ceci? Une sorte de haine envers elle-même lui donna envie de crier, de taper dans quelque chose, n'importe quoi. Elle avait connu les bonheurs du monde, ses joies, ses fastes, sa facilité. Elle avait tant été aimée, ne prenant qu'accidentellement la peine de rendre cet amour. Elle avait vu, touché, senti tant de choses magnifiques. Et puis, tout avait basculé sans qu'elle en comprenne la raison.

Cet après-midi-là, elle somnolait dans une chambre noyée du soleil de Castille. Seulement enveloppée d'un tulle fin, elle souriait. Une petite fille brune éventait son demi-sommeil. Le goût salé de la sueur qui humidifiait sa lèvre supérieure. L'odeur de lavande et de romarin mêlés qui filtrait par les volets mi-clos. Dans sa gorge le goût d'un vin sombre et puissant comme le sang d'un taureau. Un choc contre la porte qui menait à la grande salle commune. Elle s'était redressée, son sourire s'élargissant. Un bruit sourd, rien d'autre. Quelques secondes s'étaient écoulées. Elle s'était levée, surprise, pas même inquiète. Flanquée de la petite fille, elle avait entrouvert la porte. D'abord, elle n'avait rien vu. Et puis, quelque chose de tiède et de gluant avait enserré son mollet. Elle avait baissé les yeux. Alfonso s'était écroulé à genoux, retenu par le chambranle. Le manche orfévré d'une large dague dépassait de sa gorge, et un flot de sang s'écoulait sur son chainse[1] de soie. Le temps s'était suspendu durant une éternité qui n'avait duré qu'une seconde. Que signifiait cette scène? Pourquoi Alfonso de Arévolo ouvrait-il la bouche? Pourquoi vomissait-il de petites bulles rouge vif? Pourquoi murmurait-il

---

1. Longue chemise portée à même le corps, sous les vêtements.

« Fuis ! Emporte le diptyque ! » avant de s'écrouler vers l'avant ? Une autre seconde d'incompréhension, la sensation que son esprit venait de l'abandonner soudain. Une panique l'avait jetée dans la chambre. Elle avait congédié d'une gifle la fillette qui sanglotait et ramassé ce qu'elle pouvait emporter, dont les rouleaux du petit diptyque, entassant le tout dans sa bougette. Elle s'était vêtue à la hâte et tout le temps que nécessitaient ses gestes, elle s'était demandé « Pourquoi ? ». Elle n'avait pas pleuré, elle n'avait pas hurlé. Elle s'était juste demandé, encore et encore, « Pourquoi ? ».

Elle avait marché au hasard tout le jour, sous un soleil accablant. Des chiens errants l'avaient poursuivie, des gamins avaient tenté de lui arracher le sac dont elle avait passé la bandoulière autour de son cou. Elle les avait chassés à coups de pied. Et tout le temps, elle s'était demandé « Pourquoi ? ». Et tout le temps son esprit avait été vide de pensées, à l'exception de cette question : « Pourquoi ? » Au soir échu, elle était enfin arrivée à Almazan, une grosse bourgade située sur le fleuve Douro, exténuée, assoiffée, les cheveux et le visage gris de la poussière blanchâtre des chemins. Elle s'était arrêtée dans une auberge. Elle devait avoir piètre allure puisque le tenancier avait exigé :

– Qui dort dîne[1], et on règle d'avance !

Elle s'était exécutée, sans un mot. Lorsque, après s'être débarbouillée comme elle le pouvait à la cuvette de sa chambre, elle était descendue afin de se restaurer, une conversation l'avait fait piler dans l'escalier. Deux hommes interrogeaient l'aubergiste, lui promettant

---

1. Origine de la fameuse expression. Certains aubergistes imposaient que l'on soupât si l'on voulait une chambre. L'expression a ensuite été dévoyée et signifie maintenant qu'un bon sommeil remplace le dîner.

quelques belles pièces s'il pouvait les renseigner. Deux hommes, pas des gueux à en juger par leur mise et leur élocution. Ils cherchaient une jeune élégante, blonde comme les blés, aux yeux clairs, la nièce d'alliance de leur maître, prétendaient-ils. Ils la devaient mener au couvent de Soria, mais l'écervelée s'était entichée d'un gars au point de profiter d'une halte pour s'enfuir. Une damoiselle Alexia de Nilanay. Elle.

Alexia était remontée sans bruit, se terrant dans sa chambre en grelottant de peur. Lorsque la soubrette avait cogné à sa porte, elle avait feint d'être endormie. Elle s'était faufilée à la nuit en cuisines, avalant ce qu'elle trouvait : un quignon de pain rassis, une poignée d'olives et une tranche de lard suintante. Elle avait ensuite tenté de dormir quelques heures, mais d'incompréhensibles cauchemars la réveillaient par à-coups. Alfonso s'esclaffant comme elle avait tant aimé le voir, le poignard vernis de rouge planté dans sa gorge tressautant à chaque nouvel éclat de rire. Alfonso dessinant de sa langue de délicieuses arabesques sur la peau pâle de son ventre et se redressant, abandonnant l'empreinte sanglante de son grand corps d'homme sur sa fine chemise de nuit. Alfonso chantant à tue-tête « Fuis, mais fuis donc ! ». Elle avait quitté l'auberge à l'aube, certaine que le tenancier reconnaîtrait la « jeune élégante blonde » de la description maintenant qu'elle était présentable. Il ne dédaignerait pas les belles pièces promises.

Alexia de Nilanay était montée vers le nord. Elle n'avait dû la vie sauve qu'à sa fuite dans les ruelles d'Auch. La traque avait repris.

Un jour de marché, à la Ferté-Bernard, une bourgeoise non loin d'elle avait prononcé ce nom : les Clairets. N'était-ce pas Alfonso qui lui avait conté l'histoire d'une sienne marraine, ou tante ou cousine, moniale dans ce couvent ? Elle n'aurait pu le jurer, mais y avait vu un signe.

Alexia de Nilanay s'était transformée en Marie-Gillette d'Andremont, s'inventant un passé assez flou pour lui éviter les bévues de mémoire. Une famille décimée par une mauvaise fièvre. Elle s'était condamnée à une vie de désert et d'humiliations, prétendant les avoir souhaités lorsqu'elle avait prononcé ses vœux définitifs. Luttait-elle pour sa vie ? Elle venait à en douter tant l'existence qu'elle avait découverte aux Clairets ressemblait à une interminable demi-mort. Une seule chose la retenait encore de renoncer, d'accepter : elle voulait savoir. Elle voulait savoir pourquoi ces hommes la poursuivaient, qui ils étaient et pourquoi ils avaient abattu Alfonso de Arévolo. Alfonso… Cher, brillant Alfonso. Qu'as-tu fait ou dit pour mériter ce sort ? Rien ne lui venait à l'esprit. Alfonso le dépensier, le majestueux, le croqueur de vie. Alfonso, l'amant magnifique, le fou délicieux. Alfonso et ses charmantes inventions. Il la réveillait la nuit afin qu'elle danse nue pour lui sous les amandiers ou pour lui lire un poème qui lui mettait les larmes aux yeux. Alfonso qui dilapidait en présents, en mets délicats et en vins fins l'héritage paternel. Pourquoi t'ont-ils exécuté sans te donner une chance de te battre en combat loyal ? Pourquoi veulent-ils m'occire comme une bête ? Car ils veulent m'assassiner à ta suite.

Elle contourna la haie de châtaigniers. Un tapis de neige recouvrait les petits tas de vaisselle abîmée qu'elle avait constitués la veille. En dépit de l'absence de vent, l'odeur nauséabonde du putel éloigné d'une bonne quarantaine de toises lui parvenait par instants. Dans la semi-pénombre de ce levé d'aube, un monticule plus volumineux attira son regard vers le centre du dépotoir. Elle plissa des paupières, peu désireuse d'avancer à l'aveuglette au risque de se couper une cheville sur un éclat de grès. Qu'était cette chose qui dépassait de la butte et ressemblait à un gant? Un gant pâle. Le mot se forma dans son esprit avant qu'elle le comprenne : une main. La main d'une moniale dont la robe blanche se confondait avec la neige. Marie-Gillette avança comme dans un rêve vers le corps, escortée par les plaintes sèches des poteries qu'elle écrasait sous ses pas. Figée, elle détailla le visage bleu, les lèvres boursouflées d'un violet presque noir dont sortait une langue gonflée, les immenses yeux bleus ouverts sur le néant, les sourcils très blonds et la tresse de crin enrou- lée autour de la gorge. Un flot âcre de salive lui obs- trua la gorge. Angélique. La douce Angélique Chartier, qu'elle n'avait pas vue depuis des semaines, avait été étranglée avec le lien qui pendait toujours à son cou. Angélique, l'adorable moniale qui venait de prononcer ses vœux définitifs. Un jour, elle s'était amusée de leur ressemblance physique.

Un inattendu chagrin submergea Alexia, ou plutôt Marie-Gillette. Elle se baissa, frôlant le visage de la gentille morte. Elle était encore tiède, et seuls quelques flocons de neige parsemaient sa robe. Angélique n'était pas décédée depuis très longtemps, la neige n'ayant cessé de tomber qu'après vigiles*. Un lien de cuir noir dépassait de sous sa hanche. Marie-Gillette le tira, bagarrant contre l'inertie du cadavre. Elle par- vint à extirper la bougette coincée sous sa jeune sœur. Lorsqu'elle l'entrouvrit, un flot de larmes lui noya le regard. Deux belles tranches de pain tartinées de suif, quelques prunes sèches[1] et une boutille[2] de jus de

---

1. Pruneaux.
2. Bouteille en terre, encore appelée « boutie ».

pomme. Une peine fulgurante lui arracha un sanglot. Angélique l'avait devancée au dépotoir afin de lui porter de quoi résister au froid mordant de cette fin de nuit. Sans doute avait-elle profité de son amitié avec Clotilde Bouvier, leur énergique pitancière, pour prélever discrètement les aliments puisque, à l'exception de tisanes chaudes en hiver ou d'eau fraîche à l'été, aucune nourriture ne devait être distribuée en dehors des repas, sauf aux malades alitées. Surtout durant la pénitence de l'Avent précédant la Noël[1]. Angélique n'avait pas hésité à enfreindre la règle du cloître de La Madeleine où son amour du prochain l'avait conduite. Elle avait contourné la clôture, contourné les ordres afin de rejoindre son ancienne amie et lui porter un peu de réconfort.

Marie-Gillette tarda à accepter ce qu'elle pressentait depuis la découverte du mince corps sans vie. L'assassin ou les assassins s'étaient mépris. Ils avaient tué Angélique en la confondant avec elle, ce que l'obscurité, leur ressemblance, et surtout l'endroit rendaient explicable. En d'autres termes, ces monstres connaissaient la nature de sa corvée de semaine et l'attendaient de pied ferme afin de l'occire. Marie-Gillette aurait parié qu'il s'agissait des deux hommes qui l'avaient suivie jusqu'en royaume de France. Elle ne les avait point vus alentour. Se dissimulaient-ils sous les traits d'un des nombreux serviteurs laïcs qui allaient et venaient dans l'abbaye et auxquels nulle ne prêtait attention ? Ou alors, jouissaient-ils d'une complicité parmi les moniales, et si oui, laquelle ? Et si oui, pourquoi ? La jeune femme avait eu beau fouiller le moindre recoin de son souvenir depuis des années, aucun début de réponse ne s'était

---

1. Il s'agissait à l'époque d'une célébration strictement religieuse. L'aspect « festif » n'est venu que plus tardivement.

présenté à elle. La seule hypothèse à laquelle elle en revenait à chaque fois la convainquait à peine. Peut-être Alfonso lui avait-il un jour révélé quelque chose qu'elle avait jugé assez bénin pour l'oublier aussitôt, mais que d'autres savaient de la plus cruciale importance. Au point de tuer. Quoi ? Alfonso était un être délicieux et léger que les secrets d'État intéressaient bien moins que les jeux d'alcôve, les longs poèmes, les mets raffinés, ou les portraits de dames ou de Vierge qu'il peignait.

Son pied heurta un objet qui rebondit plus loin avec un son désagréable. Elle s'agenouilla avec précaution, poussant l'objet de bois du bout de l'index. Une cliquette. Intacte et vierge de neige, comme le cadavre. La stupéfaction la cloua. Les lépreux avaient interdiction de sortir du cloître de La Madeleine, de jour comme de nuit. Les lourdes portes qui le séparaient du reste du monde étant en permanence verrouillées. Pourquoi donc cette tournette[1] se trouvait-elle ici ? La lumière se fit brutalement dans son esprit. Tablant sur la terreur et la défiance qu'inspiraient les malades, surtout depuis leur soulèvement, les assassins avaient trouvé un moyen d'orienter les soupçons vers eux. Ne les accusait-on pas volontiers de pratiques de magie noire et de commerce avec les démons ? Ne leur prêtait-on pas tous les vices, et toute la méfaisance du monde ? La rage remplaça soudain le chagrin et elle se redressa, mâchoires serrées. Elle avait affaire à d'odieux pleutres, à de sinistres assassins. Elle récupéra la cliquette, ne sachant qu'en faire. Étrangement, il lui parut soudain vital qu'une épouvantable injustice ne puisse se commettre. Pour le souvenir de la tendre Angélique. Un sourire désespéré lui vint. Avait-elle tant changé depuis son arrivée entre ces murs ? Elle

---

1. Crécelle.

que l'existence des autres, leurs désirs, leurs regrets, leurs joies ou leurs peines, avait si peu affectée auparavant. Elle s'agenouilla contre le flanc de la petite morte bleuie et pria pour le repos de son âme avec une ferveur qu'elle avait oubliée depuis longtemps. À sa prière se mêlèrent des images. Des moments d'Angélique, que cette mort lui rendait proche comme une sœur de sang. Marie-Gillette crut presque entendre le rire limpide, la voix de jeune fille résonner dans son esprit. Angélique ne devait pas demeurer ainsi, il ne fallait pas que les autres voient ses yeux opaques, sa langue pendre à l'extérieur de sa bouche. Marie-Gillette bagarra pour la repousser derrière les dents de la jeune morte. Elle lui ferma ensuite la bouche de force en appuyant sur son crâne et en lui soulevant le menton, et s'acharna à lui clore les paupières. Un ridicule soulagement lui vint : hormis la couleur bleu-gris de son épiderme et l'affreux bourrelet de chair qui recouvrait en partie la tresse de crin, sa douce sœur avait retrouvé une apparence qui ne la blesserait plus par-delà la mort. Enfin, les larmes qu'elle avait retenues depuis la boucherie de Castille dévalèrent le long des joues d'Alexia. Enfin, elle sanglota sur son amant abattu comme une bête, sur cette jeune femme que la générosité du cœur avait menée à son trépas. Elle sanglota sur l'iniquité triomphante du monde qui jamais ne serait un magnifique jardin peuplé d'êtres de compassion et de bienveillance. Un engourdissement bienvenu la préservait du froid. Sans même qu'elle le sente, son corps fléchit, cédant à l'envie de s'allonger dans la neige contre Angélique et de s'endormir à jamais. Une voix, la sienne, tonna dans son esprit : Trop simple, trop lâche ! Tu veux comprendre « pourquoi », affirmes-tu ? Le cherches-tu vraiment ? La terreur t'étouffe depuis des années. Elle ne cessera jamais tant que tu reculeras. Il te faut l'écraser. Tu le sais, il s'agit là de la seule parade contre la peur et ceux qui la sèment.

Marie-Gillette fut debout en un élan. La trêve que lui avait concédée le froid mortifère se rompit. Elle grelotta, claquant des dents. Elle vengerait Angélique et Alfonso. Elle se vengerait des années d'errance et d'effroi qu'on lui avait imposées. Elle allait les démasquer. Qui? Elle l'ignorait, mais l'apprendrait. S'il le fallait, elle les pousserait jusqu'aux fourches patibulaires plantées non loin de l'enceinte de l'abbaye.

Qui prévenir de la mort d'Angélique? Que dire? L'amitié que lui portait la dépositaire, Rolande Bonnel, l'aurait, en d'autres circonstances, désignée comme confidente. Malheureusement, cette pauvre Rolande faisait preuve d'un esprit qu'une langue charitable aurait qualifié de modeste. Une langue vipérine, au contraire, aurait affirmé qu'elle était gourde à manger du foin, si toutefois elle parvenait à le trouver. Elle allait s'affoler, ameuter le monde, et les tueurs profiteraient de la confusion qui en résulterait. Certainement pas la grande prieure de l'abbaye, cette Valézan qui remâchait sa rancœur d'avoir été écartée du pouvoir suprême. Qui alors? Pouvait-elle faire confiance à cette gamine que l'on avait poussée au rang d'abbesse? Certes, Plaisance de Champlois avait toujours fait montre d'une intelligence et d'une maturité peu communes. Tout de même, elle était encore jeunette. D'un autre côté, madame Catherine de Normilly l'avait désignée comme continuatrice quelques mois avant son brutal trépas et elle n'était pas femme de foucades ou de méjugements. Et que faire de la cliquette? Révéler son existence en insistant sur le fait qu'elle y voyait un piège destiné à désigner un des lépreux comme coupable? Valait-il mieux, au contraire, l'escamoter et n'en pas souffler mot? Alexia-Marie-Gillette se décida en faveur de la deuxième solution. Il serait toujours temps ensuite d'admettre sa trouvaille.

Elle tergiversa encore quelques instants, puis, prise d'une énergie nouvelle, fonça vers les cuisines qu'elle contourna pour longer le bâtiment qui abritait les caves et les celliers. Juste en face s'élevait le palais abbatial. Bernadine, la sœur secrétaire, l'arrêta dès qu'elle eut poussé la porte de l'ouvroir, s'enquérant d'un ton sec des raisons de sa visite bien matinale.

– Il me faut… Je dois de toute urgence m'entretenir avec notre bien-aimée mère.

– Je jugerai moi-même de ladite urgence lorsque j'en saurai davantage, rétorqua l'autre, pincée. Voyez-vous, ma fille, fort peu des affaires humaines sont véritablement urgentes aux yeux de Dieu.

– Et un manquement au premier commandement ?

– Votre pardon ? interrogea la secrétaire que sa morgue abandonnait.

– Un meurtre. Est-ce une urgence suffisamment pressante à vos yeux experts ?

Perdant pied, l'autre balbutia :

– Un meurtre… Que voulez-vous dire… un meurtre comme…

– Comme un étranglement de moniale.

Des émotions contradictoires se succédèrent à toute vitesse sur le visage flétri qui lui faisait face : incompréhension, stupéfaction, indignation, consternation. La secrétaire murmura :

– Cela ne se peut.

Oubliant toute honte dans son émoi, elle extirpa ses béricles[1] faites d'épaisses lentilles de cristal de roche et

---

1. De « béryl », pierre dont on fit des lunettes, qui donnera « bésicles ». On en porte depuis le XIIIe siècle. Perçues comme la démonstration d'une infirmité, elles sont cachées avec soin.

les chaussa, comme si mieux voir pouvait estomper les contours du cauchemar dans lequel elle avait l'impression d'avoir été plongée tout éveillée.

– Cela se peut, ma sœur. « Cela » est allongé sans vie dans le dépotoir, avec un lien autour de la gorge.

L'autre se cramponna au bras de Marie-Gillette, criant sans raison :

– Vite ! Ah ! mais que... Ah ! doux Jésus...

Sentant la crise de nerfs sur le point d'éclater, la jeune femme lâcha d'un ton aussi posé qu'elle le put :

– Menez-moi, je vous prie, à notre mère. Aussitôt.

Plaisance de Champlois, assise roide derrière son immense table de travail la fixait, le visage dénué d'expression au point que Marie-Gillette crut d'abord que la jeune mère abbesse n'avait pas compris ce qu'elle venait de lui narrer. Lorsqu'elle parla enfin, sa voix était si grave qu'on l'eût dite voilée.

– Angélique Chartier ? En êtes-vous certaine ? Bien sûr... l'imbécile question. Je suis assommée. Durant quelques secondes, j'avoue avoir souhaité que cette entrevue soit un mauvais rêve, ou alors que vous soyez devenue folle. Mais non, n'est-ce pas ? Angélique est bien morte. Assassinée.

– En effet, ma mère, et le cœur m'en saigne.

– Qui ? Pourquoi ? murmura l'abbesse.

Le sang avait fui de son visage, décolorant jusqu'à ses lèvres, et Marie-Gillette redouta une pâmoison.

– Je l'ignore, mentit-elle.

Le regard aigue-marine de Plaisance se perdit vers le mur opposé. Elle hésita :

– Pourrait-il s'agir... d'un voleur, d'un vagabond, que sais-je, assez fol pour escalader le mur d'enceinte ? A-t-elle été... violentée ?

– Je ne le crois pas, mais ne puis l'affirmer.

Plaisance de Champlois se leva avec une telle brutalité qu'elle fit sursauter la jeune femme.

– Conduisez-moi.

– Maintenant ? Peut-être serait-il avisé de mander un renfort ?

– Conduisez-moi à l'instant.

Elle se dirigea vers le coin droit de son vaste bureau et tira le cordon de passementerie qui la reliait à la sœur secrétaire.

Aussitôt résonna l'écho d'une cavalcade qui prenait d'assaut l'escalier de chêne. La vieille femme déboula dans la pièce, à bout de souffle.

– Ma mère ?

– Bernadine, faites quérir aussitôt le messager[1]. Qu'il aille prévenir les hommes du bailli. À bride abattue. Que notre médecin et notre apothicaire nous rejoignent au dépotoir.

Un pingre soleil éclairait l'étendue neigeuse. Au centre, la jeune morte évoquait une voile blanche échouée. Elles demeurèrent là, immobiles, muettes. Marie-Gillette se demanda dans quel univers étaient allées se perdre les pensées de l'abbesse. Le visage figé comme un masque blême, elle fixait la dépouille allongée sur le flanc. La progression d'une forme brune, de la taille d'un petit chat, attira soudain leur regard. L'animal se redressa sur son postérieur, scrutant dans leur direction, humant nerveusement l'air. Un rat. Un énorme rat. La jeune abbesse se rua vers l'animal en hurlant, trébuchant sur les monceaux de vaisselle endommagée :

---

1. Serviteur laïc chargé de porter les messages de l'abbaye.

– Sale bête, ne l'approche pas ! Va-t'en ! Va-t'en, m'entends-tu ? Maudit ! Laisse-la !

L'animal s'enfuit sans demander son reste.

Marie-Gillette la vit alors couler vers le sol, lentement. Elle s'approcha avec discrétion, redoutant d'interrompre une prière. Pourtant, lorsque Plaisance de Champlois tourna la tête vers elle, sa métamorphose était sidérante. La fureur crispait son visage d'habitude avenant. Elle jeta d'un ton métallique :

– Impie. Profanatrice. Celle qui a détruit la pureté paiera son crime au centuple. Je m'y engage devant Dieu.

– Êtes-vous certaine, ma mère, qu'il s'agisse de l'une d'entre nous ? osa Marie-Gillette.

– Certes pas ! lâcha l'abbesse d'un ton péremptoire que l'autre jugea exagéré. Il s'agit d'un abus de langage de ma part, rien d'autre.

Un toussotement masculin les alerta. Le médecin patientait à deux toises d'elles. Plaisance se releva.

– Messire Lebray, je vous ai fait mander pour une… infamie. Jamais auparavant… Qu'importe. La pauvre défunte porte autour du cou une tresse de crin. Son visage bleu semble indiquer qu'elle fut étranglée.

Le médecin se signa et avança de quelques pas. Âgé d'une trentaine d'années, il était assez grand et d'une maigreur pénible au regard. La petite tonsure prolongeait désagréablement son crâne en pointe. Il toussota à nouveau et bafouilla :

– Étranglée, dites-vous, ma mère ? Bien… Bien… répéta-t-il en les rejoignant aussitôt en quelques longues enjambées.

Et Marie-Gillette comprit qu'il avait redouté une maladie, la ladrerie peut-être. L'antipathie qu'elle se sentait pour cet homme monta d'un cran. Quoi ? Il était devenu médecin quand il craignait avant tout la mala-

151

die pour lui-même? Il s'en rencontrait de plus en plus de cette sorte, des médecins qui ne souhaitaient soigner – contre de belles pièces sonnantes et trébuchantes – que des gens bien portants. Ils pontifiaient du bout d'une chambre, portant museau de cuir, environnés d'un nuage suffocant d'encens, sans jamais approcher à moins d'une toise ceux qui avaient eu le mauvais goût de contracter une maladie.

Il inclina la tête vers la morte, diagnostiquant d'un ton pompeux :

– Ah oui... Il me semble en effet. Ce lien autour du cou paraît très serré.

Glaciale, Plaisance de Champlois demanda :

– Est-ce là tout l'examen que vous entendez conduire? Enfin, monsieur, qu'attendez-vous? Nous l'avons frôlée et nous ne sommes pas mortes.

Le fard monta aux joues de l'homme, qui condescendit à s'agenouiller et à défaire la tresse de crin. Marie-Gillette précisa :

– Ses yeux étaient grands ouverts lorsque je l'ai découverte et sa langue pendait hors de sa bouche.

– Alors, il s'agit bien d'un étranglement, approuva le médecin.

– A-t-elle été... Enfin, croyez-vous qu'elle ait subi des outrages de femme? s'enquit l'abbesse.

Messire Lebray se redressa comme si on l'avait piqué.

– Madame... Enfin, ma mère, je ne suis pas ventrière et encore moins matrone jurée[1] !

– N'enfantant pas, nous n'en disposons pas en ces lieux. Aussi, vous voudrez bien vous assurer que notre chère Angélique n'a pas été...

---

1. Ventrière habilitée à témoigner de la virginité ou de la grossesse d'une femme devant les tribunaux.

– C'est exclu ! Je ne… Je ne… Enfin, il s'agit d'un acte d'une grande impudeur. Il faudrait être bien déhonté ! Je me permets de vous rappeler ma qualité de clerc… Je refuse de… d'examiner de près cette… chose. C'est répugnant…

Il semblait en effet sur le point de dégorger.

– Vous en êtes pourtant sorti, lâcha sans même le vouloir Marie-Gillette.

Cette repartie lui valut un regard de biais de l'abbesse dont elle ne sut s'il était de réprobation. Estomaqué, le médecin souffla :

– Quelle… grossièreté !

– Non, c'est vous qui êtes méprisable en plus d'être un insupportable fat.

– Il suffit ma fille, intervint l'abbesse d'un ton plat. Nous sommes sous le choc. Rentrons. Des serviteurs viendront chercher sous peu Angélique afin de la conduire à l'infirmerie. Peut-être une de nos sœurs là-bas saura-t-elle nous renseigner.

Marie-Gillette acquiesça d'un hochement de tête. Mais Plaisance de Champlois n'en avait pas terminé :

– Quant à vous, messire médecin, que votre bagage soit prêt à la midi. Nous nous passerons dorénavant de votre service, et ceci jusqu'à l'arrivée de votre successeur.

– Mais je…, s'écria le sieur Lebray.

– Faites silence à l'instant ! ordonna la très jeune fille d'un ton sans appel. Vous m'offensez les oreilles.

Rebroussant chemin vers les cuisines, elles découvrirent Hermione de Gonvray au bord de l'étendue neigeuse. La sœur apothicaire était plus livide que son voile.

– En avez-vous terminé, ma mère ? Je souhaite l'examiner en solitude avant qu'on ne la transporte.

– Faites, chère Hermione. Monsieur Lebray nous quitte. Avant que n'arrive notre prochain médecin, nous nous remettons entre vos mains expertes.

Plaisance de Champlois se dirigea vers les cuisines, suivie de Marie-Gillette. Cette dernière se retourna, caressant d'un ultime regard d'affection ce frêle amas de laine blanche qui avait été une amie. Elle vit Hermione de Gonvray, à genoux contre le flanc d'Angélique, se signer et porter la main de la petite morte à ses lèvres pour la baiser.

Ce fut Marie-Lys Travers, une des sœurs infirmières, qui les renseigna. Angélique Chartier était toujours vierge. Sur le moment, Marie-Gillette d'Andremont s'interrogea sur cette insistance. Quoi, valait-elle mieux qu'elle soit morte étranglée que violée ? Elle-même avait perdu son hymen assez volontiers et ne l'avait que fort peu regretté. Elle fut cependant assez avisée pour taire ses commentaires. Ce qu'elle prenait pour de la pruderie de la part de l'abbesse se révéla vite plus avisé.

– Ainsi donc, le mobile n'est pas un ignoble dérèglement des sens, une perversion charnelle ? commenta l'abbesse après l'explication de Marie-Lys.

Marie-Gillette se fit la réflexion que cette déduction semblait lui peser, puis balaya aussitôt cette impression déplacée.

– Quoi alors ? poursuivit Plaisance de Champlois, d'un ton que la tension gagnait. Nous ne possédons rien de personnel, et je suis bien certaine que la douce Angélique aurait été incapable de blesser, de léser qui que ce fût, l'eût-elle souhaité. La vengeance semble donc également exclue. À moins d'imaginer une possession ou une folie passagère, je… (Elle se tourna vers Marie-

154

Gillette et demanda soudain en la dévisageant :) Qu'en pensez-vous, ma fille ?

La question était si directe et surtout si lourde de sous-entendus que cette dernière sentit le feu lui monter au visage.

– Ma foi… Je me perds moi-même en conjectures.

– Avez-vous remarqué comme l'on avance souvent plus vite dans la résolution d'un problème lorsque l'on joint ses questions et ses forces ?

– Il est vrai, admit mollement Marie-Gillette.

– Puisque nous sommes en accord, voici ce que je vous propose. Nous allons nous installer dans mon bureau, devant une infusion de thym et de lavande et réfléchir… à bâtons rompus.

Le ton calme, sans équivoque, de l'abbesse prouvait que ladite « proposition » était un ordre qui ne souffrirait nulle dérobade. Marie-Gillette frissonna d'anticipation. Elle allait devoir mentir. Encore. Néanmoins, cette jeune fille qu'elle avait jusque-là traitée de gamine l'impressionnait. Il y avait dans son regard d'un bleu insondable, dans son maintien, quelque chose d'inéluctable. On avait le pénible sentiment qu'elle vous fouillait sous le crâne.

Elles quittèrent les bâtiments qu'occupait l'infirmerie, traversèrent les petits jardins et empruntèrent le mince passage coincé entre les étuves et l'escalier qui menait aux dortoirs pour déboucher dans le cloître Saint-Joseph après lequel s'élevait le palais abbatial. En dépit de sa petite taille, Plaisance de Champlois marchait d'un pas vif que Marie-Gillette avait peine à suivre.

L'infusion de thym, de lavande et de cannelle avait refroidi dans le gobelet de Marie-Gillette, sa chaleur happée en quelques secondes par le froid mordant qui régnait dans le vaste bureau. Elle avait espéré que l'abbesse commanderait un feu. Espoir vite déçu. La jeune femme grelottait, crispant rythmiquement ses orteils dans ses gros souliers, songeant que peut-être il faudrait les lui amputer. Elle détestait cette vie. Une gigantesque interrogation lui trottait dans la tête depuis quatre ans. Elle comprenait que des veuves, des désargentées, des laissées-pour-compte, voire des rebelles, choisissent le cloître. En revanche, pourquoi des femmes devant lesquelles le destin s'était incliné, leur dispensant qualités et richesses, renonçaient-elles à tout pour vivre dans un dénuement douloureux? Ne pouvaient-elles aimer et servir Dieu que dans l'extrême pauvreté? Certes, elle ne connaissait pas la vie d'enfante de Plaisance de Champlois, mais madame de Normilly et madame de Rotrou avant elle avaient joui d'une vaste fortune. Les anges s'étaient penchés sur leur berceau pour leur offrir, sans contrepartie, tout ce qu'une créature humaine pouvait désirer. Une énigme. Nombre de ces femmes demeureraient à jamais une énigme à ses yeux.

– Êtes-vous prête? demanda l'abbesse d'une voix redevenue paisible.

– Prête? Je ne…

– Prête à me conter la vérité.

– Je ne comprends pas le sens de votre demande, tenta de biaiser Marie-Gillette en fixant l'assemblée de saints faméliques représentée sur le dorsal[1] qui tendait le mur situé derrière sa mère.

– Je vous en prie ma fille, il n'est plus temps. Angélique est morte… et il me faut savoir pour quelle raison. Vous savez ou… avez vu quelque chose que vous me taisez. J'en mettrais ma main au feu.

_____

1. Grande tapisserie que l'on accrochait aux murs ou aux panneaux des chaires.

156

Marie-Gillette n'hésita qu'un bref instant. L'abbesse lisait en elle aussi aisément que dans un livre ouvert. Cependant, il était hors de question de lui révéler la vérité au sujet de son tumultueux passé. Elle opta pour une confession qui ne le dévoilerait pas.

– J'ai trouvé sur les lieux une cliquette que j'ai dissimulée.

– Pourquoi ?

– Elle était si visible, posée là. Si un meurtrier avait souhaité orienter nos soupçons vers le cloître de la Madeleine et ses nouveaux occupants, il n'aurait pas mieux fait. C'est d'autant plus simple depuis cette émeute.

– Je vois, cela étant…

– Cela étant ?

– N'excluons personne a priori. Les ladres – certains d'entre eux – ont montré qu'ils pouvaient nous réserver d'exécrables surprises.

– Il est vrai. Toutefois, admettez que si un lépreux est l'assassin de la tendre Angélique, en plus d'être un monstre, il est maladroit. De surcroît, et puisqu'elle n'a pas été violentée, quel mobile aurait-il pu le pousser à cette monstruosité ?

– La rage envers nous toutes. Une folie passagère, que sais-je… Quel mobile aurait pu avoir quiconque de tuer ce petit ange ? (Plaisance fixa sa fille durant quelques interminables secondes et ajouta d'un ton neutre :) Marie-Gillette, si vous taisiez un secret, par crainte ou par pudeur, je vous conjure de me le confier aussitôt.

– Non pas, ma mère. Nul secret, en vérité, parvint à affirmer la jeune femme avec un aplomb qui la surprit.

Plaisance eut le net sentiment qu'elle se dérobait.

– Vous pouvez disposer, ma fille. Je vous charge de l'organisation des obsèques de notre chère sœur.

– Et le dépotoir?

– Votre corvée de semaine attendra.

Marie-Gillette croisa dans l'escalier Clotilde Bouvier – la sœur organisatrice des repas et des cuisines –, qui lui adressa un sourire désolé en murmurant d'un ton de peine :

– Pauvre petit ange. Notre mère m'attend.

Clotilde n'était pas assise que l'abbesse attaqua :

– Alors?

– La discrète enquête que vous avez souhaitée après le soulèvement a porté ses fruits. C'est à n'y rien comprendre, asséna Clotilde de sa voix ferme.

– Expliquez-vous.

– J'ai interrogé tout le monde, les semainières chargées de l'acheminement des vivres devant La Madeleine, les aides de cuisines, et jusqu'aux souillons[1]. J'en ai secoué certains. Je vous l'affirme : les panières étaient pleines à craquer au sortir de nos cuisines, pleines lorsqu'elles furent posées dans l'allée menant au clos des lépreux. Mélisende de Balencourt a recueilli quelques témoignages à l'intérieur. Les ladres avec lesquels elle a discuté lui ont affirmé que le pain et le fromage sentaient la pisse à l'écœurement et qu'il n'y avait pas de quoi nourrir vingt ventres avec les provisions. En d'autres termes, tous se sont donné le mot et nous abusent avec un bel ensemble, ou alors… par une supercherie que je ne m'explique pas, les miches, les poissons fumés et les tourtes d'anguille se sont volatilisés. Jusqu'aux mistembecs[2]! Je leur en avais fait préparer une belle quantité pour égayer un déjeuner. Disparus! Je ne sais qu'en conclure.

---

1. Auxquelles étaient réservées les tâches les plus pénibles et ingrates.

2. Sorte de petits beignets sucrés de miel.

Après le départ de Clotilde, l'abbesse demeura derrière son vaste bureau, son esprit vaguant. Quelque chose n'allait pas, elle le sentait au plus profond d'elle, sans toutefois parvenir à définir son trouble. Tendre Angélique, pauvre agnelle. Une déroutante fatigue la terrassait. Son impuissance la révoltait contre elle-même. Elle ne parvenait pas à se défaire d'une effroyable prescience : en dépit des apparences, tout cela avait un sens. Tout cela ne faisait que commencer.

Elle se leva en s'aidant des boules de cristal qui ornaient les accoudoirs de son fauteuil et se traîna jusqu'à sa chambre, luttant contre le vertige. Elle tomba à genoux en se cramponnant au rebord de son étroit lit et pria longtemps pour le repos de la petite morte. Un terrifiant chagrin la submergea. Tout cela avait un sens. La mort, le meurtre avaient un sens, sombre et inacceptable, mais compréhensible. Elle devait le comprendre. Il le fallait car alors elle châtierait celui ou celle qui en était responsable, sans une hésitation, sans une arrière-pensée. Lorsqu'elle se releva enfin, ses joues étaient glacées de larmes. Son regard frôla la frêle Vierge blonde suspendue au-dessus de sa couche. Elle comprit. C'était Marie-Gillette que l'on avait voulu occire, et celle-ci le savait. Si la blonde Angélique ne l'avait devancée au dépotoir, elle serait toujours en vie.

La ou le coupable s'était-il rendu compte de sa méprise ? Marie-Gillette d'Andremont faisait une victime bien plus convaincante qu'Angélique. On peut, lorsque l'on s'y attache, lire la vie des êtres dans leur regard. Marie-Gillette avait un passé dont les plaies et les rides persistaient dans ses iris bleus.

Le pesant malaise qui habitait Plaisance de Champlois depuis le départ de l'organisatrice des repas et des cuisines ne s'était pas dissipé. Clotilde Bouvier avait recueilli des témoignages fiables, elle en était certaine. La grande femme énergique et cordiale en imposait et ne s'en laissait pas conter.

Pourquoi cette soudaine avalanche d'incidents fâcheux et d'événements tragiques, en apparence sans lien ? La confortable monotonie de leur vie volait en éclats. Cet univers clos, qui n'avait guère connu de changements depuis un siècle, semblait secoué en tous sens par une force titanesque et malfaisante. La jeune abbesse soupira et attira vers elle la petite écritoire, flanquée d'une corne à encre. Elle n'avait d'autre solution que de demander de l'aide au bras séculier, c'est-à-dire au comte de Mortagne. Elle rappela son souvenir. Bien que n'ayant jamais rencontré le comte, sa renommée, parfois trouble, était parvenue jusqu'à ses oreilles. Mortagne était réputé très fine lame, chasseur exceptionnel et politique avisé, pour ne pas dire retors. On le disait versé dans les sciences, dont il avait contracté la passion en Terre sainte – au point que Rome s'était jadis inquiétée de la profondeur de sa foi. Si sa mémoire ne la trompait pas, il devait avoir quarante ans, guère davantage, et se trouvait veuf depuis huit ans. Le bruit courait que le chagrin que lui avait causé ce veuvage prématuré l'avait dissuadé de se remarier. Il avait eu une fille de ce premier lit. Peut-être deux, Plaisance ne l'aurait juré.

Elle commença de relater en termes délibérément plats les turbulences qui avaient récemment malmené les Clairets. Un coup frappé à sa porte lui fit lever la tête. Bernadine trottina jusqu'à son bureau et déclara d'une voix agitée :

– Un messager, ma mère… du comte de Mortagne.

Elle lui tendit le mince rouleau d'une lettre et précisa :

– Il patiente dans l'ouvroir. Son maître attend votre réponse en retour.

Plaisance souleva le cachet de cire.

Aimery, comte de Mortagne, lui annonçait son passage non loin de l'abbaye dont il avait appris les récents émois. Il s'en tenait pour responsable puisque ses lépreux de Chartagne étaient à leur origine. Il la suppliait donc, avec une ronde courtoisie sous laquelle perçait une exigence, de lui offrir le gîte – ainsi qu'à sa modeste suite – quelques jours durant.

Plaisance traça les phrases, informant le comte de son honneur et son plaisir à l'idée de le recevoir bientôt et d'ainsi faire plus ample connaissance, son trouble augmentant au fil des lignes. Ne s'agissait-il que d'une déroutante série de coïncidences, ou la conjonction des récents événements révélait-elle autre chose? Mortagne avait réussi à obtenir du roi et du pape un transfert de lépreux aux Clairets, lépreux qui s'étaient révoltés contre toute attente. L'enquête qu'elle avait commandée attestait que les panières de vivres qu'on leur livrait chaque matin étaient systématiquement pillées avant que les malades ne les récupèrent. Quoi de plus efficace qu'un affamement pour provoquer une émeute? Angélique venait de trépasser et l'on avait découvert une cliquette à ses côtés. L'abbesse était maintenant convaincue que son meurtre de sang-froid était une tragique méprise, et que seule Marie-Gillette d'Andremont était visée. Pis, elle était certaine que cette dernière n'ignorait pas les raisons qui avaient pu motiver le meurtrier. Quant au « passage » du comte, l'abbesse n'y croyait guère. Elle ne se souvenait pas qu'il eût jamais rendu visite à madame de Normilly, l'ancienne abbesse, sa mère tant aimée. La distance qui séparait les Clairets du château de Mortagne ne devait pas rebuter ses destriers, d'autant qu'il ne manquait pas de grosses fermes susceptibles – voire très désireuses – de recevoir leur seigneur avec les honneurs et le faste auxquels il était accoutumé.

Finalement, cette présence qu'elle s'apprêtait à requérir l'inquiétait maintenant. D'un autre côté, les événements dépassaient ce que l'abbaye était habituée à régler : de menus larcins, de rares beuveries de laïcs se terminant par un coup de poing, des filles engrossées et laissées-pour-compte, des bébés abandonnés. De surcroît, peut-être le comte se révélerait-il un appui politique dans la bagarre qui opposait l'abbesse à Hucdeline de Valézan, quoi qu'elle en doutât. Il n'en demeurait pas moins qu'il était hors de question de le mécontenter ou, pis, de le vexer.

Elle apposa son sceau sur la feuille pliée et la tendit à Bernadine, qui l'observait depuis un moment.

— Allez-vous bien, ma mère, enfin, je veux dire étant entendu les circonstances qui ne sont guère réjouissantes ?

Plaisance sourit à la vieille femme qui la secondait avec efficacité.

— Bernadine... Je tente de me défendre contre un pressentiment funeste. Le mot n'est pas trop fort. J'ai l'épouvantable prémonition que... le pire reste à venir. Portez ce message, ma chère. Que les cuisines préparent un panier de vivres pour le messager de monsieur de Mortagne. Vous préviendrez ensuite notre hôtelière ainsi que notre chambrière, cette bonne Élise de Menoult, de l'arrivée imminente du comte et de son entourage afin que leur soient préparées les meilleures chambres de l'hostellerie. J'ignore leur nombre exact. Quant aux cuisines, je m'en chargerai. Monsieur Aimery n'espère certes pas trouver chez nous table grasse et dispendieuse, mais nous tenterons de l'honorer en adoucissant notre habituelle frugalité lors de son séjour.

La lune pleine semblait se diluer dans un ciel lai-
teux. Hermione de Gonvray avait requis permission de
nuit de l'abbesse afin de planter les graines de simples
dont les vertus thérapeutiques variaient avec les phases
lunaires. La fonction d'apothicaire requérait une solide
connaissance des propriétés des plantes, des doses auxquelles employer leurs huiles, leurs distillats ou leurs
broyats de feuilles sèches ou de racines, associée à de
bonnes notions de botanique et de pratiques culturales.
Ainsi, la cueillette des simples devait être effectuée au
printemps, à l'été, ou en automne en fonction des signes
du zodiaque qui les influençaient. En janvier le gui, en
février les bourgeons de bouleau et l'écorce de saule,
en mars les feuilles de pissenlit et de pervenche, en
avril les racines de valériane, le lierre et l'ortie blanche,
et ainsi de suite. Les plantes de Saint-Jean devaient être
fauchées avant le lever du soleil afin de leur conserver
leur rosée matinale. Certaines, comme la verveine et
la digitale, ne se prélevaient que de la main gauche.
Hildegarde de Bingen* avait même préconisé que l'on
s'adressât en ces termes au hêtre avant d'en couper les
feuilles : « Je coupe ta verdeur parce que tu purifies
toutes les humeurs qui entraînent l'homme sur les chemins d'erreur... »

163

En réalité, Hermione n'avait nulle intention de planter quoi que ce fût. Elle devait réaliser au plus vite une préparation qu'elle tenait jalousement secrète. L'efficace recette lui était parvenue grâce à sa mère qui la tenait d'une dame franque de Terre sainte. Les tragiques événements survenus récemment avaient tant bouleversé leurs vies qu'elle n'avait pas trouvé un moment pour se consacrer à son ouvrage clandestin. Il lui fallait faire vite. Si par malheur elle était surprise, elle aurait bien du mal à trouver un mensonge assez convaincant pour se tirer d'affaire. Elle frissonna à l'idée du châtiment qui lui serait réservé si jamais la véritable raison de sa présence dans l'herbarium, à la nuit, était découverte. Elle récupéra le miel qu'elle avait demandé en cuisine afin de préparer ses tisanes et potions, et les prunes sèches qu'elle y avait dérobées. Elle en pressa le jus noirâtre dans une jatte de terre et ajouta le contenu du pot de miel. Lorsque le mélange aurait longuement réduit sur les braises de la cheminée, elle ajouterait les autres ingrédients et le tour serait presque joué.

En attendant, elle s'installa sur le banc de pierre taillée sous l'unique fenêtre du petit édifice dans lequel elle concoctait depuis des années les remèdes qui guérissaient ou apaisaient les maux, petits ou grands, des moniales. Un lancinant chagrin lui fit fermer les yeux. Il revenait toujours, comme une ombre fidèle et finalement supportable, lorsqu'elle s'enfermait à la nuit pour composer sa secrète mixture. Chagrin de ce qui avait été, de ce qui serait, de ce qui n'adviendrait jamais. Amer et doux pèlerinage de mémoire qui la maintenait en vie. Jeanne, il fallait s'y attendre, s'y engouffra. Jeanne, sa sœur aînée. Jeanne la brave, la magnifique extravagante, seule gaîté de l'enfance par ailleurs sinistre d'Hermione. Jeanne cédait toujours aux petits caprices de sa cadette. Prétendant la sévérité, elle finissait par fermer la porte de sa chambre et l'habillait telle une poupée, la coiffait de rubans en commentant : « Tu es bien coquette, ma petite mie. Je ne devrais pas t'y aider. Tu sais bien que c'est mal. Mais je ne puis te résister très longtemps. C'est faiblesse de ma part. »

Comment ? Comment Hermione n'avait-elle pas deviné que sous l'adorable nervosité de son aînée, sous sa joie qui explosait pour une broutille, un oiseau, un papillon, un orage, se dissimulait une inflexible volonté ? Un gouffre sans fin, aussi. Jeanne qui aimait Dieu d'une inextinguible passion. L'amour que Lui vouait Hermione était plus prudent. Jeanne ne s'en offusquait pas. Elle se moquait juste, chantonnant : « Tu verras, joli minois. Un jour, ta surprise n'aura d'égal que mon régal. Un jour, la révélation t'atteindra et tu trépigneras du temps perdu. Moi, je m'esclafferai. » Jeanne la prenait alors dans ses bras, et tournoyait à en perdre l'haleine. La « surprise » d'Hermione n'avait eu d'égal que son infini désespoir lorsque le corps glacé de Jeanne avait été allongé dans la grande salle commune du manoir. Ses longs cheveux plaqués d'eau lui faisaient un élégant linceul. Leur mère s'était ensuite murée dans un mutisme d'accablement. Quant à leur père, il avait trouvé la seule explication qui lui permît de continuer à vivre : Jeanne avait glissé sur une berge moussue. La profondeur de l'eau avait fait le reste. Pourtant, Hermione savait. Jeanne, promise de longtemps en mariage, ne pouvait rejoindre le couvent auquel elle aspirait tant. Elle avait choisi la seule échappatoire qui lui demeurait afin de ne mécontenter personne. Sans hargne ni regret, elle avait rejoint son grisant Amour aussitôt. Épargnée de crainte, elle s'était couchée dans le lit de la rivière, attendant que son Dieu magnifique vienne la chercher enfin.

Les larmes dévalèrent des yeux clos d'Hermione. Pourquoi n'avait-elle pas deviné ? Comment n'avait-elle pas senti que Jeanne ne laisserait personne la séparer de son divin Amour ?

Une odeur caramélisée la tira de son précieux supplice. Elle se leva avec peine et tira la jatte de l'âtre. Elle récupéra ensuite dans son armoire différents sachets de jute, et deux petits flacons auxquels pendait une étiquette. Une faux rouge y avait été dessinée afin d'en signaler l'extrême toxicité. De l'aigremoine, du lys et de la poudre de ronce ; de la grande ciguë et du colchique.

Henriette Viaud se réveilla en sursaut, le cœur battant la chamade. Une sueur désagréable trempait sa chemise en dépit du froid qui régnait dans le dortoir de La Madeleine. Le souffle paisible de Claire, endormie dans la cellule de toile voisine, lui brisait les nerfs. Une question monstrueuse tourna dans son esprit, pour la centième, pour la millième fois. Claire avait-elle quelque chose à voir avec le meurtre de la gentille Angélique ? Elle s'en voulait affreusement des mesquines mauvaisetés qu'elle avait infligées à cette pauvre moniale : l'urine sur son matelas, les limaces dans ses bas. Certes, tout cela faisait partie du plan que Claire avait établi pour convaincre Angélique de son affection et de la jalousie brûlante d'Henriette.

Non, Claire n'aurait jamais… Pas cela. Néanmoins, elle pouvait être dure, si féroce parfois.

Un souvenir lui revint. Un jour d'étouffante canicule, alors qu'elles suaient sang et eau dans l'hortus[1], Claire lui avait déclaré d'un ton calme, presque enjoué : « Que crois-tu ? Ce que je veux pour nous est bien au-delà de la vengeance. Je n'ai nulle intention de rendre

---

1. Jardin potager avec légumes et condimentaires.

dent pour dent, de me dédommager du mal que j'ai, que nous avons subi. C'est tellement plus simple : ma peine est ma limite. Si je l'ai supportée, d'autres le peuvent. Si je l'ai endurée, elle est maintenant mienne et je puis la redistribuer. Je n'infligerai rien que je n'ai souffert. Rien de plus. »

Claire n'avait pas enduré la mort, bien qu'il s'en soit fallu d'un cheveu. Claire ne donnerait donc pas la mort.

Pourtant, et si…

Une prière lui vint : que Claire ne soit pas mêlée au trépas d'Angélique, je Vous en supplie.

Forêts des Clairets,
Perche, janvier 1307

Aimery de Mortagne avait souhaité faire une courte halte à moins d'une lieue de sa destination. La lassitude de la chevauchée n'était pour rien dans son désir de se dégourdir les membres. Étrangement, alors que débouchait enfin un plan ourdi de longue date, l'incertitude le gagnait. Le brutal décès de madame de Normilly, ancienne abbesse des Clairets, l'avait plongé dans un dangereux embarras.

La très jeune Plaisance de Champlois, filleule de Clément V et fille spirituelle de l'abbesse défunte, avait été nommée par le chapitre, un peu bousculé par une impérieuse recommandation du pape. Cette nomination, pour le moins hâtive, n'avait pas arrangé les affaires de Mortagne. Il ignorait presque tout de cette encore enfante dont on lui avait vanté la foi, la détermination et l'intelligence. Or l'intelligence est insuffisante si elle ne se tempère pas d'expérience. Que de grandes lois générales il est préférable de contourner, au gré des situations humaines, alors que l'intelligence commanderait de les appliquer.

Aimery de Mortagne avait avancé à pas menus, rongeant son frein. Il n'ignorait pas que raison et précipitation font rarement bon ménage. Jusqu'à cette… injonction du pape reçue par les Clairets : accueillir une cinquantaine des pensionnaires de la maladrerie de Chartagne, débordée par l'afflux de lépreux. Philippe le Bel s'était empressé d'y apporter son soutien, qui ne lui coûtait guère alors qu'il attendait beaucoup du souverain pontife : la réunion des deux grands ordres soldats – le Temple et l'Hôpital – sous la bannière de son fils Philippe, ceci afin de serrer leur laisse, sans oublier le procès contre la mémoire de Boniface VIII*. Mais pourquoi, et qui avait affirmé que ce transfert avait été requis par le comte ?

Mortagne claqua la langue d'agacement et jeta une poignée de feuilles sèches dans le petit feu.

– Puis-je vous aider dans vos muettes délibérations, monseigneur ?

– Ah, Malembert, mon précieux Malembert… Je m'égare dans ce fatras. Morbleu ! Que signifie tout ceci ? Nous ne sommes que trois à connaître la vérité : toi, Michel et moi. J'oubliais celui à qui nous avons fait remettre la répugnante besace récupérée à Acre, Guillaume de Beaujeu, grand maître de l'ordre du Temple, ainsi que notre intermédiaire, Béranger de Normilly. Je parierais mon âme sur votre absolue fidélité à tous les trois. Quant à Beaujeu, il n'a jamais su de qui lui venait cet étrange et redoutable cadeau, grâce à l'extrême discrétion de Normilly. J'ai beau retourner le problème en tous sens… À moins que ce vendeur n'ait parlé de la trouvaille que nous lui avons achetée, il y a une éternité me semble-t-il… Il a pu être appâté par une récompense, ou menacé.

– Si longtemps après s'en être débarrassé ? J'en doute fort, mon maître. S'il avait jacassé, nous en aurions déjà subi les conséquences.

La vision qui hantait depuis des années Étienne Malembert s'imposa à son esprit.

Le négociant arménien avait voulu hurler, mais le tranchant sans hésitation de la lame de Michel avait tué son cri. Il s'était effondré en sanglotant comme un enfançon, tentant de contenir le flot carmin qui giclait de sa gorge.

Pour son bien-être, Aimery de Mortagne n'en avait jamais rien su. Il ne l'apprendrait jamais. L'honneur et le devoir de Malembert consistaient à tout tenter, tout commettre, afin de protéger le comte qu'il avait tenu enfant entre ses bras. Sa rétribution était d'y parvenir, et il n'avait jamais failli à sa mission. Qu'importaient les vilains souvenirs qu'il n'avait pu éviter de se forger.

– Tu as raison, à l'habitude, soupira le comte. Le mystère s'épaissit donc. Il faudra te débrouiller pour avertir notre… homme de main, le ladre Jaco, que son aimée de Pauline est libre et en belle santé. Tu ajouteras qu'elle est maintenant chambrière, sous ma protection directe. Il nous a bien servis, n'est-ce pas ?

– Admirablement. L'émeute nous donne un prétexte pour intervenir en l'abbaye, et nulle femme, moniale ou autre, ne fut malmenée, nul lieu saint profané. De la belle ouvrage… Enfin… Sans doute ces pauvres religieuses ont-elles claqué des dents de crainte, mais aucune n'a subi la moindre avanie.

– Fort bien. Il a rempli sa part du marché. Nous l'avions devancé, qu'il l'apprenne donc.

– Vous comblerez ses vœux les plus chers. Il l'aime, sa Pauline.

– Elle le mérite grandement.

– Pourtant, elle a failli en périr.

– Que nenni puisque je me trouvais là, plaisanta Aimery. Je n'allais tolérer que l'on roue de coups en place publique une jolie mariée affolée, fût-elle coupable des menues rapines dont on l'accusait. Et elle l'était. Ventre affamé n'a point d'oreilles, quant à femme aimante, elle est capable du plus beau, donc du plus stupide.

— J'ai le sentiment de revoir votre père. Il avait pour la douce gent, même manante, une faiblesse qui ne fut jamais coupable. Sans doute profita-t-il d'émois de dames et de moins dames, mais en tous cas, il ne les força point.

— Je lui ressemble tant?

— Parfois… Et c'est aussi bien. J'ai fort admiré feu le comte Raymond. Cela étant, il manquait de… sans vous offenser… de prestesse d'esprit et de langue. Il est vrai que le temps jadis s'y prêtait davantage. Il fallait être brave et droit, ne pas redouter la mort ou pis.

— Il le faut toujours, ne crois-tu pas?

— Certes, mais il faut également devenir expert en armes que votre père et votre grand-père eussent méprisées. Le stratagème, la connaissance des failles d'esprit de l'autre. Ainsi, votre père et son père avant seraient arrivés aux Clairets escortés de leur grand bailli et de leurs gens d'armes plutôt que de les poster à proximité de l'abbaye à l'insu de tous… Ou devrais-je dire de toutes.

— Sans doute. Ils auraient eu tort. Je ne souhaite pas afficher nos forces. Du moins tant que j'ignore au juste contre qui je lutte. Ecluzole et ses gaillards patientent donc aux abords de Saint-Jean-Pierre-Fixte. Le cas échéant, à notre signal, ils interviendront.

Revenant à ce qui motivait leur venue, Aimery résuma:

— Un véritable ouragan s'est abattu sur les Clairets. Plaisance de Champlois reste sobre de formulation. Toutefois, j'ai perçu son alarme au choix de ses mots, si… bénins, justement. Si l'on exclut le soulèvement, puisque nous sommes à son origine, nous restons tout de même avec deux cadavres, dont un qu'elle semble ignorer. Celui de cette tout juste moniale, une Angélique je-ne-sais-quoi, et le corps carbonisé que les hommes de Charles d'Ecluzole, mon grand bailli, ont retrouvé non loin de la cabane du chasseur des mêmes Clairets. Ecluzole a fouiné. Le chasseur a aussitôt été remplacé par un prétendu cousin, accouru remplacer son parent, lequel se remettait d'une blessure. Sacrée blessure, en vérité ! Il n'en restait que du cuir noirci et des os. Ajoute à cela l'ordre de transfert de cinquante lépreux que j'ai reçu du roi et dont on a affirmé aux bernardines que je l'avais sollicité. Tout cela me semble trop bien tramé pour n'y voir qu'une série de coïncidences.

– Détromperez-vous l'abbesse au sujet de cet ordre ?

– Et me retrouver avec Rome et le roi sur les reins ? C'est trop pour un seul homme, même averti comme je le suis !

– Que savez-vous de cette étrange trame, ainsi que vous l'avez nommée, monseigneur ?

– J'aimerais connaître la réponse à cette question, mon bon Étienne. Peu de chose, si ce n'est qu'elle m'inquiète. L'âpre offensive qui fit tomber Acre fut fatale à Guillaume de Beaujeu, moins d'un an après notre départ, moins d'un an après que nous avons récupéré la fameuse besace. J'ai espéré... J'avoue avoir espéré sa destruction et sans doute y ai-je cru. Le trépas de Béranger de Normilly a commencé de m'éveiller l'oreille. Chaque mot de la missive qu'il me fit parvenir quelques jours avant sa mort est gravé dans ma mémoire. T'en souviens-tu ?

– En substance. Il vous réclamait parole de la détruire après lecture.

– Ce que je fis. L'écriture malhabile était celle d'un mourant qui réunissait ses dernières forces. Certaines phrases semblaient insensées, au point que je me suis demandé si l'agonie ne lui troublait pas l'esprit. Pourtant, je les revois comme si je les découvrais. Bérenger de Normilly avait écrit :

Mon valeureux ami,

Il me faut faire vite. La mort s'est annoncée à moi, hier au petit soir. Une mort ourdie. La fin qui m'échoit, si laide soit-elle, ferme une boucle. Je ne prétendrai pas que je l'avais prévue. Néanmoins, elle ne me surprend pas.

Après avoir requis de vous l'oubli, je vous implore de vous souvenir. Sur les conseils de mon bon ami, feu le regretté Francisco de Arévolo, j'ai conservé par-devers moi la besace que vous me confiâtes, en dépit de mon engagement à la remettre à monsieur de Beaujeu. Francisco de Arévolo n'est plus. Vous confierais-je, mon cher, que son inattendu trépas m'a surpris autant qu'il m'a défait ? Peut-être vous souvenez-vous que son fils, Alfonso, est le filleul de Catherine, mon épouse bien-aimée.

Par amitié, je ne vous révélerai pas les détails de cette sinistre aventure que l'on m'avait présentée comme un glorieux combat. Il mentait. Tous mentaient. Il ? Le tout jeune Jean de Valézan qui tirait déjà les fils de derrière la tenture. Sa fausse piété et sa menteuse pureté m'ont abusé.

Il m'est vite apparu que si je remettais le sac, ma vie ne tiendrait qu'à un mince cheveu. Je l'aurais toléré. Toutefois, il faisait peu de doute que leur empressement à protéger ce secret inclurait également mes proches, dont ma dame. Le seul moyen de la défendre était de les menacer de remettre la besace à Philippe, notre roi. Peut-être ce chantage nous valut-il le répit que nous connûmes. Il arrive à son terme.

173

Pourquoi se sont-ils décidés enfin ? Valézan est-il le donneur d'ordre de mon enherbement[1] ?

Je l'ignore. Je vous avoue ma terreur lorsque je songe au futur qu'ils réservent à ma veuve. Je lui ai confié un coffre scellé dans lequel j'ai placé le sac d'Acre, après sa promesse de n'en jamais inventorier le contenu. J'espère ainsi la protéger de loin.

J'ose espérer que ce que vous connaissez de moi vous encouragera à me croire toujours homme d'honneur. Sur mon âme et devant Dieu que je vais bientôt rejoindre, je vous l'affirme : je n'ai jamais failli. C'est la mission que l'on m'avait confiée qui s'est révélée déloyale.

Vous me pardonnerez de ne pas vous éclairer davantage. Je contribue de la sorte à votre sécurité.

Mes yeux se ferment et mon esprit s'embrume. Je vous demande, cher compagnon, de veiller sur mon épouse du mieux que vous le pourrez. Elle vous sait notre ami. Au besoin, récupérez le coffre et remettez-le – en main propre – à Philippe, notre roi. Nul doute qu'il lui soit d'une aide précieuse dans la guerre posthume qui l'oppose à Boniface VIII.

Je vous souhaite faste et prestigieuse vie, mon ami.

Votre très dévoué et éternellement reconnaissant,
Béranger de Normilly.

– C'était il y a onze ans. Selon moi, reprit le comte, la prompte nomination de Catherine de Normilly à la tête des Clairets n'est pas un hasard et sa seule valeur, bien qu'incontestable, ne l'explique pas entièrement. C'était une façon comme une autre de la maintenir au silence et à proximité.

---

1. Empoisonnement.

– Votre conviction est que l'on a poussé madame de Normilly vers la tombe.

– J'en démords encore moins aujourd'hui qu'hier !

– En ce cas, pourquoi avoir tant tardé à l'occire, pourquoi avoir attendu dix ans ? Et pourquoi s'en prendre à cette autre moniale ?

– Qu'en sais-je ! Je ressasse cette histoire, la tirant en tous sens, sans avancer d'un pouce en compréhension. Pour couronner le tout, madame de Champlois, qui succède à madame de Normilly, n'est autre que la filleule de Clément V.

– Madame de Normilly a-t-elle jamais évoqué ce coffre lors de vos fréquents échanges de missives ?

– Jamais. Nous avions décidé pour sa sécurité de ne nous rencontrer qu'en cas d'ultime urgence. Ce que nous fîmes. Je ne l'ai jamais revue. De courtes lettres rassurantes me parvenaient d'elle par messager. J'y répondais de même.

– Soupçonnez-vous l'implication de la nouvelle abbesse dans les… événements ? En quelque manière que cela soit ?

– Encore une fois, je confesse mon ignorance. Cela étant, il y a là une avalanche de coïncidences à tout le moins troublante. Allons, mon bon Malembert, à cheval. Nous sommes attendus. Ah, j'oubliais, je te présenterai comme mon mire.

– Dieu du ciel, quel honneur ! ironisa Étienne. Et comment ferai-je illusion, moi qui sais à peine pointer du doigt vers un foie ou un cœur ?

– En toisant le monde et en bougonnant des choses incompréhensibles dans ta barbe. N'est-ce pas ce que font habituellement les mires ?

La nausée le disputait en Claire Loquet à une sorte d'excitation malsaine. Les dernières pluies diluviennes avaient provoqué une crue des rus avoisinants. Ses socques s'enfonçaient dans la boue. En dépit de l'humidité glaçante qui régnait sous les voûtes, elle transpirait.

Elle jeta un regard de mépris au corps étique allongé nu sur le sol de terre battue de la cave. Une gangue de vase ocre remontait jusqu'à ses épaules. Les os paraissaient sous le crâne rasé et la lumière chancelante des torches léchait par instants les omoplates saillantes, les fesses creusées et le dos gris zébré par le feu des chaînettes.

Un gémissement monta du squelette vivant :

– Encore, ne cesse ! J'ai péché, j'ai tant péché. Frappe, extirpe le mal.

La salive s'accumula dans la bouche de Claire, et elle lutta contre l'envie de vomir qui lui prenait la gorge. Elle se cramponna à la haine qu'elle éprouvait pour ce pantin dément, pour cette femme qui ne connaissait d'autres douleurs que celles qu'elle s'infligeait périodiquement. Le délire de Mélisende de Balencourt s'impatienta.

– Frappe, te dis-je ! Plus fort. Je ne sens pas l'humeur démoniaque me fuir. Frappe au sang ! Tu auras double ration demain.

La voix mourut dans un gargouillis pénible et exalté.

– Fustiger la chair. Impie… La brutaliser jusqu'à ce qu'elle cède…

Henriette et elle mangeraient à leur faim. Claire crispa les mâchoires et leva la discipline[1] pour l'abattre de toutes ses forces sur le dos supplicié, encore et encore.

Lorsqu'elle remonta vers le dortoir, elle grelottait de dégoût. Le sang avait coulé. Madame de Balencourt était évanouie.

Claire le savait : Balencourt attendrait deux jours avant d'appliquer un onguent sur ses plaies afin de souffrir le plus longtemps possible sans toutefois risquer une infection fatale. Car si elle mourait, où serait la sombre délectation de la punition ?

Au début de leur vil accord, la jeune femme s'était demandé ce qui poussait la grande prieure de La Madeleine à cette appétence doloriste. Qu'avait-elle commis pour se martyriser de la sorte ? Elle avait cessé de s'interroger, car si Balencourt savourait les tortures et les humiliations qu'elle s'infligeait, elle savait également les dispenser. Les victimes du mal qui la rongeait ne se comptaient plus. Que cette garce de vieille folle crève. Qu'en avait-elle à faire pourvu qu'Henriette et elle soient sauves et sortent d'ici pour arracher de force à la vie ce qu'elle leur avait refusé ?

L'arrivée, juste après sexte*, du comte de Mortagne et de son mire provoqua quelques curiosités, vite dissimulées. Plaisance de Champlois n'avait jamais reçu quiconque depuis sa nomination et nombreuses furent

---

1. Fouet fait de cordelettes ou de petites chaînes dont les religieux ou les laïcs se servaient pour se mortifier.

celles qui établirent un lien entre cette visite et les récents événements.

La jeune abbesse les accueillit avec une charmante attention, s'enquérant de leur voyage, de leur fatigue, s'informant de la belle forme de la mesnie du comte et des récentes récoltes. Elle tint ensuite à honorer ses hôtes en leur faisant porter un repas au palais abbatial, dans une petite pièce qu'elle avait fait chauffer pour leur seul confort.

Elle prit congé.

– Je vous laisse vous détendre et vous restaurer en paix après cette harassante chevauchée. J'ai quelques tâches urgentes à terminer, et vous voudrez bien ne m'en pas tenir rigueur. Je gage que ma fille organisatrice des repas vous a réservé de plaisantes surprises. Les invités lui manquent. Elle peut exercer ses talents à leur profit bien mieux qu'au nôtre, la frugalité étant notre règle, ajouta-t-elle dans un sourire complice.

Son affabilité ne leurra pas son invité d'honneur. Le regard bleu clair qui ne le lâchait pas le jaugeait depuis son arrivée.

De fait, en dépit de ce jour maigre[1], Clotilde Bouvier s'était surpassée. Un verre d'hypocras, accompagné de noix et de raisins secs, avait délassé les voyageurs lors du premier service. L'étuvée d'anguilles aux orties et à la vinette[2] accompagnée d'une verdurette[3] qui composait le troisième service avait fait suite à une soupe de pois verts au vin aigre et à l'ail dont on avait omis le

---

1. Les mercredis, vendredis, samedis et veilles de fête, ainsi que l'Avent et le Carême.

2. Ancien nom de l'oseille sauvage.

3. On la préparait avec des œufs durs écrasés auxquels on mélangeait un peu de graisse fondue, du persil, de l'estragon ou du cerfeuil et parfois un hachis de salicorne et des graines de moutarde pilées.

lard sans en compromettre le goût. Clotilde, tablant sur de robustes appétits d'hommes, l'avait assortie d'une porée blanche aux poireaux et au lait. L'entremets, une tourte aux prunes séchées et aux épices, terminait ce repas dont on avait exclu l'issue[1], afin d'en rappeler la nécessaire austérité.

Mortagne et Malembert mangèrent de fort bon cœur, en soldats qui ont connu la faim.

— Diantre, commenta le comte en terminant méticuleusement sa tranche de pain aux noisettes et au lait, nous sommes reçus comme des princes.

— Je ne m'en plains pas. La chevauchée m'avait ouvert l'appétit. Comment allons-nous procéder, monseigneur ?

— Ah… l'épineuse question ! À toi le Jaco et la fouille, à moi le reste. Il me faut d'abord prendre le vent de cette jouvencelle[2] d'abbesse.

— Qu'en avez-vous pensé ?

— Comme tu y vas, mon tout bon ! Nous ne l'avons guère vue plus de quelques minutes. Selon moi, elle nous a offert une mangerie[3] pour se donner le temps de réfléchir après avoir découvert nos faces. Je n'ai formé nul sentiment à son égard. J'attends notre première véritable rencontre.

Un petit coup discret frappé à la porte les fit taire. Une vieille femme passa la tête et s'enquit :

— Je suis Bernadine, la secrétaire de notre mère qui s'enquiert de votre satisfaction.

— Vous nous avez régalés d'un véritable festin.

— Avez-vous terminé votre manger ?

— Certes oui, et nous avons dévoré.

---

1. Dernier service, souvent des gaufres ou des oublies accompagnées d'un verre de vin aux épices.
2. Gracieuse adolescente.
3. À l'origine, le sens n'en était que « copieux repas ».

– Notre mère-abbesse vous attend dans son bureau. Si donc vous êtes tout à fait prêts, permettez-moi de vous y mener. Euh… Les sujets que vous ne manquerez pas d'aborder risquent de bien peu intéresser messire votre mire. Aussi ai-je songé qu'une visite de notre bibliothèque – laquelle renferme pléthore d'ouvrages précieux – le distrairait davantage.

Malembert lança un regard de connivence au comte, qui répondit comme s'il était dupe de ce stratagème cousu de fil blanc :

– Que c'est aimable à vous. Allons mon bon ami, suivez votre guide attentionné. Je gage que vous allez tant découvrir de merveilles que vous ne me reviendrez pas avant la nuit.

Vaguement amusé par le manque de subtilité de la gentille secrétaire, qui avait dû se creuser l'esprit afin de trouver ce piètre prétexte, Étienne se leva. Il lui faudrait donc attendre le soir pour qu'Aimery de Mortagne lui narre par le menu son entrevue avec l'abbesse.

Un feu généreux rugissait dans la cheminée lorsque Bernadine l'introduisit avant de repartir chaperonner Malembert. Mortagne ne douta pas que sa venue fut à l'origine de cette concession au confort.

Plaisance de Champlois l'accueillit d'un sourire et contourna son vaste bureau pour le mener jusqu'à une chaise. Le regard intense de la très jeune fille le sidéra à nouveau. Elle avait dû arriver fort jeunette à l'abbaye pour ne plus jamais en sortir. Une fille surnuméraire de jolie famille désargentée, sans doute. Une oblate[1],

---

1. Qui se donne à Dieu, très souvent avec ses biens. Au XIVe siècle, les oblats sont souvent des enfants confiés aux monastères par leur famille, que la raison en soit la piété ou la nécessité. La plupart y sont instruits puis deviennent moines ou moniales. Cependant, des oblats adultes et aristocrates rejoignent souvent la vie monastique afin d'y terminer leurs jours.

peut-être. Une sorte de lassitude mêlée d'agacement l'envahit. Dire qu'il allait devoir aborder d'épineuses questions avec une gamine pour qui le monde se limitait à un mur d'enceinte monté de grisons ! Il tergiversa. Comment s'y prendre ? Devait-il se fendre et s'exposer ou avancer à pas comptés ? L'abbesse le devança :

– Votre missive m'a soulagée d'un grand poids, monsieur. Pour ne rien vous cacher, elle n'a fait que devancer de peu d'heures celle que je comptais vous faire porter.

Elle le détailla à la dérobée. Grand, les yeux d'un gris de plomb, il portait ses cheveux blond cendré milongs à la mode de l'époque. Bien que disposant de peu de références masculines pour étayer son sentiment, Plaisance se fit la réflexion qu'il devait être ce qu'il est convenu de nommer un fort bel homme. Chacun de ses gestes était empreint d'une grâce, d'une fluidité déroutante venant d'un spécimen dont la minceur musclée trahissait l'énergie et la force physique. Mais c'était surtout le regard en longue amande d'Aimery de Mortagne qui attirait l'attention. Un regard de fauve aux aguets.

– La rumeur des événements est parvenue jusqu'à mes oreilles. Je m'inquiétais de votre sécurité à toutes. Et ne voilà-t-il pas que pour ajouter à mon alarme, j'apprends le meurtre de l'une de vos filles.

– Un étranglement. Pauvre cher ange.

– Auriez-vous des indices quant à l'identité du criminel ?

– Nous en avons retrouvé un… dont nous nous demandons si on ne nous l'a pas exposé avec grande obligeance.

– Votre pardon, ma mère ?

– Nous avons retrouvé une cliquette de lépreux non loin du cadavre. On n'aurait pas mieux agi si l'on avait voulu orienter nos soupçons en direction des malades récemment arrivés de votre maladrerie. Je ne vous cacherai pas que votre souhait de désengorger Chartagne – souhait que je puis comprendre – m'a placée en délicatesse.

Aimery de Mortagne hésita de nouveau. Il pressentait tant de choses derrière ce haut front juvénile. Cependant, elle était également la filleule du pape, donc un danger potentiel.

– Votre parrain, notre Très Saint-Père, a approuvé ce transfert.

Elle le considéra durant de longs instants, le visage grave, les lèvres pincées. Il se demanda s'il l'avait mécontentée et si elle retenait de fâcheuses paroles. La suite devait lui donner raison, pas de la façon dont il l'avait imaginée toutefois.

– Juste ciel ! L'on me rebat les oreilles de cette parentèle baptismale depuis si longtemps que j'en ai le tournis. Certes, ma mère est une vague cousine de monsieur de Got. Cela étant, avez-vous une idée du nombre de filleuls qu'un prélat – et encore bien plus un pape – collectionne au cours de son existence ? Plusieurs centaines qu'il ne rencontrera jamais, parfois davantage. Le parrainage n'est le plus souvent qu'une marque d'estime ou de reconnaissance pour une famille alliée, quand il ne s'agit pas tout bonnement d'une concession politique mineure. En conséquence, je ne connais pas plus Clément V que vous, et je doute qu'il se souvienne de mon nom. Étrangement, ce lien ne m'a valu jusquelà que des soupçons d'accointances avec le pouvoir papal.

Mortagne faillit répondre que la sagesse recommandait de s'écarter des trop puissants, puis se ravisa. Il luttait depuis le début de leur entrevue contre l'envie d'abattre la vérité devant elle, du moins ce qu'il en savait. Une sorte d'instinct l'y poussait. Pourtant, l'habitude du pouvoir et de ses déviances le retenait encore.

– Or donc, vous trouvâtes une cliquette. Qui était la victime ? A-t-elle été… enfin, vous voyez…

– Elle était toujours vierge, m'a-t-on certifié, répondit Plaisance d'un ton détaché. Elle se nommait Angélique Chartier et venait tout juste de prononcer ses vœux définitifs. Une adorable sœur, aimante et joyeuse. Un éclat de lumière. Ajoutez à cela qu'elle était ravissante.

– Pensez-vous que son passé laïc ait pu…

– Je n'ai nulle certitude. Cela étant, j'en doute fort. Angélique est arrivée très jeune chez nous. Elle avait été entourée – « couvée » est le terme exact – par un père aimant. Un gros bourgeois de Nogent, pieux et discret. À mon sens, il ne s'agissait pas du genre d'homme à se faire des ennemis, quant à sa fille… même en faisant des efforts d'imagination, je la vois mal provoquer une rancœur, si minime soit-elle. La cupidité n'étant pas non plus le mobile, nous demeurons avec… un mystère.

Mortagne eut soudain la nette impression que l'abbesse se trouvait dans le même état d'esprit que lui : elle tâtait le terrain avec prudence, se demandant si elle devait lui accorder sa confiance et se laisser aller aux confidences. Car elle retenait des informations, il en aurait juré.

La grande prieure du cloître Saint-Joseph, Hucdeline de Valézan, referma le reliquaire d'argent lourdement orfévré qui renfermait une mèche de cheveux ayant appartenu à Saint Louis, canonisé par Boniface VIII dix ans plus tôt[1]. Satisfaite de son inspection mensuelle, elle soupira. Après tout, il s'agissait d'un présent somptueux de son frère Jean pour célébrer ses vœux aux Clairets, et elle veillait personnellement à ce que le sachet de cèdre et de myrte embaume afin de repousser d'éventuels insectes tentés par les saintes boucles.

À l'habitude flanquée d'Aliénor de Ludain, la sous-prieure, elle ressortit de la salle des reliques. Les deux femmes traversèrent d'un pas lent et digne le cloître en direction de leur logement. Aliénor aperçut Aude de Crémont qui longeait le mur du réfectoire et tira la manche d'Hucdeline en murmurant :

— Elle est seule. Peut-être devrions-nous…

— Vous avez raison, ma chère. Pressons le pas.

Elles rejoignirent la boursière qui s'arrêta pour les saluer, feignant la surprise :

— J'étais si plongée dans ma méditation que je ne vous ai point vues. Votre pardon à toutes deux.

— Que nenni, sourit Hucdeline. Pardon à vous de cette interruption.

— Au contraire, je vous en suis bien reconnaissante, rusa la boursière. Mes pensées s'assombrissaient de seconde en seconde.

— Vraiment? lança Aliénor, croyant saisir une perche.

Aude de Crémont avait entendu les rumeurs aller bon train. On se parlait de derrière la main. À ce qu'elle avait compris, un fiel à peine enrobé de miel suintait de chacun des mots de la grande prieure. L'échange qui allait suivre l'amusait d'avance.

— Oui-da. C'est à croire que toutes les plaies du ciel fondent sur nous, commenta-t-elle d'une voix tendue.

---

1. Le 11 août 1297.

– Quand je pense que notre sainte mère a failli en être victime, trépasser sous les coups d'une horde de scrofuleux déchaînés! lança Hucdeline dont le petit discours faussement inquiet était maintenant admirablement au point.

– Quel courage… Enfin, c'est le mot qui me vient… Il me semble que si notre bonne apothicaire n'avait volé à son secours… Quelle hérésie, lorsqu'on y songe…, ajouta Aliénor.

– Vous avez tant raison, approuva Aude d'un ton d'affliction.

– Que voulez-vous…, commença Hucdeline en surveillant sa nouvelle proie. Notre mère a trop bon cœur, et cela causera sa perte, je vous l'assure. Madame de Normilly, notre ancienne abbesse, se serait battue bec et ongles contre cette décision de transfert, dont l'arbitraire n'a d'égal que l'imprudence. Oh! certes, ce commentaire ne s'adresse pas au roi et encore moins à votre vénéré Saint-Père, mais à ce comte de Mortagne. Son arrogance vis-à-vis du clergé est notoire… et suspecte, si vous voulez mon avis sincère, ajouta-t-elle en plissant les yeux. Il impose sa volonté comme s'il était notre suzerain. Et ne voilà-t-il pas que notre chère mère, toute bonté, toute clémence qu'elle est, lui rend les honneurs d'invité de prestige!

– J'ai moi-même été surprise par cette arrivée, acquiesça Aude.

En stratège, elle se débrouillait pour ne formuler que des phrases assez vagues afin d'interdire à Hucdeline toute distorsion future. En manipulatrice consommée, elle appréciait la fourberie de la grande prieure. La venue du comte de Mortagne n'était pour elle qu'un artifice supplémentaire lui permettant d'insister auprès de toutes sur le fait que cette pauvre jeunesse de Plaisance de Champlois n'était pas à la hauteur de son écrasante tâche, laquelle la plaçait directement sous l'autorité papale. Tolérer d'autres ordres que ceux du Saint-Père revenait à déchoir. Quant au comte, il devenait de la roupie de sansonnet, confronté à une mère abbesse des Clairets que même un roi ne pouvait contraindre à l'obéissance. Fille unique et adorée d'un sénéchal royal de Saintonge dont le décès prématuré l'avait encouragée à rejoindre la vie monastique, les roueries de la politique n'avaient nul secret pour Aude de Crémont. Elle se souvint d'une phrase lancée par le grand homme jovial.

Ce soir-là, Gauzelin de Crémont lui brossait les cheveux en lui racontant une histoire, une charmante habitude que rien ne lui aurait fait céder à une servante.

– Voyez-vous, ma chère mignonne, la politique est comme une femme aimée aux yeux d'un amoureux qui se languit. Tous les moyens sont bons pour la convaincre de la perte qui serait sienne si son soupirant venait à s'en lasser. Le mensonge devient flatterie, la flatterie compliment, le compliment courtoisie de bon aloi. Le but de cette cascade de métamorphoses est de faire croire à la femme désirée que le désir vient d'elle. Ainsi s'agace-t-elle de reculades qui ne sont que des feintes. Elle devient alors imprudente et avance d'un pas. Pas à pas, elle parvient où vous souhaitiez la conduire. Mais attention, en amour comme en politique, il convient que la manipulée ne sache jamais qu'elle fut menée, sans quoi elle pourrait bien vous réserver un coup de l'âne.

– Ainsi, mon bien-aimé père, on ne pourrait jamais rompre en visière[1] ?

_____

1. Frapper de face, à découvert.

– Si fait… mais dans un cas seulement : lorsque, tout bien considéré, la dame a cessé de vous charmer.

– Et en politique ?

– Futée que vous êtes, ma mie, avait-il ri, ravi de sa précoce intelligence. La même leçon vaut. L'on peut rompre en visière lorsque le parti de l'autre a cessé de vous intéresser… Encore faut-il s'assurer qu'il n'aura jamais les moyens de vous le faire regretter.

Le chuchotement d'Aliénor de Ludain la ramena à l'instant présent :

– Il se passe… Enfin, je crois pouvoir l'affirmer, sauf à me tromper gravement… Il se passe de bien étranges choses.

– Étranges et fort inquiétantes, renchérit d'un ton péremptoire la grande prieure.

– Que me dites-vous ? murmura à son tour Aude, un air d'effroi sur le visage.

– On aurait… Cette Marie-Gillette d'Andremont, pour ne pas la citer… Bref, elle aurait retrouvé une cliquette non loin du cadavre de cette pauvre chère Angélique… Et ladite cliquette a disparu. De surcroît, je doute fort qu'elle soit jamais présentée au grand bailli.

– Dieu du ciel ! souffla la boursière. Comment cela, elle a disparu ?

Hucdeline lança un regard complice à Aliénor, sa comparse, qui faisait merveille dans cette dernière partie, ainsi que le lui avaient prouvé les nombreuses répétitions de leur petite conversation.

– Eh bien, voyez-vous, ma chère… Enfin, je ne crois pas cette fois être dans l'erreur… Quoi qu'il en soit, Marie-Gillette a informé notre chère mère de l'existence de la cliquette… Toutefois, il a été jugé préférable de la taire afin de ne pas incriminer les ladres.

C'est fort charitable et donc peu surprenant de la part de notre mère, cela étant…

– Cela étant, si l'un d'entre eux est l'horrible tortionnaire de la petite Angélique, il doit payer pour son crime, acheva Aude, consciente que c'était exactement ce que souhaitaient entendre les deux autres.

– C'est aussi notre profond sentiment, approuva Hucdeline, qui réprimait à grand-peine un soupir de satisfaction.

Jugeant que le jeu avait assez duré, Aude de Crémont pinça les lèvres en articulant avec peine :

– Je suis bouleversée par cette révélation… Doux Jésus… Je vais me retirer, mes sœurs. Encore merci de votre franchise. Je sais combien elle a dû vous peser.

Elle disparut par le passage qui longeait les celliers et débouchait non loin des terrasses de l'abbesse.

Aude de Crémont jeta un regard derrière elle afin de s'assurer que les deux comparses ne l'avaient pas suivie. Elles étaient allées beaucoup plus loin qu'elle ne l'avait supposé d'après les confidences de quelques sœurs déjà approchées. Elles accusaient ni plus ni moins Plaisance de Champlois de trahison et de complicité de meurtre. La boursière ne s'était jamais senti d'affection ni de fidélité particulière à l'égard de la nouvelle abbesse. En revanche, elle avait éprouvé une vive estime pour madame de Normilly, estime mâtinée d'un regret : Catherine de Normilly se méfiait d'elle. Aussi n'avaient-elles jamais été proches. Bah, après tout, à quoi servaient les regrets sur le passé, sinon à s'endommager l'avenir ? Elle réprima un petit rire : encore une phrase de son cher père. Étrange : Gauzelin de Crémont avait été le plus impeccable menteur, le plus fieffé calculateur qu'elle eût jamais rencontré. Pourtant, il ne lui avait jamais dissimulé la vérité. Pourtant, il ne l'avait jamais déçue ou ennuyée, contrairement à la plupart

188

des autres êtres qu'elle avait côtoyés. C'est que monsieur de Crémont était menteur d'honneur. Il ne se fût, pour rien au monde, abaissé à de mesquines tromperies. Aude voulait ressembler à cet homme qui lui avait joué le pire tour qu'un père parfait et tant aimé puisse jouer à son enfante adorée : être le seul époux qu'elle se serait choisi. Son trépas lui avait causé un interminable chagrin dont elle ne se remettait pas. Dont elle ne souhaitait pas se remettre. Lorsqu'elle avait enfin admis l'idée qu'elle ne le reverrait plus, ne rirait plus de ses élégantes pirouettes d'esprit, elle avait pris le voile.

Qu'aurait pensé son père d'Hucdeline de Valézan ? Une jolie peste, virulente comme un chancre. Une ennemie d'intérêt dont la seule faille était de ne pas être aussi intelligente qu'elle le pensait. Que faire ? S'écarter de l'affrontement qui se préparait entre le clan restreint des alliées de l'abbesse et celui – qui grossissait à vue d'œil – de ses détractrices ? La prudence le conseillait. Cela étant, une guerre feutrée avec la grande prieure risquait de se révéler goûteuse. Les distractions de qualité n'étaient pas si fréquentes aux Clairets. Aude de Crémont opta donc pour la deuxième possibilité.

À qui allait-elle faire savoir – et comment – qu'elle avait aperçu, dès que le chat avait montré son derrière[1], Hucdeline et Aliénor en conciliabule avec leur nouveau chasseur, avant même la prise de besogne officielle de ce dernier ? Les deux femmes n'avaient aucune raison de le connaître et encore moins de l'aborder. De surcroît, la grande prieure n'aurait pour rien au monde condescendu à s'adresser à de la valetaille. À moins d'un besoin précis.

---

1. Ancienne locution qui donna « potron-minet ».

– Nous venons d'en déciller une nouvelle! s'exclama Hucdeline en refermant derrière elle la porte de son bureau.

– Pour son plus grand bien, opina Aliénor.

– Je ne vous remercierai jamais assez de votre soutien sans faille, ma chère. Il me fut plus qu'un secours lorsque toutes me tournaient le dos. Je ne l'oublierai jamais, soyez-en assurée, promit la grande prieure avec une mauvaise foi digne d'éloges.

De fait, cette pauvre Aliénor la fatiguait. Une vraie béni-oui-oui. Terne comme une loche grise avec ça! Le succès était à portée, la grande prieure le sentait. Lorsque le chapitre aurait destitué Plaisance, lorsqu'elle serait enfin élue à la fonction qui lui revenait, elle devrait trouver une nouvelle grande prieure qui porte ses couleurs avec éclat. Or « éclat » et « Aliénor » étaient antithétiques. Quel ennui. Il lui faudrait procéder avec doigté pour écarter sa suiveuse sans la froisser, ni la chagriner. Aliénor savait tant de choses, et en avait deviné d'autres. Il eût été très risqué de provoquer sa colère et encore plus sa revanche. D'autant que leur collaboration, pour ne pas dire leur promiscuité contrainte, avait tissé entre les deux femmes des liens de dépendance dont Hucdeline admettait qu'ils étaient réciproques bien que dissemblables. Décidément, peiner la jeune femme se révélerait une désastreuse stratégie.

Hucdeline se leva afin de vérifier si leurs gobelets de tisane avaient été déposés sur la crédence appuyée contre le mur extérieur de son bureau. Elle referma la porte, l'air dépité.

Le rose de la reconnaissance était monté aux joues d'Aliénor. Hucdeline l'avait sauvée de l'anonymat et de la terreur constante d'être la risée des autres. Approuver en tout la grande prieure qu'elle voulait croire son amie, c'était ne jamais risquer la moindre humiliation. Hucdeline faisait peur et sa prestance, pour ne pas dire son arrogance, dissuadait les offenses. L'affection que lui portait son frère, monseigneur Jean de Valézan, aussi.

– J'ai fait ce que me dictaient ma confiance et mon estime pour vous. Rien de plus, se contenta-t-elle de répondre.

– C'est tant, ma bien chère. Que fait donc la supplette chargée d'infusions ? pesta Hucdeline. None* ne tardera plus. Faut-il aller quérir sa décoction de mauve et de verveine en cuisines ?

Aliénor se leva comme un ressort et entrouvrit la porte du bureau. Sur la crédence qui la jouxtait étaient posés deux gobelets fumants et une petite palette[1] de bois à cuilleron chargé de pâtes de fruits.

La jeune femme posa le plateau sur le bureau de la grande prieure, s'étonnant :

– Des pâtes de fruits ? Ah ça, mais c'est une entorse à la règle !

– En voilà une qui cherche à se faire bien voir, conclut Hucdeline. Je vous le dis : en vérité, le succès est proche et toutes le sentent, ma bonne. Humm, des pâtes de prunes au miel... Mes préférées. Allons, ne boudons pas ce petit écart. Nous avons bien travaillé.

Elle se saisit d'une pâte de fruits et la porta à sa bouche, invitant d'un petit geste Aliénor à l'imiter.

Un coup péremptoire frappé à la porte les fit sursauter. La sous-prieure jeta un regard affolé au cuilleron

---

1. Spatule constituée d'un manche et terminée d'un petit plateau circulaire ou d'une cuiller qui servait à brûler des parfums, faire des fumigations ou offrir des douceurs.

de douceurs illicites. Hucdeline lui indiqua d'un mouvement de menton le long coffre recouvert de toile marouflée dans lequel elle rangeait au soir ses livres et ses registres. Aliénor se rua vers le meuble afin d'y dissimuler la preuve de leur délit, et Hucdeline clama :

– Une seconde ! Je vous ouvre.

Bernadine attendait sur le pas de la porte, l'air grave.

– Notre mère vous fait quérir. Elle requiert votre présence et votre clef.

Il était de coutume que le sceau de l'abbesse fût protégé dans un coffre dont la serrure ne jouait qu'à l'aide de trois clefs. L'une revenait à l'abbesse, la deuxième à la grande prieure, quant à la dernière, elle était sous la garde de la doyenne ou de la cellérière. Les gardiennes des clefs ne devaient sous aucun prétexte s'en séparer.

Hucdeline réprima un soupir d'exaspération et emboîta le pas à la secrétaire en lançant à Aliénor :

– Poursuivez, ma chère ! Je vous rejoins bientôt.

Aliénor se leva dès après leur départ et courut sur la pointe des pieds jusqu'à la porte. Elle colla son oreille contre le battant et attendit que l'écho des pas des deux femmes s'éloigne avant de soulever à nouveau le lourd couvercle du coffre. Il y avait sept pâtes de prunes. Elle en laisserait quatre à son amie. Trois lui suffisaient amplement.

Hucdeline fulminait lorsqu'elle poussa la porte de son bureau une demi-heure plus tard. Lorsqu'elle expliquerait à Aliénor qu'il ne s'agissait pour l'abbesse que de vérifier le bon fonctionnement de la serrure du coffre, rien d'autre… La déplacer pour une bêtise de cet ordre ! Elle ouvrit la bouche pour vitupérer et demeura interdite. Aliénor s'était endormie sur sa chaise et ronflotait la bouche entrouverte. Les cloches de Sainte-Marie volèrent, battant le rappel pour none des attardées ou des affairées. Hucdeline secoua son acolyte sans ménagement. La jeune femme ouvrit des yeux vagues, bâilla et bafouilla :

– Juste ciel… Je me suis assoupie.

– Je l'ai bien vu, rétorqua la grande prieure d'un ton aigre. Ne nous faisons pas remarquer en arrivant en retard.

– Et vos pâtes de prunes ?

– Je les dégusterai en après-souper. Rangeons-les à nouveau dans le coffre. Nulle en ce lieu n'est à l'abri d'une indélicatesse. Pressons, ma chère, ou nous pénétrerons bonnes dernières en l'abbatiale ! Ce serait bien mal avisé.

La table des convives de marque avait été dressée dans la galerie dite des Hôtes de haut qui surplombait le réfectoire. Plaisance n'avait prié personne de se joindre à eux, aussi partageraient-ils leur repas en comité restreint. Le naturel peu convaincant avec lequel le comte avait insisté sur la présence de son mire au souper avait alerté l'abbesse. Ces gens étaient des serviteurs. Éduqués certes, utiles et donc traités avec égards, mais des serviteurs. Lui était revenue la généreuse proposition de Mortagne qu'elle avait déclinée sur un instinct : messire Malembert pouvait se mettre au service des Clairets afin de dispenser ses soins aux ladres déplacés. Qui était au juste ce Malembert ?

Clotilde Bouvier avait rivalisé d'inventivité en ce soir de maigre. Une terrine d'œufs d'asellus[1] au lait fer-

1. Cabillaud ou morue. Très prisé à l'époque, sans doute et entre autres parce que sa chair est blanche. Sa pêche remonte au IXe siècle.

menté et au vin, servie sur de fins tranchoirs, constituait le premier service.

– Que pensez-vous, messire Malembert, de cette pestis[1] que l'on nous signale périodiquement ? Selon vous, constitue-t-elle un danger véritable pour le royaume ?

Il ne fut pas dupe : madame de Champlois était en train de sonder ses connaissances médicales.

– Elle est redoutable, madame. Cela étant, si l'on en juge par des textes anciens, le royaume, alors qu'il n'était encore que la Gaule, en fit déjà la tragique expérience. Prions avec ferveur qu'elle ne se répète jamais.

– Prions, en effet.

Une petite semainière de table apporta le plat du deuxième service et annonça d'une voix tremblante :

– Filets de brochet Subiaco... du nom de la colline romaine au sommet de laquelle saint Benoît s'était retiré afin de vivre en ermite.

Une épaisse sauce blanche, odorante d'aromates, les couvrait. Comble de l'élégance de manières, une large écuelle de gré jaune fut déposée devant chaque convive, ainsi qu'une cuiller et un godet de Beauvais[2] en terre cuite et bord d'argent.

– Ma mère, mes seigneurs, bafouilla la jeune fille en se pliant en révérence avant de s'enfuir.

---

1. Peste. Elle sévirait, notamment en Chine, depuis trois mille ans. La première pandémie documentée survint en 540 après Jésus-Christ et remonta du pourtour méditerranéen jusqu'en Gaule. La deuxième pandémie venait d'Inde et devait décimer vingt-cinq millions de personnes en Europe et autant en Asie à une époque de faible peuplement. Cette Peste noire dura de 1346 à 1353.

2. Les poteries émaillées de Beauvais étaient prisées depuis le XIIe siècle.

Une autre moniale lui succéda et faillit renverser de timidité le large plat qu'elle cramponnait comme si son salut en dépendait. Elle disparut aussitôt sans annoncer le mets, lacune que combla Plaisance :

– Il s'agit de fèves frasées en potage, une purée de févettes aux pommes et aux oignons, aiguisée d'une pointe de sauge. Elle accompagne admirablement le poisson.

Mortagne se permit un trait d'humour :

– Connaissez-vous le rapport entre saint Benoît et ce succulent brochet, ma mère ?

– Que nenni, confessa-t-elle dans un sourire. M'est opinion que Clotilde se prit d'envie de rendre un hommage culinaire à notre vénéré maître à penser et que ce jour-là, le pêcheur lui rapporta des brochets. Que cette déduction reste entre nous. Notre bonne Clotilde en serait mortifiée.

– Il serait bien fol de mécontenter si exquise organisatrice des repas.

Ils discutèrent de choses et d'autres, évitant de revenir sur leur inconfort mutuel lors de leur premier tête-à-tête et encore plus sur le monde de divulgations qu'ils avaient l'un et l'autre retenues.

– Que pensez-vous, madame, du récent tourment de cette mystique Marguerite Porette[1] ? s'enquit Mortagne.

– Le bûcher m'a paru bien sévère. Cela étant, pourquoi avoir refusé de comparaître devant l'official de Paris ? Elle aurait pu s'expliquer. Se dédire, surtout.

---

1. Mystique originaire de Flandres qui composa un traité dans lequel elle affirmait que l'amour pour Dieu était essentiel et suffisait au Salut. En d'autres termes, point n'était besoin de résister « aux exigences de la nature ». Elle fut condamnée et brûlée en 1306.

– Sans doute le refusait-elle… de revenir sur ses écrits, veux-je dire. Que pensez-vous de sa théorie sur le Salut ? Est-il compatible avec le goût des sens ?

– Chez les laïcs, j'en suis certaine, à la condition que ce penchant soit discipliné et réservé à l'époux ou à l'épouse. En revanche…

Un hurlement strident monta du réfectoire, coupant net sa réserve. Suivit un vacarme de bancs que l'on repoussait à la hâte, que l'on renversait de précipitation. Un large cercle blanc se resserra autour d'un point qu'ils ne distinguaient pas. Plaisance cria du haut de la galerie, les mains accrochées à la balustrade de pierre :

– Que se passe-t-il ? À la fin, que l'on me réponde !

Un visage se leva vers elle, celui de Marie-Gillette, qui cria en retour :

– Elle est au plus mal, ma mère, descendez, je vous en conjure ! Descendez seule.

Plaisance fonça, dévalant l'étroit escalier de pierre qui menait à la salle basse. Son cœur lui remontait dans la gorge, son sang s'affolait dans les veines de ses tempes.

Tout cela avait un sens, tout cela ne faisait que commencer.

Tassée en fœtus, Aliénor de Ludain sanglotait de douleur. Une malodorante flaque marron, sanglante, maculait le derrière de sa robe.

Plaisance lança à la cantonade :

– Apportez une bassine d'eau de savon et moult touailles. Hermione… Hermione ! s'affola-t-elle soudain.

– Ici, ma mère, juste derrière vous.

L'apothicaire était décolorée jusqu'aux lèvres.

– J'ai mal… Ah, Dieu que j'ai mal, geignit Aliénor. Mon ventre se déchire en dedans… Je… Je fais sous moi…

Une nouvelle vague d'odeur pestilentielle arracha un haut-le-cœur aux plus proches, qui se reculèrent. Seule Hucdeline de Valézan demeura là, à quelques pieds de sa sous-prieure, le visage hagard, la bouche entrouverte de stupéfaction, les yeux écarquillés. Enfin, l'esprit parut lui revenir et elle hoqueta en quêtant le regard de ses sœurs :

– Que… Enfin, ce n'est tout de même pas le potage de blettes et de bourrache qui… (Tapant soudain du pied, elle intima d'un ton sans appel :) Enfin, Aliénor, relevez-vous… C'est intenable, cette odeur… Indigne… Une sous-prieure…

Tassée au sol, Aliénor de Ludain grelottait en murmurant des phrases inaudibles.

Plaisance se redressa lorsque arrivèrent les supplettes portant une bassine d'eau et des linges. Mortagne et Malembert n'avaient pas quitté la balustrade, attendant peut-être qu'on les appelle à l'aide. L'abbesse chercha du regard Marie-Gillette d'Andremont, qui baissa la tête. Un silence mortifère s'était abattu sur l'immense pièce sombre, seulement troublé par les gémissements de la sous-prieure. Plaisance eut le sentiment de s'être aventurée en un univers maléfique dont elle n'avait jamais soupçonné l'existence. L'impérieux besoin de revenir à ici et maintenant, à ces murs qui avaient protégé son enfance, puis son adolescence, la jeta dans une fébrilité de gestes et de mots.

Elle débita :

– Vous, nettoyez-la comme vous le pouvez. Vous, allez chercher un brancard. Ne restez pas plantée là. À l'instant ! Élise, courez lancer un grand feu dans le chauffoir. Nous y installerons la malade, demanda-t-elle à la chambrière. Hermione, à mon côté. Hucdeline, épargnez-nous, je vous prie, vos commentaires.

L'autre ouvrit la bouche pour protester, mais l'abbesse la coupa d'un péremptoire :

– N'avez-vous pas compris encore que la soupe aux blettes n'était pas responsable de son état, pas plus qu'un manque de volonté de sa part ? La belle amie que vous faites, en vérité !

Le visage de la grande prieure se décomposa et les larmes dévalèrent de ses paupières.

Elles bagarrèrent contre Aliénor, que la douleur rendait sauvage, afin de la hisser sur le brancard. Du haut de la galerie, Mortagne lança :

– Mesdames, un corps inerte pèse lourd et un corps souffrant encore davantage. Mon mire et moi pouvons la soulever et la transporter. Quant… quant aux faiblesses et aux odeurs malades, je gage qu'une frêle moniale ne doit pas incommoder autant qu'un charnier de soldats crevés au soleil.

Plaisance n'hésita qu'un instant.

– Grand merci, messieurs. Descendez nous rejoindre.

Ils ne furent pas trop de deux pour la hisser sur le brancard de grosse toile tendue. Aliénor haletait. Une salive rosâtre lui couvrait le menton. Enfin, lorsqu'ils la soulevèrent, il sembla à Plaisance que la jeune femme s'apaisait. Son soulagement fut de courte durée. Malembert grommela à son côté :

– Elle glisse dans l'inconscience.

– Qu'est cette maladie si brutale, monsieur ? murmura-t-elle.

Il lui répondit d'abord d'un long regard triste, puis déclara à regret :

– Il ne s'agit pas d'une maladie, madame. Selon moi, votre sous-prieure a été enherbée.

Des dispenses d'offices furent distribuées aux sœurs dont la présence était requise auprès de l'abbesse, parmi lesquelles Hermione de Gonvray, sœur apothicaire, Marie-Gillette d'Andremont, semainière de dépotoir, et Hucdeline de Valézan, grande prieure.

Une interminable nuit commençait. Les infirmières se relayèrent au chevet de la souffrante, lui firent boire force décoctions de bétoine[1] et d'angélique réputée dissiper venins et poisons[2], et tentèrent de lui faire avaler un peu de gruau d'orge mêlé de lait d'amandes italiennes, censé reconstituer n'importe quel malade. Aliénor le vomit aussitôt. Élise de Menoult, Rolande Bonnel la dépositaire et Barbe Masurier la cellérière, agenouillées sur les dalles glaciales, au pied du petit lit traîné à la hâte dans le chauffoir, priaient. Rolande sanglotait et reprenait parfois sa respiration à grand renfort de bruits de gorge. Elles furent bientôt rejointes par l'irascible Agnès Ferrand, sœur portière, dont le visage de fouine restait indéchiffrable. Aude de Crémont la suivit de peu. Elle s'agenouilla aux côtés des trois autres femmes et susurra d'un ton suave :

– Sa chère amie Hucdeline ne la veille pas ? Quel étonnement.

Élise et Barbe se consultèrent du regard. La chambrière haussa les sourcils d'incertitude. Hucdeline avait disparu dès après la sortie du réfectoire.

---

1. Plante magique aux yeux des Égyptiens, des Grecs et des Romains, elle était censée guérir une cinquantaine de maladies et se retrouvait dans de multiples préparations.

2. En réalité, elle est stimulante, tonique, stomachique et antispasmodique. Elle entre dans la composition de l'eau de mélisse.

Hucdeline de Valézan se tenait debout, devant le grand coffre poussé contre l'un des murs de son bureau. Quelle horrible scène ! Elle n'aurait jamais imaginé qu'un poison puisse provoquer de si… répugnants symptômes. Elle chassa la vision d'Aliénor baignant dans ses excréments, en réprimant un frisson de dégoût.

Elle souleva le lourd couvercle renforcé de tiges de métal et contempla les pâtes de prunes au miel.

Réfléchir, encore et encore. C'était du reste la raison pour laquelle elle s'était isolée. Aliénor n'aurait guère besoin de ses prières de chevet, les autres moniales y pourvoiraient.

Quelle tactique se révélerait la plus avisée : faire disparaître les gourmandises qui restaient ou au contraire les produire ? Elle pesa à nouveau le pour et le contre et se décida. Après tout, Dieu veillait sur elle tout particulièrement. Dieu aimait les plus fortes d'entre Ses créatures. Il l'avait de nouveau démontré.

Mortagne, après avoir aidé à l'installation de la mourante avec des délicatesses de nourrice, avait retrouvé sa fermeté et ordonné que l'on installât une sorte de camp de guerre dans le scriptorium. Entraînant Malembert à l'écart, il avait discuté à voix basse quelques instants. Son mire avait acquiescé d'un signe de tête avant de sortir. Pour Plaisance, qui se sentait dessaisie de sa fonction, il avait justifié d'un ton conciliatoire :

– De grâce, madame, n'y voyez nulle usurpation d'autorité. Vous êtes maîtresse des Clairets, et je m'incline devant vous. Cela étant, si mon mire a vu juste, et je le crois, nous sommes confrontés à un second meurtre abject. Le temps presse. Jusque-là, l'enquête que vous avez conduite sur le meurtre d'Angélique Chartier n'a pas abouti à l'arrestation du criminel. Permettez-moi donc de mener celle-ci à ma façon, avec l'infini respect qui est le mien. Je jouis d'un précieux avantage : je ne connais ni vos moniales ni vos serviteurs, et nulle tendresse ne me lie à eux.

Plaisance de Champlois s'était rendue à cet argument de bon sens.

— Faites, monsieur. Je vous y aiderai de mon mieux.

Il avait salué l'autorisation qu'elle lui accordait, d'un petit signe de tête.

— Votre serviteur, madame. Que l'on mande par-devers nous votre apothicaire. Je souhaite avant tout qu'elle confirme le diagnostic de mon mire.

Bernadine s'était un peu reculée et attendait les instructions de l'abbesse, mains croisées sur le devant de sa robe, le dos appuyé au mur de larges pierres sombres comme si elle souhaitait s'y fondre. Mortagne et Plaisance s'étaient installés côte à côte, chacun derrière un scriptionale[1], évoquant deux enfants en attente de la sœur écolâtre. Le comte jouait sans même s'en apercevoir avec une plume taillée dont le tuyau portait la marque d'une encre verte préparée à l'aide de fine poudre de malachite. Hermione se tenait très droite devant eux. Son extrême pâleur ne l'avait pas quittée et prenait des allures spectrales sous la lueur mouvante dispensée par les torches de résineux.

À la question sans ménagement du comte Aimery, elle répondit d'une voix lente, un frêle nuage de buée se formant à chacun de ses mots :

---

1. Pupitre d'écriture. De taille variable, certains étant portatifs. Ils pouvaient être équipés de pieds ou d'un banc.

– Certes, la soudaineté et la violence de l'attaque ne me font pas pencher en faveur de l'ingestion d'un aliment frelaté, d'autant que nous sommes plusieurs centaines à avoir consommé la même nourriture.

– Un poison, donc.

– Comment l'aurait-elle ingéré ?

– C'est ce que je me propose de découvrir.

Il détailla quelques instants la femme, d'assez belle taille et silhouette, qui se tenait devant lui, son regard s'attardant sur le petit triangle de peau qui dépassait du col haut de sa robe, au point qu'un peu de couleur revint aux joues d'Hermione.

– Cela étant, reprit-il d'une voix plus sèche, votre expérience d'apothicaire ne pourrait-elle nous aider à démasquer la nature du poison... d'après les symptômes ?

– C'est que... J'avoue m'y perdre. Je compose à longueur d'année des remèdes afin de guérir grands et petits maux, pas d'intoxiquer.

– Allons, ne me dites pas que vous ne concoctez pas également quelques redoutables mixtures destinées à exterminer rats et mulots.

– En effet, cependant il s'agit d'animaux nuisibles.

– Certes, trancha Mortagne que l'humeur gagnait. Madame de Gonvray, n'est-il pas exact que des poisons dévastateurs font, à plus faible dose, de magnifiques potions ?

– Il s'agit même d'effets assez répandus. Ainsi la digitale...

Coupant court à la démonstration qu'il pressentait longue, Mortagne demanda :

– N'est-ce donc pas l'un des fondements de votre art que de connaître les effets délétères, voire mortels, des plantes, et les doses auxquelles on peut les redouter ?

– Où voulez-vous en venir, à la fin ? s'impatienta Hermione. À vous entendre, j'en viens à craindre que vous me soupçonniez d'un acte inqualifiable.

Le regard du comte descendit de ses joues vers sa bouche, pour se poser à nouveau sur son cou. Le rouge de l'embarras empourpra l'apothicaire.

– Pas encore, se contenta-t-il de rétorquer avec une goujaterie qui sidéra Plaisance.

– Enfin, monsieur, comme vous y allez ! protesta celle-ci.

– Votre pardon. Je veux faire admettre à votre fille apothicaire qu'elle connaît parfaitement le poison qui ronge à petit feu la sous-prieure, et j'y parviendrai. Le plus simple serait qu'elle cède aussitôt, nous épargnant ainsi un criminel gâchis de temps.

– Criminel ?

– C'est le mot, ma mère. J'ai dans l'idée que les deux meurtres de moniales sont liés, sans toutefois parvenir à préciser la nature de ce lien. (Se tournant à nouveau vers Hermione, qui semblait transformée en statue de sel, il insista :) Fichtre, madame, pourquoi tant de réticences à expliquer ce qui ne sont que connaissances scientifiques ?

Hermione tenta une dernière dérobade et lança d'un ton à l'évidente agressivité :

– Ma parole, monsieur… ne dirait-on pas que me voilà traînée devant un tribunal afin d'y répondre de mes fautes ?

– C'est en tout cas ce qu'il risque de vous advenir si vous tergiversez plus avant.

Plaisance, que l'affolement gagnait, la pressa d'un ton inquiet :

– Enfin, ma chère… Puisqu'il est exclu que… Si vous connaissez la nature du poison utilisé pour assassiner Aliénor, pourquoi ne pas…

– Il s'agit de *Colchicum autumnale*, le colchique[1], j'en suis presque certaine. Si tel est bien le cas, elle a ingéré le poison avant le souper. Les premiers symptômes de l'intoxication ne se manifestent qu'au bout de plusieurs heures. Elle... elle mourra de suffocation dans quelques jours. Mon Dieu, accueillez son âme. Il... il n'existe nul antidote efficace.

La consternation le disputait à la stupéfaction en Plaisance. Elle bredouilla :

– Ma fille... Pourquoi donc avoir tant tardé à nous révéler ce que vous saviez... Je m'y perds.

Un soupir catastrophé échappa à Hermione de Gonvray qui avoua, les larmes aux yeux :

– Je... La fiole qui contenait la poudre de colchique a été dérobée dans l'herbarium... Hier ou avant-hier, je l'ignore. Je... pourtant, je la gardais dans mon armoire à substances toxiques... mais je...

– Était-elle fermée à clef? s'enquit le comte de Mortagne d'un ton plat.

– Que pensez-vous, s'énerva Hermione, que je suis sotte ou peu précautionneuse ? Bien sûr qu'elle était verrouillée. La porte en a été forcée, on voit les marques

---

1. La colchicine, alcaloïde dominant du colchique, est particulièrement efficace dans le traitement de la crise aiguë de goutte. La plante fut utilisée pour cette propriété dès le ve siècle dans l'Empire byzantin. À très faible dose, elle est utilisée comme antalgique en phytothérapie. Pourtant, quelques dizaines de milligrammes provoquent une mort certaine, en général en quelques jours. Les premiers symptômes débutent trois à cinq heures après l'ingestion. Ils se caractérisent par des douleurs abdominales violentes, une gastroentérite hémorragique avec diarrhée abondante, puis des troubles hématologiques et un état de choc. Suivent une septicémie et une insuffisance rénale. La mort survient par arrêt respiratoire ou collapsus cardiovasculaire. L'extrême toxicité du colchique était déjà connue de la Grèce antique.

laissées par un fer ou que sais-je… Allons le vérifier de ce pas, si vous doutez de moi.

— À quoi cela servirait-il?

— Je ne vous comprends pas.

— Vraiment? Une femme si intelligente? Permettez-moi de construire pour vous une… fable. Si vous aviez voulu enherber Aliénor à l'aide de colchique, quelle meilleure ruse que de prétendre que la fiole vous avait été volée et de forcer vous-même la porte de votre armoire?

Elle le dévisagea comme s'il venait de proférer une obscénité et rugit:

— Vous êtes un monstre!

— Non, mais j'en traque un ou une. Aussi la meilleure approche consiste-t-elle à me mettre dans la tête de l'un d'eux, à tenter de penser avec son esprit. (Il ferma les yeux et poursuivit d'une voix douce:) J'ai vu tant de choses, madame, dont vous n'avez nulle idée. De charmants tortionnaires qui dépeçaient leurs victimes hurlantes, un sourire aux lèvres. Au contraire, des êtres de lumière, si sales, si puants et déplaisants que tous les fuyaient. J'ai vu tant d'apparences dissimuler les âmes véritables.

Le calme était revenu à Hermione, qui déclara d'un ton glacial:

— Car vous croyez être le seul que les apparences ont dupé? Vous croyez être le seul à avoir soulevé des masques pour découvrir des charognes ou des anges? Puis-je disposer, ma mère?

— Faites.

Hermione de Gonvray s'arrêta après quelques pas. Sans se retourner, elle déclara d'une voix forte, égale:

— Ma mère, je vous supplie de m'accorder votre pardon. J'ai été lâche, j'ai eu peur de votre réaction, et ne voilà-t-il pas que j'en ai provoqué une bien pire. Je n'ai rien à voir dans l'odieux meurtre d'Aliénor. Je le jure sur mon âme.

Un silence l'escorta jusqu'à la sortie du scriptorium. Il persista après son départ. Enfin, Plaisance de Champlois le rompit en demandant d'une voix altérée :

– Qu'en avez-vous pensé, monsieur ?

– La vérité, madame ?

Il se pencha vers elle, et elle se fit à nouveau la réflexion que la fluidité de ses mouvements dissimulait la pugnacité d'un fauve.

– La vérité, monsieur.

Il jeta un regard en direction de Bernadine, si immobile que l'on en oubliait sa présence dans l'immense salle réfrigérante. L'abbesse le rassura :

– Ma fille secrétaire peut tout entendre. Je n'ai nul secret pour elle, pas plus que n'en avait madame de Normilly avant moi. Que son âme magnifique repose en paix.

– Amen, ajouta Bernadine d'une voix frêle, tout en se signant.

– En ce cas… La vérité est qu'elle ment.

La brutalité de ce jugement réveilla l'agressivité de l'abbesse, qui exigea d'un ton sec :

– Fichtre, voilà qui est lancé ! D'un autre que vous, j'y verrais insulte. Toutefois, je suppose que vous avez formé votre opinion sur de solides arguments. J'attends donc de les partager.

– La vérité est parfois bien coupante, je vous le concède. Quant aux arguments, ils risquent de vous dérouter. Elle semblait exsangue.

– Pardon ? En quoi une pâleur légitime et motivée par l'horrible choc indiquerait-elle une mystification ? contra Plaisance, de plus en plus vindicative.

– Lorsqu'elle est réelle, elle indique, en effet, une émotivité. Justifiée dans ce cas.

Elle le fixa, cherchant où il voulait en arriver.

– Votre apothicaire s'était recouvert la face d'une poudre blanche, à la manière des coquettes de la noble société. Si j'en crois les confidences d'une dame de mon entourage, les élégantes usent de graines pilées de manne[1] slave, ou bien de poudre d'avoine.

– Quelle est cette fable ? s'insurgea l'abbesse.

– Oh, cela n'a rien d'une fable. À chaque fois qu'elle parlait, je voyais glisser quelques particules de fine poudre blanche de son visage vers le col de sa robe. Que voulait-elle ? Nous faire accroire à un émoi durable qui lui aurait vidé le sang du visage ? Pourquoi cette mascarade ? Quant à l'armoire de l'herbarium pillée, avouez que l'explication est bien évidente.

Sa démonstration troubla la jeune fille qui se tint coite. Mortagne reprit :

– Nous n'en avons pas terminé. Qui soupe… soupait aux côtés de votre sous-prieure ?

– Marie-Gillette d'Andremont est installée à sa droite, Agnès Ferrand, notre portière, à sa gauche, et Hucdeline de Valézan se trouve en face d'elle.

– Eh bien… entendons-les dans l'ordre qu'il vous plaira.

Plaisance tourna la tête vers Bernadine afin de lui enjoindre de les convoquer aussitôt tout en questionnant le comte :

– Vous pensez que le poison fut ajouté durant le repas ?

Bernadine comprit sans requérir d'autre explication et disparut.

---

1. Il s'agit d'une sorte de riz « sauvage », très prisé des peuples d'Europe du Nord qui le récoltaient.

– Non pas, votre apothicaire semblait formelle. De plus, un tel geste eût été bien imprudent... Tant de témoins possibles. Reste à...

Il fut interrompu par l'entrée impérieuse de la grande prieure. Hucdeline brandit un minuscule bout de toile replié à la manière d'un baluchon. D'une voix altérée par l'émotion, elle lança :

– J'ai retrouvé ceci dans le coffre de mon bureau, ma mère.

L'abbesse s'en saisit et dévoila quatre pâtes de fruits d'une belle couleur violine. Elle dévisagea sa fille et s'enquit, incertaine :

– Ce sont... des pâtes au miel, n'est-ce pas ?

– En effet. Que faisaient ces gourmandises chez moi ? Je ne les y ai jamais vues. Un affreux doute m'étreint... Aliénor et moi buvions une infusion. Je l'ai ensuite abandonnée afin de me rendre à la bibliothèque. Avait-elle apporté ces friandises à mon insu pour les déguster une fois dans ses appartements ou les lui a-t-on portées pendant que je m'étais absentée ? Je ne saurais le dire. Cela étant... (Elle marqua une courte pause et se passa la main sur le front afin de signaler son émoi.) Je me demande si...

– Ah mon Dieu... Si elles ne sont pas empoisonnées, termina pour elle l'abbesse.

Hucdeline se contenta d'acquiescer d'un signe de tête douloureux.

– Avec votre permission, ma mère, je vais me retirer. La tête me tourne, et je me sens au plus mal.

– Bien sûr, ma fille.

Mortagne n'avait pipé mot. Pourtant, son regard de plomb n'avait pas lâché la grande prieure.

– J'avoue, madame, que certaines de vos filles me semblent créatures d'exception, remarqua-t-il d'un ton léger après le départ de la grande prieure.

– Dans le cas de madame de Valézan, votre commentaire est d'une rare pertinence. Je ne sais au juste ce qui coule dans les veines de cette femme, mais je puis vous assurer qu'elle n'éprouve pas le moindre chagrin de la mort d'Aliénor de Ludain. Nul être, si ce n'est elle et son précieux frère dont elle nous rebat les oreilles, n'est irremplaçable à ses yeux.

– Jean de Valézan.

– Le connaissez-vous ?

– De réputation. À vouloir grimper trop vite une échelle démesurée, monsieur de Valézan finira tête par-dessus cul… ou pape.

– Dieu nous en préserve, souffla Plaisance.

Elle baissa les yeux et se mordit les lèvres de cette intempestive sortie. Valézan était chaque jour plus puissant et, si l'on en croyait la rumeur, il ne faisait pas bon compter au nombre de ses ennemis ou de ses simples détracteurs.

– Je joins mes vœux aux vôtres. Amen.

Elle tourna la tête vers lui et le scruta. Un sourire charmeur découvrit les dents de Mortagne. Il chuchota :

– Et que vous révèle cet examen, madame ? Croyez-vous véritablement que l'âme des êtres se devine d'après leurs visages ?

Elle hocha la tête en signe de dénégation. Il poursuivit du même ton de confidence :

– Les ennemis de mes ennemis sont-ils véritablement mes amis ? Éternelle question. Vous êtes si jeune.

– Encore cette réflexion. Si je ne l'entends pas, je la devine vingt fois par jour. Quel âge avez-vous ?

– Mille ans, deux mille… Bientôt quarante-deux ans, un presque vieillard. Mes deux filles sont plus âgées que vous.

– Auriez-vous le peu d'esprit ou la muflerie de me considérer comme une enfante ? demanda-t-elle d'une voix plus légère.

– Que nenni. Je doute qu'il existe une enfance pour des femmes de votre sorte. Vous avez de tout temps été préparée à régner.

– Comment pouvez-vous l'affirmer ?

– Dans le cas contraire, madame Catherine de Normilly, que je connaissais un peu et admirais bien davantage, ne vous eût jamais recommandée afin de lui succéder.

– Or donc, « les ennemis de mes ennemis sont-ils véritablement mes amis ? ». Où vouliez-vous en venir, comte ?

– À la belle et redoutable notion de confiance.

– Mais encore ?

Il lui destina un autre de ses sourires enjôleurs, et elle songea que cet homme était, lui aussi, redoutable.

– Allons, ma mère… nous nous reniflons le museau depuis mon arrivée aux Clairets. Chacun de nous pressent que l'autre possède des éléments qu'il lui tait, par défiance. Il est de fait que le temps ne joue pas en notre faveur. Nous ne nous connaissons que de quelques heures et c'est peu. Toutefois, je n'ai pas tué Angélique ni Aliénor, et vous non plus. De cela, je suis certain. Nous sommes au moins unis par cette innocence.

Plaisance s'absorba dans la contemplation du bois de son pupitre, taché d'encre et semé de paillettes de feuilles d'or et d'argent.

– Il est vrai. Nous ne disposons que de bien peu de temps pour jouer au chat et à la souris.

– Et qui ferait la souris ? plaisanta-t-il en se penchant vers elle.

– Vous êtes insupportable, le gronda-t-elle. Je vous ignorais facétieux.

– C'est que je réserve mes traits d'humour à un public sélectionné avec soin. Au demeurant, s'agit-il vraiment d'humour ? Je vous vois bien croquant à belles dents une pauvre souris tombée entre vos griffes.

– Quel portrait ! C'est trop d'honneur. Sachez-le, je n'ai pas cet appétit-là. Comment se peut-il que vous ayez forgé de moi une telle image ?

Redevenant brutalement sérieux, il répéta d'une voix presque menaçante :

– Comment se peut-il que vous n'ayez pas encore soupçonné la vérité ? J'ai cru, je l'avoue, à une tactique de votre part. Force m'est d'admettre que je m'abusais.

Un instinct la prévint que ce qui allait suivre serait terrible, et elle se tendit en le fixant. Le débit d'Aimery de Mortagne changea de nouveau, adoptant de cassantes inflexions :

– Quel âge avait madame Catherine de Normilly à son décès ? Inattendu décès.

Étrangement, elle eut la certitude qu'il le savait. Pourtant, elle répondit d'une voix atone, s'interdisant d'imaginer ce qu'il retenait encore :

– Cinquante-deux ans.

– Si l'on exclut les douleurs de dos qui la martyrisaient, elle avait plutôt belle forme avant que sa prétendue faiblesse de cœur ne l'emporte, n'est-il pas vrai ?

– Prétendue ?

La panique desséchait la gorge de l'abbesse. Soudain, elle cria :

– Cessez ces insinuations ! Je l'exige. Parlez vrai, à l'instant !

– Madame de Normilly fut enherbée, à l'instar d'Aliénor de Ludain.

Une onde glaciale envahit le cerveau de Plaisance de Champlois. La pièce tourna et elle se retint au rebord de son pupitre, luttant contre l'évanouissement. Elle entendit loin, très loin, la voix de Mortagne :

– Ah mon Dieu, revenez à vous… Qu'ai-je fait, misérable, qu'ai-je fait ! Vite, quelqu'un…

Elle eut l'impression de couler dans un univers gelé, hostile, sans fin.

Un joli coquelicot que tendait une petite fille à une grande dame toute vêtue de blanc. La dame souriait. Comment avait-elle pu oublier ce coquelicot qu'elle avait offert peu après son arrivée à madame Catherine ? Elle s'accrocha à ce souvenir pour ne pas sombrer tout à fait.

Elle rouvrit les yeux. La nausée la suffoquait. Pourtant, les murs, les contours se stabilisèrent peu à peu.

– Non, de grâce… ce n'est rien, un étourdissement passager.

– Je suis une brute, je ne sais comment… D'autant qu'il ne s'agit que d'une supposition que j'ai formée.

Plaisance de Champlois prit une longue inspiration et rétorqua d'un ton las :

– À la vérité, il y a encore quelques jours, je vous aurais vivement tancé d'oser la formuler. Toutefois, preuve est que le monde d'avant n'existe plus. L'horreur s'est infiltrée aux Clairets. Si donc nous ajoutons foi à votre hypothèse, signifie-t-elle que le ou la coupable récidive ? Et si tel est le cas, avons-nous affaire à un avatar tout droit sorti de l'enfer ?

– L'enfer a bon et large dos, ma mère. Il permet d'expliquer l'inexplicable et surtout l'inacceptable. Personnellement, tous les avatars diaboliques que j'ai rencontrés de par le monde étaient désespérément humains.

– Cela ne se peut, contra Plaisance qu'une telle notion terrorisait. Peut-être sont-ils d'abord humains, puis investis par le mal. Il le faut.

– Je ne suis pas assez versé en démonologie pour discuter de ce point avec vous. En revanche, je sais ce qu'ont vu mes yeux. Quoi qu'il en soit, je crois plutôt que nous sommes confrontés à un plan d'ampleur, initié il y a longtemps et dont une précédente manifestation s'est soldée par le décès de feu madame Catherine de Normilly. Sans doute se sentait-elle menacée… Sans cela, pourquoi vous aurait-elle recommandée comme continuatrice?

La jeune fille enfouit son visage entre ses mains, fouillant son souvenir. Un détail, un mot, un regard aurait-il dû l'alerter? Rien ne lui revint. L'arrivée de Marie-Gillette d'Andremont, escortée par Bernadine, la contraignit à rejoindre le présent.

La jeune moniale parut surprise de découvrir le comte de Mortagne assis derrière un pupitre d'écriture, aux côtés de l'abbesse.

– Monsieur de Mortagne a la bonté de m'assister dans ma pénible tâche d'enquête.

– D'enquête, ma mère? Angélique Chartier…

Dissimulant sa tension, Plaisance la détrompa d'un ton sec :

– Il ne s'agit pas de notre chère Angélique, mais d'Aliénor.

– J'ai quitté son chevet à l'instant. Elle souffre. Nous avons bon espoir que les médications que lui distribuent Marie-Lys notre sœur infirmière et notre savante Hermione…

– Elles n'auront nul effet, si ce n'est – je l'espère de tout cœur – le pouvoir d'apaiser un peu ses tourments.

– Je ne…, commença Marie-Gillette, en butant sur ses mots.

– Aliénor va trépasser. Elle a été enherbée.

– Pardon? Enherbée? Cela ne se peut… ici…

La fin de sa phrase mourut dans un souffle.

– Je vous ai fait mander céans afin que vous me contiez par le détail les instants ayant précédé… le… enfin, la survenue des premiers symptômes de l'intoxication de notre sous-prieure.

Marie-Gillette la fixait, abasourdie, sans réaction. Plaisance répéta sa question, d'un ton adouci.

– Les détails, ma mère ? Eh bien… Si peu de chose… Nous avions rejoint nos places attribuées autour de la table. Agnès Ferrand, notre portière, se trouvait à la gauche d'Aliénor, Hucdeline de Valézan en face d'elle, quant à moi, j'étais installée à sa droite. Lorsque est arrivé le premier service, une soupe de blettes et de bourrache, nous nous sommes servies chacune à notre tour et… Mon Dieu ! s'exclama-t-elle soudain, pensez-vous que l'une d'entre nous aurait pu profiter d'un moment de… pour…

– Non, si ce que l'on nous a raconté au sujet du poison utilisé est exact, Aliénor l'aurait ingéré bien avant le souper. En revanche, je me demandais si… un regard appuyé, une attention particulière de l'une de nos sœurs aux gestes d'Aliénor ne vous aurait pas intriguée ?

– Suggérez-vous que l'enherbeuse est l'une d'entre nous, et qu'elle aurait surveillé sa proie afin de suivre chez elle les ravages de la substance ? Il s'agirait donc d'une meurtrière dont le sang est si froid que j'en ai des frissons.

L'aisance avec laquelle cette jeune femme venait de résumer ce qu'il avait déjà déduit ôta ses derniers doutes à Mortagne, qui intervint pour la première fois :

– Mille pardons… Je crois avoir mal saisi votre nom de siècle.

Elle tourna la tête dans sa direction.

– Marie-Gillette d'Andremont.

– Votre lien avec Urbain d'Andremont ?

Elle marqua une seconde d'hésitation avant de répondre :

— Un cousin éloigné de sang. Je ne crois pas avoir jamais eu le bonheur de le rencontrer.

— Quel regret. Un homme vaillant. Rien ne vous a donc tiré l'attention durant ce souper, ou peut-être avant ?

— J'avoue que non, même en y réfléchissant.

Claire haletait. Le contact avec ce corps décharné, martyrisé, lui donnait la nausée. Les plaies récentes s'étaient rouvertes sous la grêle de coups de discipline. Du sang mêlé de pus gouttait du dos supplicié sur les marches de la cave. Cramponnant Mélisende de Balencourt aux aisselles, elle la hissa le long de l'escalier en colimaçon, dérapant sur les pierres humides. La grande prieure du cloître de La Madeleine était évanouie. De sa bouche dépassait le linge sale qu'elle y avait fourré plus tôt afin d'atténuer ses plaintes. Claire ne le lui avait pas ôté. Henriette avait surpris madame de Balencourt comme elle plaquait sur son torse creux un chainse souillé, un chainse d'homme récupéré des lépreux.

Claire luttait contre la répulsion que lui inspirait cette femme, dont les fustigations ne rachèteraient jamais le manque de bonté. Hors de souffle, elle parvint à traîner la grande prieure jusqu'à sa cellule et l'abandonna au pied de son lit, sans bagarrer davantage pour l'installer sur sa couche. Puisqu'elle cherchait la souffrance, un inconfort supplémentaire la satisferait sans doute.

Claire referma la porte en crachant entre ses dents :

— Vieille folle ! Pourquoi tergiverser ? Crève ! Que sais-tu de la véritable souffrance, mauvaise fée ?

Elle décida de s'éventer un peu afin de dissiper l'écœurement qui lui faisait monter la salive dans la bouche, et sortit dans les jardins du cloître. Elle emprunta l'étroit passage qui menait aux vergers et aux pressoirs et hésita. Le froid piquant de cette pleine nuit la lavait des interminables minutes passées dans la cave. Les exigences de la grande prieure se faisaient de plus en plus fréquentes. Elle n'attendait même plus la cicatrisation de ses plaies pour réclamer les chaînettes.

Claire inspira, forçant l'air vif et léger à pénétrer dans ses poumons. Non, pas la chapelle. Elle avait eu son soûl d'offices et de génuflexions. Elle progressa lentement en direction de la haute palissade de châtaignier qui délimitait l'univers des « autres ». Derrière se trouvaient les étables et les poulaillers. Plus à droite, la babillerie réservée aux enfançons abandonnés ou aux orphelins recueillis par les moniales flanquait l'édifice imposant du noviciat. Le bloc compact dépassait du carré formé par l'infirmerie et la chapelle Saint-Augustin.

Le froid la revigorait. Elle s'apaisait. Il lui fallait rentrer avant l'office de vigiles, qui ne tarderait plus. Comme à l'accoutumée, et si toutefois d'aucunes prétendaient s'étonner de l'absence de leur prieure, Claire servirait l'habituel prétexte : madame de Balencourt souffrait de douleurs de membres qui la clouaient au lit. Les incessantes mortifications de Mélisende étaient notoires parmi les repentantes. En revanche, nulle ne soupçonnait leur outrance et encore moins la contribution de Claire à leur déroulement. Pas même Henriette.

Elle s'apprêtait à s'en retourner lorsqu'une ombre furtive débouchant de derrière le noviciat attira son regard. Elle s'accroupit. Se croyant hors de vue, l'ombre se redressa. Cet homme était de l'entourage du comte de Mortagne, un mire, lui avait-on confié. L'homme s'épousseta, se brossa les cheveux de la main et s'élança en direction du palais abbatial et de l'hostellerie. Claire le perdit de vue.

Pourquoi rôdait-il ainsi ? Une visite de malséance à l'une des novices ? En ce cas, il avait perdu le sens, puisque leur bâtiment était verrouillé au soir et ne s'entrouvrait que pour les offices. Alors quoi ? Se pouvait-il qu'il soit à la recherche de la même chose qu'elle ? Les souterrains et leur trésor ? L'homme s'était défait de poussière, ou de terre.

Claire réintégra au plus vite le dortoir et secoua doucement Henriette. Son amie ouvrit des yeux inquiets.

– Chut… Je crois savoir où se trouve l'entrée des souterrains. Suis-moi sans bruit.

Henriette se vêtit à la hâte. Elles se faufilèrent hors du dortoir, et Claire lui parla de l'ombre qu'elle avait surprise.

– Que faisais-tu dehors, à la pleine nuit ? s'inquiéta Henriette.

– Une gêne passagère, j'avais besoin de me rafraîchir les sangs, peu importe, mentit Claire.

Il était inutile qu'Henriette apprenne de quelle façon peu ragoûtante elle améliorait leur ordinaire. Une telle révélation lui gâcherait les jours, et ils n'étaient pas si fastes qu'on puisse les abîmer davantage.

Elles avaient partagé la peur, le froid et la souillarde[1] d'un des échevins d'Évreux qui les avait recueillies lorsqu'elles avaient cinq ou six ans, Claire n'en était plus certaine. Étaient-elles sœurs, cousines, ou simples compagnes de misère, elle ne l'aurait pas juré. Le contraire non plus. Le gros échevin avait dans l'idée de

---

1. Sorte d'arrière-cuisine où s'opéraient les tâches les plus ingrates.

se rémunérer de son noble cœur en les faisant aussitôt besogner comme des bêtes de somme et un peu plus tard en exigeant d'elles un délassement de pourceau. Claire, en dépit de ses onze ans d'alors, s'était rebiffée : « Tu veux te faire reluire la peau du ventre ? Tu payes ! À moins que tu préfères que je réclame mon prix à ta bonne femme ? »

La menace avait calmé le porc quelque temps. Peu. Claire avait entraîné dans sa fuite une Henriette terrorisée à l'idée de représailles. Elles avaient repartagé le pain de misère, les coups, et même la panse des clients de lupanars assez riches pour s'offrir deux puterelles pour une même détente. Elles étaient progressivement remontées vers le nord, n'imaginant pas une seconde qu'elles referaient un jour le chemin en sens inverse. C'était à Paris, alors qu'elle officiait dans l'un des quinze bordels recensés de la ville, que Claire devait rencontrer celle qui allait changer leur vie : Nicolette. Nicolette la Rouge portait fièrement sa crinière d'un feu soutenu qu'elle avivait encore par le choix, pour le moins braillard, de ses tenues. Aussi connue que le loup blanc entre les portes Saint-Honoré et Saint-Martin, Nicolette avait commencé sa longue carrière de fille de joie vingt ans plus tôt. Jugeant qu'elle avait, selon ses termes, « assez payé du bas-ventre », une idée avait germé dans son esprit. Rien n'empêchait une femme, surtout une dévoyée, de s'improviser maîtresse bordeleuse.

Certes, au début, ses « confères » avaient tenté de l'en dissuader avec des méthodes de gredins. Toutefois, Nicolette la maquerelle n'était pas du genre à qui on claque le bec aisément, et fort peu de choses l'impressionnaient encore. Elle avait engagé de rudes vauriens pour dissuader ses plus tenaces détracteurs. Quelques discrètes mais sévères bastonnades avaient eu raison des plus acharnés. Quelques graissages de pattes lui avaient valu la bénédiction des hommes du prévôt. Cette farouche rouquine de Claire lui avait semblé d'épaisseur à devenir une recrue de choix pour son établissement. Elle l'avait rachetée à son entremetteur, allongeant de surcroît le prix d'une Henriette sans laquelle Claire refusait de travailler pour sa nouvelle souteneuse. En femme intelligente et habile négociante, Nicolette avait vite compris que Claire pouvait l'aider à franchir une frontière jusque-là inaccessible à ses filles, trop communes, trop balourdes. Celle des grands et du pouvoir. Elle l'avait fait baigner, coiffer, nipper de pied en cap et lui avait enseigné ce qu'elle savait, un peu de tout, dont le talent de duperie et de chair, sans oublier un goût marqué pour la comptabilité. Nicolette ne devait jamais regretter son investissement, du moins durant les cinq années qui suivirent. Claire apprenait vite. De fillette commune, elle était devenue courtisane. C'est ainsi qu'elle avait rencontré Jean de Valézan, à l'époque simple évêque. Claire avait vite senti que ce client-là avait les dents si longues et aiguisées qu'il finirait égorgé dans une venelle ou tout proche d'un trône, qu'il soit papal ou séculier. L'avenir devait lui donner raison. Valézan avait rapidement été nommé archevêque et, beaucoup plus important, avait pris place parmi les grandes ombres influentes de Rome. Il aimait les traînées obscènes au lit, bien qu'exigeant des manières délicates une fois relevé. Henriette et Claire lui avaient offert ce qu'il cherchait.

Durant le temps de leur « association », Claire avait fouiné à la moindre occasion, certaine que le prélat se lasserait un jour de leurs charmes réunis. C'est ainsi qu'elle avait entendu parler du trésor caché dans les souterrains de l'abbaye des Clairets. La sœur de Valézan y avait été nommée grande prieure, et en deviendrait abbesse au décès de madame de Normilly.

Jean de Valézan avait, en effet, recruté d'autres partenaires d'ébats. Faisant preuve d'une vulgarité d'âme qui n'avait guère surpris les deux jeunes femmes, il avait déclaré un soir, après leur dernière partie de jeux peu affriolants : « Chargez-vous de ce que vous pourrez porter à la manière de mules de bât et décampez. Que l'envie de commérages ne vous prenne pas. Je sais les moyens de les étouffer dans l'œuf. »

La menace était évidente. Elles étaient parties à la hâte, sans s'embarrasser de ramasser leur frusquin[1]. Il fallait faire vite. Peu importait puisque Claire avait pillé leur entreteneur durant des mois, avec méthode mais circonspection. Elle sentait que Valézan ne résisterait pas longtemps à l'envie de leur organiser une fâcheuse rencontre de rue avec des malandrins. Le moyen le plus sûr de faire taire d'éventuelles divulgations.

Elles avaient pris le chemin des Clairets, qui accueillait avec bienveillance les prostituées repentantes.

Claire narra à Henriette l'apparition de la silhouette.

— Tu crois qu'il sortait du souterrain ?

— Je n'en suis pas certaine, mais il s'est épousseté comme s'il s'était roulé dans la terre.

— Il nous faut le vérifier.

— C'est aussi mon avis.

— Quand ? s'enquit Henriette.

— Le plus vite possible. S'il sait où se trouve l'entrée des souterrains, qui dit qu'il ne découvrira pas le trésor avant nous ? Avons-nous le temps avant vigiles ?

---

1. Ce que l'on possède comme argent, objets, vêtements. A donné « saint-frusquin ».

– J'en doute, répondit son amie en regardant les étoiles. Après nocturnes[1] peut-être. Comment le transporterons-nous… s'il s'agit d'un pesant coffre?…

– Nous trouverons un moyen le moment venu. M'as-tu jamais prise en défaut?

– Jamais, sourit Henriette.

Lorsque Mortagne rejoignit les appartements préparés à son intention en l'hostellerie, son exaspération n'avait d'égale que sa perplexité. Il réchauffa ses membres transis devant le feu, puis retrouva Étienne Malembert, qui l'attendait assis sur le petit lit de sa chambre.

– J'espère, mon excellent mire, que tes trouvailles sont plus substantielles que les miennes.

– Vous me semblez fort marri, monseigneur.

– Il y a de quoi. Pas une de ces pucelles ne dit la vérité. Toutes me dupent avec l'aplomb d'arracheurs de dents. Sauf peut-être l'abbesse, et encore, me viennent parfois des doutes.

– En êtes-vous assuré?

– Tudieu, j'en mettrais ma main au feu! L'apothicaire qui se grime la face pour nous faire accroire à son émoi, qui oublie jusqu'aux symptômes d'enherbement que provoque le colchique! Quant à son histoire de fiole dérobée dans son armoire, elle me semble cousue de fil blanc. Cette Hucdeline de Valézan – dont sa seule parenté avec son frère me la ferait paraître suspecte – qui nous porte des pâtes de prunes qu'elle aurait retrouvées dans son coffre et dont elle suppute qu'elles contiennent le poison… Quant à la Marie-Gillette d'Andremont, elle est fort bien tournée, la madrée!

---

1. Prière de nuit, aux environs de 22 heures.

– Doux Jésus, s'offusqua Étienne, vous évoquez une épouse de Dieu, monseigneur.

Un sourire espiègle détendit le visage sombre de son maître.

– Ne t'inquiète, je ne blasphème pas. Si cette Marie-Gillette est nonnette, c'est que je suis devenu nonce ! Lorsqu'elle a pénétré dans le scriptorium, la sensation d'une familiarité m'a saisi. L'éclairage étant piètre, j'ai d'abord cru m'être abusé. Je l'ai longuement détaillée et, j'en suis certain, je l'ai déjà croisée. Je ne parviens toujours pas à la placer avec précision. Cependant, je jurerais d'une chose : elle ne se nomme pas plus Marie-Gillette que Marie-Tripette. Je l'ai piégée, grâce à une ruse banale mais qui a fait ses preuves. Son bon cousin éloigné, Urbain d'Andremont, mourut bien avant sa naissance dans un bouge, ivre mort et entre les cuisses d'une gueuse. Ce trépas… heureux, quoique dépourvu de panache, encouragea la famille à rayer son prénom par crainte de son influence néfaste sur de futurs mâles. (Son amusement fut de courte durée. Il reprit d'une voix sourde :) Il va nous falloir aiguiser nos intelligences si nous voulons y voir clair. Plus tard. Conte-moi d'abord tes découvertes. Tu as eu le temps de fureter.

– Je me suis cassé le nez. Les vertevelles[1] qui verrouillent les grilles menant aux souterrains ont été changées. Récemment et surtout à la hâte, si j'en juge par les coups de burin qui endommagent la maçonnerie alentour. Nous pourrions les faire sauter… avec un peu de temps et surtout avec les muscles de Michel. D'un autre côté, une telle opération trahirait notre recherche.

– Foutre de malchance ! jura Mortagne. Je m'en veux, Malembert, j'ai trop tardé à agir. J'aurais dû me

---

1. Ou encore « verterelle » ou « vertenelle ». Pièce métallique en forme de boucle qui maintient les verrous de porte.

rapprocher de l'abbaye sitôt les premiers doutes, c'est-à-dire au trépas de madame Catherine. Ma naïveté m'exaspère, quant à ma stupidité…

— Comme vous y allez, monseigneur ! protesta Malembert. Lorsque j'ai acheté ce sac à l'Arménien de Constantinople, nous savions à peine ce qu'il contenait, si ce n'était de répugnants ossements et quelques minces éclats de pierraille taillée. Au demeurant, nous ignorons toujours pour quelle raison ces… bouts de carcasse provoquent tant d'émois et d'intérêt. Vous remîtes la besace en main propre à monsieur de Normilly, ainsi qu'il vous avait supplié de le faire. Lui-même devait ensuite le confier à Guillaume de Beaujeu, grand maître du Temple qui décéda de ses blessures peu après la chute de Saint-Jean-d'Acre. En bref, vous assumiez à sa pressante demande le rôle de simple intermédiaire. Ne vous a-t-il pas alors exhorté à tout en oublier, pour votre salut ?

— Il est vrai. Son insistance m'a paru bien extravagante sur le moment. Quoi… Quelques fragments d'os, un tibia ! La belle affaire. Il n'est qu'à creuser un champ de guerre pour en découvrir pléthore.

— N'avons-nous pas, de fait, oublié tout de cette histoire jusqu'à la missive presque posthume qui vous parvint de lui ?

— Encore une fois, ta mémoire est implacable.

— Aussi, où serait la naïveté ou la bêtise ? Morbleu, il ne s'agissait que de quelques ossements !

Plaisance de Champlois pénétra dans l'herbarium sans prendre la peine de s'annoncer. Hermione de Gonvray était penchée sur un haut pot de terre, fermé d'une planchette. L'apothicaire sursauta et contourna la table de préparation et de pesée, de sorte à dissimuler le récipient derrière elle.

– Ma mère… Que…

– Ce que je fais céans? J'y exerce mon autorité et mon devoir, ma fille, rien d'autre, déclara l'abbesse, cassante.

Le malaise palpable d'Hermione porta sur les nerfs de la jeune fille. Elle menaça :

– Votre attitude, pour le moins déroutante, vous place sur la liste des suspectes du comte de Mortagne. Je suppose que cette nouvelle ne vous surprend pas.

– En effet, acquiesça Hermione de Gonvray sans manifester d'émotion. Que monsieur de Mortagne pense ce qu'il veut de moi. Peu m'en chaut.

– Il devrait pourtant vous en chaloir. Aimery de Mortagne représente le bras séculier de notre province. Croyez-vous que cette enquête qu'il mène n'est qu'un enfantillage d'oisif? Vous vous méprendriez gravement. Il cherche le coupable pour sévir, et je gage que sa sentence sera terrible. S'il passe pour un homme probe et juste, je n'ai pas ouï dire que la débonnaireté était au nombre de ses vices.

– Je ne suis pas coupable, rétorqua Hermione d'un ton neutre.

Plaisance la dévisagea.

– Vraiment?

Le chagrin remplaça l'espèce d'impertinence qui lui avait été jusque-là opposée.

– Ma mère… Comment pouvez-vous ajouter foi à ces ragots insensés… Ne me connaissez-vous pas?

La peine qu'elle sentait chez sa fille se communiqua à l'abbesse, et elle baissa le regard en avouant :

– Je m'y perds, Hermione. Je ne sais plus qui est qui, j'en viens à douter de mon aptitude à exercer ma charge… Je lutte depuis des heures contre l'envie de convoquer le chapitre élargi afin d'y renoncer publiquement.

– Non, je vous l'interdis ! tonna l'apothicaire. C'est exactement ce qu'elle cherche. Hucdeline...

Un crissement vindicatif alerta Plaisance, qui se rapprocha du pot de terre. Elle souleva la planchette. Les prunelles d'un noir bleuté d'un énorme rat la fixaient. Sa queue annelée battait. Elle rabattit avec précipitation le couvercle improvisé.

– Qu'est ceci ?

– Je... J'ai récupéré un rat dans l'un de nos pièges.

– Et pour qu'en faire, je vous prie ? Ne me dites pas que vous réalisez des potions de... magie à l'aide de ces bêtes !

– Le rat – comme le crapaud sous toutes ses formes, ou le sang menstruel – est dépourvu d'efficacité thérapeutique... Sauf pour les crédules.

– Vous me rassurez, sans répondre à ma question.

– Il m'est utile dans le cadre d'une... expérience.

– Laquelle ?

– Je souhaite vérifier les effets d'une intoxication au colchique.

– Vous sembliez pourtant bien les connaître tout à l'heure.

Une effroyable lassitude engourdissait peu à peu Plaisance. Elle avait envie de hurler : « Je tente de vous sauver, aidez-moi ! », mais la fatigue lui ôtait toute énergie. Elle se laissa presque tomber sur le banc de table et ferma les yeux.

Hermione murmura :

– Je suis désolée, ma mère, si désolée.

– Pas tant que moi. Pourquoi vous poudrez-vous de manne ? Est-ce stupide coquetterie de femme ou ruse pour nous faire avaler votre dévastation ?

Un silence. Un sanglot. Nulle parole.

– Hermione, dites-moi la vérité. Je vous en conjure en sœur aimante, pas en mère abbesse. Si votre secret n'a aucun lien avec l'enherbement d'Aliénor, il ne franchira pas mes lèvres, pas même en confession. Je vous le promets devant Dieu avec qui je m'en expliquerai.

– Il s'agit d'une coquetterie. Je ne sais si elle est stupide. Je souffre depuis quelques années d'une affection de peau. Elle survient en crises, suivies de rémissions. Elle me défigure et m'ensanglante le visage. En dépit de ma science, aucun des onguents que j'ai expérimentés ne la guérit. Seul un baume de mon invention apaise un peu les démangeaisons qui l'accompagnent. J'ai craint… que l'on me repousse… C'est ignoble vanité, je le sais.

Un indicible soulagement envahit Plaisance. Hermione disait la vérité au sujet de cet onguent, elle le sentait. Elle se leva d'un bond et saisit l'autre femme entre ses bras.

– Oh ma bonne, ma très chère, quel poids vous m'ôtez de la poitrine… Quelle bêtise de vous soupçonner… Cependant, quel manque de confiance de votre part de ne pas vous être ouverte plus tôt de cette affection. Je m'en vais de ce pas convaincre le comte de Mortagne, et, s'il le faut…

Hermione se dégagea de l'étreinte amie, le visage dur.

– Non… je vous dois tout avouer. Ce baume… renferme de la grande ciguë et du colchique qui, à doses modérées, sont deux antalgiques. Il m'en restait une quantité non négligeable. Elle a disparu ainsi que la fiole de colchique. Je veux m'assurer… Il est impératif que je sache si ma préparation à elle seule aurait pu… Auquel cas, contrairement à ce que j'ai affirmé, je serais coupable. Au moins de négligence.

– Quels autres ingrédients composent cette embrocation[1] ?

– Peu de chose, du miel, de l'aigremoine, du lys et de la poudre de ronce, tous désinfectants.

– Il vous faut trouver un second rat, ma chère Hermione, que vous marquerez d'une croix de brou de noix. Vous lui ferez ingérer ceci, annonça Plaisance en extirpant un petit paquet de toile de sa poche ventrale.

Hermione le déplia et s'enquit d'une voix blanche :

– Des pâtes de prunes au miel ?

– Oui-da. Hucdeline les aurait trouvées dans le coffre de son bureau et pense qu'elles ont servi à enherber Aliénor.

L'abbesse conta la version de la grande prieure.

– Cela n'a aucun sens, lâcha l'apothicaire, l'esprit ailleurs. Aliénor avait un appétit d'oiseau. Quant aux douceurs, elle ne m'a jamais fait l'effet d'en être vorace. Alors… quoi ? Chaparder ces friandises pour les engloutir en cachette… Je n'y crois pas un instant. C'est une nouvelle duperie de la part de ce cafard manipulateur et malveillant.

– Je devrais vous réprimander… cependant l'image me plaît tant que je serai faible, Dieu me pardonne, commenta l'abbesse dans un faible sourire. Ajoutez à cela que vous parvenez à la même conclusion que moi.

Le souffle de sommeil des dormeuses leur parvenait depuis un moment, parfois haché d'un ronflement ou d'un gémissement de rêve. Claire se leva et passa sa

---

1. Préparation, le plus souvent huileuse, utilisée pour les applications cutanées et massages. Également, action de verser cette préparation sur une zone malade.

robe, aussitôt imitée par Henriette. Se tenant la main pour se rassurer, comme lorsqu'elles étaient enfantes, elles traversèrent le dortoir à pas de loup. Elles chaussèrent leurs socques une fois dehors et traversèrent le jardin en oblique, aux aguets. Elles longèrent la haute clôture qui délimitait le domaine réservé aux lépreux et ne soufflèrent qu'une fois dans le passage qui donnait sur les vergers et les pressoirs.

— Comment ferons-nous pour passer l'enceinte ? murmura Henriette. Il fait un froid de gueux !

— Suis-moi. J'ai préparé notre équipée dès après tierce*.

Elles filèrent en direction des étables. La palissade de hautes planches de châtaignier s'interrompait le long de leur mur. Une porte fermée d'une clenche, impossible à ouvrir de leur côté, permettait aux « autres », aux semainières d'étable du cloître Saint-Joseph, de rejoindre La Madeleine. Cependant, on ne les y voyait guère. Claire récupéra la lame qu'elle avait dissimulée en bas du mur, dans les herbes folles, et l'inséra entre le chambranle et la porte. La clenche se souleva. L'odeur tiède et accueillante des bêtes les environna. Une dizaine de vaches d'un beau roux sombre les suivirent de leur regard étonné.

Les deux femmes ressortirent de « l'autre » côté. Elles dépassèrent la babillerie et longèrent le noviciat, inspectant le bas des murs à la recherche d'une entrée dissimulée ou d'un soupirail. En vain. Henriette souffla de dépit :

— Rien n'évoque l'entrée des souterrains…

Claire ne l'écoutait plus, examinant le mur qui leur faisait face.

— Attends, derrière ce mur devraient se trouver l'escalier des dortoirs…

— En effet.

– Or, c'est impossible puisque le passage qui longe le mur des étuves et relie les jardins de l'infirmerie à ceux du cloître Saint-Joseph débouche bien avant la façade du noviciat. Se trouve ensuite l'escalier qui monte au dortoir principal qui ne doit guère excéder une demi-toise de large. Pourtant, l'espace que délimite ce mur devant nous doit mesurer une bonne toise de longueur. Où donc est passée la demi-toise manquante ? Elle dissimule l'entrée des souterrains, je le parierais. Il nous faut remonter jusqu'au passage de l'infirmerie et traverser ses jardins.

– Ah mon Dieu, et si l'on nous surprenait !

Contrairement à la crainte d'Henriette, la repartie de Claire fut douce :

– Nous aurons droit à un long sermon. Ce ne sera pas le premier. Toutefois, je souhaite de tout cœur que ce soit le dernier. Pour la vie.

L'agonie du rat désigné d'une croix dura deux jours. Il se tassa dans le fond du récipient et n'en bougea que lorsque l'air se refusa à ses poumons. Il fonça alors, griffant les parois de terre cuite, tentant de les escalader, glissant, pour repartir à l'assaut, ouvrant large la gueule, se débattant jusqu'au bout contre la paralysie qui l'asphyxiait. L'autre rongeur, celui auquel Hermione avait offert sa nouvelle préparation, semblait absent. Il demeura prostré de longues heures. Le troisième matin, il s'ébroua et tenta de sortir, tout à fait remis. Un serviteur laïc vint chercher le pot afin de noyer l'animal.

La fin d'Aliénor de Ludain s'éternisa cinq nuits durant lesquelles toutes se relayèrent à son chevet. Aux vives douleurs de ventre avait succédé une prostration dont elle ne sortait, par intermittence, que pour marmonner des bribes de phrases inintelligibles.

Hucdeline ne fit que quelques brèves apparitions dans le chauffoir, étouffant du brasier que l'on y maintenait en permanence, irrespirable des odeurs d'excréments et de sueur malsaine. À chaque visite, elle s'immobilisa à cinq pas de la mourante, comme si elle redoutait la contagion, murmurant :

– Vous allez vous remettre, ma chère. Vous me semblez déjà plus vive.

L'espace d'un fugace instant, Marie-Gillette crut lire une véritable terreur dans son regard, remplacée bien vite par une sorte de glace.

Mademoiselle d'Andremont ne quittait guère le chauffoir que pour se rendre aux offices ou se reposer quelques heures dans sa cellule toilée du dortoir. Il lui arrivait de sauter des repas sans que la faim ne la tenaille. Une sorte d'inertie l'engourdissait. Un néant, somme toute agréable, accaparait son esprit, repoussant toute velléité de réflexion. Elle ne veillait pas la sous-prieure. Elle attendait, elle ne savait quoi. Pour la première fois depuis quatre ans, la peur l'avait abandonnée. D'un coup. Lors de cet interrogatoire dans le scriptorium. Sans même qu'elle s'en rende compte sur le moment. Elle en était sortie comme happée par le vide, marchant sans avoir la moindre conscience de ses mouvements. Depuis, elle attendait donc. Une seule certitude l'habitait : tout se nouait enfin.

Lorsque au petit matin Marie-Gillette d'Andremont entendit Aliénor de Ludain murmurer : « Pourquoi, mais pourquoi ? » juste avant de s'éteindre, elle se trouva pour la première fois une communauté d'âme avec cette femme qu'elle avait méprisée jusque-là.

Claire Loquet et Henriette Viaud longèrent le mur extérieur de l'infirmerie. Elles s'engouffrèrent dans le petit passage qui menait aux jardins et progressèrent en direction de l'escalier qui montait au dortoir principal. Le souffle heurté de son amie parvenait à Claire. En dépit de sa feinte assurance, elle-même n'en menait pas large. Depuis des mois, depuis des années, elle n'était portée que par l'idée de ce sauvetage. Le sien, celui d'Henriette. Certes, elle regrettait parfois cette dureté, cette sécheresse de cœur qui lui était venue, lui faisant voir chaque être sous les traits d'un plausible ennemi. À sa décharge, fort peu s'étaient révélés amis, ou simplement bienveillants. Elle luttait depuis si long-temps contre un sort adverse qu'il ne lui restait plus que ce combat auquel s'accrocher pour ne pas perdre totalement espoir. Cela et Henriette. La fin justifiait les moyens. Le reste était accessoire. Seul comptait leur futur. Seule importait la juste rétribution qu'elle exi-geait – qu'elle arracherait – en dédommagement des années de débâcle et d'humiliations qui leur avaient été imposées. Dieu lui avait accordé la capacité de résis-tance, elle l'utilisait. Il l'avait chargée de veiller sur Henriette, elle obéissait.

Tout le reste était accessoire.

Elles se faufilèrent dans la cage d'escalier et souf-flèrent un peu.

– Tu as raison, Claire. Il manque une petite demi-toise, même en comptant l'épaisseur du mur de soutien, commenta son amie.

– Je ressors. Je vais sonder le mur extérieur qui sépare l'escalier du coin du noviciat, voir s'il n'existe pas une trappe, un passage, que sais-je.

– Sois prudente, je t'en supplie.

– Ne t'inquiète, la rassura Claire d'un sourire.

Aux aguets, épiant l'ombre, la jeune femme scruta, tapota chaque pierre, examina chaque pouce de la maçonnerie, enfonçant son index dans les rainures, grattant le mortier de l'ongle. En vain.

– Alors ? l'interrogea Henriette lorsqu'elle la rejoignit.

– Rien. Si un passage existe, il n'ouvre pas sur le pan extérieur, ou alors du côté des « autres » de Saint-Joseph, et j'en doute.

– Pourquoi ?

– Parce qu'il serait trop exposé, trop visible. Elles sont trois cents à aller et venir dans ce cloître. Le risque de se faire surprendre en accédant aux souterrains serait considérable.

– En d'autres termes, selon toi, le passage se trouve ici, dans cette cage d'escalier.

– Tout juste, ma bonne. Et nous allons le découvrir.

Leurs sondages durèrent plus d'une heure. À quatre pattes, Henriette examinait chaque pouce des larges dalles noires du sol. Claire cognait du doigt les pierres des murs. L'appréhension la gagnait : et si elle se leurrait depuis le début ? S'il n'existait pas de souterrains ? Elle repoussa le découragement qui s'insinuait dans son esprit et serra les mâchoires. Henriette se releva en soupirant d'exaspération. Se tenant les reins en grimaçant, elle chuchota :

– En tout cas, il ne s'agit pas d'une trappe creusée dans le sol.

– Pas plus que d'une paroi pivotante à hauteur d'homme puisque…

Au moment où elle prononçait cette phrase, la solution s'imposa à elle, et elle se figea.

– Quoi… qu'as-tu vu ? la pressa Henriette.

– Fais silence, j'ai compris. Oh, que c'est roublard…

Elle fixa les larges marches de chêne puis leva la tête vers le palier qui menait au dortoir principal. Elle gravit deux à deux les premiers degrés et inspecta le mur. Elle suivit de l'ongle les rainures des pierres qui rejoignaient à angle droit le mur de façade.

— Henriette ! souffla-t-elle, la gorge serrée d'émotion. Remercie Dieu, car nul mortier ne jointoie ces blocs. Rejoins-moi.

Elles poussèrent différentes pierres, et soudain un pan du mur pivota par son milieu, libérant un mince passage, situé à deux mètres du sol.

— Doux Jésus, doux Jésus, merci tant, balbutia Henriette aux bords des larmes.

— Chut, ma douce. Nous n'avons pas terminé. Gardons encore nos larmes de reconnaissance.

Elle se faufila, passant le buste de l'autre côté. Une obscurité humide et glacée régnait dans l'espèce de grand puits carré qu'elle venait de découvrir. Elle tendit l'oreille. Un bruit lointain de clapotis lui parvint, et une suffocante odeur de décomposition et d'excréments la prit à la gorge.

— Ce sont bien les souterrains. Une canalisation doit les prolonger hors les murs d'enceinte, conduire les détritus vers le putel et ensuite, Dieu sait où.

Une échelle de meunier était appuyée de l'autre côté du mur, descendant vers un palier inférieur que Claire ne distinguait pas. Elle se baissa et tâta les premiers barreaux.

— Une échelle permet de descendre, expliqua-t-elle. On n'y voit goutte, mais elle me semble solide et le bois n'en est pas vermoulu, ni glissant. Étonnant avec cette humidité… Je gage qu'on la remplace parfois. En d'autres termes, les souterrains sont toujours visités.

— Nous… enfin, tu as tant peiné à les trouver que leur secret doit être jalousement gardé.

— Oh, j'en suis bien certaine ! Cela étant, la mignonne Champlois doit connaître leur existence, et peut-être cette verrue de Valézan et cette carne de Balencourt. Après tout, elles sont grandes prieures. Restons-en là pour cette nuit, Henriette. Le temps file, notre absence risque d'être remarquée, et il nous faut nous munir d'une esconce ou, bien mieux, d'une torche.

— Voilà qui est sage, approuva Henriette, soulagée de la décision de son amie. Revenons dès le demain.

Élise de Menoult, tapie dans le passage qui longeait les étuves et rejoignait les jardins de l'infirmerie au cloître Saint-Joseph, luttait sans grand résultat contre le froid qui lui remontait le long des jambes. La chambrière se détestait de sa duplicité. Le constant rappel des excellentes raisons qui l'avaient encouragée à la trahison n'atténuait en rien sa culpabilité. Dieu du ciel! Si Plaisance de Champlois découvrait son double jeu, jamais elle ne le lui pardonnerait, et son courroux serait fondé. L'écho d'un pas que l'on tentait de rendre léger lui parvint de la galerie du cloître Saint-Joseph. Elle se tendit, osant à peine respirer, plaquant la main sur sa bouche afin que son souffle ne révèle pas sa présence. Une voix, à quelques pas d'elle, chuchota:

— Madame?

Une voix d'homme.

Élise avança de trois pas. La pénombre épaisse qui régnait dans le passage lui interdisait de distinguer les traits de la haute silhouette qui se tenait devant elle. Un billet retrouvé sous sa couverture hier soir l'avait prévenue de ce rendez-vous. Un billet signé du comte de Mortagne.

Étienne Malembert se découvrit et s'inclina.

— Avez-vous appris, madame, des éléments de nature à nous aider?

– Peu, et j'en suis fort déconfite. Les récents événements ont tant perturbé notre communauté que chacune se défie de l'autre. Les visages se ferment et les langues se lient. Je n'ai que quelques bribes à vous offrir, dont je doute qu'elles vous servent. Il semble qu'Hucdeline de Valézan manœuvre afin de faire prochainement élire Aude de Crémont au poste de grande prieure, c'est-à-dire lorsque notre actuelle mère aura été destituée par le chapitre. Je ne pourrai rien tenter pour l'empêcher. Le clan de Plaisance de Champlois est devenu bien minoritaire. Autre menue information, sans doute sans rapport avec notre affaire : une moniale, Marie-Gillette d'Andremont, fouille tous les recoins de l'abbaye, à la recherche de je-ne-sais-trop-quoi. Une sorte de pressentiment me convainc que cette femme dissimule un secret. Enfin, et je m'inquiète, plusieurs serviteurs laïcs sont venus ces derniers jours me demander le remplacement d'outils, disparus si on les en croit.

– La raison de votre inquiétude ?

– La nature de ces outils. Deux doloires[1], deux houes à courte douille, une pilonète[2] et une tarière[3].

– Bref, des instruments qui se transformeraient vite en redoutables armes !

– Il vous faut en informer aussitôt monseigneur de Mortagne. (Elle marqua une pause et reprit d'une voix plus sèche :) N'oubliez pas, monsieur, que ce vilain rôle d'espionne auquel je me prête n'a qu'une justification : protéger à tout prix – au besoin contre elle-même – notre abbesse. C'est la promesse que je fis sur

---

1. Hache à long tranchant et court collet dont se servaient les tonneliers et les charrons.
2. Court marteau.
3. Longue vrille de menuisier.

mon âme à madame de Normilly et j'entends la tenir. À vous revoir, monsieur.

Élise de Menoult disparut dans la nuit, petite ombre vite engloutie par l'obscurité.

Étienne Malembert lui donna le temps de s'éloigner avant de sortir à son tour du passage. Que se tramait-il ? Les scrofuleux, ulcérés par leur récente défaite, préparaient-ils une nouvelle émeute ? Il lui fallait rencontrer à nouveau ce Jaco. Soulagé que son épouse soit rendue à la liberté et passée sous la protection du comte, il les assisterait. Malembert en était certain.

Le jour venait à peine de se lever. Une épaisse couche de neige était tombée dans la nuit, recouvrant le sol d'une pureté poudrée. Les hautes tiges des bouquetiers distants ployaient avec élégance sous le poids du givre. Plaisance de Champlois, debout devant l'une des fenêtres de son bureau, contemplait ses terrasses sans retrouver l'habituel plaisir que ce spectacle lui procurait. Il lui semblait que toute la force, la générosité et la joie des Clairets avaient été aspirées en quelques jours. Oui, joie, en dépit du labeur, de l'austérité. Joie puisque Dieu était joie. Le servir aussi.

Où donc était passée la robustesse de cet univers ? Un corbeau atterrit avec lourdeur sur la nappe immaculée. Il glissa, battit des ailes pour se rétablir puis avança d'une démarche chaloupée, effrontée, saccageant la neige de l'empreinte de ses pattes. Elle se morigéna, s'interdisant d'y voir un néfaste présage.

Un léger heurt la fit sursauter.

Bernadine introduisit Marie-Gillette d'Andremont.

– Asseyez-vous, ma fille. Une supplette de cuisines nous portera sous peu des infusions.

236

Marie-Gillette s'exécuta. La convocation de l'abbesse, laquelle ne souffrait nul délai, ne l'avait pas surprise. Elle attendit donc, oscillant entre appréhension et soulagement. Appréhension d'être forcée dans ses retranchements. Soulagement d'être bientôt contrainte à la vérité par cette jeune fille, cette femme estimable.

Le dos contre la fenêtre, Plaisance de Champlois l'étudiait. Après un bref silence, elle lança :

– Marie-Gillette… Par où commencer… *Ex abrupto*, peut-être. Ce qui s'échangera dans ce bureau demeurera en confidence si, toutefois, je n'y perçois aucun lien avec les meurtres odieux que nous avons connus. Ma parole sur ce point vous est acquise. Je vous recommande l'honnêteté.

Marie-Gillette serra les lèvres d'incertitude. L'abbesse poursuivit :

– J'ai eu le sentiment que monseigneur de Mortagne se défiait de vous. Il n'a cependant pas jugé opportun de me faire part de ses réserves. Des…

Elle s'interrompit, le temps pour Bernadine de déposer les gobelets de tisane fumante sur son bureau et de disparaître dans un bruissement d'étoffe.

Plaisance se rapprocha enfin de sa fille. Elle s'appuya contre le rebord de la lourde plaque en chêne sombre qui avait veillé sur les heures de travail de madame Catherine avant d'accompagner les siennes, et reprit d'un ton attristé :

– Des rumeurs me sont venues aux oreilles. On vous voit beaucoup aller et venir, entrer et sortir d'édifices dans lesquels ne vous appelle nulle occupation.

Marie-Gillette tenait la tête baissée. Elle tenta une dernière feinte :

– J'avais terminé l'ouvrage que m'avait confié l'une de nos sœurs cherches, Adélaïde Baudet, aussi ai-je voulu me rendre utile ailleurs.

– C'est à votre honneur, commenta Plaisance, consciente qu'il s'agissait d'un piètre prétexte. Levez les yeux, ma fille. Je veux entendre votre prochaine réponse en gardant votre regard.

Marie-Gillette obéit.

– Je ne vous poserai la question qu'une fois, une seule. Jugez en votre âme et conscience si vous devez persister à me dissimuler la vérité. Sachez que, dans ce cas, je ne pourrai, ne voudrai, rien faire pour dissuader le comte de Mortagne… s'il en venait à cela.

La jeune femme se tendit. L'abbesse murmura :

– Était-ce bien Angélique Chartier que l'on voulait assassiner ? Votre sidérante ressemblance, sa présence au dépotoir, où vous deviez vous trouver… Enfin, et n'y voyez nulle calomnie de ma part, Angélique n'avait pas un… passé qui expliquerait un meurtre de ce genre. En revanche, j'ignore tout du vôtre, à l'exception de cette fable au sujet de votre famille décimée en quelques mois par une mauvaise fièvre, fièvre qui vous épargna par miracle. Certes, les miracles existent, cela étant… Voilà. Je me tais à l'instant et vous laisse soupeser votre attitude.

Un silence d'étrange nature suivit. Un silence d'attente sans impatience. Un silence dont Marie-Gillette se fit la réflexion qu'il était cordial, presque complice. Incapable de penser, elle ne soupesa rien. Elle se laissa bercer de longues secondes par le rythme lent de la respiration de l'abbesse.

Un détail insaisissable troublait Plaisance de Champlois depuis quelques instants. Une impression, plutôt. Elle eut beau chercher, rien ne se précisa. Un raclement de gorge mit terme à ses interrogations.

– Notre douce Angélique n'était pas visée. Le fardeau de cette mort dont je me sens coupable… Je… J'ai fui la Castille, à la suite de l'assassinat de mon amant. Un incompréhensible égorgement. J'ai été pourchassée comme une bête par deux hommes, jusqu'en royaume de France. Parvenue en Perche, je me suis… terrée aux Clairets. Aussi ne puis-je accorder nul crédit à la culpabilité d'un lépreux qui aurait semé sa cliquette sur les lieux de son crime. Vous savez tout, ou presque. Lorsque je vous affirme que j'ignore les mobiles véritables de ce meurtre, de ces meurtres, il faut me croire, ma mère. Alfonso était un être joyeux, léger, que les affaires de pouvoir n'intéressaient guère. Quant à Angélique, c'est-à-dire à moi puisqu'elle périt à ma place… (Elle lutta contre les sanglots et reprit :) Qu'ai-je fait, sinon mener une vie un peu trop libertine et superficielle ? Je me déteste. Pourtant, je n'ai rien commis qui le mérite, sinon ressembler à ce pauvre petit ange. Oh, il est vrai… je le confesse, je ne peux me prévaloir de belles et généreuses actions. Sans doute mon égoïsme passé, mon indifférence de cœur ont-ils déçu nombre d'êtres chers. Ma mère, mon frère – qui sont bien vifs, du moins je l'espère – et vous aujourd'hui. En vérité, madame, je vous le jure : je n'ai jamais volontairement heurté âme qui vive.

Elle tendit la main vers l'abbesse qui s'en saisit.

– Ma mère, je suis soulagée. Si vous saviez.

– Se décharger des menteries qui vous empoisonnent l'esprit produit bien souvent cet effet.

Un rire sans joie lui répondit d'abord :

– Je ne vous ferai pas accroire à ma grande pureté. Au demeurant, j'y échouerais. Je ne cherche pas le soulagement. Non, voyez-vous, ma mère… Je me dis depuis la mort d'Angélique que ces hommes me talonnent. Je me dis qu'ils parviendront sans doute à m'occire à mon tour, s'ils s'aperçoivent de leur méprise. Le pis… Le pis à mes yeux serait que leurs meurtres demeurent impunis. Celui d'Alfonso, de cette adorable moniale. Le mien peut-être. Maintenant, vous savez, vous aussi. Je suis apaisée.

Plaisance serra la main glacée de la jeune femme.

– Qui sont ces hommes?

– Je l'ignore. Il ne s'agit pas de vauriens communs. Plutôt des nervis[1] à la solde de quelqu'un.

– Marie-Gillette d'Andremont n'est pas votre nom, n'est-ce pas?

– Non. Je me nomme Alexia de Nilanay. Ces… confidences ayant indiscutablement un lien avec les affreux événements, du moins avec le décès d'Angélique, comptez-vous… en faire part au comte Aimery?

– Je ne sais… Lui taire la vérité serait grandement coupable, d'autant… (Le regard de l'abbesse se liquéfia. Elle lutta contre les larmes et acheva :) D'autant que je ne puis plus vous considérer comme l'une de mes filles… Je vous relève de vos vœux définitifs.

Alexia-Marie-Gillette voulut se lever, protester. Plaisance l'interrompit d'un geste sans colère.

– Vous n'avez pas choisi Dieu en votre âme et conscience et n'avez été reçue parmi nous que sous un passé, une identité d'emprunt. Votre cœur, votre âme n'étaient pas grands ouverts ainsi qu'ils l'auraient dû. Un subterfuge, une mystification. Il s'agit à mes yeux d'une supercherie inacceptable en ces lieux de dévotion. Marie-Gillette, de grâce, croyez-moi… rien, ni personne ne me contraindra jamais à vous jeter la première pierre. Je ne connais pas le siècle, ou si peu… Peut-être, à votre place, aurais-je moi aussi triché afin de rester sauve. Dieu seul peut le dire. Dieu seul peut juger. Cela étant, et pour en revenir à votre inquiétude, monseigneur de Mortagne représente la justice sécu-

---

1. Homme de main, tueur.

lière. Puisque vous n'êtes plus une bernardine des Clairets, et puisque je ne puis être juge et partie, il est fondé à revendiquer son droit de justice sur vous. (Plaisance expira bouche ouverte, tendue.) Mon Dieu, je ne sais que faire... Il me faut réfléchir en tranquillité. Laissez-moi, Alexia.

Ce prénom qui avait été le sien résonna étrangement. Marie-Gillette comprit qu'une porte venait de se refermer, la laissant dehors, démunie, fragile. Une crainte diffuse se mêla à son chagrin. Alexia l'indocile, la douce extravagante, celle qui savait que son ravissant minois et sa séduction lui permettraient de sortir victorieuse de tous les encombres, n'existait plus. Peut-être était-elle morte à Auch, alors qu'elle achetait une part de gâteau aux épices et un bout de fromage de brebis. Peut-être plus sourdement. Demeurait Marie-Gillette, qui avait appris au cours de ces années de Clairets à voir les autres, à les entendre, à se laisser pénétrer d'eux. Au fond, ce n'était pas ce monastère qu'elle avait exécré, mais plutôt son entêtement à elle. Elle s'était obstinée, ressassant ses souvenirs de vie faste et facile pour s'en faire un impénétrable bouclier. Elle s'était rassurée d'un avenir qu'elle imaginait identique au passé. Ineptes et pathétiques chimères. Alfonso aussi était devenu une sorte de conte. Car, si elle voulait être franche, force lui était d'admettre qu'elle ne l'avait jamais aimé. Elle parvenait de plus en plus difficilement à se souvenir de la couleur exacte de son regard. Alfonso l'avait entretenue, amusée. Elle s'était offerte en chose ravissante, et les choses ne ressentent pas. Était-ce une malédiction ou un bienfait de sentir maintenant qu'il était trop tard?

– Je suis désolée, Alexia. Je n'ai nulle alternative. Laissez-moi je vous prie, murmura une voix douce à ses côtés.

Ce n'est qu'alors que Marie-Gillette d'Andremont se rendit compte qu'elle pleurait.

Elle se leva et déclara d'une voix atone :

– Votre pardon, ma mère… madame. Quoi que vous arrêtiez en ce qui concerne le comte de Mortagne, je ne douterai jamais de l'équité et de la droiture de votre décision. Je l'accepterai et m'y soumettrai.

Quelques heures plus tard, alors que Plaisance de Champlois remontait l'allée de gros graviers qui menait de son logement à l'abbatiale Notre-Dame, l'écho d'une cavalcade l'arrêta. Elle se retourna et attendit qu'Aude de Crémont la rejoigne, un peu surprise de cette course de la part de sa fille boursière à l'habitude si posée.

– Ma mère, ma mère ! haleta la jeune femme… Je vous sais débordée, surtout… enfin bref, surtout en ce moment. Aussi vous prié-je de pardonner mon insistance, motivée par l'urgent besoin que j'ai de m'entretenir avec vous.

– Votre insistance, chère Aude ? s'enquit Plaisance sans comprendre où elle voulait en venir.

– Ah… Dois-je penser que Bernadine ne vous a pas transmis ma requête d'audience ?

– Non pas.

– Elle aura oublié, pauvre chère. Qui pourrait lui en tenir rigueur en ce moment ? susurra Aude, insistant joliment sur l'incompétence de la sœur secrétaire.

– À l'évidence. Or donc, vous souhaitiez me rencontrer ?

– Oui-da… (Aude de Crémont feignit un pénible soupir et reprit, hésitante :) Des broutilles me confondent, ma mère.

– Des broutilles, répéta l'abbesse, certaine qu'Aude avait quelque chose de grave à colporter, donc de savoureux à ses yeux.

– Ce ne sont, vraisemblablement, que des sornettes… Toutefois, mon devoir d'obéissance vis-à-vis de vous m'encourage à vous les relater, en aparté.

– Je me rendais à Notre-Dame de l'abbaye, afin d'y méditer en solitude, cela étant… Allons, nous serons plus à notre aise dans mon bureau, décida Plaisance en rebroussant chemin.

Elles marchèrent en silence, et l'abbesse comprit que les « sornettes » que s'apprêtait à lui conter Aude risquaient de lui porter un nouveau coup.

Bernadine se leva d'un bond à leur entrée.

– Juste ciel, ma chère Aude… J'ai complètement oublié de prévenir notre mère… Oh, m'en voulez-vous grandement ? Je perds la tête en courant ces jours…

– Non pas, ma chère, non pas. Nous sommes toutes sens dessus dessous. Le contraire serait sidérant.

Plaisance rejoignit son profond fauteuil. Aude s'installa en face d'elle, avec la grâce d'une dame en visite.

– Je vous écoute, ma fille.

La boursière serra sa jolie bouche en cœur, prétendant l'indécision. Pourtant l'abbesse aurait juré qu'elle avait longuement préparé sa sortie.

– Quel embarras ! Par quoi, par où commencer… Il faut d'abord que je vous assure à nouveau de ma fidélité. Je ne fais certes pas partie des filles qui vous ont soutenue dès l'abord. Je suis plus lente à prendre position, plus timorée peut-être…

Plaisance était bien certaine que la pusillanimité n'entrait pas au nombre des défauts de sa fille. Elle se contenta d'approuver d'un battement de paupières.

– … Quoi qu'il en soit, soyez assurée, ma mère, de pouvoir me compter parmi vos dévouées…

« Jusqu'à ce que tu me réserves un coup de l'âne de ta façon », songea Plaisance, impavide.

– … C'est pour cette seule justification que je souhaite vous rapporter de récents événements, dont je fus témoin, et qui me… m'effraient.

Pour la première fois de son monologue, Aude de Crémont lâcha du regard le dorsal de tapisserie et ses saints blêmes et faméliques.

– Doux Dieu, vous commencez de m'alarmer, ma chère. Aux faits, de grâce, l'encouragea Plaisance.

– J'ai été approchée – à l'instar de nombre des moniales – peu après l'émeute des scrofuleux, par notre grande prieure et notre pauvre Aliénor. De cela, je suppose que vous avez été informée… Peut-être par Élise de Menoult, qui est de vos amies, insinua la boursière.

– Ma bonne Aude, lorsque l'on devient abbesse d'un monastère aussi prestigieux que les Clairets, on n'a plus d'amies. On n'a que des filles.

– La bécasse que je fais ! s'excusa la boursière… Cela étant, n'est-il pas fréquent que des parents préfèrent certains enfants à d'autres ?

Aude enviait-elle la position privilégiée d'Élise à ses côtés ? Une telle jalousie était très éloignée de ce que Plaisance pressentait de la calculatrice qui lui faisait face. S'agissait-il plutôt d'une pique, ou d'une phrase à double entente ? Elle décida de ne pas approfondir et de ramener Aude à l'objet de sa visite :

– J'ai ouï dire qu'Hucdeline se préoccupait fort de ma santé. Rétrospectivement.

– Tout à fait. Quelle inquiétude était la sienne ! Elle frissonnait à l'idée que l'un de ces barbares aurait pu vous trucider. Quelle affection elle manifesta à votre égard ! Aliénor aussi, au demeurant. Pauvre chère… une fin atroce.

La boursière s'amusait comme une petite folle. L'agacement gagna Plaisance. Elle luttait depuis un moment contre l'envie de la mettre en demeure de parler, sans plus de détours. Toutefois, Aude avait indiscutablement des choses d'importance à lui confier, et elle risquait de se fermer comme une huître si on la privait de ses divertissements.

– Dieu berce son âme. Aude… Vous êtes une femme d'intelligence, moi aussi. Il en résulte que nous savons toutes deux que la grande prieure vise surtout à me déstabiliser. Insister sur l'ampleur du carnage qui n'a pas eu lieu, c'est également souligner lourdement le fait que je fus incapable de prévenir le soulèvement et que je ne parviendrai pas à en contrer la répétition.

Un vrai sourire joua sur les lèvres de la boursière, qui déclara :

– De fait, nous sommes entre femmes d'intelligence… Cette nuit-là, une migraine de femme me taraudait la tempe. Je n'ai pas eu le peu de cœur de réveiller notre bonne Hermione pour requérir sa science. D'autant que je savais où elle rangeait le céphalique[1] qu'elle nous distribue afin d'atténuer ce genre de crises. Un mélange de chèvrefeuille, de verveine et de valériane, le plus souvent efficace. Je rejoignais les jardins de l'infirmerie afin d'emprunter le passage qui mène à l'herbarium, lorsque j'aperçus deux silhouettes de moniales devant moi, obliquant dans le couloir opposé, celui qui mène au cimetière et à la porterie des laveries. Chacune atténuait de sa main la lueur d'une esconce. Elles marchaient à vive allure. Il ne s'agissait donc pas d'une promenade, ce que, de toute façon, l'heure nocturne aurait rendu surprenant. J'avoue, la curiosité m'a fait passer l'hémicrânie. Je les ai suivies, en pre-

---

1. Antimigraineux.

nant garde de ne pas être découverte. Elles ont rabattu la capuche de leur manteau sur leur visage, ajoutant à ma perplexité. Je me suis faufilée à leur suite entre les tombes de nos sœurs. Quelle n'a pas été ma surprise lorsque j'ai vu la plus haute des deux ouvrir l'huis de la porterie. Je pensais que seule la sœur portière et vous-même possédiez les clefs des huis. Or, à la démarche, la silhouette… bref aucune des deux n'évoquait la… svelte et petite Agnès Ferrand. D'autant que pour ce qui est de l'allure… Enfin… Agnès se meut avec grande modestie.

C'est-à-dire bossue et les épaules rentrées, traduisit Plaisance. Rien dans le discours d'Aude ne lui permettait de la rappeler à davantage de charité. Pourtant, la boursière distribuait avec un art consommé ses coups de griffe.

— Or donc, les deux silhouettes avaient fière allure ?

— Surtout la plus grande des deux. Un port à tout le moins altier…

Hucdeline de Valézan, interpréta à nouveau l'abbesse. Où voulait en venir Aude de Crémont ? À une dénonciation de transgression de clôture ? Sa fille boursière était une manipulatrice de grand talent. En revanche, Plaisance doutait qu'elle s'abaisse à une médiocrité telle qu'une délation ou un vilain mensonge. La suite lui donna raison.

— … Un homme attendait derrière l'huis.

— Un homme ?

— Oui-da, très grand, massif, habillé comme un coureur de bois. Il portait la coiffe en peau des chasseurs.

— Notre actuel chasseur ou son cousin qu'il remplace, Nicol le Jeune ?

— Je n'en suis pas certaine. Je me tenais assez éloignée, peu désireuse d'être découverte. Et hormis la lumière dispensée par les escondes et la lune…

– Que s'est-il passé ensuite ?

– Une conversation s'est engagée entre eux, dont je n'ai rien saisi. Assez longue cependant. L'homme acquiesçait par instants. Il a salué bas et il est reparti. Je me suis tapie entre les sépultures et j'ai attendu que les silhouettes de moniales rejoignent le cloître Saint-Joseph.

L'information était ahurissante. L'abbesse considéra Aude de Crémont un long moment, tentant d'y voir clair. La boursière avait laissé entendre que les deux femmes n'étaient autres qu'Hucdeline et Aliénor. L'homme qu'elles avaient rencontré à la nuit, en catimini, était l'un des deux chasseurs. Pour quel commerce ? Comment se connaissaient-ils ? Dépitée par l'absence de réaction de sa mère, quand elle s'était attendue à un vif émoi, Aude abattit sa dernière ressource, manœuvrant à son habitude.

– Peut-être existe-t-il à cette… confidentielle entrevue une explication fort benoîte. Cela étant, je n'avais pas l'autorité pour intervenir et l'exiger…

– Certes, acquiesça Plaisance.

Ce laconique commentaire assombrit Aude. Hucdeline ne s'en tirerait pas si aisément ! L'insupportable suffisance de la grande prieure irritait Aude de Crémont depuis longtemps. Que croyait-elle ? Qu'un frère puissant – qui avait grandement concouru à son élection au rang de grande prieure – la justifiait de toiser le monde ? D'autant que si l'on en venait à considérer le sang, celui qui coulait dans les veines des Valézan était bien plus pâle et léger que celui des Crémont, qui n'avaient jamais hésité à le verser pour leur Dieu ou leur roi. Toutefois, Aude ne recherchait pas la vengeance. Ainsi que le disait feu son père adoré, rien n'est plus attristant que la rancune commune. Elle démontre que l'on a échoué et que l'on se sent incapable de le surmonter. Le mobile de mademoiselle de Crémont était autrement délicat. Beaucoup plus distrayant aussi. Elle voulait savoir si elle avait été digne de l'enseignement paternel. Ce n'était pas Aude contre Hucdeline, mais monsieur de Crémont qui affrontait Jean de Valézan, par fille et sœur interposées. Une partie d'échecs qu'elle entendait bien gagner. Pour son père, afin qu'il fût fier de son unique enfante, de leur sang.

— Ma perplexité grimpa encore lorsque notre dévouée Hucdeline vint me trouver, seule cette fois.

— Quel était l'objet de cette visite ?

Aude se rasséréna. Le regard de l'abbesse avait gagné en intensité.

— Pas la simple amitié, s'il est besoin de le préciser. Elle voulait sonder le terrain… avec une infinie prudence… un luxe de précautions de langage. Elle a insinué… que ma valeur et ma piété méritaient bien plus qu'une fonction de boursière. (Aude marqua une pause, son regard s'évadant à nouveau pour se poser sur le dorsal.) Un futur de grande prieure, par exemple. Or… à moins qu'Hucdeline décède soudainement ou soit destituée par le chapitre… je ne vois guère comment je pourrais accéder à cette fonction et, très franchement, je n'ai pas eu le sentiment qu'elle évoquait son prochain trépas.

— Sauf si…, hésita Plaisance en fournissant un effort pour raffermir sa voix.

— Sauf si. Sauf si Hucdeline devenait abbesse et qu'Aliénor de Ludain… sortait d'une manière ou d'une autre de la liste des candidates au rang de grande prieure, termina pour elle la boursière.

— Vous a-t-elle approchée… avant le trépas d'Aliénor ?

— Quelques heures avant les premiers symptômes de son enherbement.

Une onde glacée envahit Plaisance de Champlois. Qu'Hucdeline de Valézan œuvre à la faire destituer, elle le savait depuis longtemps. Elle prendrait ainsi sa succession à la tête des Clairets et devrait pousser une grande prieure qui lui soit favorable. Il n'existait pas tant de prétendantes qui possédassent la consistance et l'obéissance requises. Aliénor? En toute logique, si Hucdeline devenait abbesse, Aliénor aurait dû assumer l'ancienne fonction de son amie. Or, de toute évidence, elle n'était pas prévue dans le canevas d'Hucdeline. Évincer Aliénor de Ludain tombait sous le sens. Elle n'avait ni l'épaisseur, ni le rayonnement d'une grande prieure des Clairets. Le choix d'Aude de Crémont se légitimait. Certes, mais que faire d'une ancienne alliée, sans doute confidente, sans se la mettre dangereusement à dos? Au fond, le décès de la sous-prieure tombait à point pour Hucdeline de Valézan. Terriblement à point.

La chronologie du plan de son ennemie et la soudaine témérité dont elle faisait preuve rongeaient l'abbesse. Hucdeline progressait presque à découvert, ce qui signi- fiait qu'elle avait reçu de nouvelles assurances quant à sa très prochaine élection. De quelle nature? Émanant de qui? Son frère? Le sol se dérobait sous les pieds de Plai- sance de Champlois. Elle n'était pas de taille à rompre en visière avec Jean de Valézan. S'il était à la hauteur des rumeurs qui circulaient, l'archevêque alliait la ruse à la férocité, sans oublier la sournoiserie. Aucun coup n'était blâmable à ses yeux, pourvu que ce soit lui qui le porte.

Aude de Crémont la fixait depuis quelques instants, pouvant presque suivre le cheminement de son esprit. Plaisance de Champlois avait peur, mais maintenait digne figure. Ainsi, elle était brave, et assez intelligente pour mesurer l'insuffisance de ses forces. Une sorte d'estime lui vint pour la très jeune fille qu'elle n'avait considérée jusque-là que comme un pion précieux qu'il convenait de manipuler avec égards. Aude s'interrogea et décida de lui apporter une aide. Pour le panache, rien d'autre. L'avenir dirait ce qu'en ferait l'abbesse, si elle le demeurait assez longtemps.

– Le plus déroutant, ma mère…

Plaisance reprit pied avec difficulté. Elle se contraignit à l'attention tant les pensées se bousculaient dans son esprit.

– … si j'osais, j'utiliserais l'adjectif « insolite[1] », c'est que notre prévoyante grande prieure me rendit cette visite quelques heures avant l'horrible malaise de sa sous-prieure, lors de ce funeste souper qui restera à jamais gravé dans nos mémoires…

Sur le moment, Plaisance ne comprit guère l'insistance de cette précision. Aude se fit un plaisir de l'éclairer aussitôt.

– … c'est-à-dire, si j'en crois de menus bavardages entendus çà ou là, précisément au moment où elle a prétendu devant vous et monsieur de Mortagne se trouver en notre bibliothèque. Une confusion, c'est certain. Le résultat de son infini chagrin au trépas de son amie. Pensez… Elle était si bouleversée qu'elle ne pouvait même pas la veiller.

Sans trop savoir pourquoi, Plaisance eut la certitude que sa fille boursière venait de lui rendre un inestimable service. Elle se préoccuperait plus tard des desseins d'Aude et de son intérêt à proposer une alliance à son abbesse en délicate situation. Il lui sembla essentiel de le lui faire comprendre. Un instinct lui souffla d'avancer, elle aussi, à visage découvert. Elle commença, adoptant un ton détaché :

_____

1. Étant de la même racine latine qu'« insolent », « insolite » a eu une connotation péjorative jusqu'à récemment. Il impliquait l'anormalité dans un sens déplaisant, voire blâmable.

– Ma chère fille, je suis flattée de la confiance que vous m'accordez en me choisissant pour des révélations dont je n'ignore pas… qu'elles ont dû vous coûter…

Aude demeura impassible. L'attitude de Plaisance se métamorphosa. D'une voix claire, ferme, elle poursuivit :

– Trêve de feintes, ma fille. Nous savons l'une comme l'autre où veut en parvenir Hucdeline. Nous n'ignorons pas que le décès de sa sous-prieure ne lui a gâté ni le manger ni le dormir. À ses yeux, Aliénor de Ludain est morte comme elle avait vécu : en ombre. Les ombres sont éminemment interchangeables…

Aude s'inclina vers elle, attendant la suite. Plaisance reprit :

– Je… J'ignore pour quelles raisons au juste vous ajoutez votre poids de mon côté de la bilance[1]. Peu importe. J'ai besoin de toutes les ressources dont je pourrais disposer. De cela, je vous sais gré. Cela étant, et n'y voyez nulle offense, je veux croire que vous n'avez d'autre souci que le bien de notre communauté et le règne de la justice.

– Que pourrais-je y voir d'autre ? Vous le savez, les terres stables me déséquilibrent. Vous êtes, comme madame de Normilly avant vous, une belle étendue plane et ferme. Sans doute est-ce la raison pour laquelle nous ne nous comprenons que par discontinuité. Cela étant, madame ma mère, afin de vous rassurer tout à fait, soyez certaine que je ne vise nulle rétribution, nul privilège. Certes, je mentirais en déhontée si j'affirmais que seul un impérieux besoin de vérité me fait dénoncer une sœur. À mes yeux, un mensonge d'honneur est préférable à l'indignité de la délation. Quoi qu'il

_____

1. Du latin *bilancia*, de *bi*, « deux », et de *lanx*, « plateau ». Dont est issu le mot « bilan ».

en soit… (Un involontaire sourire joua sur les lèvres de la boursière qui le réprima, pas assez vite toutefois pour que l'abbesse ne l'ait perçu.) … quoi qu'il en soit, à la guerre comme à la guerre. L'indignité d'un ennemi excuse l'indignité des armes que l'on utilise contre lui. Le contraire serait folie, pis, stupidité. Et qui dit que cet affrontement, car c'en est un, ne recèlera pas un joli dédommagement pour moi ?

– Un dédommagement ?

– Que madame de Valézan morde le purin qu'elle remue avec tant de virtuosité. Votre pardon, ma mère… je manque de charité.

Une lueur d'amusement flotta dans le regard de Plaisance, qui avoua :

– Mais pas d'à-propos, ni de discernement. (Redevenant grave, elle conclut :) Merci. Merci du fond du cœur.

– Agissez. Agissez vite, ma mère.

Aude se leva, imitée par Plaisance qui la raccompagna jusqu'à la porte de son bureau. Au moment de la quitter, la boursière murmura d'un ton doux :

– Une dernière chose… Dieu est de votre côté du pesier. Je n'en doute pas. N'en doutez jamais.

– Je n'en doute pas. Mon infinie obéissance et ma reconnaissance pour le Tout-Puissant, mon obstination aussi, en attestent. Si seulement les autres, tant d'autres, pouvaient s'en convaincre.

– Pourquoi le feraient-ils ? Ils ont intérêt à ignorer la volonté de Dieu, ou mieux à la réinventer. Prenez garde à vous, madame, je vous en conjure.

Elle dévala l'escalier à ces mots, et Plaisance se demanda si elle lui avait tu autre chose. L'imminence d'un sinistre.

L'abbesse revint à pas lents vers sa table de travail. Un monceau de registres l'attendait. Chaque détail, si anodin et répétitif soit-il, méritait l'attention qu'on lui consacrait. Il y avait une réelle élégance à ne jamais mépriser, ni bâcler les tâches obscures, laborieuses, pour ne pas dire ennuyeuses. Madame Catherine abhorrait la négligence, l'approximation, le laisser-aller. Elle affirmait que l'ennui est une maladie perfide contre laquelle on se doit de lutter pied à pied. L'ennui vient lorsque l'on se convainc qu'une chose est plus importante qu'une autre et que l'on regrette de ne pouvoir s'y consacrer aussitôt. Pourtant, à y réfléchir, compter les pains cuits, mangés, distribués, établir l'inventaire des farines de seigle, de méteil ou de froment qui servaient à leur fabrication n'était-il pas aussi essentiel que de s'intéresser à la politique du royaume ? Tant de royaumes ont été renversés, faute de pain.

La réputation de charité des Clairets datait de loin. La générosité de madame Catherine y avait grandement contribué. Cependant, au-delà de son œuvre de foi et d'étude, l'abbaye avait rang de seigneurie et on n'y frappait pas à la porterie comme à celle d'un hospicium ou d'une maison de charité. Plaisance savait : certains monastères jetaient leurs détritus de nourriture par-dessus leur mur d'enceinte. Ils les lançaient aux miséreux comme à des bêtes. Les affamés se battaient au pied de la muraille pour arracher quelques bouchées, la plupart du temps gâtées. Dans d'autres, les serviteurs de cuisine ou les celliers les vendaient ou les troquaient, contre quelques fretins, ou les charmes d'une gamine, avec l'approbation tacite des frères officiers.

Elle avait vu ces enfants de serfs, ou de paysans libres, s'approcher au soir des huis des porteries. La faim les poussait à braver leur crainte. Elle avait vu leurs petits visages gris, déjà vieillis. Ils ne vociféraient pas, ils ne menaçaient pas. Ils attendaient. Ils espéraient. L'hiver était si rude, et faisait suite à une série de calamiteuses moissons. Elle avait donné ordre que soient divisés tous les jours trente gros pains du pauvre, contre le sentiment d'Hucdeline de Valézan qui jugeait cette bienfaisance propre à encourager les plus dépourvus à la fainéantise. Idiote, sombre et méchante idiote ! Leur nouveau chasseur, ce Petit Jean dont le surnom prêtait à sourire, tant il était massif et haut de taille, aidait chaque soir à la distribution, sans qu'elle l'ait ordonné. Brave cœur. Un effarouché sous ses allures balourdes et inquiétantes. À chaque fois qu'elle le croisait, il la saluait bas de loin, et passait son chemin bien vite comme s'il redoutait qu'elle lui adresse la parole.

Pourquoi Petit Jean le Ferron avait-il rencontré à la nuit Hucdeline et Aliénor ? Partageaient-ils un funeste commerce ? Pourtant, il lui avait sauvé la vie lors de la révolte des ladres. Pourtant, il l'assistait du mieux qu'il pouvait. En dépit de ses quinze ans, Plaisance de Champlois connaissait l'âme humaine, ou plus exactement savait la flairer. Lui était venue par instants une crainte un peu floue au sujet du chasseur : requerrait-il d'elle, un jour, une faveur ? Serait-ce la raison de l'aide qu'il lui apportait depuis son arrivée ? Si tel était le cas, en concevrait-elle quelque déception ? Oui et non. Oui, parce que l'élévation d'une âme humaine rapprochait l'abbesse de Dieu plus sûrement que de longues prières. Elle voyait Sa trace tenace dans la lumière qui irradiait de certains êtres. Il lui semblait alors qu'une parcelle du Sauveur y brillait. Non, parce que justement, les créatures humaines s'éteignent souvent. Madame Catherine affirmait que plutôt que de s'affliger du compte de ces brillances perdues, mieux valait se réjouir de celles qui persistaient, envers et contre tout. Qui était Petit Jean ?

Une de ces chandelles mouchées? La trompait-il afin de mieux lui nuire?

La nouvelle que lui avait discrètement portée le confident du comte de Mortagne, ce grand homme émacié au regard presque blanc, l'avait tant soulagé que Jaco le Simple s'était laissé glisser dans une sorte de bien-être peu compatible avec leur situation. Pauline était libre et placée sous la protection directe du seigneur de Mortagne. Rien de fâcheux ne lui arriverait plus jamais. À moins que… À moins qu'elle n'ait contracté la ladrerie au contact de son époux, et Jaco ne voulait pas, ne pouvait pas y songer. Non, Dieu épargnerait sa mie dans Son infinie bonté. Cette vilaine fouine d'Éloi avait-il perçu le changement d'attitude de Jaco, en avait-il profité pour manœuvrer Célestin l'Ours, l'inquiéter peut-être? Toujours était-il que le bouffon improvisé avait senti le changement d'attitude de cette brute épaisse de Célestin.

— Mon noble maître, je vous sens préoccupé, susurra Jaco le Ribleur, assis en tailleur aux pieds de l'Ours.

Il le sentait surtout fuyant. L'Ours lui cachait-il quelque chose? Jaco l'avait surpris en conciliabule avec cet Éloi de malheur. Lorsqu'il s'était approché d'eux, les deux autres avaient fait silence et le regard de biais que lui avait jeté le seigneur des ladres n'augurait rien de bon. Éloi revenait-il en cour? Jaco se serait battu. Car à bien y réfléchir, il était responsable de l'éloignement de ce lourdaud d'Ours.

— Ça va, j'te dis! Tu m'échauffes la bile avec tes questions, le Simple.

— Mille pardons, valeureux guerrier. C'est que votre règne est ma constante préoccupation. Je m'emploie à vous seconder, bien modestement, mais de toute mon âme.

L'autre grommela une insulte. L'appréhension gagna Jaco. Il se complotait quelque chose dont il avait été tenu à l'écart, preuve que sa vie ne tenait plus qu'à un fil. Éloi était derrière tout cela, or cette gale d'homme lui écraserait la tête avec délice s'il en avait l'occasion. Le Ribleur feinta :

– Les plus grands, de César à Néron, sont tombés à l'issue de stratagèmes déloyaux, souvent ourdis par leurs proches.

– Hein ? Nez quoi ?

Jaco décida de ne pas s'appesantir sur les connaissances qu'il avait acquises grâce à son ancien maître respecté. Il n'en voulait plus au vieillard de l'avoir contaminé depuis que Pauline était sauve. Au fond, les années passées à son service avaient été les seules durant lesquelles Jaco s'était senti un homme libre.

– Les plus grands empereurs, les plus intrépides combattants ont toujours été trahis par des ambitieux sans envergure qui voulaient récupérer, à peu de frais et de risques, ce que leurs prédécesseurs avaient bâti. Ainsi va le pouvoir.

– Si t'as qu'ec chose à sortir, crache-le ou étouffe-toi avec ! rétorqua l'Ours.

– Il se murmure de bien vilaines choses, seigneur.

La grosse paluche de l'Ours s'abattit sur son col, et il se sentit soulevé de terre par une poigne sans aménité.

– Crache, j'te dis !

Jaco râla. L'autre le lâcha. Il détestait ce barbare sans cervelle. L'Ours était de ces bêtes féroces qui fascinent les populaces, les entortillent par leur grande gueule et leur vue courte pour les pousser au chaos et au carnage. Il lui vint l'envie de défaire les deux compères qui faisaient régner la terreur sur le clos des lépreux : l'Ours et Éloi. Une seule certitude l'arrêta : un autre prendrait aussitôt leur place et se vengerait à son tour sur les plus faibles des humiliations qu'il avait dû digérer.

– C'est-à-dire… j'ai laissé traîner mes longues oreilles pour vous servir. N'accordez pas votre confiance à ceux qui vous flattent pour mieux vous abattre.

– Tiens donc ! Ceux qui m'flattent ? Et toi, l'asticot, tu me prendrais pas pour plus benêt que j'suis ?

– Jamais ! s'offusqua Jaco. D'ailleurs, à quoi me servirait de vous nuire ? Je ne suis pas de taille à prendre votre place. Regardez-moi ces muscles, fit-il en pliant le bras, ne dirait-on pas ceux d'une pucelle ?

– Et d'une pucelle maigrelette, gloussa l'autre, satisfait par la maigre bosse des biceps de son bouffon.

– Je me ferais égorger en un rien de temps. Alors que vous me protégez. Où serait donc mon avantage ?

La pertinence de cette démonstration se fraya un chemin dans l'épais cerveau de Célestin l'Ours. Pourtant, il argumenta :

– Ceux-là don'c' tu causes, y'z'ont qu'à tenter d'm'embrocher !

– Que nenni, ils auraient trop peur de vous manquer et d'encourir votre fureur. Mieux vaut utiliser la ruse… C'est du moins ce que je ferais à leur place.

– Qué ruse ?

– Je ne sais, mon maître. Il en est tant. Vous pousser à commettre une erreur qui vous mettrait en grand danger, par exemple. D'autant que si le coquin d'ambitieux est assez malin, il prendra soin de m'écarter avant de votre conseil. Tous savent bien que je me démène pour affermir votre règne. N'y voyez pas que de l'admiration de ma part. Il s'agit aussi d'intérêt. Vous êtes ma dernière chance de rester sauf. Si par exemple Éloi, qui ne me porte guère dans son cœur, venait à vous succéder, je ne donnerais pas cher de mes abattis.

Une lueur méfiante s'alluma dans le regard de Céles-tin. Il hésita, puis :

– Ben… C'te l'Éloi, justement, qu'a un plan pour nous sortir de c'trou maudit.

– Une évasion ou un autre soulèvement ?

– L'deuxième. Mieux préparé c'te fois. Avec des armes. Pas de quartier. On sort. Si on nous empêche, on tranche dans la barbaque.

Une sueur glacée dévala dans le dos de Jaco. Le comte ne reviendrait jamais sur sa parole concernant Pauline. De cela, il était certain. Il avait rempli sa part de marché en fomentant le premier soulèvement, Aimery de Mortagne avait rempli la sienne. Pourtant, Jaco imagina. Il vit des moniales pourchassées comme des proies par les brutes qu'Éloi aurait chauffées à blanc. Il les vit renversées, troussées, frappées, égorgées. Il vit les serviteurs tirés de leurs bâtiments, empalés, décapités, brûlés vifs. Il vit la folie, la rage et l'horreur s'abattre sur l'abbaye.

– Et je suppose qu'Éloi, en zélé second, vous laisse l'honneur de conduire la charge ?

– Ben, j'suis l'chef, non ?

– Certes. Et vous deviendrez aussi le bouclier humain transpercé par une pertuisane. Éloi ne veut pas s'enfuir, mon maître. Où irait-il ? Où irions-nous tous ? Nous faire massacrer par les gens du grand bailli, ou par les paysans du village voisin ? Éloi veut vous faire tuer afin de prendre votre place.

L'Ours le saisit à la gorge. Jaco ne se débattit pas. Que lui importait de mourir maintenant ? Pauline vivrait, et il avait semé le doute dans la cervelle obtuse de l'autre.

– Gare à toi, l'asticot ! Si t'm'abuses, j't'pends par tes tripes.

Pourtant, il le lâcha.

Jaco rongea son frein tout le reste de la journée, attendant la nuit. Il tenterait de passer de l'autre côté de la barricade afin d'avertir le secrétaire du comte. Il récita une muette prière : que ses pieds ne le trahissent pas, qu'il trouve la force d'une dernière prouesse. Peu lui importait ensuite son sort.

Étrangement, ce soir-là, Aimery de Mortagne n'insista pas pour associer son mire à leur souper, au prétexte qu'Étienne Malembert était plongé dans la rédaction de ses carnets de pratique.

Comme chaque soir depuis l'effroyable scène du réfectoire, lorsque Aliénor de Ludain s'était affaissée, l'abbesse tergiversa. Elle aurait préféré souper dans la petite salle attenante à son bureau. Peut-être même aurait-elle commis le menu péché de commander un feu, prenant prétexte de son invité. Cependant, elle hésitait à laisser le champ libre à Hucdeline de Valézan qui alors présiderait le repas des moniales, sautant sur cette nouvelle occasion pour leur remettre son autorité à l'esprit.

Le premier service composé d'un potage de congordes[1] au lait et aux jaunes d'œufs se passa dans un silence seulement troublé par des bruits de déglutition et des sourires vagues de part et d'autre. Lorsque arriva le deuxième, une tourte de limaçons[2] aux espinoches[3] relevés de clous de girofle et de muscade, le regard du comte devint perçant. La supplette de table n'était autre

_____

1. Courges, gourdes. La citrouille et le potiron, originaires d'Amérique, sont alors inconnus en Europe.

2. Escargots. Très prisés, on les trouvait sur toutes les tables. Ils convenaient aussi bien au maigre qu'au gras.

3. Épinards.

que Marie-Gillette d'Andremont, ou plutôt Alexia de Nilanay. La jeune femme ne le regarda pas, son attention concentrée sur l'abbesse. Après son départ, le comte Aimery demanda d'un ton trop léger pour être tout à fait anodin :

— C'est étrange... Votre fille semainière m'évoque une dame... sans doute la ressemblance d'une allure.

— Vraiment ?

Du réfectoire leur parvenaient les entrechoquements des cuillers dans les écuelles, l'écho des grosses semelles de bois raclant sur les dalles de pierre, parfois une quinte de toux. Pour la première fois, ce silence imposé des repas porta sur les nerfs de l'abbesse qui n'y trouva nul réconfort. Pour la première fois, elle eut la sensation qu'aucune de ses filles, quelques mètres plus bas, ne mettait à profit ce moment pour remercier Dieu de Ses bienfaits. Toutes retenaient un flot de paroles, d'interrogations, de craintes.

— Si fait.

Aimery de Mortagne entama sa part de tourte. Une fumée odorante d'épices s'en échappa. Il prit une longue inspiration et demanda d'une voix où l'amusement le disputait à l'agacement :

— Me permettrez-vous une goujaterie[1], si je l'ose ?

— Je doute qu'une goujaterie puisse franchir vos lèvres, biaisa-t-elle.

— Preuve de votre infinie indulgence... en l'occurrence mal placée. Des mufleries peuvent me venir, des bordées d'injures aussi.

— Toutefois, vous m'épargnerez les dernières, rétorqua-t-elle, plus sèche.

—————————

1. De l'ancien provençal *gojat* qui désignait à l'origine un valet d'armée puis un homme grossier.

– Pourrait-il en être autrement? Il faut aux bordées d'injures dignes de la soldatesque des oreilles complaisantes. Sans quoi, elles manquent de saveur. La goujaterie, donc. Madame, selon vous, quand cesserons-nous de croquer le marmot[1]?

– Ah ça, monsieur! Voilà bien longtemps qu'on ne m'avait lancé une telle accusation au visage.

– Longtemps? Quinze ans tout au plus.

– Il suffit avec mon âge! s'emporta-t-elle. Je ne goûte pas… cette comptabilité permanente.

– Votre pardon. Sincèrement. Et le marmot?

– J'ignore à quoi vous faites allusion.

– Allons, madame, avec tout le respect qui est le mien. Souvenez-vous : les ennemis de nos ennemis sont-ils nos amis?

– Je ne me sais pas d'ennemis.

Un sourire attristé lui répondit d'abord. Puis :

– En revanche, eux vous connaissent.

– La formule est aisée et m'étonne de votre subtilité, contra Plaisance.

– Fichtre, voilà qui est envoyé! grimaça Mortagne. Cela étant, il ne s'agissait pas d'une formule. Pensez-vous que madame de Valézan soit une amie?

– Un gouffre sépare les amis des ennemis, je ne l'enseignerai pas au fin politique que vous êtes. Il est peuplé de toutes sortes de buts, de projets, d'intérêts, parfois bien fluctuants. Pour répondre à votre question, Hucdeline de Valézan n'est certainement pas une âme amie. Pourtant, je veux croire que les intérêts divergents qui nous opposent n'en font pas non plus mon ennemie. Il existe tant de haine, de volonté de vengeance dans ce mot que je souhaite qu'il me soit épargné à jamais.

---

1. Attendre indéfiniment. Expression familière, mais sans vulgarité.

– Ma vie déjà longue – pardon de ce rappel – prouve que point n'est besoin d'être deux pour se faire un durable et acharné ennemi. Que retenez-vous, madame ?

Elle poussa de sa cuiller un bout de tourte. L'appétit l'avait fuie. Elle leva enfin les yeux vers lui, et il y lut toute l'incertitude du monde. Il chuchota :

– Je vous comprends, ma mère. Accorder sa confiance, quelle redoutable décision. N'ayez crainte : je me débats dans la même ambiguïté que vous. Tout me porte à ajouter foi à votre sincérité, et pourtant… Il n'en demeure pas moins qu'un – ou une – meurtrier rôde. Il est de mon devoir et de mon honneur de mettre un terme à ses agissements et de lui faire payer ses forfaits.

La formulation stupéfia l'abbesse, qui mit quelques instants à en percer le sens exact.

– Que voulez-vous dire ? Selon vous, une seule personne aurait commis ces meurtres hideux ? Madame Catherine… Mon Dieu… Et quoi « mettre un terme » ? Qu'insinuez-vous ?

– Rien de véritablement précis, louvoya le comte. Je ne peux me défaire de l'intuition qu'il s'agit d'un plan ourdi de longue date et que nous n'en avons pas encore subi l'aboutissement.

L'angoisse étreignit Plaisance. Ainsi, ils partageaient le même terrifiant sentiment.

– Je vous retourne donc votre question, monsieur : que retenez-vous ?

Le regard d'Aimery de Mortagne balaya la vaste salle de réfectoire. Il murmura :

– Si la nécessité où nous nous trouvons d'étaler toutes nos lames[1] vous convainc à votre tour, pourquoi

---

1. Référence au jeu de tarot dont on ne connaît pas véritablement l'origine.

ne pas poursuivre cette discussion dans votre bureau, après complies?

– Je vous y attendrai.

Claire Loquet tremblait d'exaspération. Le froid, l'eau glaçante dans laquelle elle pataugeait jusqu'aux chevilles depuis des heures ne la gênaient plus. Armée d'une tarière de menuisier – seul outil qu'elle soit parvenue à subtiliser –, éclairée d'une torche de résineux qui empuantissait encore l'air irrespirable de ce cul-de-basse-fosse, elle tentait de dégager la ventevelle qui maintenait le verrouil[1] condamnant le souterrain. Elle haletait. La maçonnerie semblait avoir été refaite peu auparavant, et résistait à ses attaques. Elle s'était éraflée les doigts, se meurtrissant les phalanges contre l'arête de pierre qui retenait la grille.

Elle s'arrêta quelques instants afin de reprendre son souffle. Deux jours. Elles avaient commencé leur travail clandestin la veille à la nuit. Henriette avait pris froid, et la fièvre l'échauffait tant ce matin que même cette vilaine verrue de Balencourt l'avait autorisée à garder le lit, et avait toléré qu'on lui porte une deuxième couverture et un réconfortant lait de poule[2] à la sauge. Hermione de Gonvray, sœur apothicaire, était passée peu après et avait préparé force décoctions pour remettre la malade sur pied. Lorsque Claire s'était relevée cette nuit afin de reprendre leur rude labeur, son amie dormait à poings fermés, un souffle rauque soulevant sa poitrine. Elle n'avait pas eu le cœur de la réveiller. Pauvre chère. Henriette était de petite constitution. Le sommeil lui ferait grand bien.

---

1. Ancienne forme du mot « verrou ».
2. Lait chaud au miel dans lequel on bat un jaune d'œuf.

Claire recommença à racler le mortier qui scellait la ventevelle dans laquelle glissait la targette, maudissant cette queue-de-cochon inadéquate qu'elle craignait de tordre à chaque instant. Un grincement lui fit lever la tête vers le puits d'ombre que la flamme de sa torche ne parvenait pas à dissiper.

– Henriette ? Tu n'aurais pas dû te lever, ma chère. Tu risques une congestion. Je me débrouille… enfin, pas aussi bien que je le voudrais.

Une respiration pesante lui répondit.

Elle sourit. Pauvre Henriette. Le moindre effort l'essoufflait. Claire Loquet s'obstina sur une écaille de mortier qui semblait vouloir céder. Un autre grincement, les barreaux de l'échelle. Un saut lourd à ses côtés. Pas le bond d'une légère Henriette. Elle tourna vivement la tête. Une grande carcasse de brute, un visage de bête au nez aplati, comme rentré entre les joues. Elle ouvrit la bouche pour crier. Deux mains comme des battoirs serrèrent ses tempes. Elle rua, tenta de le griffer aux yeux, de remonter son genou pour le frapper au bas ventre. L'homme bestial sourit. Il passa une grosse langue répugnante sur le front, les lèvres de la jeune femme, murmurant contre sa peau :

– Ben dis donc la gueuse, on n'aime pas les beaux gars ? J'suis pourtant gracieux et câlin quand faut.

Il gloussa. Elle se débattit, essayant d'arracher la torche de son anneau afin de s'en faire une arme. L'homme tordit sa tête du côté droit puis la propulsa de toutes ses forces vers la gauche. Un craquement d'os, l'impression qu'une onde gelée lui déchirait le cœur. Claire s'affala, les vertèbres brisées.

Elle n'eut pas mal ou alors tant que la douleur dépassa sa conscience. Durant la fraction de seconde qu'elle expirait, une seule chose occupa les dernières lueurs de son esprit : « Tendre Jésus, pardon. Mon

Dieu, punissez-moi, mais protégez Henriette. Je Vous en supplie. Rien n'est sa faute. Tout est la mienne. Je Vous en supplie ! »

Aimery de Mortagne savoura sa tisane de mauve et de lavande à petites gorgées. Il reprit où il en était resté :

— Or donc, nous abattons nos lames.

— Je ne connais pas ce jeu de tarot que nous devons aux Égyptiens et qui, paraît-il, commence de faire fureur.

— Son origine est incertaine. D'aucuns prétendent que nous le tenons des peuples de Bohême. Il s'agit d'un jeu troublant, au point que certains y voient puissance divinatoire.

— Nos vies sont entre les mains de Dieu. Tenter de saisir Son projet relève du blasphème. Qui sommes-nous pour percer Ses intentions ?

Il la considéra et rétorqua :

— Êtes-vous prête, donc ?

— Ma parole.

— Fort bien…

Elle l'interrompit d'un mouvement de main et exigea :

— La vôtre, monsieur. Elle fait encore défaut à notre… transaction.

— Ma parole de dire vrai ?

— Votre parole de dire vrai et de tout dire.

— Vous l'avez, madame. Je ne m'en suis jamais dédit. Devant les Saintes Écritures.

— Je ne l'ignore pas, sans quoi je ne vous accorderais pas la mienne…

Elle se laissa aller dans ce grand fauteuil sculpté qui, cette nuit, ne la réconfortait pas comme à l'accoutumée.

Les boules de cristal qui terminaient les accoudoirs lui parurent aussi glaciales que le tombeau lorsqu'elle les frôla.

– Par où commencer ? reprit-elle d'une voix lasse. Je me perds en conjectures depuis des semaines. Qu'est-ce qui a un sens, qu'est-ce qui en est dépourvu ?

– Rapportez-moi tout, sans rien omettre. Nous examinerons ensuite les divers éléments à la lumière de nos récits croisés.

– Sans doute est-ce le plus sage. Concernant madame de… (Elle buta sur la suite, refoulant les larmes qui lui venaient.) Euh… madame de Normilly, je n'ai rien à vous confier. Rien parce que je n'ai jamais douté qu'une faiblesse de cœur l'avait emportée prématurément, me laissant… il faut bien l'admettre, orpheline. Dieu qu'elle me manque… Dieu que j'aimerais qu'elle soit à mes côtés… Ah !… votre pardon, monsieur, je m'égare.

Il tendit la main vers elle, si lointaine, si petite. Elle ferma les yeux et hocha la tête en signe de dénégation, avant de poursuivre d'une voix altérée :

– Comprenez-vous… C'est si stupide… Je n'ai jamais pensé qu'elle s'en irait, qu'elle me quitterait. Madame Catherine n'était pas seulement ma mère en Jésus-Christ, c'était… ma seule et véritable mère. Quel être magnifique, somptueux. Si vous saviez.

– Je sais.

Elle le fixa, cherchant le sens de ses mots. Il l'éclaira :

– Béranger de Normilly, son défunt époux, était un de mes chers amis, un valeureux compagnon. De grâce, poursuivez.

– Que vous dire, tout s'emmêle. L'ire de monseigneur Jean de Valézan après ma nomination. La hargne de sa chère sœur, Hucdeline, pour les mêmes motifs. De

266

cela, vous êtes informé. En revanche, ce que je viens d'apprendre d'Aude de Crémont, dont la soudaine sympathie à mon égard me demeure inexplicable, est… à tout le moins troublant. Je vous le livre ainsi qu'elle me l'a narré.

Elle lui rapporta les insinuations de la boursière au sujet de l'enherbement de la sous-prieure, la rencontre nocturne d'Hucdeline avec le chasseur, à la porterie située non loin du cimetière. Elle évoqua ensuite les confidences d'Hermione de Gonvray, l'apothicaire : la disparition de cette pâte à base de grande ciguë et de colchique qui servait à atténuer ses rougeurs et démangeaisons d'épiderme, expliquant du même coup la poudre de manne dont elle se couvrait le visage.

— Je jurerais qu'Hermione était sincère. Je la connais. Lorsqu'elle a procédé à cette expérience avec le rat piégé, celui qui avait ingéré l'onguent dont elle se sert a survécu. Celui auquel elle avait distribué les pâtes de prunes que nous avait remises Hucdeline est mort d'asphyxie, à l'instar de la pauvre Aliénor…

L'abbesse se tut. Mortagne prit garde de ne pas l'interrompre. Elle se passa une main sur le front et acheva :

— Le reste… le reste me désespère et si je vous l'ai tu, ce n'est pas par défiance, mais par crainte des conséquences.

— Des conséquences ?

— Pour l'une de mes filles… que je viens de libérer de ses vœux définitifs.

— Mais encore ?

— Monsieur, vous êtes homme de haut[1].

— Que je trépasse si je faillis un jour à ce jugement, madame.

---

1. Abréviation de « haut lignage ». La formule ne devait pas qu'au rang social, mais indiquait l'honneur.

– J'exige de vous une nouvelle parole avant de poursuivre.

– Laquelle ?

– Quoi que je vous annonce, je vous demande de
demeurer juste et de fouiller au-delà des apparences.
Elles sont souvent trompeuses. De fait, cette… jeune
femme ne faisant plus partie de mes bernardines, je souhaite qu'elle relève de votre justice.

– J'accepte et je promets de chercher au-delà des
semblants.

– Bien. Marie-Gillette d'Andremont, la semainière
de repas que vous crûtes reconnaître… se nomme, en
réalité, Alexia de Nilanay. Elle nous a… gravement abu-
sées afin de rejoindre les Clairets. Toutefois, et si tant
est que je puisse accorder crédit à ses dires, je saisis ses
raisons.

– Je ne suis pas certain de vous suivre…

– Le mieux serait que vous l'entendiez. Je redoute
de la desservir en vous les contant. Quoi qu'il en soit,
elle aurait été visée… Angélique Chartier serait morte
à sa place. Leur ressemblance, le passé de chacune, le
lieu du meurtre, tout rend cette hypothèse bien plus
crédible qu'une vengeance sur cette pauvre jeune fille
qui selon moi n'avait jamais dû heurter la plus petite
âme.

Lorsque les moniales descendirent la nef pour
rejoindre le porche de l'abbatiale Notre-Dame dès la
fin de complies, Plaisance de Champlois retint Alexia
– Marie-Gillette – par la manche. La jeune femme
baissa la tête, sans même s'enquérir de ce qui l'attendait. L'entrevue qu'elle avait eue plus tôt avec sa mère
avait scellé son destin. De cela, elle était certaine. Elle

attendit donc, sans impatience, sans même d'appréhension. Lorsqu'elles furent seules, l'abbesse annonça :

— Monsieur de Mortagne attend votre venue dans le scriptorium. Je…

— Bien, ma mère… madame, je m'y rends aussitôt, l'interrompit Alexia avant de disparaître.

Mortagne se redressa derrière son scriptionale à son entrée. Il la considéra un long moment avant de lui concéder un « madame », dont il s'appliqua à faire sentir toute la froideur.

— Monsieur.

Elle se rapprocha de lui, se tenant debout, à quelques pieds à peine de cet homme qui pouvait l'envoyer d'un mot derrière les barreaux d'une geôle, ou pis.

— J'ai ouï dire que Marie-Gillette d'Andremont venait de disparaître au profit d'une Alexia de Nilanay.

— On vous aura renseigné adéquatement, monsieur, lâcha-t-elle d'un ton plat en le fixant.

— J'ai également cru comprendre que d'acceptables raisons expliquaient cette… inacceptable mystification.

— On aura été fort charitable. Je ne le mérite pas.

— En revanche, « on » n'a pas voulu me confier lesdites raisons, de crainte de vous desservir. Je les attends donc de votre bouche.

Alexia considéra l'homme assis en face d'elle. Il était d'une étrange beauté. La moue dubitative qu'il adoptait parfois disait assez qu'il savait user de séduction, en plus du reste. Il la jaugeait. Il soupesait les approches, hésitant encore entre la domination et la conciliation. En d'autres circonstances, elle l'eût à n'en point douter trouvé troublant. En d'autres circonstances, il n'aurait pas été son juge. Elle songea vaguement qu'elle devrait s'appliquer à le convaincre et, pourquoi pas, à le charmer. La défense la plus subtile consistait à se présenter sous les traits d'une pauvre victime, que seuls les hasards de la vie avaient poussée vers des sentiers tortueux. Mortagne était seigneur d'un riche et puissant comté. Elle n'était qu'une duperie. Cependant, elle était jolie femme en dépit de la vie desséchante menée aux Clairets. Sa beauté, son élégance, son intelligence et surtout son habitude des hommes lui donnaient un avantage. Une étrange lassitude l'en dissuada. Elle n'eut qu'un regret avant de se lancer dans une plate narration de son passé dévoyé et léger : Mortagne, si elle était parvenue à le convaincre, aurait été de taille à résoudre la charade mortelle dans laquelle elle se débattait depuis quatre ans.

Il l'écouta, bras croisés sur son gipon[1] de velours noir et mordoré, sur lequel était passée une jacque[2] d'épaisse soie safran. Tout le temps qu'elle énuméra les faits, les lieux, les années, les noms, comme si elle récitait un texte appris d'une autre, l'étrange regard gris en longue amande la scruta.

– … Je cherche, en vain, depuis des années, une raison au meurtre ignoble de ce gentilhomme qui prit… soin de moi, conclut-elle.

En dépit de l'indifférence absolue d'Alexia à son sort, à ce que cet homme penserait d'elle, pourquoi avait-elle multiplié les ambages tout le temps de son discours afin de ne jamais nommer Alfonso ? S'agissait-il d'une ultime pudeur ou tentait-elle de préserver sa mémoire ?

---

1. Sorte de pourpoint lacé sur le côté.
2. Sorte de veste longue à manches fendues, arrivant aux cuisses.

– À la lumière de vos révélations, la conclusion de madame de Champlois devient imparable. C'était vous et non point Angélique Chartier que l'on voulait occire.

Elle refoula les larmes qui lui noyaient le regard et murmura :

– Cette odieuse conviction ne me laisse plus de repos, monsieur. Angélique était un être de douceur et d'amour. La certitude que je suis coupable de sa mort me harcèle.

– Vous n'êtes nullement responsable de votre ressemblance, rétorqua-t-il, un peu radouci.

– Certes. Cependant, je suis sans doute responsable de la vie qui m'a menée où j'en suis.

– Asseyez-vous. Je vous prie, madame.

Tout entière dévorée par l'incessante ronde des « pourquoi ? », elle ne remarqua pas son changement d'attitude et se laissa aller sur le scriptionale qui lui faisait face.

– Me demeurent quelques ombres que je vous saurai gré de dissiper, reprit le comte de Mortagne.

– Quelques ombres, rien de plus ? plaisanta-t-elle faiblement. Seriez-vous devin ? Quant à moi, j'ai le sentiment qu'un impénétrable brouillard m'environne depuis des années.

– Sans doute puis-je m'orienter avec plus de facilité, me trouvant à l'extérieur, rusa-t-il. Quelle équipée… Depuis le royaume d'Espagne, la Castille…

Était-ce là-bas qu'Aimery de Mortagne l'avait croisée ? Il n'en était pas certain.

– … Une dame seule, poursuivie. Par la sambleu[1] ! J'admire votre courage, madame. Ce gentilhomme que

_____

1. Autre contraction acceptable de « par le sang de Dieu », jugé blasphématoire.

vous prîtes grand soin de ne jamais nommer était-il espagnol ?

– En effet.

– Son nom ?

L'apathie d'Alexia s'évanouit, et elle se rebiffa :

– En quoi le nom d'un mort pourrait-il…

– J'en jugerai. Son nom, exigea Mortagne.

Depuis quelques instants déjà, il le soupçonnait.

– Alfonso de Arévolo.

Il parvint à demeurer de marbre. Ainsi, les fils épars de ce mystère commençaient de se nouer. Alfonso, filleul de madame de Normilly, fils de Francisco de Arévolo, lui-même compagnon de Béranger de Normilly. Tous deux décédés de bien sournoise manière.

– Comment vous vint l'idée de vous réfugier aux Clairets ? Il existait bien d'autres monastères sur votre chemin, qui vous auraient épargné un peu de ce long et dangereux périple.

– Une vague réminiscence, je crois. Alfonso m'avait parlé d'une sienne tante, ou cousine, bref d'une parente, moniale aux Clairets…

Un souvenir lui revint soudain, rendant un peu de vie à son regard si bleu, adoucissant son visage. Aimery de Mortagne se fit la réflexion qu'il avait rarement rencontré créature féminine si parfaite. Il se morigéna. L'heure de se laisser désarmer avec complaisance n'était pas venue.

– Ah… le souvenir me revient. Alfonso avait ri, regrettant de n'être point femme, ce qui lui interdisait de pouvoir rejoindre un jour sa parente qu'il semblait affectionner. Il vous faut savoir, monsieur, qu'Alfonso était un être charmant, amoureux de vie. Sans doute peu enclin à la gravité.

– L'aimiez-vous ?

Elle leva le regard vers lui et déclara d'un ton de bravade :

– Ah ça ! Avec tout le respect qui est le mien, vous me permettrez de juger cette question à tout le moins déplacée.

– Non pas. J'attends une réponse.

– Serais-je coupable ou innocente selon l'amour porté à mon amant ?

– Que voilà une dérobade bien malhabile, madame. Répondez, je vous prie.

– J'étais jeune, futile. Vaniteuse aussi.

– Or donc, vous ne l'aimiez pas.

Mortagne était assez fin, assez honnête aussi, pour admettre que cet aveu le satisfaisait. Elle l'intriguait depuis un moment. La voix un peu rauque, basse et presque sans inflexion qui lui répondait comme s'il n'existait pas vraiment le touchait, et il s'interdisait encore d'être ému.

– L'amour des autres me semblait plus… distrayant que celui que j'aurais pu leur offrir. Une paresse de cœur qui ne m'honore pas.

– Voilà, en revanche, une difficile sincérité qui vous fait hommage. Ce monsieur de… Arévolo, c'est bien cela ? Ce monsieur, donc, vous aurait-il confié quelque chose qui explique l'acharnement de vos poursuivants ?

Il avait sciemment opté pour une formulation ambiguë afin de parvenir à une certitude à son sujet. Elle s'anima.

– Non pas ! Je me suis posé cette question des milliers de fois. Les affaires d'État ou de simple politique ne séduisaient guère Alfonso. J'ai fouillé mon souvenir des nuits entières, cherchant s'il m'avait un jour raconté une anecdote, dont je n'aurais pas compris toute l'importance sur le moment… Rien. Rien ne me vient.

Ainsi, elle avait fait le tour de leurs confidences, de leurs discussions d'amants. Avait-elle également pensé à un objet ?

– Je vois. Vous aurait-il remis… que sais-je… Quelque objet ?

– Un objet ? De quelle sorte ?

– Je l'ignore, je tâtonne avec vous.

– Alfonso m'avait offert une ravissante bague en grenat de Bohême, un médaillon de nacre serti d'or, une épingle de cheveux de turquoise… bijoux que j'ai revendus peu à peu lors de ma fuite, à vil prix, afin de survivre. J'avais un peu d'argent, si peu. Je n'ai pas emporté beaucoup plus, tant il m'avait suppliée de fuir au plus vite juste avant d'expirer. Ah si, ce diptyque qu'il venait d'achever et auquel il tenait.

– Un diptyque ?

– Une Vierge à l'enfant, tenant en respect un soldat d'un geste de main.

Le découragement envahit Mortagne.

– Nul autre objet, vous êtes certaine ? Un coffret, un petit reliquaire…

– Rien de tout cela. (Elle le dévisagea et asséna d'un ton que la colère gagnait :) Vous moqueriez-vous depuis le début de cet entretien, monsieur ?

– Votre pardon ?

– Vous me menez dans un labyrinthe qui n'égare que moi. Que cherchez-vous au juste ? Car ce n'est pas la mystification dont je me rendis coupable afin d'être recueillie aux Clairets qui vous occupe, j'en jurerais.

– Vous auriez grand tort. Je ne traque que des justifications, dans le seul but de plaire à votre abbesse qui souhaite clémence à votre égard, mentit Mortagne, péremptoire.

– Je ne vous crois pas. Enfin, la magnanimité de madame Plaisance ne m'étonne pas. En revanche…

Coupant, il lança :

– Ah ça, madame… Seriez-vous assez mal avisée pour me traiter de félon ?

Alexia se leva et le toisa. L'espace d'un bref instant, il songea que ces yeux, cette peau translucide, ces lèvres-là l'attiraient dangereusement.

– Je vous en laisse juge, monsieur. De cela comme du reste. À vous revoir, sans doute.

Elle s'inclina en brève révérence, tourna les talons et se dirigea vers la porte. Un sourire amusé flotta sur les lèvres de Mortagne. Jolie dame en vérité. Et de caractère, ma foi.

Son sourire mourut, remplacé par ce lancinant chagrin qu'il avait appris à dompter. Depuis huit ans. Mortagne était parvenu à s'en faire un compagnon acceptable, un invité qui certes ne requérait nul mandement pour s'imposer.

Anne… Anne ma très douce, mon aimée. La blessante tristesse de votre mort me ronge depuis si longtemps. Anne, je vous ai bercée, toutes ces nuits de fièvre, suppliant Dieu qu'il insuffle ma force dans vos veines. J'étais prêt à mourir pour vous, ma chère et magnifique épouse. Je l'eusse consenti avec bonheur. Qu'importait ? Si vous viviez, je devenais immortel.

J'ai cru devenir fou. Même ce réconfort me fut refusé. Vous m'avez tant manqué, mon amie, mon amante. Vous le savez, quelques aimables représentantes de la jolie gent me troublèrent, de façon passagère. Il fallait cet exutoire à la chair, à l'implacable ennui des jours et des nuits sans vous. Comment procédiez-vous pour tisser chacune de mes heures de votre lumière ? Votre rire, mon amour. Votre rire qui me disait que la vie était un miracle. Je vous ai tant aimé, Anne. Je vous aime tant, ma mie.

Je ne sais si… Elle aussi me trouble depuis que mon regard s'est posé sur elle. Je ne sais, mon ange, ce qu'il adviendra de cet emportement de cœur. Je vous l'accorde : je cherche un remède à l'abattement des joies, des envies, des sens où vous m'abandonnâtes.

Puis-je aimer de nouveau ? Peut-on aimer deux fois, aussi totalement que je vous aime ? Je n'en suis pas certain.

Reposez, mon cœur. Je vous sais toujours près de moi.

Aimery de Mortagne bondit hors du lit, tâtant son côté à la recherche de sa dague.

— Tout doux, monseigneur, ce n'est que moi. Parlons bas, je vous en conjure.

— Étienne, es-tu bien fol ? Un jour, tu te feras pourfendre à m'éveiller ainsi sans prononcer une parole, chuchota le comte. Que fais-tu dans ma chambre ?

— Je viens de recevoir dans la mienne une alarmante visite.

— Qui ?

— Jaco le Ribleur. Il court de grands dangers à nous prévenir. Le récent rapport que me fit à la nuit madame Élise de Menoult, notre gentille espionne, s'éclaire. Les lépreux comptent attaquer. Cette fois, ils sont armés et poussés par un fieffé coquin, un certain Éloi, qui monte la faible tête de leur chef de meute. Jaco redoute un bain de sang.

— Selle un cheval dès l'aube. Galope prévenir Charles d'Ecluzole. Qu'il fasse mouvement vers nous avec notre troupe.

Lorsque au prix de douloureux efforts Jaco le Ribleur se rétablit dans l'enceinte du clos des lépreux, il tremblait. Était-ce la peur, le soulagement, la vivacité de la course ? Il n'aurait su le dire. Il se faufila sans un bruit dans la salle commune et se recoucha avec un luxe de prudence, aux aguets, son cœur cognant dans sa poitrine.

Éloi souleva les paupières. Bien. Le Ribleur avait réagi ainsi qu'il l'escomptait. Nul doute que le comte de Mortagne avait posté ses hommes non loin de l'abbaye. Ils interviendraient en force dès que leur parviendraient les premiers éclats de la révolte. Le soulèvement tournerait au carnage, les lépreux n'ayant plus rien à perdre. Il veillerait à ce que l'Ours se fasse trucider. Et ensuite… la femme. Une morte de plus ou de moins… Tous y verraient une preuve supplémentaire de la bestialité des scrofuleux. Tout ce qui importait aux yeux d'Éloi était de demeurer en vie assez longtemps pour jouir de l'extrême générosité de son bienfaiteur et donneur d'ordre. Jean de Valézan était homme de grand pouvoir. Il avait promis de le faire transférer en la maladrerie de son archevêché. Là, il serait traité avec égards. Un sourire égrillard sur les lèvres, monseigneur de Valézan avait évoqué des visites de filles qui ne sentiraient pas la catin commune, une nourriture suffisante et recherchée, des vêtements brodés, et même des serviteurs. Bref, tout ce que la vie d'un prisonnier choyé pouvait offrir. Au fond, Éloi se trouvait quelques ressemblances avec son habile commanditaire. Valézan était de cette race qui n'accorde sa confiance à personne, et dont la seule jouissance consiste à dominer. Peut-être faisait-il une exception pour sa bien-aimée sœur. Valézan avait pour principe de faire surveiller ses espions par d'autres sycophantes. Éloi espionnait donc de loin le chasseur. Ce dernier n'avait pas rempli son office. Celle qui devait mourir était toujours bien vive. Plus pour longtemps.

Prime venait tout juste de s'achever. Hermione de Gonvray se détacha des moniales au prétexte d'une tâche urgente à terminer. L'appréhension ne la quittait plus depuis la visite de l'abbesse à l'herbarium. La sœur apothicaire se savait de taille à tenir tête à Mortagne et à résister à ses soupçons. En revanche, l'éventualité d'une véritable enquête la terrorisait.

Elle traversa le cloître Saint-Joseph, ses semelles de bois glissant sur la neige tassée qui recouvrait les jardins, et emprunta le passage qui menait au jardin médicinal, remâchant ses craintes. Elle poussa le portail qui ouvrait au centre de la clôture protégeant ses plantations de simples. Le cœur lui remonta dans la gorge. Elle demeura là, figée.

Une moniale gisait sur l'un des carrés du jardin[1], jambes écartées, la robe relevée sur son ventre, son chainse en lambeaux, ses bas descendus sur ses socques maculés de boue. Hermione se força à avancer d'un pas, puis d'un autre. Elle contourna la défunte dont le voile avait été arraché et jeté plus loin. Sa tête reposait selon un angle impossible. Ses yeux grands ouverts fixaient le néant. Du sang avait coulé de son nez et séché en mince filet sur l'une de ses joues. Le crâne pâle était recouvert d'un duvet de repousse roux.

Ce visage constellé de taches de son. Le cloître de La Madeleine. Il s'agissait de l'une de leurs repentantes, qu'elle croisait parfois lors de ses visites à Mélisende

---

1. Le jardin médiéval est toujours divisé en quatre carrés par des allées en forme de croix.

de Balencourt. Comment se nommait-elle déjà ? Il parut soudain essentiel à Hermione de se souvenir du nom de cette jeune femme. Pourtant, il lui échappait. Une sorte de rage vis-à-vis d'elle la saisit. Elle était incapable de se souvenir du nom de cette sœur morte. La pauvre fille aurait subi toutes les injustices : les bordels et la faim, le viol et le meurtre. S'y ajoutait à cet instant l'ordinaire dédain d'une apothicaire qui ne parvenait même pas à la nommer !

Elle fonça en direction du palais abbatial. Elle repoussa d'un geste Bernadine qui tentait de l'arrêter et se rua vers le bureau de sa mère, poussant la porte sans même ralentir sa course.

Plaisance leva la tête, sidérée.

– Hermione… ? Que se…

Hermione de Gonvray la fixait, les yeux écarquillés, la bouche grande ouverte. Elle tituba, et une crise de sanglots la plia sur la grande planche de travail.

L'abbesse contourna son bureau, se précipitant vers sa fille, tentant de relever son visage, la suppliant de s'expliquer. Mais Hermione ne l'entendait plus. Elle suffoquait dans ses larmes, répétant :

– Je n'arrive pas à me souvenir de son nom, ma mère… mauvaise, mauvaise que je suis. Je cherche, je… Il ne me revient pas…

– Hermione, de grâce, calmez-vous… Je… Que se passe-t-il, à la fin…

Plaisance de Champlois se redressa, attendant que la crise nerveuse s'apaise. Elle se prépara au désastre.

Revivre les jolis instants de madame Catherine. Y puiser la force de poursuivre. Elle se souvint d'une chanson que fredonnait parfois la belle dame, incapable de rappeler ses rimes à sa mémoire. Morte comme les autres. Assassinée, comme les autres.

La voix rauque de chagrin de sa fille apothicaire la ramena à la noirceur du jour.

— Elle est morte. Une des moniales de La Madeleine.

— Et c'est son nom qui vous échappe ?

Hermione acquiesça d'un mouvement de la tête.

— N'est-ce pas le comble de l'iniquité, ma mère ?

— Oh non, chère Hermione. Si cette pauvre fille a connu un peu de justice dans son existence, c'est entre ces murs. Comment… Où…

— Elle gît sur le dos, dans le jardin médicinal. Si j'en juge par l'angle que forme son cou, on lui a brisé les vertèbres. Nulle femme de ma connaissance n'en serait capable physiquement. Au demeurant, un tel acte suggère un homme de grande force. À moins qu'on les lui ait rompues d'un violent coup porté avec un bâton. Je n'ai pas… je n'ai pas eu le courage de lui soulever les épaules afin de le vérifier. Elle a… sa robe est remontée sur son ventre et son chainse déchiré.

Plaisance ferma les yeux en joignant les mains. Elle murmura :

— Doux Jésus… Que nous arrive-t-il ?

Plaisance de Champlois s'était portée à la rencontre du comte de Mortagne et du sieur Étienne Malembert afin qu'Hermione de Gonvray ait le temps de rabaisser la robe de Claire Loquet sur ses jambes.

Mortagne et son mire s'approchèrent ensuite du corps de la jeune repentante. Malembert s'agenouilla et lui souleva la tête avec douceur, l'inclinant de droite et de gauche, inspectant son cou. Il leva les yeux vers son maître et murmura :

— On lui a brisé la nuque, monseigneur. À mains nues.

– Un homme, donc.

– Et de robuste charpente.

– Est-elle morte depuis longtemps?

– Avec le froid de la nuit, il m'est difficile de me prononcer.

– A-t-elle été…?

– Je l'ignore. Peut-être pourrais-je répondre à cette question si… Il me faudrait permission de soulever un peu son vêtement.

Mortagne tourna un visage de fin du monde vers les deux moniales, quêtant du regard l'autorisation de l'abbesse.

– Faites, monsieur.

Malembert passa la main sous la robe blanche dont le bas était souillé de boue noirâtre. Il ferma les yeux, palpant la chair glacée et déclara d'un ton presque inaudible :

– Je le crois.

Plaisance et Hermione se signèrent. L'apothicaire bafouilla :

– Mais pourquoi… enfin, dans les jardins de simples…

– Je doute qu'elle ait été assassinée ici. Regardez les traces dans la neige et le givre, conseilla le faux mire. On n'y remarque nul désordre qui signalerait une lutte ou une débauche, juste des empreintes de pas… Deux semblent provenir de semelles de bois plates. Les vôtres. Trois ont été laissées par des bottes, les nôtres et celles d'un troisième homme. Remarquez, ici et là…, expliqua-t-il en pointant l'index vers la neige. Cette empreinte-là, très large, tournée en direction de l'herbarium, est plus profonde que celle qui en repart. L'homme a transporté votre sœur et l'a abandonnée avant de repartir.

– Il n'a pas pu pénétrer dans le cloître de La Madeleine, rétorqua Plaisance. J'ai aperçu Claire à l'office de complies, juste avant le coucher. Pourquoi est-elle ressortie de son dortoir ? Afin de rencontrer son meurtrier ?

– Je l'ignore, ma mère. Il conviendrait maintenant de transporter le corps afin de le préparer, acheva Malembert.

– Certes, acquiesça l'abbesse.

La tête lui tournait. Pourquoi Claire ? Quel rapport pouvait avoir cette petite repentante avec Aliénor de Ludain et Marie-Gillette, ou plutôt Alexia de Nilanay ? Car, à n'en point douter, tout était lié. Tournant le visage vers le comte de Mortagne, elle s'enquit d'une voix mal assurée :

– Pensez-vous qu'il s'agisse d'un des lépreux ?

– Rien ne permet de l'affirmer, madame. Ni de l'infirmer, d'ailleurs. En tout cas, il s'agit d'un homme robuste.

Se pouvait-il que Petit Jean le Ferron soit mêlé à cette abomination ? Plaisance refusait encore d'y croire. Pourtant, un sombre doute l'assaillait.

– Avec votre accord, ma mère, je souhaiterais rencontrer les familières de feu votre fille, ainsi que la grande prieure du cloître de La Madeleine.

– Certes, lâcha à nouveau l'abbesse d'une voix atone. À vous revoir sous peu, messieurs. Je… je vais faire procéder à l'enlèvement de cette pauvre enfant.

Lorsqu'ils furent hors de portée de voix, Malembert remarqua :

– L'ourlet de sa robe ainsi que le pied de ses bas et ses socques étaient maculés de boue sombre et malodorante. Une boue que je connais pour y avoir récemment pataugé. Sa main droite portait de nombreuses éraflures, pas de celles qu'occasionnent des coups portés en défense contre un agresseur. Plutôt de ces écorchures que l'on s'inflige en se heurtant à une paroi.

— Ce détail m'a frappé, en effet, commenta Mortagne. La moniale aurait découvert l'entrée des souterrains ?

— C'est ce que je pense. J'irai m'en assurer à la prochaine nuit.

— Des nouvelles de Charles d'Ecluzole ?

— Votre grand bailli devrait déjà être stationné à quelques centaines de toises de l'abbaye. Il se tient prêt.

Plaisance avait hésité, songeant qu'une entrevue dans son bureau austère lui donnerait l'avantage du territoire. Elle y était maîtresse. Pourtant, une sorte d'instinct l'en avait dissuadée. Aussi était-elle passée en cuisines pour s'enquérir de l'endroit où elle pourrait trouver le chasseur.

Il remisait du bois non loin de la porterie dite des Fours. Une pelisse sans manches faite de peaux disparates assemblées de gros points de ficelle et retenue à la taille par une épaisse ceinture de cuir était passée sur sa tunique de grosse laine lie-de-vin. Il ne l'aperçut pas tout de suite, et elle le détailla alors qu'il avançait vers l'appentis, une moitié de tronc d'arbre jetée sur l'épaule. Une force herculéenne. Lorsqu'il la balança non loin de l'épaisse bille de bois dans laquelle était fichée une hache, Plaisance sentit la terre vibrer sous l'impact. Il se retourna et baissa la tête à son habitude. Elle s'approcha de quelques pas :

— Petit Jean…

— Ma mère ?

— Il me faut votre regard.

Il hésita et leva le visage. Il était si grand, si massif qu'elle se fit la réflexion qu'il pourrait la tuer d'un simple revers de main. Pourtant, étrangement, nulle crainte ne l'habitait.

Elle était si frêle, si petite. Pourtant, une force inflexible irradiait d'elle. Une tendresse presque douloureuse envahit Petit Jean le Ferron. Dieu, qu'il avait tant redouté et tant appelé de ses vœux les plus désespérés, s'était enfin manifesté à lui. Dieu l'avait conduit jusqu'aux Clairets. C'était aux Clairets que Petit Jean devait rembourser sa lourde dette. Une douceur infinie lui venait pour cette toute jeune fille qui, sans le savoir, lui permettait de laver son âme. Était-elle un miracle ? Peut-être. Le pressentait-elle ? Sans doute pas. Quelle importance ? Aucune. Petit Jean était en train de rejoindre son Dieu, de cela, il était certain.

— Chasseur, une de mes filles du cloître de La Madeleine vient d'être retrouvée. La nuque brisée. Elle a été… enfin, d'après Marie-Lys, notre sœur infirmière… elle ne porte nulle trace de coups. En revanche, elle a connu charnellement son agresseur. À moins qu'il ne l'ait… prise après son trépas.

Il se signa avant de murmurer d'une voix douce :

— Son âme repose. Pourquoi… Suis-je suspect ?

— Le comte de Mortagne s'intéressera dans les prochaines heures à tous les hommes de grande force. (Elle posa la main sur la manche de sa cotte[1].) Petit Jean, je vous le demande devant Dieu : avez-vous croisé la route de cette repentante, hier à la nuit ?

La petite main pâle et glacée le brûlait au travers de la grossière étoffe de sa tunique. L'abbesse avait posé cette question d'une voix amie, sans menace. Elle le

---

1. Tunique longue.

rejoignait en Dieu. Il ne pouvait en être autrement. Il sourit à ce troublant regard aigue-marine et répondit :

– Non. Je le jure devant Dieu. Voyez-vous, madame, je n'aurais pas l'indécence de vous faire accroire que je suis indemne de péchés. J'en ai commis plus souvent qu'à mon tour, de si vilains que je trépasserais de honte à vous les conter. La plupart m'ont été ordonnés, commandés, ce qui ne constitue nulle excuse à mes yeux. Cependant, je n'ai jamais failli à ma foi.

Elle soupira, bouche entrouverte, chuchotant :

– Je ne puis recevoir votre confession, n'ayant pas été ordonnée. Je ne sais si je dois m'en désoler. Peut-être aurais-je pu vous aider. En revanche, je vous sais gré du soulagement que vous venez de m'offrir.

Qu'elle ne doute pas un instant de sa sincérité, qu'elle n'exige rien d'autre de lui qu'un serment le dédommagea d'années de blessures, et il eut envie de tomber à ses genoux en infinie gratitude. Il se retint parce qu'il lui aurait alors fallu abandonner la brûlure délicieuse de cette main posée sur sa manche.

– Petit Jean, quel commerce aviez-vous avec Hucdeline de Valézan, la nuit où vous la rencontrâtes à la porterie des laveries ?

– Je devais lui remettre un message de son frère, monseigneur Jean.

Elle eut le sentiment qu'un filet malfaisant se resserrait autour d'elle. Pourtant, elle ne douta pas que le chasseur la protégeait.

– En connaissiez-vous la teneur ?

– Non, mentit-il, car alors il lui aurait fallu avouer le reste, et la main aurait disparu à jamais.

Le reste était son affaire. Cette très jeune fille ne le saurait jamais, s'il pouvait l'éviter. C'était un cadeau qu'il offrait à ce regard, afin que jamais sa lumière ne ternisse.

– Il me faudra rapporter notre échange au comte de Mortagne.

– Vous ferez, ma mère, comme il est juste et bon.

Elle lui adressa un sourire de lassitude et déclara avant de le quitter :

– Portez-vous bien, chasseur.

– Dieu veille sur vous, ma mère…

Il attendit qu'elle se soit éloignée de quelques pas et murmura très bas :

– … Et je Le sers enfin. Grâce à vous.

Il suivit du regard la forme menue jusqu'à ce qu'elle disparaisse derrière les cuisines.

Étrange. Que s'était-il produit ? Il était incapable de nommer sa métamorphose, celle qui était survenue une éternité avant, alors qu'il déchargeait le jeune daim qu'il venait d'abattre. Il s'en souvenait très précisément. Le brasier d'une des absidioles dessinait une sorte d'aura autour du visage de l'abbesse. Il s'était fait la réflexion que les anges devaient lui ressembler. Le sang de la bête morte séchait sur son épaule, noircissait le cuir de son surcot à hauteur de poitrine. Il avait eu le sentiment diffus que leurs infinies différences se résumaient à ceci. Elle, la lumière et la chaleur. Lui, le sang, la mort. Et soudain, il avait compris, cru comprendre. Dieu lui envoyait un message qu'il fallait saisir prestement avant qu'il ne se volatilise. Dieu lui adressait le signe qu'il avait désespéré de recevoir toute sa vie. De cela, il serait à jamais reconnaissant à cette toute jeune femme. Sans elle, Dieu ne lui aurait jamais fait sentir Sa volonté. Le message était simple, évident : fauve Petit Jean était, fauve il resterait. Mais Dieu avait besoin de fauves afin de protéger Ses agneaux les plus précieux. Le sang, la mort, pour sa vie à elle, et son pardon à lui. Petit Jean n'avait pas été grisé, ni même réconforté. Il avait été boule-versé sans espoir, sans envie de retour. Protéger les agneaux de Dieu contre les autres carnassiers. Contre les mâchoires qui voulaient les mettre en pièces afin que meure tout à fait la lumière. Briser les mâchoires entre ses grandes mains robustes.

Hucdeline de Valézan relut pour la cinquième fois la missive que lui avait portée en grande discrétion le mes-sager de l'abbaye. Elle l'avait dédommagé de quelques deniers, certaine que son frère avait ajouté sa générosité à la sienne. Elle détestait cette valetaille sans honneur, sans grandeur. Ils participaient à une belle œuvre, et la seule chose qui les préoccupait était de trouver le moyen de s'offrir une bouteille à la taverne voisine. Faquins ! Ils vivaient comme ils étaient : en pourceaux.

Ma belle et très aimée sœur,

Si j'en juge par les nouvelles que me porte votre messager, mon nervi n'a pas fait preuve de l'effica-cité que je nous souhaitais. Cette vile race de bas ne cessera de m'étonner et de me révolter. Bah, ils sont à l'image de leurs tares : bêtes, méprisables et corvéables. Ne vous rongez pas d'impatience, si légi-time soit-elle. Suivez le conseil de votre frère qui se languit de votre sourire, de votre éclat. Une émeute de ces répugnants lépreux éclatera sous peu. Ne sor-tez sous aucun prétexte. Nombreux seront les pour-fendus et vous êtes, mon éblouissante, la seule per-sonne dont la mort me chagrinerait.
Au plus profond de mes rêves, au plus inattendu de mes jours, je me souviens de nos jeux, de nos nuits.

287

Aucune de celles que j'ai vécues depuis vous ne fut aussi flamboyante.

Je demeurerai ma vie entière à vos côtés.

Je vous baise le front, sans oublier le reste.

Détruisez cette missive à l'instar des autres.

Votre toujours aimant,
Jean.

Elle lutta contre la nausée qui lui était venue lorsqu'elle avait découvert les dernières lignes. Ne plus penser à cette ignominie. Elle avait été la maîtresse de son frère durant des années. Jusqu'à rejoindre les Clairets afin de vivre sa foi, afin de le fuir sans qu'il puisse percevoir tout le dégoût, toute la terreur qu'il lui inspirait.

Sa survie avait été au prix de son obéissance absolue. Elle avait obéi. Jean était capable de tout. Non. Il était capable du pire, seulement du pire. Un démon. Un démon infiniment intelligent et subtil. Mais un démon qui pouvait lui offrir ce dont elle rêvait depuis longtemps : les Clairets.

En revanche, elle avait beau fouiller les mots, les tourner en tous sens, rien n'évoquait le trépas récent d'Aliénor de Ludain. Une sourde appréhension se mêlait à sa perplexité. Seul Jean pouvait avoir orchestré l'enherbement de sa sous-prieure. D'un autre côté, cette perspective la glaçait : son rendez-vous secret avec Aude de Crémont l'avait protégée du poison. Sans cette entrevue confidentielle, Hucdeline aurait également dégusté les pâtes de prunes. Sept avaient été déposées dans le cuilleron, à côté de leurs gobelets d'infusion. Une question la hantait depuis des jours : son frère aurait-il pris ce risque ? Aurait-il commandité le meurtre d'Aliénor au péril de tuer sa sœur ? Une effroyable incertitude la rongeait depuis des jours : Jean se serait-il mis en tête de la faire disparaître ? Quelque impérieuse nécessité pourrait le pousser à souhaiter la mort de sa sœur ? Même sous la torture, elle n'avouerait jamais les années d'inceste auxquelles il l'avait contrainte et il le savait. Elle le redoutait trop. La terreur dans laquelle il l'avait tenue toutes ses années d'enfance et d'adolescence l'envahit à nouveau.

Et si Jean n'était pas à l'origine de cette manigance ? Et si une autre ombre cherchait à l'assassiner ?

Elle approcha d'une main tremblante la chandelle de la lettre et se ravisa. Capable du pire. Ne l'étaient-ils pas tous les deux ? Elle conserverait cette dernière missive afin de museler son frère. Le cas échéant.

Plaisance de Champlois attendait. Aucune de ses questions n'avait jusque-là reçu de réponse. La vie semblait avoir déserté la jeune femme qui lui faisait face. Henriette Viaud. Le visage, jadis avenant, de sa fille avait pris une couleur de cire et de grands cernes violets soulignaient ses yeux. Elle passait par instants la langue sur ses lèvres sèches, et des tremblements nerveux agitaient ses doigts.

– Ma chère Henriette, je me doute de votre affliction. Vous étiez si proches... Nous avons besoin de votre aide afin d'y voir clair. Le comte de Mortagne et moi-même enquêtons. L'ignoble meurtrier de Claire sera puni ainsi qu'il le mérite.

Seul un mouvement de dénégation lui répondit.

– Je vous l'assure, reprit l'abbesse.

Le regard d'Henriette se posa enfin sur elle, et un étrange éclat l'alluma, fugacement. Elle murmura :

– Vous ne le pourrez. Nul ne le pourra.

– Le connaîtriez-vous ? Je vous en conjure, ma fille, son nom. Donnez-moi son nom, et il sera châtié.

Un autre hochement de tête. Une nouvelle dénégation. La jeune femme ferma les yeux, sa tête bascula lentement vers l'avant. Elle s'écroula de sa chaise.

Plaisance bondit et se rua vers elle. Affolée, elle tâta son pouls et cria :

– Bernadine, vite ! Elle s'est pâmée ou pis…

De courte durée, l'évanouissement d'Henriette en inquiéta bon nombre qui redoutèrent un nouvel enherbement. Mortagne tenta à son tour d'interroger l'amie de Claire Loquet. Le même mur de mutisme douloureux lui fut opposé. Lorsqu'il raccompagna la jeune moniale devant le cloître de La Madeleine, il tenta une dernière approche :

– Madame, on m'a informé de vos liens avec votre sœur. Croyez que je connais l'épreuve dévastatrice du trépas d'un ami.

Elle le fixa. Pourtant, il eut la nette impression qu'elle ne le voyait pas. Elle sourit et précisa :

– Savez-vous, monsieur… Je suis maintenant assurée que nous étions sœurs de sang. N'est-ce pas magnifique ?

Il ne comprit pas ce qu'elle voulait dire. Pourtant, un chagrin diffus le dissuada d'insister. Il pria qu'elle ne soit pas en train de perdre l'esprit et songea au supplice qui avait suivi la mort de son épouse. Il la salua et déclara d'un ton très doux :

– Portez-vous bien, madame. C'est, je l'entends presque, le vœu le plus cher de votre amie… de votre sœur.

Le jour de la mort de Claire, Mélisende de Balencourt avait abandonné sa cellule du rez-de-chaussée pour rejoindre le dortoir.

Elle ne ferma pas l'œil de la nuit, pas plus que de la précédente. Elle épia le moindre bruit, le plus léger souffle. Un seul manquait, celui de Claire. Un seul, et l'univers n'avait plus de sens. L'effroyable détresse que lui avaient causée le viol et le meurtre de sa fille l'avait surprise avant de l'anéantir. Ce n'était pas tant l'affection réelle qu'elle portait à Claire qui était à l'origine du gouffre qui s'était ouvert en elle. Le trépas de Claire était le signe qu'elle avait tant espéré. Et ce signe la niait, malgré les incessants efforts qu'elle avait fournis durant toutes ces années. Car Claire devait être sauvée. Mélisende de Balencourt en était certaine. Claire avait l'épaisseur d'âme requise pour que Dieu daigne la récompenser d'un miracle. Madame de Balencourt s'était convaincue que si elle parvenait à sauver Claire, elle se sauverait avec. Mais il n'y aurait plus de miracle. Rien ne pouvait plus la sauver.

Sans doute sombra-t-elle dans une sorte de demi-rêve. Défilèrent dans son esprit ces images, ces échos mats qu'elle combattait chaque jour avec acharnement. Le sinistre manoir des Balencourt, le froid implacable, la faim tenace qu'y imposait leur père. Les « processions nuitales », ainsi qu'il les avait baptisées. Pieds nus, juste vêtues de leur mince chainse, elles devaient arpenter chaque pièce de la sombre bâtisse, demandant pardon à Dieu de leurs fautes à chaque pas. L'écho mat de leurs pieds sur les dalles glaciales. Parce qu'elle était âgée de dix ans, Mélisende avait cessé de s'interroger sur la nature de ses fautes. Élodie, sa cadette de cinq ans, se torturait encore l'esprit pour comprendre où et comment elle avait péché. Un soir, elle avait osé s'en enquérir auprès de monsieur leur père qui avait rugi en retour :

– Le péché originel ! C'est vous ! Vous toutes ! Catins qui nous avez jetés hors du paradis ! Fustigez votre chair afin d'en extirper le démon !

Le demi-sommeil de la grande prieure vira au cauchemar. Élodie avait attrapé une fièvre de poitrine. Mélisende s'était allongée contre elle, la serrant dans l'espoir de la réchauffer. Monsieur leur père avait interdit que l'on allumât un feu. La petite cage thoracique chétive se soulevait au rythme désordonné de sa respiration. Brûlante de fièvre, sa cadette délirait :

– Je vais rejoindre les anges, chérie. Je suis si heureuse et pourtant si attristée que tu ne m'y suives pas. Oh, c'est si beau, il fait chaud. L'air sent bon.

L'odeur d'humidité et de moisissure qui empuantissait la chambre prenait son aînée à la gorge.

Un râle difficile s'échappait maintenant de la gorge d'Élodie. Elle avait enfoui son visage dans le cou de sa sœur, déposant un baiser sur ses cheveux, balbutiant :

– Je ne veux jamais revenir ici. Suis-moi, ma chérie.

C'est alors que Mélisende avait cru discerner un signe. Elle avait tiré la courtepointe élimée qui les couvrait et l'avait plaquée sur le visage de sa sœur aimée. Longtemps.

Monsieur leur père avait fait enterrer la petite fille à la hâte. Mélisende ne s'attendait pas à des larmes de sa part. En revanche, elle n'aurait jamais supposé que la seule oraison funèbre qui tomberait de ses lèvres serait : « Dieu jugera ses fautes. »

Les processions nuitales avaient repris dès le lendemain. Mélisende s'en délectait maintenant, allant jusqu'à rester des heures presque nue, dans un froid glacial. Élodie reviendrait la prendre, sous peu, dès qu'elle le pourrait.

Trois ans avaient passé. Élodie n'était pas venue. Soudain, Mélisende avait compris. Sa cadette redoutait leur père. Elle le craignait toujours, en dépit de ses ailes d'ange. Pauvre chérie. Voilà ce qui l'empêchait de revenir la chercher afin de l'emmener vers le paradis.

Une dernière procession nuitale. Elle suivait son père à trois pas, pieds nus, la peau hérissée de froid. Il avançait dans la pingre clarté dispensée par son esconce. Ils avaient longé la balustrade du premier étage. L'immense salle commune en contrebas évoquait un lac d'ombre. Un quart de toise plus loin, l'escalier. Elle s'était jetée dans son dos, bras tendus devant elle. Un cri, un seul. Le long cri d'effroi de celui qui dispensait la terreur depuis des lustres.

Mélisende de Balencourt se redressa dans son lit, en nage, haletante. Elle fouilla du regard la vaste salle semée de petites cellules protégées de toile. Elle se leva, se contraignant à respirer avec lenteur. Il fallait qu'elle parle à Henriette, qu'elle lui explique combien le trépas de Claire les rapprochait, combien elle s'en voulait de ne pas avoir mentionné à la jeune femme les processions nuitales infligées par son père. Claire aurait compris. Elle avait souffert dans sa chair. Elle connaissait l'odeur des tortionnaires. Madame de Balencourt souleva un des pans de grosse toile. Le lit était déserté. Sur la couverture, un mince bout de papier. Une grosse écriture malhabile.

« Ceci est mon seul péché. J'en demande pardon à Claire, à Dieu et à vous toutes. Honni soit Jean de Valézan. Votre sœur aimante. »

Un hurlement. Mélisende de Balencourt tomba à genoux. Un remous de toile, un vacarme de pas, de murmures, d'exclamations. Une haie de femmes en chaisses se forma autour du petit lit.

La grande prieure balbutia dans ses sanglots :

— Retrouvez-la, de grâce retrouvez-la avant qu'il ne soit trop tard ! Prévenez aussitôt l'abbesse afin que le cloître Saint-Joseph joigne ses efforts aux nôtres.

Leurs recherches furent infructueuses. Au petit matin, une servante laïque chargée de faire sortir les vaches de l'étable pila net en pénétrant dans la bâtisse, en découvrant les deux pieds chaussés de gros bas à hauteur de ses yeux. Henriette Viaud s'était pendue.

On ne trouva nul tabouret ou caisse alentour qui lui ait permis de grimper si haut afin d'enrouler le bout de grosse corde à l'une des poutres. En revanche, on découvrit les socques d'Henriette non loin d'une paisible laitière. La bête lui avait prêté son flanc et son dos pour rejoindre Claire.

Lorsque Plaisance de Champlois remit à Mortagne la courte missive de la petite morte, la bouche de celui-ci se plissa de déplaisir à la vision du nom de monseigneur Jean.

Ils se tenaient non loin de la babillerie, leurs regards perdus vers les étables qui avaient accueilli les derniers instants d'Henriette.

Mortagne déclara comme pour lui-même :

— Je m'en veux... J'aurais dû... J'ai pourtant senti que son esprit s'égarait lorsque je l'ai raccompagnée après notre entrevue.

— Quant à moi, je pense en âme et conscience que nulle faute de notre part n'a contribué à... à cette horreur. Voyez-vous, il ne s'agissait pas d'une folie de désespoir qu'une parole, un geste aurait pu arrêter. Je crois plutôt qu'une décision mûrement réfléchie l'a conduite... à cela. Elle ne souhaitait pas vivre sans Claire.

— Est-elle maudite ?

— Je prierai jusqu'à la fin de mes jours afin qu'elle soit pardonnée. Elle le sera. Dieu est amour.

— Amen.

Un silence de peine s'installa entre eux. Soudain, Mortagne se ressaisit et jura entre ses mâchoires serrées :

— Foutre de vermine ! Je vais te faire rendre gorge au centuple, par la mort de Dieu !

Il tourna les talons à ces mots, sans même requérir excuse pour son blasphème, sans même prendre congé.

Étienne Malembert retrouva le comte dans sa chambre de l'hostellerie. Celui-ci se tenait devant la flambée qui crépitait dans la cheminée, bras croisés dans le dos, la mine sombre et inquiétante.

— Je vous vois bien grave, mon maître.

— Grave ? Le terme est approprié. Rageur également.

— Rageur ?

— Sombre parce que les meurtres de ces pauvres moniales, sans même compter celui de la sous-prieure, me hérissent. Rageur parce que je sens que nous sommes menés.

— Menés de quelle manière ?

— Par une main habile et particulièrement démoniaque.

— Celle de monseigneur Jean ?

— À n'en point douter. Je tente d'assortir les pièces éparses que nous avons. Excluons la parodie d'émeute de lépreux qui nous a permis d'investir les Clairets. Madame de Normilly décède à l'hiver dernier, de bien brutale manière. Après son époux qui se chargea du paquet que nous avions acheté à Acre et qui refusa, pour sa protection, de le remettre à Valézan. Il fut conseillé par Francisco de Arévolo, qui lui aussi trépassa fort prématurément.

— N'oublions pas que messire Béranger de Normilly confia un coffre renfermant le contenu de la besace à sa femme, en lui recommandant de ne le remettre, le cas échéant, à nul autre qu'au roi de France.

— Tout juste. Or madame Catherine ne s'en est jamais dessaisi, du moins à ma connaissance. Nous avons donc toutes raisons de croire que ce coffre se trouve toujours dans les souterrains.

— Voyez-vous, monseigneur, la question que je me pose depuis des années est la suivante : pourquoi tant de calculs, de drames, de morts autour de quelques ossements noirâtres et quelques éclats de pierre ? S'il s'était agi d'une relique sainte, elle n'aurait pas provoqué tant de complots, d'effusion de sang. Je bute sur cette énigme.

— Nous sommes deux, mon bon Malembert. Poursuivons avec ce que nous savons : Alfonso, le fils de Francisco de Arévolo, filleul de madame de Normilly, est égorgé. Sa… dame de cœur n'est autre qu'une Alexia de Nilanay qui se fait ici passer pour une Marie-Gillette d'Andremont. Elle est à son tour prise en chasse par des nervis et ne doit son temporaire salut qu'à un souvenir confus : Alfonso lui a parlé des Clairets et elle s'y réfugie. Angélique, une moniale qui lui ressemble comme une sœur jumelle, est étranglée. Une méprise. On retrouve à son côté une cliquette de lépreux, dont l'abbesse pense qu'elle fut abandonnée à dessein par le tueur afin de faire accroire à la culpabilité d'un ladre. Dans le même temps, le chasseur de l'abbaye est assassiné et l'on tente de faire disparaître son cadavre en le carbonisant. Il est remplacé au pied levé par un prétendu parent, Petit Jean le Ferron, lequel affirme que son bon cousin se remet d'une blessure. Un tel mensonge me pousse à croire que Petit Jean le Ferron a occis l'ancien chasseur afin de prendre sa place. Nous apprenons ensuite que notre Ferron a rencontré à la nuit, en clandestinité, notre chère Hucdeline de Valézan, afin de lui délivrer un message de son bien-aimé frère, monseigneur Jean, qui n'a jamais digéré qu'elle soit évincée de la fonction d'abbesse. Pourquoi ? Par dévotion fraternelle ou parce que, sa sœur devenue abbesse, il était assuré que le secret qu'il couve depuis si longtemps ne sortirait jamais des Clairets ?

— Voilà qui suggère que Petit Jean est un des sbires de monseigneur de Valézan. De là à croire qu'il est le tueur d'Angélique et pourquoi pas des autres dont cette repentante, Claire…

— Il n'y a qu'un pas. D'autant que les muscles que j'ai aperçus sous sa pelisse l'en rendent capable.

— Il aurait alors abandonné la cliquette afin de faire incriminer un des lépreux. Mais pourquoi aurait-il abattu Aliénor de Ludain, la sous-prieure de madame de Valézan et son amie choisie ?

— Selon l'abbesse, Hucdeline de Valézan se souhaitait une grande prieure un peu plus prestigieuse que madame de Ludain dès lors qu'elle serait devenue abbesse. De surcroît, Aliénor devait connaître bien des secrets. De dangereux secrets.

— Et ils l'ont évincée en la faisant taire à jamais. Vos soupçons concernant cette Hermione de Gonvray, l'apothicaire, s'évanouissent donc ?

— Je n'en suis pas assuré. Elle a fort bien pu choisir et procurer le colchique. Cette femme cache quelque chose, j'en mettrais ma main au feu. Il me faut impérativement questionner le nouveau chasseur.

Bernadine Voisin, la secrétaire particulière de l'abbesse, grelottante, épuisée tant le sommeil la fuyait depuis des nuits, s'était faufilée jusqu'à l'abbatiale Notre-Dame. À genoux devant la haute Vierge de bois peint, elle priait, sanglotant entre ses mains. Rencognée derrière l'un des piliers de l'abside, la secrétaire suffoquait de remords. De peur également. Dieu tout-puissant, elle s'était égarée, trompant, mentant, trahissant. Pauvre folle qu'elle était! C'était sa faute, sa très grande faute si Aliénor de Ludain était morte. Les autres aussi, peut-être.

La panique releva la vieille femme. D'autres trépasseraient si elle n'agissait pas. Elle ne pouvait plus se taire. Tant pis pour les conséquences.

Assis sur une grosse bille de bois appuyée contre le mur des fours, Petit Jean le Ferron réparait ses boîtes à bascule[1], ses pièges à freux[2] et ses collets à lapin lorsque Mortagne le rejoignit. Le titan se leva, se découvrit et salua, avec lenteur, indiquant par là le respect mais pas la servilité. Mortagne ne fut pas dupe. Désignant le monceau de boîtes faites de bois, le comte s'enquit :

— Attrapes-tu tant de fouines que cela ?

— Foison. J'ai permission de l'abbesse de revendre leur fourrure à mon profit. D'autant que ça croque les œufs et que ça dévore les lapereaux, les faisandeaux et même les levrauts, ces saletés. Y'a que les dames

---

1. Piège réservé aux petits mammifères de type fouine. La fermeture est déclenchée par l'avancée de l'animal.

2. Que nous nommons « corbeaux » et qui sont en fait des corneilles.

blanches[1] ou certains hiboux qui arrivent à les choper. C'est mauvais comme la gale, ces bestioles.

– Ou plutôt est-ce ton cousin qui a obtenu ce privilège. Se porte-t-il bien ?

Petit Jean le Ferron le dévisagea et répondit avec lenteur :

– Il se remet.

– Dommage pour toi, car alors, il reprendra bientôt sa place ici. La chasse d'hier était-elle fructueuse ?

– Oui-da, monseigneur. Deux beaux brocards[2].

– On mange pourtant peu de viande en ce lieu.

Petit Jean hocha la tête en approbation. Tenant toujours son bonnet de chasse entre ses mains, il s'interrogeait. Que voulait le comte ? L'abbesse l'envoyait-elle afin de sonder son chasseur ? Non. Il ne croirait jamais à une telle duplicité doublée de lâcheté venant d'elle.

– On en distribue. Ordre de notre mère. Elle a le cœur plus grand que tous ceux que j'ai croisés jusque-là, ajouta-t-il avec lenteur.

Il baissa le regard et Mortagne fut certain qu'il cherchait à dissimuler son émotion.

– Chasseur… Je n'irai pas par quatre chemins. Sache d'abord que l'abbesse ne m'envoie pas. J'ai droit de justice et avec sa permission, je l'exerce, voilà tout. Mes soupçons pèsent sur toi, de lourds soupçons. Je suis presque certain que tu as tué Nicol le Jeune afin de prendre sa place, agissant ainsi pour plaire à monseigneur de Valézan. En aurais-tu si peur que tu redouterais de le nommer ?

Petit Jean releva la tête, et une sorte de sourire étira ses lèvres.

_____

1. Sorte de chouette, tolérée puisqu'elle était censée porter chance.

2. Mâle du chevreuil.

– Peur de Valézan? Que nenni. Je n'ai que faire de cette charogne. Ce n'est pas ses oripeaux sacrés qui empêchent de sentir qu'il pue de l'âme. Il m'avait promis cinquante livres pour délivrer un message à sa sœur, prendre la place de l'ancien chasseur et attendre ici ses nouveaux ordres. C'était il y a si longtemps que j'en ai presque perdu le souvenir.

– Si longtemps?

– Deux mois. Une éternité. Tant de choses depuis…, acheva le géant dans un murmure.

– Madame de Champlois m'a conté que tu lui avais sauvé la vie lors de l'émeute des lépreux. Je te propose donc un marché, chasseur, dont nul autre que nous n'entendra jamais parler. Une vie pour une mort. La vie de l'abbesse en échange du trépas de ton… bon cousin Nicol le Jeune. Nous sommes quittes à ce point. En revanche, si je venais à penser que tu as assassiné les autres, les moniales, violé l'une d'entre elles, c'est le gibet.

Petit Jean hocha à nouveau la tête et rétorqua d'un ton plat :

– J'ai bien vilaine hure monseigneur, et je ne prétendrai pas que je suis vierge de péchés, tel l'agneau naissant. Toutefois, j'ai jamais violenté de femmes et encore moins de religieuses. J'en ai payé pas mal pour le plaisir de chair, et je les ai dupées comme un repousseur de cheveux, je l'avoue. Mais jamais la force contre une femme. Que je sois maudit à l'instant si je mens.

Mortagne le fouilla du regard. Étrangement, il le croyait.

– Que sais-tu qui nous aiderait? Que sais-tu qui aiderait madame Plaisance?

– Pas grand-chose, si ce n'est que je trouve les scrofuleux bien calmes. Il n'était pas rare qu'ils se foutent sur la gueule pour des peccadilles. Depuis quelques jours, on dirait une bande de mignons Jésus. Ils trameraient une vilaine affaire que j'en serais pas étonné.

– Un nouveau soulèvement ?

Mortagne songea à ce qu'Élise de Crémont avait confié à Malembert lors de leur entrevue clandestine dans le passage.

– Hum… Crétin ou très futé, selon le cas, lâcha le chasseur.

Qu'il ait mis le doigt sur ce qui préoccupait le comte ne surprit pas celui-ci. Le Ferron était intelligent, ses réponses le prouvaient. Mortagne résuma :

– Crétin parce qu'ils seront repris bien vite ou massacrés ?

– Non… Crétin parce qu'ils savent que vos gens d'armes sont stationnés non loin d'ici.

– Comment cela ? s'inquiéta Aimery de Mortagne.

– Ben… selon vous, de qui je le tiens ? De serviteurs laïcs qui colportent la moindre information glanée ici ou là. Et s'ils me l'ont dit, y'a des chances pour qu'ils aient bavassé avec d'autres.

Au prix d'un effort, le comte demanda :

– Où serait le futé de l'histoire, en ce cas ?

– Si vous additionnez des lépreux en guerre, des moniales courant dans tous les sens, des serviteurs armés et des gens d'armes…

– Ça donne un carnage dont le seul but est…

– Le carnage, monseigneur, et c'est un ancien soldat qui vous l'affirme. À ce sujet, la Valézan a reçu un nouveau message il y a peu. Peut-être que son bon frère lui conseillait de se barricader dans son bureau au premier signe de soulèvement ?

– Cette missive, par quel intermédiaire ?

– Le messager de l'abbaye. Il n'a pas grand-chose à faire en ce moment, alors il s'occupe.

– Malembert va s'en charger.

– Oh, votre excellent mire, ironisa le chasseur.

– Je me passe de tes commentaires, l'homme.

– Votre pardon, seigneur.

Mortagne s'apprêtait à le quitter lorsque le chasseur l'implora presque :

– Protégez-la, je vous en supplie.

Le comte n'eut nul besoin de lui demander qui méritait cette absolue dévotion. Plaisance de Champlois.

Il rejoignit à pas lents l'hostellerie. Le carnage pour le carnage. À moins d'imaginer que les ladres aient été assaillis par une folie sanguinaire, le carnage avait un autre but. Un meurtre prémédité qui devait passer inaperçu. Soudain, Mortagne fonça. Il parvint hors d'haleine dans la chambre de Malembert, et hurla :

– Fais seller un cheval ! Fonce à bride abattue ! Je veux au plus vite Charles d'Ecluzole et une dizaine de ses fiers gaillards devant le clos des lépreux. Il nous faut mater la révolte avant qu'elle n'éclate. C'est un subterfuge, et je gage que la seule victime désignée n'est autre que l'abbesse.

Hermione de Gonvray s'activait devant la petite cheminée de l'herbarium. Le béchique[1] d'angélique, de bourrache et de violette qu'elle avait offert à une Bernadine grelottante de fièvre avait apaisé la toux rauque de la vieille femme. Hermione avait trouvé un peu plus tôt la secrétaire de l'abbesse assise devant sa table de préparation, transie de froid.

---

1. Préparation qui apaise la toux et favorise l'expectoration.

— J'ai l'impression que vous voilà presque sur pied, ma bonne Bernadine, se réjouit-elle. Il faut prendre davantage soin de vous.

— Je ne le mérite pas, répondit l'autre d'une voix de désespoir.

— Eh bien, eh bien… Quelle folie est-ce donc là ? la gronda l'apothicaire avec gentillesse.

— Vous êtes à cent lieues d'imaginer, ma chère Hermione.

Hermione de Gonvray sentit qu'une véritable panique agitait la vieille femme.

— Ma sœur… l'aveu est le seul remède aux douleurs d'âme.

Bernadine baissa la tête. Une larme s'écrasa sur ses mains croisées, puis une autre.

— C'est une félonne que vous avez devant vous, Hermione…

Le terme semblait si outré accolé à cette frêle vieille dame que l'apothicaire retint un sourire. Elle devait le regretter.

— J'ai trahi sciemment notre mère. Je… selon moi, elle n'avait pas la stature requise pour diriger notre splendide abbaye. Vous savez comme j'ai aimé, respecté madame de Normilly. Vous savez que je l'aurais servie avec joie jusqu'à mon dernier souffle. J'aurais été au bout du monde afin de l'aider au mieux. Quelle femme, quel être exceptionnel. Madame Plaisance… J'ai jugé qu'il ne s'agissait que d'une gamine qui avait gagné le cœur de madame Catherine de Normilly à coups de petites mines faussement aimantes et de flatteries.

La bouche sèche d'appréhension, Hermione de Gonvray s'enquit d'un ton doux :

— Qu'entendez-vous au juste par « trahir sciemment » ?

Bernadine releva la tête et essuya ses larmes d'un revers de main. D'une voix tremblante, elle expliqua :

– J'ai… En vérité, il m'est apparu qu'Hucdeline de Valézan était infiniment plus apte pour cette fonction. Elle est certes arrogante, mais justement, cette arrogance lui permettait de tenir tête avec panache. Hucdeline… ne vous leurrez pas, est une femme de grande foi. Sa vision pour notre monastère, les projets de rayonnement qu'elle avait formés m'ont séduite. J'ai vu en elle la digne continuatrice de madame de Normilly et de madame de Rotrou, que j'ai connue avant elle.

– Mon Dieu ! souffla Hermione. Ne percevez-vous pas, chère Bernadine, qu'Hucdeline ne pense qu'à sa gloire et à celle de son frère ?

– Vous vous trompez, l'interrompit sèchement Bernadine. Je suis une des rares en qui elle ait placé sa confiance, et je vous l'affirme : elle n'aime point tant son frère. J'ai même parfois eu l'insistant sentiment qu'elle le craignait et s'en méfiait.

– Néanmoins, elle brandit volontiers sa puissance. Ne serait-ce qu'un épouvantail destiné à décourager par avance ses opposantes ?

– Je ne me suis pas réfugiée dans l'herbarium afin de discuter stratégie, chuchota Bernadine. Hermione, vous êtes une de mes sœurs préférées. Votre intelligence, votre douceur et votre discrétion, sans doute. J'ai… j'ai senti, parfois, que vous abritiez une terrible douleur… Rien de comparable à cette folle de Balencourt. Je veux dire, une crucifiante et constante douleur…

Hermione se tendit et demeura coite.

– … Cela me fait espérer, non pas votre compréhension, car je doute que vous admettiez une conduite répréhensible, mais à tout le moins votre compassion et votre aide.

– Si je puis vous les offrir en honneur, elles vous sont acquises, ma sœur.

– Je…, commença Bernadine en luttant contre un nouvel afflux de larmes. J'ai accepté de rapporter à Hucdeline de Valézan le moindre des faits et gestes de notre mère, sa correspondance, l'identité de ses visiteurs. J'ai même poussé l'ignominie jusqu'à écouter à sa porte et à lire son courrier.

– Juste ciel ! murmura Hermione. Quelle… déchéance…

– Je sais. Il y a pis. Bien pis.

– Vous m'effrayez.

– Votre effroi est justifié. Je suis complice de l'enherbement d'Aliénor de Ludain.

– Quoi ! Hucdeline serait la meurtrière ?

– C'est l'affreux doute qui me ronge. Si sa culpabilité est avérée, elle m'a utilisée. Je ne le lui pardonnerai jamais, car voyez-vous, en dépit de ses défectuosités de caractère, j'avais foi en elle.

– De grâce, expliquez-vous… je ne sais que penser !

– Peu avant cet horrible souper durant lequel Aliénor s'effondra dans le réfectoire, Hucdeline m'a demandé de la venir quérir en son bureau au prétexte que notre mère avait besoin de sa clef afin de récupérer son sceau. Elle a ensuite prétendu s'être rendue en la bibliothèque.

En pleine incompréhension, Hermione demanda :

– Reprenez, je vous en supplie.

– Le matin, après tierce, Hucdeline de Valézan m'est venue trouver. Son plan, du moins celui qu'elle m'a servi, était simple. Elle voulait approcher Aude de Crémont afin de la tâter sur une éventuelle charge de grande prieure. Aliénor ne devait rien en savoir puisque sa fonction de sous-prieure, ainsi que son attachement à

Hucdeline, pouvait lui faire espérer cet office. Hucdeline la jugeait inapte, sans éclat, et j'étais en accord avec elle. Rendez-vous était pris avec Aude. Il fallait écarter Aliénor, qui n'eût pas compris qu'Hucdeline se passe de sa compagnie, ne serait-ce qu'une heure. Je devais donc frapper au bureau de notre actuelle grande prieure alors qu'elle s'y trouvait avec sa sous-prieure, prétendre que notre mère mandait sa présence aussitôt. J'ai frappé. J'ai entendu un remue-ménage de l'autre côté. Lorsque la porte s'est ouverte, l'embarras des deux femmes m'a surprise. Hucdeline m'a suivie. Je l'ai laissée dans l'ouvroir de ses logements et suis repartie au palais abbatial. L'affreux soupçon que j'ai maintenant, c'est qu'Hucdeline a abandonné Aliénor avec les pâtes de prunes, afin de lui donner le temps de les déguster. Sans avoir à y goûter, elle-même. Si tel est le cas, elle aura eu le bon sens de les produire devant notre mère et le comte de Mortagne afin d'écarter tout soupçon d'elle.

— Ah mon Dieu, ah mon Dieu ! geignit Hermione.

— Je L'ai bafoué et j'accepterai Sa punition. Peu importe, je la mérite. J'ai besoin de vous, Hermione. Besoin que vous contiez cette sinistre et lamentable histoire à notre mère. Par le menu. J'avoue, je n'en ai pas le courage. Il faut qu'elle sache. Il faut qu'elle se défende. Voyez-vous, ma bonne, ces derniers jours m'ont décillée, et prouvé que j'étais une vieille imbécile. Hucdeline n'est qu'un violent courant d'air. Plaisance de Champlois a hérité de la vraie force de madame de Normilly, de madame de Rotrou avant elle. La force des sages. Notre abbesse avance à pas comptés, sans jamais perdre sa direction de vue. L'âge ne fait pas l'excellence. Je m'en veux terriblement de ne pas l'avoir compris. M'aiderez-vous, chère Hermione ?

Bernadine Voisin serra convulsivement les mains de l'apothicaire, attendant son verdict avec angoisse.

– Je le ferai, lâcha enfin l'apothicaire. Je le ferai pour madame Plaisance et pour le souvenir de madame Catherine, je vous l'avoue non sans brutalité.

– Je sais que je ne mérite nulle faveur de votre part. Cependant, je vous suis infiniment reconnaissante de votre secours.

Lorsque Mortagne poussa le battant de la haute porte double des écuries, le messager, armé de tresses de foin[1], bouchonnait les flancs d'un hongre aubère[2] pour les débarrasser des plaques de boue abandonnées par une course.

L'homme se rua vers lui en courbettes dès qu'il l'aperçut.

– Monseigneur de Mortagne, quel honneur…

– Nul n'était souhaité, rétorqua le comte d'un ton déplaisant.

Le sourire veule et soumis vacilla. L'homme entrouvrit la bouche, toujours incliné, mais Mortagne chargea :

– Je n'ai pas l'humeur à la patience, coquin. Aussi, réponds-moi vrai et vite, à moins de désirer tâter du fil de ma dague.

L'autre se décomposa. Son regard passa de l'arme pendue à la ceinture qui serrait la jaque de soie épaisse au visage fermé du comte.

– Que…

---

1. Elles sont maintenant remplacées par la brosse en chiendent appelée « bouchon », d'où le verbe « bouchonner ».
2. Robe homogène de poils blanc et cuivre.

– Silence à l'instant ! Ne m'échauffe pas davantage le sang à me débiter des sornettes. Je ne répéterai pas ma question. Où se trouve monseigneur Jean de Valézan, pour que tu parviennes si aisément à transmettre ses messages à sa sœur ?

Une véritable terreur se peignit sur le visage de l'autre, qui bafouilla :

– Il me tuera si…

– Et je te tuerai céans si tu persistes à te dérober.

En un éclair, la dague de Mortagne fut sur la poitrine de l'autre, qui recula encore en trébuchant.

Inquiétés par la fureur contenue d'Aimery de Mortagne et par la terreur qui faisait transpirer le messager, les chevaux piétinaient de nervosité dans leurs stalles.

– Parle, canaille ! Avant que je te navre. N'oublie pas : ma dague est sur ton cœur. Valézan est encore loin, tu peux lui échapper. Pas à moi.

– Il… Monseigneur Jean loge aux Étilleux, à une grosse lieue d'ici.

– Diantre, il est proche, l'animal !

Ainsi, Jean de Valézan avait quitté Rome pour se rapprocher au plus près des Clairets, dans l'attente du prochain soulèvement des lépreux. Dans l'attente de la mort de Plaisance de Champlois. La suite faisait peu de doute. Il débarquait au prétexte de remettre de l'ordre dans l'abbaye saccagée et poussait la nomination de sa sœur. Les Clairets lui appartenaient alors. Une rage glacée se substitua à la colère de Mortagne. Il rengaina sa dague et lança au messager livide :

– Ton choix est simple, faquin. Tu fonces bride abattue prévenir ton maître, et il te fait pourfendre par ses gens. Il n'a plus besoin de toi puisque tu es découvert. Tu te tais et tu as une chance de garder la vie sauve. À toi de décider.

Mortagne sortit à ses mots, bien décidé à faire surveiller l'homme par Malembert. Si le messager faisait mine de vouloir prévenir Valézan, il mourrait.

Un grattement insistant contre la porte de son bureau alerta Plaisance de Champlois. Étonnée par l'absence de Bernadine, elle se leva et ouvrit. Une moniale, le regard apeuré, se tordait les mains devant elle. Comment se nommait cette petite souris affolée du cloître de La Madeleine ? Elle rasait les collatéraux de la nef après les offices, afin de sortir de l'abbatiale aussi discrètement que possible. Jeanne Boite.

– Ma fille ? Jeanne ?

La femme rougit, et les larmes inondèrent son regard.

– Ma mère… Ma mère… Je ne sais si je fais bien… Certaines ne voulaient pas que je vous prévienne…, débita la repentante d'une voix hachée.

– Expliquez-vous.

– Elle est… elle est… Je crois… Enfin, je crois qu'elle a perdu la raison. Elle va se tuer…

L'inquiétude gagna Plaisance.

– Mais qui… Qui ?

– Notre grande prieure… Oh ! ma mère, il faut que vous interveniez, je vous en supplie.

Avant que l'abbesse n'ait eu le temps d'exiger des explications, Jeanne Boite fonça et dévala l'escalier. Plaisance se précipita à sa suite, courant aussi vite qu'elle le pouvait.

La porterie de La Madeleine, à l'habitude close, béait. À la vue de ces deux battants rébarbatifs, hérissés de barreaux de fer, ouverts sur de maigres jardins pelés par l'hiver, Plaisance fut certaine que quelque chose de terrible se déroulait à l'intérieur. Jeanne Boite se tourna afin de s'assurer que sa mère la suivait. Elles s'engouf-frèrent dans le long couloir et butèrent sur un groupe de moniales agenouillées en prière devant la porte de la cellule de madame de Balencourt. De l'intérieur leur parvenaient des rugissements de bête, le cliquettement métallique d'une discipline qu'on levait, qu'on abattait pour la relever aussitôt. Jeanne sanglota :

– Je vous en supplie… Empêchez-la, empêchez-la… Elle n'est pas mauvaise… La mort de Claire lui a été intolérable… Et puis celle d'Henriette… Elle s'en accuse, je crois… Elle a poussé le verrou…

Un calme de fin du monde envahit l'abbesse. Elle ordonna :

– Allez quérir à la hâte trois serviteurs laïcs. Qu'ils se munissent de haches.

D'épaisses échardes de bois sombre volèrent sous les coups. Les hurlements à l'intérieur s'étaient tus. Un des hommes acheva la tâche d'un puissant coup d'épaule. La porte céda. Plaisance congédia d'un ton sec les trois serviteurs et les moniales qui s'étaient un peu écartées, afin d'éviter qu'ils ne se repaissent du spectacle qu'elle redoutait de découvrir. Elle exigea la présence à son côté de Jeanne Boite.

Mélisende de Balencourt, nue jusqu'à la taille, le dos, le ventre et les seins lacérés par les chaînettes dont elle s'était fustigée avec démence, était évanouie sur le sol de dalles noires. Son visage baignait dans une mare de vomissures. La révulsion le disputa à la pitié en Plaisance. Cette dernière l'emporta. Elle s'agenouilla près du corps torturé et leva la tête vers Jeanne Boite, pétri-fiée.

– Trouvez notre apothicaire, nulle autre. Qu'Her-mione me rejoigne avec des onguents, une bassine d'eau savonneuse et des linges.

La moniale la dévisageait, comme si elle n'avait pas entendu.

– Allez, vous dis-je ! tonna l'abbesse.

L'apathie engourdit Plaisance. Elle se laissa tomber assise sur les dalles. L'idée d'effleurer ce corps décharné et sanglant la répugnait. Pourtant, elle se contraignit à étendre les jambes pliées de la grande prieure, à dégager son bras de sous son corps. L'autre geignit et entrouvrit les paupières. Ce regard noir, insondable et brûlant qui la perçait fit frissonner l'abbesse. Mélisende de Balencourt se redressa soudain, la faisant sursauter. Un sourire comme elle ne lui en avait jamais vu, un radieux sourire d'amour, illumina le visage de la grande prieure. Une main squelettique étreignit le poignet de la jeune fille. Madame de Balencourt balbutia d'une voix extatique :

– Ma chérie… Enfin… Oh, j'ai tant attendu, ma sœur chérie. Mais tout va bien maintenant que te voilà, ma tendre Élodie. Oh… comme tu m'as manqué. (Son débit se précipita. Un afflux de salive trempa ses lèvres, dévalant vers son menton.) Je savais… Je savais que tu reviendrais me chercher, chérie. C'était long, si long et glacial sans toi. Le temps des anges n'est pas le nôtre, je ne t'en veux pas, je comprends bien. Aussi, je m'interdisais l'impatience. Tout cela n'est que vilains souvenirs. Vois, je les oublie déjà puisque tu es là. Un baiser, ma chérie, offre-moi un baiser et ensuite, nous repartirons bien vite. Je suis si heureuse, si heureuse, Élodie.

Et madame de Balencourt tendit la joue vers la bouche de Plaisance. Et Plaisance baisa la joue fiévreuse, humide de larmes.

Mélisende de Balencourt venait de basculer à jamais dans la folie qu'elle avait côtoyée depuis le meurtre de sa petite sœur adorée.

Un infini chagrin suffoqua Plaisance de Champlois. Elle serra la femme étique contre elle, prenant garde de ne pas aviver la douleur que lui causaient ses plaies.

Après avoir reçu de la sœur apothicaire les premiers soins qui lui rendirent un peu de sa dignité perdue, la grande prieure du cloître de La Madeleine fut transportée à l'infirmerie. L'abbesse remonta d'un pas las vers ses appartements en compagnie d'Hermione de Gonvray. L'apothicaire demanda soudain :

– Quel futur attend madame de Balencourt ?

Plaisance soupira.

– Je l'ignore, ma chère Hermione. Son état exige l'internement, pour sa propre sécurité.

– Les maisons de charité qui accueillent les déments sont le plus souvent d'impitoyables prisons, m'a-t-on dit. Les insensés y sont traités plus brutalement que des bêtes, et on les y laisse crever.

Plaisance ne répondit que d'un pesant soupir. L'autre insista :

– Je mentirais en prétendant que j'éprouve une vive affection pour la grande prieure. Néanmoins, elle demeure l'une de nos sœurs. Seule une implacable douleur explique…

– Enfin, Hermione ! la coupa l'abbesse. Croyez-vous nécessaire de me donner leçon de charité ?

– Non pas, bredouilla sa fille.

– Eh quoi ? Allons-nous garder Mélisende en réclusion à vie dans l'une des chambres de l'infirmerie ?

– Elle y serait traitée avec égards.

– Il me faut réfléchir. La décision est trop importante pour que je la prenne à la hâte.

Elles cheminèrent en silence. Lorsqu'elles ne furent plus qu'à une toise du palais abbatial, Hermione lâcha :

– Je requiers de vous audience, ma mère.

– Aussitôt?

– Aussitôt.

– C'est que… Est-ce si grave que cela ne puisse attendre?

– Ce l'est.

– En ce cas…

– Je ne vous crois pas! cria Plaisance en abattant sa main sur la lourde plaque de chêne. Bernadine ne m'aurait jamais trahie au profit d'Hucdeline. Je refuse d'accorder crédit à cette fable.

Piquée au vif, Hermione de Gonvray rétorqua d'une voix glaciale :

– Pensez ce qu'il vous siéra, madame. Je me suis engagée, par fidélité envers vous, à vous rapporter les propos que Bernadine n'osait vous tenir. C'est chose faite.

L'apothicaire se leva et se dirigea vers la porte du bureau. Plaisance la retint :

– Votre pardon, Hermione. Le choc que m'ont causé vos révélations est la seule excuse à ma vivacité déplacée. Comment a-t-elle pu me berner de la sorte! J'avais placé ma confiance en elle.

– Je pense véritablement, et sans souhaiter la décharger de ses méfaits, qu'elle fut elle-même abusée par notre chère madame de Valézan. Il n'en demeure pas moins qu'Hucdeline nous a toutes mystifiées. Elle a trompé Aliénor en prétendant qu'elle se rendait dans votre bureau, et vous et le comte de Mortagne en affirmant qu'elle se trouvait en la bibliothèque.

– Elle a pourtant visité Aude de Crémont.

– Je ne le nie pas, ma mère. Cela étant, elle pouvait faire d'une pierre deux coups : approcher la nouvelle grande prieure qu'elle se souhaitait tout en poussant la prétendante malchanceuse, sa bonne amie Aliénor de Ludain, vers le tombeau.

– Hermione, je vous le demande en amitié… (Plaisance hésita à formuler sa question.) Pensez-vous en votre âme et conscience qu'Hucdeline de Valézan soit de l'essence des meurtriers ?

Un sourire attristé vint à l'apothicaire, qui déclara d'une voix sourde :

– Beaucoup d'êtres qui ne sont pas de l'essence des tueurs peuvent – à la faveur d'une peur, d'une colère, d'une avidité ou même d'un pur amour – le devenir.

Mortagne, en dépit de son rang, patienta en bas des marches, le temps qu'elle descende. Hermione ne le salua que d'une brève inclinaison de tête, à laquelle il répondit de même en songeant que l'apothicaire était à n'en point douter une femme de caractère trempé, mais de peu de diplomatie. Une fâcheuse ressemblance avec cette Alexia de Nilanay à laquelle il avait souvent, beaucoup trop, songé depuis leur houleuse entrevue. Il allait lui falloir s'entretenir du sort de la jeune femme avec l'abbesse. Les longues oreilles d'Étienne Malembert avaient rempli leur office, une fois encore. Il avait appris qu'Alexia avait reçu de Plaisance de Champlois ordre de quitter au plus tôt l'enceinte des Clairets – libre ou entravée selon le jugement du comte de Mortagne –, et ceci dès qu'il aurait rendu son verdict la concernant. Toutefois, il y avait pis, et bien plus urgent. La nouvelle que Malembert venait de lui porter mettait terme à toutes les hésitations qui le retenaient encore.

– Vous semblez atterrée, madame, lança-t-il en s'asseyant en face de l'abbesse.

– Anéantie serait plus juste.

– Fichtre !

Elle lui raconta en détail sa discussion avec Hermione de Gonvray. La placidité de son interlocuteur troubla la jeune fille, qui s'enquit :

– Mes révélations ne semblent pas vous surprendre.

– Pas vraiment, en effet.

– Vous doutiez-vous de l'impardonnable fausseté de Bernadine ?

– Pas en ces termes. Cela étant, elle s'imbrique à merveille.

– Que pensez-vous de l'éventuelle culpabilité d'Hucdeline dans le meurtre d'Aliénor ?

Un sourire taquin étira les lèvres de Mortagne.

– J'adorerais vous affirmer qu'elle me convainc.

Un peu de gaîté revint à l'abbesse, qui protesta pour la forme :

– Vous êtes décidément un polisson[1].

– Voilà qui me rajeunit. Grand merci, madame, plaisanta-t-il.

Étrange. Il avait suffi de quelques jours pour qu'il oublie son âge. Quinze ans. Ne voilà-t-il pas qu'elle le grondait maintenant comme une mère tolérante ? Comme Anne, parfois. Il se fit la réflexion que les femmes intelligentes sont sans âge, ou alors qu'elles ont tous les âges à la fois.

– Or donc, elle ne vous convainc pas ?

– Vous avez décrit votre grande prieure comme une femme de foi. D'autres témoignages vont dans ce sens. De deux choses l'une : nous avons affaire à une redoutable mystificatrice, ou alors, je ne la vois pas enherbant

---

1. À l'origine, petit garçon mal tenu qui vagabondait. Puis enfant dissipé et homme prompt aux plaisanteries. À l'époque, le mot n'a aucune connotation grivoise.

sa sous-prieure. Il existe un gouffre entre l'ambition, même dévorante, et l'assassinat. Cela étant…

Mortagne réfléchissait.

– Cela étant ? le pressa Plaisance.

– Le gouffre s'est bien vite comblé dans le cas de monseigneur de Valézan, son frère.

– Enfin… monsieur… Vous parlez d'un archevêque qui, certes, n'est sans doute pas irréprochable à ce que j'en sais, mais l'enherbement[1]…

– Si vous saviez, madame, quelles turpitudes se dissimulent derrière certaines robes. Quant à Valézan, si le déshonneur tuait, il nous aurait depuis longtemps débarrassé de sa méphitique présence.

– À ce point…, souffla Plaisance.

Mortagne acquiesça d'un hochement de tête et poursuivit :

– En résumé, je ne serais pas autrement surpris si nous venions à apprendre que notre archevêque est derrière ce meurtre.

– Vous portez là une très grave accusation.

– Sans doute parce que je sais maintenant que vous pouvez l'entendre… Et la garder pour vous. (Il n'hésita qu'un instant :) Jean de Valézan se terre à une lieue des Clairets, aux Étilleux. Il attend son heure pour investir les Clairets en seigneur.

– Il ne le peut, s'emporta Plaisance. Je l'en empêcherai ! Il lui faudra me passer sur le corps si…

Elle plaqua la main sur sa bouche et son regard s'élargit.

– Il ne peut songer à… à me… faire disparaître ?

– Croyez-vous ? Il a fait… disparaître, ainsi que vous le formulez, tant de gens qui lui barraient le che-

---

1. L'empoisonnement, sans doute en raison de sa sournoiserie, était considéré comme le pire des crimes.

min. Je suis certain qu'il a placé un homme de main aux Clairets.

— Comment pouvez-vous l'affirmer ?

— Parce que c'est ainsi que j'aurais procédé à sa place, avoua platement Mortagne.

— Un des lépreux ? Nos serviteurs laïcs naissent, vivent et meurent à nos côtés depuis des générations… fort peu sont arrivés récemment. Or il s'agit d'un homme.

— Certes, je n'imagine pas une moniale ou une petite novice brisant à mains nues la nuque d'une sœur, surtout d'une puterelle repentie. Ces femmes ont l'habitude des maisons lupanardes et de leurs dangers. Mais… n'oubliez-vous pas votre nouveau chasseur ?

— Petit Jean ? À mon tour de ne pas l'imaginer en assassin, en enherbeur.

— Votre bienveillance à son égard me semble excessive, madame. C'est dès son arrivée qu'ont débuté les meurtres.

— Vous avez la raison, admit-elle. Quant à moi, j'ai l'instinct.

— Je me méfie de l'instinct.

— Sans doute parce qu'il est mouvant et vous inquiète.

Il sourit, amusé et séduit, en tout honneur, par la prestesse d'esprit de cette jeune fille. Madame de Normilly avait fait bon choix. Plaisance, s'il parvenait à la protéger, deviendrait sans doute un des phares des Clairets. Le plaisir qu'il éprouvait à discuter avec elle s'évanouit. Grave, il attaqua :

— Et si nous en arrivions enfin, madame, à l'origine profonde de ces troubles, de ces terribles événements ?

Elle le fixait, intriguée.

— Les souterrains, résuma-t-il.

– Eh bien quoi, les souterrains ? Ils sont condamnés depuis fort longtemps, depuis bien avant mon arrivée aux Clairets. Des infiltrations ont rendu leur maçonnerie peu fiable. Madame de Normilly remettait toujours les travaux nécessaires à leur réhabilitation. Il est vrai qu'ils ne nous servent qu'à véhiculer les eaux usées et les déjections jusqu'au putel.

– Les avez-vous visités ?

– Non. Ainsi que je vous l'ai dit, ils sont peu sûrs et, de surcroît, il s'agit là d'une promenade bien malsaine et nauséabonde.

Il eut la certitude qu'elle disait vrai et n'avait nulle connaissance du coffre qu'y avait caché madame de Normilly.

Le comte ne tergiversa que quelques instants. Ecluzole, son grand bailli, interviendrait sous peu au clos des lépreux. Si tout se déroulait au mieux, Mortagne pourrait alors récupérer ce maudit coffre et le remettre à Philippe le Bel. Il couperait ainsi définitivement l'herbe sous le pied de Jean de Valézan. La proximité de l'archevêque bousculait son plan initial, et peut-être était-ce préférable. Cependant, il ne pouvait réussir qu'avec le soutien de l'abbesse.

Il lui relata ses liens avec Béranger de Normilly, Acre, la besace rachetée à un vendeur arménien, les morts violentes et soudaines qui avaient décimé tous ceux qui, de près ou de loin, avaient tenu le fameux sac en leur possession. Il concéda avoir échangé une correspondance sporadique avec l'ancienne abbesse. Il n'hésita pas à révéler l'involontaire implication d'Alexia de Nilanay, qui ne s'était trouvée mêlée à cette affaire que parce que le gentilhomme espagnol qui prenait soin d'elle n'était autre que le fils d'un ami de Béranger de Normilly. Mortagne insista sur la sombre et redoutable présence de monseigneur de Valézan à chaque carrefour de cette ancienne aventure dont il avait espéré qu'elle se terminerait dans les souterrains des Clairets, grâce à madame de Normilly. Plaisance de Champlois s'exclama :

– Que me dites-vous ? Madame de Normilly a remis ce coffre à monseigneur Jean !

– Quoi ? hurla Mortagne en se levant d'un bond. C'est impossible ! Jamais elle n'aurait commis une telle erreur… stupidité, surtout sans m'en avertir. Elle protégeait le coffre… le coffre était sa seule assurance de demeurer en vie.

– J'en suis certaine. Je me trouvais à ses côtés lorsque ce… – il s'agissait d'une sorte de longue caisse cerclée de fer – fut remonté des souterrains et déposé dans l'ouvroir du palais abbatial. Je me souviens… Elle l'a contemplé un moment avant de déclarer dans un soupir : « Ceci, ma chère fille, est la dernière épine qui me demeurait plantée dans le flanc. C'est un tel soulagement d'en être enfin débarrassée. Jean de Valézan obtient ce qu'il cherche depuis si longtemps. Tout va s'apaiser maintenant. » C'est ensuite que furent changés les verrous de la grille condamnant l'accès aux souterrains.

Au moment où elle prononçait ces mots, un odieux soupçon se fraya un chemin dans son esprit. Elle cria :

– Juste ciel… Quelle abomination ! C'était quelques semaines à peine avant son trépas ! Enfin… Enfin…, bafouilla-t-elle, cela ne se peut… Il n'aurait pas…

– Il l'a fait exécuter. Elle ne lui servait plus de rien et pouvait, au contraire, lui nuire.

Mortagne semblait anéanti par ces révélations.

– Enfin, monsieur, que contenait ce coffre, cette besace ?

– Des ossements noirâtres, un fragment de crâne, quelques phalanges et côtes, un tibia, des éclats de pierre rouge taillés en triangle.

– Est-ce là tout ? insista Plaisance, incrédule.

– Rien d'autre.

– Vous vous moquez, monsieur… Quoi ? Tant de meurtres, d'ignobles méfaits pour quelques os ? (Son regard devint perçant.) À moins que… qu'il s'agisse d'une relique sainte ? Sacrée ?

– En ce cas, pourquoi vouloir faire taire à toute force ceux qui en avaient eu connaissance ? On ne peut que se réjouir de découvrir ou de récupérer une relique sainte, ne croyez-vous pas ?

– Certes, admit Plaisance, perdue.

Mortagne serra son front entre ses mains, pesta entre ses dents :

– Je n'y comprends rien… En dépit de sa complexité, cette affaire semblait claire jusque-là. Les mobiles, les enjeux étaient évidents. Valézan voulait récupérer le coffre et s'assurer que nul n'en parlerait jamais. Tout s'expliquait, même si nul ne connaît la véritable importance de cette… chose… relique, quoi qu'elle soit. Or, s'il est déjà en sa possession… plus rien n'a de sens. Je m'égare, je m'agace ! Il me faut réfléchir en tranquillité. Toutefois, avant de prendre congé de vous, je me dois de régler d'autres… détails.

La mine de Mortagne virait au sinistre, aussi le terme anodin qu'il avait choisi ne dupa-t-il pas Plaisance.

– Je vous écoute.

– Mon grand bailli et nos gens d'armes sont aux portes des Clairets. Selon Malembert, que j'ai questionné peu avant notre entrevue, ils devraient intervenir sous peu. Faites sonner le tocsin, madame.

– Votre pardon ? murmura l'abbesse, abasourdie. Sommes-nous attaquées ?

– Nous l'éviterons. Que les moniales et les novices rejoignent leurs dortoirs et s'y barricadent. Que les serviteurs laïcs s'arment.

— Mais…

— Le clos des lépreux compte se soulever à nouveau. Toutefois, la violence de cette rébellion dépassera de beaucoup celle que vous connûtes. Nous allons l'étouffer dans l'œuf et barrer ainsi la route à Valézan.

Plaisance tentait de reprendre pied.

— Il a fomenté les révoltes ? Le maudit !

Mortagne ne la détrompa pas sur l'identité du premier instigateur.

— Le temps presse, madame. Je requiers humblement de vous que madame de Nilanay soit protégée à l'instar des autres, bien que ne faisant plus partie de vos filles. Disons… Disons qu'elle a rejoint mon entourage.

Plaisance le fixa, et il comprit qu'elle voyait clair en lui. Elle répondit d'une voix douce :

— Cela allait sans dire, monsieur. Me voilà grandement soulagée sur son sort.

L'écho nerveux et puissant de la grande cloche saisit les moniales. Elles se consultèrent du regard, interdites, lâchant pour certaines leurs outils ou leurs ouvrages. D'autres évitèrent de justesse le destrier de Malembert qui fonçait dans l'enceinte de l'abbaye, son cavalier rugissant sur son passage :

— Aux dortoirs à l'instant. Aux barricades ! Que nulle n'en sorte. Nous sommes sous attaque !

Ce fut la panique. Des robes blanches volèrent en tous sens. Les religieuses couraient devant elles, sans trop savoir où elles se rendaient. Même l'acariâtre et pontifiante portière, Agnès Ferrand, lâcha le livre qu'elle tenait et s'enfuit à toutes jambes de la bibliothèque, remontant sa robe sur ses bas. Aude de Crémont, bousculée par le flot affolé qui se ruait dans l'étroit passage menant à l'escalier du dortoir principal, s'affala de tout son long. Sans la poigne vigoureuse de Clotilde Bouvier qui l'agrippa par le col, elle périssait piétinée. Enfin le troupeau fut réuni dans l'immense dortoir. Un silence de mort s'abattit, seulement troublé par les pleurs et les reniflements de quelques-unes qui voyaient déjà l'enfer s'entrouvrir à leurs pieds. Rolande Bonnel, sœur dépositaire, fit preuve de son habituelle rapidité d'esprit en demandant d'une voix hachée :

– Et… et qui nous attaque, si je puis m'enquérir ?

Agnès Ferrand, que sa morgue vipérine avait abandonnée, cria :

– Gourde… Nul ne le sait ! Ah mon Dieu… Nous allons périr égorgées cette fois, je le sens ! Et ça n'est pas ce Mortagne et son mire qui y changeront quoi que ce soit !

– Avez-vous jeté votre raison aux orties ? la rabroua avec violence la sœur cherche, Adélaïde Baudet. Qui nous égorgerait ? Taisez-vous à l'instant !

Ses nerfs lâchaient Agnès Ferrand. Elle vagit :

– Un bain de sang, un carnage, je le savais ! À cause de cette bécasse d'abbesse… Nous allons toutes mourir ! Ils vont nous cueillir céans où nous avons eu la stupidité de nous masser.

Elle se rua vers la lourde porte et tenta d'en basculer la traverse.

Barbe Masurier, la robuste cellérière, se précipita sur elle, la tirant par la taille en criant :

– Cessez !

Mais Agnès Ferrand, en pleine crise nerveuse, éructait, les muscles raidis par la terreur. Elle se jeta sur la cellérière, tenta de la mordre afin de sortir. La gifle qui s'abattit sur sa joue la déséquilibra et elle chut sur le sol.

– Assez ! ordonna Barbe.

Agnès rampa à quatre pattes, enserrant les chevilles de son opposante, prête à en découdre de nouveau. Clotilde Bouvier se précipita pour apporter son aide à la cellérière. Elle se laissa tomber de tout son poids sur Agnès et s'assit sur son dos, en déclarant paisiblement :

— Avant qu'elle parvienne à soulever ma masse, elle sera calmée ou épuisée.

Haletante, Barbe Masurier reprit le contrôle de la situation. Les ordres plurent. Les lits, les chaises, les bancs et les coffres de la pièce furent poussés contre la porte, entassés les uns sur les autres, formant barricade.

Plaisance de Champlois et Alexia de Nilanay attendaient, assises côte à côte sur le petit lit de l'abbesse, ainsi que l'avait conseillé monseigneur de Mortagne avant de poster deux des serviteurs laïcs armés l'un d'une houe, l'autre d'une pique de chasse dans le bureau attenant. Trois de ses hommes d'armes protégeaient l'ouvroir à l'étage inférieur.

Affolée par l'ampleur de cette défense, Plaisance avait demandé :

— Votre intention n'était-elle pas d'intervenir avant le soulèvement ?

— Si fait. L'homme de main de Valézan cherche à vous atteindre en prenant prétexte d'une révolte des lépreux. Cette tragique mascarade a pour but de faire passer votre meurtre prémédité pour un désastreux accident. S'il est aussi rusé et déterminé que je le redoute, il tentera d'échapper à mon grand bailli afin de vous rejoindre et de mener à bien sa besogne. De surcroît, nous ignorons combien de lépreux au juste se sont laissé berner par de fausses promesses et participeront à l'assaut. Nous ne sommes qu'une petite vingtaine. Ils sont plus de cinquante et n'ont plus rien à perdre, pas même la vie.

Elles patientaient donc, sans échanger une parole. Plaisance égrenait son chapelet, incapable de se concentrer sur une prière. Le funeste silence qui s'était abattu dans l'abbaye depuis plusieurs minutes lui portait sur les nerfs.

Où était passé Petit Jean le Ferron, qu'elle n'avait plus aperçu depuis le branle-bas de combat ? Était-il tapi quelque part, attendant son heure afin de l'occire ? Pourquoi avait-il disparu ? Vaillante Mère de Dieu, faites qu'il ne soit en rien mêlé à cette horreur. Douce Vierge, accordez-moi la satisfaction d'avoir su toucher une âme. Son regard remonta vers la jolie Vierge peinte suspendue au-dessus de son lit. Alexia de Nilanay ne quittait pas la toile peinte des yeux depuis son entrée dans la petite chambre.

Et soudain, Plaisance de Champlois comprit. Soudain son hésitation, cette vague sensation, lorsqu'elle avait interrogé Marie-Gillette dans son bureau, juste avant de la relever de ses vœux, s'éclaira. Elle murmura d'une voix tendue :

– Vous avez servi de modèle au peintre, n'est-ce pas ? Ainsi s'explique l'impression de tendre familiarité que j'ai éprouvée en découvrant le rouleau dans l'une des armoires du chauffoir.

Alexia se tourna vers elle et hocha la tête. L'abbesse reprit :

– Ce tableau est à vous. Je suis désolée de vous en avoir privée. Il s'agit de ce que vous cherchiez partout, n'est-il pas vrai ?

Un nouveau hochement de tête lui répondit.

– C'est un diptyque, ai-je raison ? Où se trouve l'autre partie ?

– En effet. Elle est cachée dans la bibliothèque, en haut d'un meuble, derrière de lourds et poussiéreux ouvrages.

– Il me le faudra montrer, ma chère. Aussitôt… dès que tout ceci sera terminé.

Hucdeline de Valézan avait sommé deux serviteurs laïcs armés de se poster devant la porte barricadée de ses appartements. Un sourire aux lèvres, elle attendait, sans véritable appréhension. Mais bah, les brutes sont les brutes et on n'est jamais trop prudente !

Deux chocs sourds, un remue-ménage derrière le battant la redressa. Elle cria :

– Qui ?

– Bernadine. Bernadine Voisin, répondit la secrétaire qui s'époumonait.

– Laissez pénétrer ! ordonna la grande prieure.

Bernadine fonça vers son ancienne comparse et hurla :

– Vous m'avez trompée ! Et maintenant cette émeute. Vous me semblez admirablement calme, Hucdeline. Quoi, êtes-vous si certaine de vous en sortir indemne que vous restiez dans vos appartements, seulement gardée par deux paysans ?

Hucdeline de Valézan la toisa et ironisa :

– On ne fait pas d'omelette sans casser des œufs. Vous étiez un des œufs ! À vous revoir, très chère. Tentez de ne pas vous faire massacrer une fois dehors. Quant à moi, j'ai besoin de savourer ce moment et vous me le gâchez. Ah, j'oubliais… Lorsque ensuite, très bientôt… Enfin, après mon élection… je vous conseille en amie d'oublier tout de notre commerce. Pour votre bonne santé.

Le calme glacé qui revenait sur le visage de la vieille secrétaire étonna un peu madame de Valézan.

Bernadine tourna les talons et sortit, tirant derrière elle le battant. Une masse se détacha du mur situé à sa droite. La vieille secrétaire enjamba un des serviteurs assommés et déclara au chasseur d'une voix lasse :

— J'ai échoué, vous aviez raison. Elle est à vous.

Petit Jean le Ferron la remercia d'un mouvement de tête et se baissa afin de pénétrer à son tour dans le bureau.

Hucdeline avait rejoint sa table de travail. Elle exigea :

— Alors, venez-vous m'annoncer enfin son trépas ?

— Non.

La rage défigura le joli visage méprisant.

— Mon frère sera furieux, et ses fureurs sont redoutables. Il vous paie grassement, si je ne m'abuse.

— Je chie à sa face de vilain rat, déclara le chasseur le plus calmement du monde.

— Vaurien ! couina la grande prieure qu'une telle grossièreté suffoquait.

— Ouais. Je suis venu terminer mon travail.

En pleine incompréhension, madame de Valézan s'énerva :

— Imbécile, l'abbesse doit se terrer dans son palais, pas ici !

— J'espère bien qu'elle se terre là-bas, et sous bonne garde encore, approuva le Ferron en s'approchant du bureau.

Son calme, sa lenteur troublèrent Hucdeline de Valézan, que son arrogance quitta. Elle bredouilla :

— Que... Que faites-vous ?

— Je vous l'ai dit. Je termine le travail commencé avec cette Aliénor de Ludain. Pas de chance, hein ? Ou alors, c'est vous qui en avez. J'avais pourtant placé sept pâtes de prunes dans cette palette à cuilleron. Je les avais trouvées dans l'herbarium où je cherchais la… substance. La fiole était juste à côté. Je sais pas bien lire, aussi je n'étais pas certain qu'il s'agissait de colchique. Mais une faux rouge, ça, je sais ce que ça signifie.

— Vous ? souffla la grande prieure…

Et soudain, elle comprit. Où elle avait vu la main de son frère l'aidant à se débarrasser d'Aliénor sans qu'elle souille son âme d'un enherbement, il y avait en réalité cet homme, massif, menaçant. Un valet, une donnée négligeable. Cet homme avait tenté de les occire toutes deux afin de protéger Plaisance de Champlois qu'il était censé abattre. Elle n'avait échappé à la mort que grâce à une coïncidence : son rendez-vous secret avec Aude de Crémont. Elle fut debout d'un élan et se précipita vers la porte, tentant de l'ouvrir, s'acharnant sur la poignée qui résistait. Pesant de tout son poids de l'autre côté du battant, Bernadine Voisin pleurait en chantonnant un cantique. Elle avait tenu à assister le chasseur dans sa tâche. Hucdeline l'avait trahie. Pour la cause de la grande prieure qu'elle croyait juste et véritable, Bernadine avait souillé son âme. Il fallait réparer les dommages que sa crédulité avait engendrés.

Le chasseur rattrapa sa proie en trois enjambées. Elle se tourna vers lui, décochant des ruades, criant à son aide. Deux énormes battoirs s'abattirent sur sa gorge. Hucdeline sanglota, suppliant :

— De grâce, épargnez-moi ! Mon frère est très riche, il vous paiera au centuple. Je vous en conjure, laissez-moi vie sauve.

— De quoi peux-tu te prévaloir qui me décide à te l'accorder ? murmura le titan.

— Vous serez maudit pour l'éternité. Je suis l'épouse de Dieu…

— Mensonge. C'est elle, avec ses yeux d'aigue-marine qui est l'épouse de Dieu. Toi, tu es la catin de ton frère. Et je ne serai pas maudit pour vous avoir tuées, toi et ta complice. Or, je n'ai pas occis les autres.

Une main se serra sur sa gorge. Elle voulut hurler à nouveau, mais sa tête bascula avec violence selon un angle impossible. La sensation d'un coup violent. Elle s'effondra, la nuque brisée, vomissant un flot de sang.

Adossée derrière la porte, mordant son poing pour étouffer ses sanglots, Bernadine priait pour le salut de l'âme de feu Hucdeline de Valézan.

Lorsque Aimery de Mortagne, épée au clair, suivi d'Étienne Malembert, de Charles d'Ecluzole et d'une quinzaine de ses hommes, défonça la porte barricadée du clos des lépreux, le silence de la salle commune déserte les décontenança.

Ecluzole fit signe aux gens d'armes de le suivre, mais le comte les retint. Aux aguets, il épia la fausse quiétude de la vaste salle.

Un traînement de pieds trahit la présence des assiégés à l'étage. Mortagne murmura :

– Nous ne monterons pas. C'est un piège. Ils nous coinceraient dans l'escalier. (Puis, levant la voix, il clama :) Alors, les gueux, on se terre à la manière de fillettes ? Quelle fière bravoure ! La ladrerie vous aurait-elle émasculés en plus du reste ? Allons, haut les cœurs, les donzelles ! Nous sommes cinq, vous êtes cinquante.

Un rugissement lui répondit, précédant de peu le vacarme qui résonna dans l'escalier. Une demi-douzaine d'hommes hirsutes, braillant des obscénités, déboulèrent sur eux, brandissant les armes improvisées qu'ils avaient chapardées. Ils pilèrent à une toise du groupe conduit par le comte, découvrant leur véritable nombre. Charles d'Ecluzole avança de deux pas et déclara d'une voix joviale :

— Or donc, nous sommes à trois contre un, en notre faveur.

— Couilles d'étoupe ! éructa l'Ours en gesticulant, les menaçant de sa doloire.

— Avisés, simplement, rectifia Étienne Malembert. Déposez les armes avant de vous faire trancher vif. Vous n'avez aucune chance. Au demeurant, celui qui est derrière ce soulèvement le souhaitait ainsi. Plus de témoins, plus d'embarrassants compagnons pour partager la récompense.

L'incertitude gagna les hommes de l'Ours. Lui-même tourna la tête, cherchant du regard Éloi. En vain.

— Et où qu'il est, c'te merde au cul ?

— L'a pas suivi l'mouvement, lui répondit un des ladres. Moi, j'me couche, déclara-t-il en lançant sa pilonète.

À l'étage, les autres tendaient l'oreille, guettant le moindre son. Les quelques femmes s'étaient rencognées à l'extrémité des combles. Jaco le Ribleur avait fait de la belle ouvrage. Il était passé de l'un à l'autre, tentant de les convaincre de mettre un terme à cette folie qui ne pouvait aboutir qu'à leur exécution à tous. Après tout, maintenant, ils mangeaient à satiété et on leur foutait la paix. Que demander de plus ? Le nœud coulant du bourreau ? Et les représailles contre leur famille, y avaient-ils songé ? Il était parvenu à déstabiliser, voire à convaincre la plupart.

La voix de l'Ours tonna du bas :

— Reddition ! Ni châtiment ni punition. Parole du seigneur de Mortagne.

Tous se traînèrent vers l'escalier, soulagés, afin de rejoindre les insurgés en bas. Sauf Jaco qui ne tenait pas à ce qu'une lueur de reconnaissance s'allume dans l'œil du sieur Malembert au risque de le trahir. Une main sans aménité s'abattit sur sa tunique et le tira vers l'arrière. Jaco vit la bouche édentée d'Éloi s'ouvrir sur un rire, il vit la lame de son coutelas s'abattre. Presque rien. Une vague tiède et plaisante qui lui inondait la poitrine. Il la tâta et détailla sa paume, rouge. Il s'écroula à genoux, un sourire aux lèvres. Il leva le regard vers Éloi et murmura avant de basculer :

— Merci à toi.

Les armes des révoltés avaient été réunies en tas devant la cheminée.

Aimery de Mortagne exigea alors :

— Que l'on nous produise toutes les cliquettes. Toutes. Une par personne. Cinquante-deux, donc.

Elles plurent sur le sol dans un claquement de lamelles de bois.

S'aidant de la pointe de son épée afin de ne pas les effleurer, le grand bailli les compta.

— Cinquante. Deux nous font encore défaut. Tous tes ladres sont-ils présents, l'homme ? demanda Charles d'Ecluzole à l'Ours.

La grande brute passa en revue sa troupe du regard et bougonna :

— En manque deux. Le Simple, Jaco, quoi, et l'Éloi. Qu'est-ce qui fout, c'te crapule ?

D'un mouvement, Mortagne ordonna à deux des gens d'armes de fouiller les combles. Les gaillards se ruèrent à l'assaut de l'escalier. Une exclamation, puis une voix provenant de l'étage :

– Monseigneur, y en a un qu'a crevé ici. L'a été égorgé, le gars. Il s'est vidé de son sang. C't'une vraie mare !

– Comment qu'il est d'stature ? tonna à son tour l'Ours.

– Petit, plutôt chétif.

– Par le sein d'ma sœur ! Jaco. C't'enflure d'Éloi qu'y a fait la peau. Damnée vermine. Où qu'y l'est que j'y dépèce sa face de vilain pet ? Fils de pute de mes deux !

Mortagne réagit aussitôt. Entraînant quatre hommes à sa suite, il fonça, talonné par Malembert.

À genoux sous la jolie Vierge pâle, Plaisance de Champlois priait. Toujours assise sur le lit, Alexia de Nilanay semblait pétrifiée. Elle luttait sans relâche, repoussant une à une les pensées qui tentaient de se frayer un chemin dans son esprit. Des pensées de mort, de carnage, de désastre.

Un brutal éclat de verre brisé, un choc sourd provenant du bureau. Elles se levèrent d'un seul élan, tendant l'oreille. Des cris, l'écho d'une violente bagarre. Un hurlement, un autre. Des chocs sourds sur le plancher. Un raclement assourdissant : on poussait la lourde table de travail de l'abbesse devant la porte donnant sur le palier. Une barricade, afin de se donner le temps de terminer sa tâche. Plus rien. Puis, un pas lourd et traînant qui se rapprochait de la porte de la chambre. Plaisance posa un doigt sur ses lèvres, intimant à Alexia de faire silence.

Une voix railleuse gloussa derrière le battant :

– Allez, gentille abbesse, sors de là ! Un peu de pitié pour un pauvre gars malade. Je vais me déboîter l'épaule sur ce chêne.

Plaisance adressa une muette prière de gratitude à la Vierge peinte : il ne s'agissait pas du chasseur. Elle hocha la tête en signe de dénégation. Immobile, elle guettait le moindre son. L'écho d'une cavalcade, lointaine, des coups dans la porte du bureau. Les gens d'armes des Mortagne qui voleraient à leur secours.

— Sors, la naine ! s'énerva Éloi en assénant de violents coups de pied au battant.

— Je ne sortirai pas. Les hommes de monsieur de Mortagne vous passeront au fil de l'épée.

— Quand y z'arriveront à basculer la traverse et à pousser la table. Ça nous laisse du temps.

Un nouveau choc sur le plancher. Une exclamation rageuse :

— D'où qu'tu sors, toi ?

Petit Jean le Ferron, son coutelas de chasse à la main, fixait Éloi.

— Du même endroit que toi. La fenêtre.

Derrière la porte barricadée du bureau, les hommes de Mortagne criaient, joignaient leurs efforts afin d'enfoncer le battant.

Doloire brandie, Éloi se jeta sur le chasseur, qui esquiva la charge avec une étonnante souplesse. Il se fendit, la lame érafla le bras du ladre. Le large tranchant de la doloire s'abattit, manquant de peu le crâne de Petit Jean.

Dans la chambre, Alexia de Nilanay tentait de contrôler les tremblements qui l'agitaient. Un calme presque surnaturel avait envahi Plaisance. Elle remerciait de tout son cœur sa douce Vierge du miracle qui lui était offert. Elle était parvenue à toucher une âme, à la rendre à Dieu.

Le poing gauche de Petit Jean partit, en même temps que sa jambe qui percuta Éloi au genou, le déséquilibrant. Le scrofuleux trébucha, se rattrapant de justesse à l'un des murs. Sa lourde hache chut. En un éclair, le Ferron la poussa d'un coup de pied et le tranchant de sa main s'abattit à toute violence sur la nuque de la brute qui s'écroula, face contre terre. Petit Jean appela d'une voix altérée par l'effort :

– Madame ma mère, c'est votre chasseur ! Vous pouvez sortir, madame. Nous ne serons pas trop de deux afin de pousser cette table et d'ouvrir passage aux hommes de monseigneur de Mortagne.

Plaisance parut et tendit les mains vers lui. Il les cueillit avec une infinie douceur et posa ses lèvres sur l'une d'elles. L'abbesse murmura :

– Décidément, Petit Jean, je vous dois la vie deux fois. Une lourde dette.

Il baissa les yeux et déclara d'une voix sourde :

– C'est vous qui avez essuyé la mienne. Ma reconnaissance ne cessera jamais. Par-delà la mort, ma mère.

Alexia s'échinait sur la table, tentant de la tirer, sans aucun résultat. Ils la rejoignirent. Ahanant, ils parvinrent à la faire glisser peu à peu. Trois gaillards se ruèrent dans la pièce, pertuisanes brandies. L'un demanda d'un ton d'affolement :

– Allez-vous bien, mesdames, ma mère ?

– Grâce à notre vaillant chasseur qui nous a sauvées d'une mort certaine, précisa l'abbesse.

Avant que quiconque n'ait pu faire un geste, la lame perça la chair de Plaisance qui cria, une onde rouge teintant l'épaule de sa robe. Éloi s'était redressé. Le visage convulsé de haine, il brandit à nouveau sa lame. La poigne brutale du chasseur propulsa la jeune fille sur le côté. Il s'interposa entre elle et le long coutelas qu'il tenta d'arracher des mains d'Éloi, fou de rage, décidé à aller jusqu'au bout. Craignant de blesser Petit Jean, les trois gens d'armes tournaient autour des deux hommes en mêlée. Les adversaires tombèrent à terre, se bourrant de coups. Soudain, un râle. Les jambes de Petit Jean le Ferron se détendirent en secousse. Plus rien. Éloi, ensanglanté, à quatre pattes au-dessus de sa victime, éclata de rire. Deux pertuisanes filèrent, le transperçant l'une dans le dos, l'autre au cou. Il hoqueta et s'affala sur le corps sans vie du chasseur.

Des larmes de gratitude et de chagrin dévalèrent des paupières de l'abbesse : « Il Vous rejoint enfin, mon Dieu. Il avait tant envie de s'apaiser auprès de Vous. Je l'ai senti dès notre première rencontre. De grâce, Seigneur, prenez grand soin de mon ami. »

Un soldat retourna de la botte le cadavre navré d'Éloi. Il se pencha et souleva du bout de sa hallebarde le cordon passé autour de son cou. Une cliquette neuve y pendait. Les lamelles superposées de bois de frêne étaient encore laiteuses.

Mortagne, flanqué de Malembert, débonla dans le bureau. Le regard du comte passa des deux cadavres à l'abbesse pour s'attarder sur Alexia de Nilanay, décolorée jusqu'aux lèvres et incapable de prononcer un mot de peur de perdre tout à fait ses nerfs.

Aimery de Mortagne s'était rongé les sangs depuis qu'il avait compris qu'Éloi ne cherchait qu'une opportunité de rejoindre sa proie : Plaisance. Ils avaient couru à perdre haleine, franchissant la demi-lieue qui séparait le clos des lépreux du palais abbatial à la vitesse d'un cheval au galop. De monstrueuses visions s'étaient succédé dans l'esprit du comte : l'abbesse égorgée, Alexia violée et étranglée, ou les deux femmes poignardées, ou… ou… La fureur meurtrière qui l'avait soulevé à ce moment-là, annihilant sa fatigue, lui faisant allonger la foulée au point de distancer Étienne, lui avait fait comprendre à quel point cette damoiselle de Nilanay lui était devenue précieuse. Elle était vive. L'abbesse était sauvée. Le reste… ? Plus tard.

La peur s'estompant, la douleur de Plaisance prenait en puissance. Elle grimaça. Malembert se porta à son secours. Elle l'arrêta d'une faible plaisanterie :

— Êtes-vous bien certain, monsieur, d'être tout à fait mire ?

— Je suis tout à fait sûr du contraire, ma mère. Cela étant, j'ai assez pataugé dans les tueries de champs de bataille pour savoir panser une blessure d'arme.

— Alors, je m'efforcerai d'être aussi brave que l'un de vos soldats.

— Je crois, madame, que vous pourriez leur en remontrer en bravoure.

— Quel joli compliment, messire Malembert. Espérons qu'il soit fondé.

La dépouille d'Hucdeline de Valézan, prétendument étranglée par un ladre devenu fou, fut inhumée dès le surlendemain. Plaisance jugea préférable de ne pas infliger l'opprobre et le scandale à leur communauté déjà si malmenée. La grande prieure fut donc enterrée avec les honneurs dus à son rang.

Rolande Bonnel, sœur dépositaire, exultait. Elle avait eu raison ! En tout, quarante-huit deniers avaient été prélevés des comptes du cloître de La Madeleine, les moins surveillés puisque ni elle ni Aude de Crémont n'y veillaient. Ah ça ! On ne lui en remontrait pas !

Le messager rendu disert, pour ne pas dire intarissable, par les menaces très claires et tout aussi impressionnantes de monseigneur de Mortagne, avait avoué le prix de ses courses vers Jean de Valézan ainsi que leur nombre. Il ne manquait qu'un minuscule denier pour faire bon compte et satisfaire la tatillonne Rolande. Le prix d'une belle cliquette neuve, commandée par madame de Valézan à un serviteur. Elle devait remplacer celle qu'Éloi avait perdue sur les lieux de son crime, après avoir étranglé sur ordre et par méprise la douce Angélique Chartier qu'il savait où trouver, grâce aux informations de la grande prieure.

Rongée par le remords et sa bêtise, Alexia de Nilanay se débrouilla pour aborder l'abbesse à la sortie de l'abbatiale.

– Vous remettez-vous bien de votre blessure, madame ? s'enquit-elle.

– Grâce à Dieu, oui. Les soins efficaces – à défaut d'être délicats – que me prodigue monsieur Malembert, aidés par les onguents que me concocte notre irremplaçable Hermione m'ont presque tout à fait guérie. Encore quelques jours et je retrouverai mon bras de naguère.

– Vous m'en voyez rassurée.

– En confidence, j'ai joui d'un bon prétexte pour remettre à plus tard l'interminable mise à jour de nos registres, plaisanta Plaisance.

Elle détailla la jeune femme. Celle-ci avait fière allure dans ses vêtements de siècle, récupérés d'une dame oblate de sa stature. Un touret[1] de laine vert amande, retenu par une barbette[2], cachait son crâne rasé. Sa robe jaune à manches justes[3], agrémentées de longues coudières[4] à la nouvelle mode, était taillée dans une épaisse soie safran. Une ceinture de fin cuir noué de chaî-

---

1. Coiffe en forme de tambourin.
2. Large bande de tissu qui maintenait la coiffe sur la tête en passant sous le menton.
3. Ajustées.
4. Sortes de longues bandes d'étoffe fines qui partaient des coudes et tombaient presque aux pieds.

nettes soulignait la finesse de sa silhouette. Un mantel[1] de laine vert sombre complétait l'ensemble. Plaisance se fit la réflexion qu'Alexia portait toilette comme peu de femmes de sa connaissance. Elle se demanda avec un pincement de cœur ce qu'il serait advenu de la jeune femme si les jours des Clairets avaient continué de s'écouler paisiblement, si elle avait été condamnée sa vie durant à interpréter le rôle d'une bernardine.

– Ma mère… pardon, madame, je m'en veux tant. Je vous ai incitée, bien involontairement, à croire à l'innocence de ce lépreux. Un monstre qui a failli vous tuer, nous tuer. Je suis impardonnable !

– Non pas. Vous avez, par bienveillance, cru que l'on tentait de les incriminer. C'était fort plausible. Après tout, quels meilleurs boucs émissaires que les scrofuleux ? Éloi était un tueur. La lèpre n'y a rien changé, si ce n'est, peut-être, le pousser aux extrêmes. Pourquoi certains d'entre eux deviendraient-ils meilleurs alors qu'ils souffrent, que la mort rôde en permanence autour d'eux et qu'ils sont traités pis que des animaux féroces ? Maintenant que cette vile âme a disparu, ils sont fort calmes. Cet inquiétant Ours n'est pas un maudit. C'est une tête brûlée, un lourdaud sans beaucoup de cervelle, comme on en rencontre bien souvent. Rien de plus. Voyez-vous Alexia, peu d'entre nous, très peu, franchissent la frontière qui les séparera à tout jamais de Dieu. Pour les autres, la Voie reste toujours ouverte.

– Est-elle toujours ouverte pour elle ?

Plaisance n'eut nul doute qu'elle faisait allusion à Hucdeline de Valézan.

– Je ne le crois pas, et mon cœur saigne. Je ne veux pas imaginer l'au-delà qu'elle s'est réservé. Vous avez

---

1. Longue cape.

commis une erreur par bonté, j'en ai commis une, bien plus grave, par sotte candeur. Elle a payé le remplacement de la cliquette, ce qui prouve qu'elle savait qu'Éloi avait étranglé Angélique. Je crois également qu'elle a compris qu'il avait brisé la nuque de Claire Loquet avant de la violer. Je cherche… Je lui cherche des excuses, des atténuations, de toutes mes forces. Je n'en trouve aucune, et cela me désespère.

— Peut-être fait-elle partie de ceux qui ont franchi la frontière.

— Peut-être. Dieu jugera. À vous revoir avant votre départ pour Mortagne, Alexia. Je vous souhaite le meilleur, vous le méritez.

Une ombre passa sur le visage de la ravissante jeune femme qui avait été une de ses filles. Elle déclara d'un ton très doux :

— Je ne sais ce qu'il adviendra de moi. J'ignore si j'ai encore de la famille. Je vous avoue… je vous avoue que je redoute la suite.

— Il est bel homme, d'excellente réputation et de valeureux sang. Il est fort et doux, séduisant… mais redoutable.

— Ma mère ! s'exclama Alexia, le fard lui montant jusqu'au front.

— Allons ma fille ! Que croyez-vous ? Que je suis une oie blanche ? Peut-être, mais je sais comment se font les enfants tout comme je sais que nous avons besoin de preux petits Mortagne.

Alexia, qui pourtant connaissait le monde et les hommes, se sentit soudain une pudeur de pucelle. Elle bafouilla avant de s'enfuir :

— J'ai déposé le second rouleau du diptyque dans votre ouvroir.

Plaisance avait récupéré la Vierge de sa chambre afin de la juxtaposer au deuxième panneau étalé sur sa grande table de travail. Sur le premier rouleau souriait tendrement la Vierge assise sur un rocher, diaphane et blonde. Elle tenait l'enfant divin dans son bras droit replié en berceau. Ses cheveux tombaient en voile ondulé jusqu'à ses pieds. Le visage de trois quarts, elle tendait la main gauche en direction d'un soldat en armure dont on n'apercevait qu'une genouillère hérissée de plaques de métal et le bout d'un gantelet. Sur le second panneau, l'homme de guerre coiffé d'une barbute baissait la tête. Du sang souillait la pointe de sa pertuisane.

Penchés au-dessus de la table de travail, Mortagne et l'abbesse les étudiaient depuis une heure. Ils avaient scruté chaque trait du soldat, examiné son armure, en vain. Mortagne avait approché la toile de la fenêtre, cherchant si une autre scène avait été recouverte de cette représentation religieuse.

Rien.

— Peut-être me suis-je abusée, souffla d'exaspération l'abbesse. Peut-être cette intuition que j'ai ressentie était-elle trompeuse ?

— En ce cas, pourquoi Alfonso de Arévolo aurait-il insisté, alors qu'il expirait, pour que sa dame de cœur fuie et emporte le diptyque, ainsi que me l'a relaté mademoiselle de Nilanay ? argumenta Mortagne, le regard rivé à la hallebarde. Une telle exigence indique son extrême importance. La pointe, ici, insista-t-il en désignant le meurtrier triangle rougi de sang, ressemble à s'y méprendre aux éclats de pierre taillée qui se trouvaient dans le sac racheté à l'Arménien.

— Peut-être tenait-il simplement à cette œuvre de belle facture, proposa Plaisance d'un ton de doute.

— L'aisance du peintre est certaine. En revanche, la scène en elle-même est traitée avec classicisme. Une

Vierge à l'enfant, souriante, sereine, repoussant d'un seul geste de main toute la brutalité, toute la fureur du monde, personnifiée par ce soldat. Regardez son visage, il est mal dégrossi, bestial. Même la façon dont il se tient, incliné vers l'avant, indique la sauvagerie.

— Certes… jusqu'à cette barbe naissante qui lui couvre les joues, ces sourcils en broussaille… Le faciès est… bestial, ainsi que vous l'avez qualifié. L'opposition est soulignée entre la pureté, la grâce de la Vierge et l'animalité inquiétante de cette brute. Le jeu de lumière est étonnant. On dirait presque que la petite main pâle illumine ce qu'elle désigne…

Le regard gris étiré vers les tempes scrutait le tableau. Un détail. Bouche entrouverte de concentration, Mortagne désigna la pansière qui recouvrait l'abdomen de l'homme et acquiesça d'un ton à peine audible :

— Vous avez raison… La lumière… Que sont ces reflets ?

— Des enjolivements d'armure ? proposa Plaisance.

— Pour un grossier soldat ? Il est même sidérant qu'il soit équipé d'une pansière. Elles sont si dispendieuses que seuls les gentilshommes en protègent leur cotte de mailles. (Il se redressa et avoua dans un sourire confus :) Ma vue n'est plus ce qu'elle était… à mon âge, madame. Que font vos jeunes yeux de ces… lignes, ces arabesques que j'aperçois sur la plaque ventrale ?

Plaisance de Champlois se baissa sur la toile, son nez la frôlant presque.

— Mes yeux n'ont peut-être que quinze ans, mais je n'y vois goutte !

Elle tourna le visage vers lui et s'exclama :

— Les béricles de Bernadine !

Elle fonça vers le palier et héla sa secrétaire en exigeant :

– Ma fille, rejoignez-nous aussitôt, avec vos lentilles grossissantes.

La vieille femme leur tendit ses lunettes, le visage sinistre, et repartit sans attendre.

– Votre Bernadine a bien sombre mine.

Plaisance se résolut à un pieux mensonge. Elle n'avait pas encore décidé du sort qui échoirait à sa trompeuse secrétaire.

– Peut-être craint-elle que tous apprennent de votre bouche qu'elle porte béricles ?

– Je suis parfait gentilhomme, madame, plaisanta-t-il. Je ne les mentionnerai à quiconque. Vous avez ma promesse.

Mortagne chaussa les lentilles de cristal serties dans des cercles de métal. Plaisance retint un pouffement, fort malvenu étant entendu le moment et le rang de son invité. Il ressemblait à une alarmante chimère, ses yeux ayant doublé de volume et lui dévorant le visage. Il se pencha à nouveau, s'émerveillant :

– Fichtre, voilà des années que je n'ai pas vu aussi nettement ! Il faudra un jour que je trouve le courage de me faire confectionner pareil attirail et surtout de le poser sur mon nez. Délicate perspective, puisque chausser béricles implique que…

Il s'interrompit brutalement et bafouilla :

– Palsambleu… Ah, que je sois damné si…

– Je vous en prie, monsieur, s'offusqua Plaisance.

– Votre pardon, ma mère. Dieu du ciel ! Le sac… Le contenu du sac d'Acre.

– Quoi ?

– Sur la pansière, là, en reflet…

Le regard de Mortagne passait fébrilement de la plaque ventrière de l'armure au visage du soldat.

– Que signifie… ? murmura-t-il pour lui-même.

– Quoi? À la fin, m'expliquerez-vous! s'énerva l'abbesse.

– C'est un singe que désigne la main de la Vierge, enfin du moins celle d'Alexia de Nilanay.

L'incompréhension se peignit sur le visage de la jeune fille :

– Un singe comme on en rencontre, paraît-il, en Égypte?

– En Égypte et un peu partout de l'autre côté de la Méditerranée.

– Quelle idée… Pourquoi le peintre aurait-il souhaité représenter le reflet d'un singe sur l'armure du soldat? D'autant qu'on ne voit nul animal alentour.

Mortagne ne semblait pas l'avoir entendue. Il lâcha d'un ton sourd :

– Un singe armé d'une lance rudimentaire, dont la pointe est faite d'un triangle de pierre rouge, comme ceux que Malembert et moi avons trouvés dans la besace de l'Arménien, comme celui qui termine la pertuisane du soldat… Et ce singe, lorsqu'on le détaille, ressemble à l'homme en armure, en plus bestial, voilà tout. Ce diptyque n'a rien d'une œuvre religieuse. C'est un message par-delà la tombe qu'a voulu laisser Alfonso de Arévolo.

Il tendit les béricles à l'abbesse, qui les chaussa à son tour. Elle examina durant un long moment le tableau. Lorsqu'elle releva la tête, elle était livide jusqu'aux lèvres. Elle souffla :

– Je ne comprends pas la teneur du message…

– Quant à moi, je redoute de l'avoir comprise. Et si vous me permettez cette grossièreté, madame, à vous voir aussi pâle qu'un spectre, je jurerais qu'un début de déchiffrement vous a effleurée.

Plaisance ne répondit d'abord pas. Elle lui rendit les béricles et contourna d'une démarche pesante sa table de travail pour se laisser glisser dans son fauteuil. Elle admit :

– J'ai l'impression que mes jambes ont tourné à l'étoupe.

– Je ne me sens pas gaillard moi-même.

Elle posa les coudes sur son bureau et enfouit son visage entre ses mains.

– S'agit-il d'une sorte de parabole artistique ? s'enquit Plaisance d'une voix faible, suppliant pour que la solution qui se frayait un chemin dans son esprit soit erronée.

– Selon vous, une parabole d'artiste, si exagérée soit-elle, aurait-elle pu coûter la vie à tant d'êtres, justifier tant de duperies et de forfaits, depuis si longtemps ? J'ai passé en revue le contenu de ce sac, il y a des années. Ce morceau de crâne, un tibia qui appartenait indiscutablement à un homme de petite taille, des phalanges et des côtes qui semblaient humaines, et ces triangles aigus de pierre taillée terminés d'une sorte de languette. Jamais je n'aurais imaginé que ladite languette servait à fixer cette pointe sur une pique de chasse.

– Et la familiarité entre ce singe et ce rustaud de soldat, qu'en faites-vous, monsieur ?

– Béranger de Normilly avait compris. Francisco de Arévolo également. C'est pour cette raison qu'ils ont décidé de ne pas remettre le contenu du sac à monseigneur de Valézan. Le squelette négocié par cet Arménien n'est pas celui d'un grand singe. C'est celui d'un homme antique, qui nous précède dans l'histoire du monde. Le soldat a été figuré de la sorte afin de lui ressembler tout en ayant gagné en… humanité. Alfonso voulait faire comprendre le lien entre les deux.

– C'est une hérésie ! hurla l'abbesse en abattant son poing sur sa table de travail. Il est écrit dans le Livre sacré : « Dieu créa l'homme à son image, à l'image de

Dieu il le créa, homme et femme il les créa[1]. » Dieu ressemblerait-il à ceci ? débita-t-elle d'une voix heurtée de fureur en désignant le soldat peint. Ou pis, à cela ? (Sa main descendit vers la pansière.) Allons, monsieur ! Si ce n'était une telle bouffonnerie, il faudrait y voir un intolérable blasphème !

Mortagne hésita, parvenant encore à retenir les paroles ahurissantes qui lui venaient aux lèvres. Pourtant, elles lui échappèrent :

— Car, selon vous, les créatures humaines que nous sommes ressembleraient à Dieu ? Avec tous leurs vices, leur mauvaiseté, leur cupidité, leur bêtise aussi ?

— N'existe-t-il rien de bon en nous ? le coupa-t-elle, véhémente.

— Oh si... il y a l'amour, le courage, l'honneur. Le goût de la beauté également. Cela étant, vous admettrez que nombre d'entre nous en sont dépourvus.

Elle feignit une surprise méprisante. Pourtant, sa voix tremblait :

— Or donc, selon vous, le texte sacré est fautif ? Car vous n'oseriez quand même pas supposer qu'il est mensonger !

— Que non, madame. Ni fautif et encore moins mensonger. Le texte est sacré, justement. Il sait le passé, le présent et il connaît l'avenir. Le temps de Dieu n'est pas le nôtre[2]. Nous comptons en années. Il compte en centaines de millénaires.

— Je ne l'ignore pas. Cependant, je ne vois toujours pas où vous voulez en venir.

---

1. Genèse 1, 27.
2. Ce concept sur la variabilité du temps était parfaitement admis au Moyen Âge. Il y avait le temps divin, le temps angélique et le temps des hommes.

– Le temps de Dieu est infini, Son Projet également. Nous avons l'outrecuidance de croire que nous sommes Son ultime Projet.

Elle se laissa aller contre le dossier de son fauteuil et asséna :

– Vous êtes fou.

– Peut-être. Dieu est infini. Il est toute-puissance, tout intelligence, toute connaissance. Allons, madame, s'emporta-t-il, ouvrez les yeux. Comparés à Lui, nous sommes de pathétiques et prétentieuses fourmis. Mais nous avançons. Peu à peu, nous nous approchons de Lui, lentement, mais avec obstination. Grâce à Lui, nous avons la ténacité des fourmis. Enfin, ne voyez-vous pas la différence qui existe déjà entre nous et ce que l'on nous rapporte des siècles passés ?

Elle ferma les yeux et respira avec peine. Elle refusait. Elle refusait de l'entendre plus avant. En quelques instants, cet homme qu'elle avait commencé d'estimer, d'aimer presque, lui devenait insupportable. Il fallait qu'il parte. Qu'il quitte son bureau, l'abbaye. Au plus vite.

– La tête me tourne, monsieur. Je ne me sens pas au mieux.

– J'ai abusé, et je souhaite qu'un jour vous me le pardonniez. À vous revoir, ma mère.

Il s'inclina et sortit.

La voix ferme, coupante, le retint sur le pas de la porte :

– Vous êtes mon invité d'honneur, monseigneur. Je vous suis infiniment reconnaissante de l'aide que vous nous avez apportée et sans laquelle nous serions peut-être toutes mortes aujourd'hui. Cela étant… vous voudrez bien vous abstenir de professer à nouveau de telles sornettes impies en ma présence ou en celle de mes filles et de mes gens. Pour notre bien à tous.

– Il en sera fait ainsi que vous le souhaitez, madame. Votre pardon. Du fond du cœur.

Lorsqu'il rejoignit Malembert à l'hostellerie, Aimery de Mortagne s'en voulait mortellement. Qui était-il pour affirmer détenir la vérité ? Comment avait-il pu tenter d'en convaincre cette jeune abbesse, pour qui la version de l'Église était la seule authentique ? Il relata ses découvertes à son fidèle secrétaire et s'épancha.

Le visage anguleux de celui qui était devenu son seul véritable compagnon s'était figé.

– Je me suis conduit comme un imbécile dépourvu de cœur, mon bon Malembert.

– Non pas, monseigneur. Brutalement certes, mais pas en faible d'esprit doublé d'un insensible. Quant à votre tiède appréciation des créatures humaines, nous la partageons, ainsi que vous le savez. Il est vrai que nous fûmes soldats, que nous avançâmes tous deux, enfoncés jusqu'aux chevilles dans le sang et la mort. Que sait-elle, cette gentille abbesse, de la fureur impitoyable des champs de bataille ? Que sait-elle de ces blessés que l'on achève en se retirant afin de leur épargner les tortures de l'adversaire ? Que sait-elle de la terreur ou du goût du sang qui transforment certains êtres de mesure en monstres ? Toutefois, je m'interroge sur le sens de toute cette affaire. Nicolas IV* fut-il, à l'époque du rachat du sac à l'Arménien, informé de la véritable nature des ossements ?

– Je n'ai nulle certitude, mais je parierais le contraire. Valézan a dû les lui taire afin d'en tirer un jour profit. De la même façon, je jurerais que Clément V n'a aucune idée de l'existence de cette besace. Imagine le pouvoir de Jean de Valézan. Il peut maintenant faire trembler Rome en menaçant de divulguer son secret. Peut-être ces petits triangles rougeâtres lui vaudront-ils un jour le Saint-Siège.

– Dieu nous en préserve. Cet homme a basculé depuis trop longtemps vers le mal… Pourquoi tant d'acharnement ? Il suffisait de prétendre qu'il s'agissait d'un squelette de singe. Tout le monde n'y aurait vu que du feu.

– Ce n'est pas le squelette, mais les pointes taillées qui importent. A-t-on déjà vu un singe capable de façonner la pierre pour s'en faire armes et outils ? Or nous étions plusieurs à les avoir contemplées. Presque tous sont morts, sauf nous deux et cet Arménien qui ne doit la vie sauve qu'au fait d'avoir traité avec nous et pas avec un des sbires de Valézan.

Malembert chassa le remords qui s'insinuait dans son âme et rétorqua :

– En ce cas, pourquoi ne pas parler vrai, expliquer que nous progressons pas à pas sur le chemin de Dieu et que si le temps nous semble interminable, il n'est rien à Ses yeux ?

– Comment expliquer aux plus inquiets d'entre nous que le temps de Dieu n'est pas le nôtre ? Comment leur faire sentir, sans les désespérer, que tout est symbole et que ces symboles dépassent souvent notre piètre entendement ? La connaissance est pouvoir, Malembert. Nous sommes tous deux convaincus qu'elle nous rapproche de Dieu. Maintenir l'homme dans l'ignorance, c'est le ravaler à l'état de bête et le dominer. Valézan en est également certain. Il utilise la peur, la bêtise, l'ignorance et l'impuissance, voire la cupidité de ses victimes pour se frayer un chemin vers l'ultime puissance.

– Il faut placer les rouleaux en lieu sûr, hors d'atteinte des griffes de Jean de Valézan. Les confier au roi, peut-être. Puis, notre tâche céans sera terminée, monseigneur. Je vous confesse que je n'en serai pas fâché.

— Je n'en suis pas si certain, Malembert.

Le lendemain, dès après prime, devait lui donner raison, lorsque Jean de Valézan requit hospitalité en l'abbaye, pour lui et sa suite, afin de prier sur la tombe de sa bien chère sœur.

Ne doutant pas que l'archevêque était au fait de sa présence aux Clairets, Mortagne rasa les murs et se fit discret. Il eut la roublardise de faire porter un message par Malembert, priant le prélat de lui pardonner son retard à le saluer et arguant d'affaires urgentes à expédier avant de se consacrer tout entier au plaisir de le rencontrer. Étrange. Mortagne pistait Valézan depuis des années. Il reniflait ses coups bas depuis des lustres. Valézan lui était devenu une sorte de compagnon de sinistre connaissance. Pourtant, il savait à peine à quoi ressemblait l'autre.

Malembert lui rapporta la réponse de son ennemi. Le plaisir serait sien, et il attendait avec impatience le bonheur de le savourer. Étienne ajouta d'un ton détaché :

— Je n'ai même pas aperçu l'archevêque. J'ai remis votre message à… son secrétaire, dirons-nous. Quant au reste de sa suite, si ce sont des clercs, c'est que je suis bonne femme.

— Ont-ils l'air si inquiétants que cela ?

— Et bien davantage, monseigneur. Quatre sbires à la trogne d'hommes de main.

— Il fallait s'y attendre.

— À sa demande, lui et son entourage ont été installés dans les logements de feu la grande prieure, ajouta son secrétaire.

— Valézan espère y découvrir quelque chose, traduisit Mortagne.

— Les rouleaux du diptyque ?

— Pourquoi pas.

L'effervescence qui suivit l'arrivée de l'archevêque ne s'apaisa qu'à sexte, après qu'il eut longuement supplié le Seigneur d'accueillir en Son sein l'âme de sa tendre Hucdeline, et rencontré l'abbesse en son palais.

Mortagne mit à profit ce court répit pour déménager Alexia de Nilanay dans l'une des chambres de l'hostellerie dont elle ne devait sortir sous aucun prétexte. La jeune femme ne le questionna pas, preuve qu'elle avait senti la menace, elle aussi. Malembert lui tiendrait compagnie. Elle remercia le comte d'un ton étonné :

— J'ignore, monseigneur, pourquoi vous consentez à tant de peine afin de me protéger. Je vous en suis infiniment reconnaissante, bien qu'étourdie.

Il lui jeta l'un de ses longs regards et repartit en souriant, de ce lent étirement de lèvres enjôleur :

— Ma faiblesse pour la douce gent, sans doute. Une tradition familiale, madame.

— Une jolie tradition, monsieur.

— C'est également ce que je pense, après mon père et mon grand-père. La gent virile n'a-t-elle pas été créée afin de protéger la vie et l'honneur des femmes ?

— Je ne sais, monsieur. En tout cas, je remercie le ciel que vous en soyez convaincu.

Le sourire mourut. L'émotion le remplaça. Elle avait peur mais demeurait brave. Elle lui plaisait, décidément. Plus tard.

— Charles d'Ecluzole, mon grand bailli, s'est attardé entre ces murs après l'émeute avortée des ladres. Je m'en félicite. Il vous rejoindra bientôt.

L'inquiétude se peignit sur le visage d'Alexia, qui murmura :

– M'abandonnez-vous ?

– Que nenni, madame. Je prévois la suite.

– Est-elle si affreuse que deux hommes aguerris doivent me garder ?

– Rassurez-vous. Malembert vous confirmera que je divague parfois, mentit-il. Les hommes confondent par amusement une simple escarmouche avec la guerre. À vous revoir très vite, madame, pour plaisanter des anciens soldats.

Mortagne n'évoqua pas l'ahurissante découverte faite grâce au diptyque. Il fonça dans le bureau de l'abbesse et exigea :

– Vous avez reçu monseigneur de Valézan.

– Ainsi que je l'eusse fait de n'importe quel évêque, en effet.

– Lui avez-vous tendu les rouleaux ?

– Non. Il ne les a pas évoqués.

Plaisance de Champlois écouta ensuite sa requête, le visage fermé. Aimery la supplia de ne remettre à aucun prix le diptyque à l'archevêque.

– Connaît-il son existence ? Je viens à en douter. Ainsi que je vous l'ai dit, il ne l'a pas mentionné. Nous avons discuté de sa sœur. De sa fin tragique.

– Assurément, puisqu'il a fait assassiner Arévolo fils pour le récupérer et que ses nervis ont pourchassé mademoiselle de Nilanay jusqu'aux Clairets !

– Or donc, vous m'encouragez à lui taire la vérité ? Je vous rappelle, monsieur, que je juge vos spéculations d'hier inacceptables et sans fondement.

– Que voilà une parade indigne de vous, madame.

– Votre insolence ! s'insurgea l'abbesse.

La colère envahit le comte :

– Me prendriez-vous pour un sot ? Alliez-vous détailler au profit de monseigneur Jean toutes les manigances de sa sœur ? Certes pas. Or il ne les ignore pas puisque c'est lui qui les lui a dictées. Alliez-vous lui lancer au visage qu'il complotait à votre mort, après avoir ourdi celle de madame de Normilly et de son époux ? Non, n'est-ce pas ? Vous le craignez et vous avez raison. Il est redoutable, sans foi. En d'autres termes, n'avez-vous pas d'ores et déjà décidé de lui taire la vérité ? Peu importe puisqu'il la connaît. Vous allez le recevoir avec les égards dus à son rang et à sa robe, et attendre avec impatience qu'il s'en retourne. Il s'agit d'une tactique à double tranchant.

– Que voulez-vous dire ?

– Clément V n'est certes pas une force de la nature, en dépit de ses vastes qualités d'esprit. Et s'il venait à décéder ? Après tout, son prédécesseur Benoît XI* a trépassé bien brutalement, après huit petits mois de pontificat, seulement. La proximité de monsieur de Valézan est fort malsaine. On y décède promptement, ne trouvez-vous pas ? Seul ce diptyque peut – peut-être et avec l'aide de Dieu – nous garder de le voir pape un jour. Il s'agit de notre unique monnaie d'échange, et il n'est même pas certain qu'elle soit suffisante.

– Monnaie de chantage, vous voulez dire, rectifia Plaisance.

– On ne se bat dignement que contre de dignes adversaires. L'inverse serait une mortelle ânerie.

Les yeux aigue-marine ne le lâchaient pas, et il songea qu'il l'avait perdue. Son regard était devenu rempart. Elle se terrait derrière, il ne savait plus où. Une peine diffuse lui fit baisser la tête. Il avait été si proche de son esprit. Proche, comme peut-être il avait été de celui d'Anne.

– Bernadine a porté dès votre montée céans les rouleaux à monsieur Malembert, lâcha-t-elle enfin.

Le soulagement lui fit fermer les yeux. Il murmura :

– Vous faites juste et bon, madame.

– Je n'en doute pas, sans quoi je ne l'eusse pas fait, monsieur. Détruisez-les ou scellez-les quelque part. Ma seule exigence, et je vous en demande parole, est que vous ne les remettiez jamais au roi ni à son entourage.

Plaisance n'ignorait pas que Philippe le Bel sauterait sur cette occasion de faire ployer Clément V afin qu'il lui accorde enfin le procès posthume contre la mémoire de Boniface VIII* – son ennemi honni –, procès qu'il exigeait depuis si longtemps.

– Je vous en donne parole, madame. Je ne les utiliserai qu'en ultime recours, afin d'empêcher l'élection au Saint-Siège de monseigneur de Valézan.

– Bien. Vous jugerez alors s'il convient de propager leur… interprétation. En toute âme, je vous le déconseille et vous supplie de ne vous y résoudre qu'en ayant soupesé les conséquences d'une telle divulgation.

– Que voulez-vous dire ?

– Songez à l'accablement. Que nous reste-t-il si nous sommes si éloignés de la perfection divine ? Serez-vous celui par lequel arrive le désespoir ?

– Il nous reste la volonté, l'obligation de nous en rapprocher. Pas à pas. Nous y parviendrons un jour.

– Un jour ? Cela semble si lointain dans votre bouche.

Elle avait raison, Mortagne n'en doutait pas. Les hommes parviendraient au prix d'incommensurables efforts à s'approcher de Dieu. S'ils ne s'exterminaient les uns les autres avant.

– Je vous l'accorde. Je conserverai le diptyque pour ne m'en servir que comme repoussoir contre Valézan, le cas échéant. Sur ma foi, ce maudit ne sera jamais pape. Dussé-je périr, je ne tiendrai pas grande ouverte la porte qui permettra à ce démon de régner sur la chrétienté.

L'arrivée en ouragan de Charles d'Ecluzole mit terme à leur entrevue.

– Vite, monseigneur. Malembert est... à l'agonie.

– Quoi ? Valézan ?

– Sans doute, mais je n'ai vu nulle trace de ses coupe-jarrets en débarquant à l'hostellerie.

– Et madame de Nilanay ?

– Disparue. Volatilisée.

Aimery de Mortagne retint l'abbesse, qui se précipitait vers la porte.

– Ceci, ma mère, ne vous concerne plus. Je vous en conjure.

– Avec mon respect, je n'ai nul ordre à recevoir de vous, monsieur. Je n'obéis qu'au pape, articula-t-elle d'une voix péremptoire qui disait assez qu'elle ne plierait pas.

– Vous me forcez à un geste que je regretterai ma vie durant. Tant pis. Je n'ai d'autre alternative. Ecluzole, madame de Champlois demeure dans son bureau jusqu'à mon retour. Nul ne la visite. Vous m'en répondrez sur votre honneur.

– Monseigneur, s'indigna le grand bailli. Il s'agit d'une abbesse !

– Comme si je l'ignorais !

– Monsieur ! tonna Plaisance, que la rage gagnait. Pour qui me prenez-vous ? Pour qui vous prenez-vous !

– Je vous prends pour une femme que je n'ai nulle envie de voir traversée de coups de lame. Quant à moi, je me prends pour un homme qui accepte les conséquences de ses actes, si insensés puissent-ils paraître.

Mortagne dévala l'escalier et se rua vers l'hostellerie, le cœur battant à tout rompre.

Hermione de Gonvray était agenouillée auprès de Malembert qui luttait contre l'essoufflement. Le sang de son fidèle compagnon trempait le devant de la robe de l'apothicaire. Elle hocha la tête en signe de dénégation. Elle se leva sur un signe du comte et quitta la pièce. Aimery de Mortagne tomba à son tour à genoux, serrant le torse de l'homme qui l'avait protégé toutes ces années, qui l'avait élevé à l'instar d'un père.

– Ne me quitte pas, Malembert ! Ne me quitte pas maintenant. De grâce, reste encore. C'est un ordre, m'entends-tu !

– J'essaie, monseigneur. La vie me lâche, elle se retire. (Un rire lui échappa. Une grimace de douleur crispa son visage et un filet de sang dévala vers son menton.) Ah foutre ! Nous nous sommes gaillardement battus, n'est-ce pas ?

– Si fait, mon ami. Le combat se poursuit. C'est pour cela que tu dois encore m'accompagner. Oh ! Malembert ! Accroche-toi à la vie.

– Ils étaient quatre. Ceux de Valézan. Ils ont cru me laisser mort. J'ai feint le trépas afin de vous relater…

Mortagne voulut l'interrompre, mais Malembert s'obstina :

– Chut, mon maître. Le temps me fuit. (Il tendit un index noir de suie vers la cheminée, balbutiant :) Les rouleaux, dans le conduit. Cachés dès que j'ai perçu leur charge. Elle… elle a été brave, ruant comme une diablesse. Griffant, mordant. Elle en a presque assommé un. J'en ai gravement blessé un autre.

– Et Valézan ?

Le débit de Malembert se ralentissait. Ses yeux se fermaient.

– Le pleutre n'était… pas présent. Nul doute qu'il attendait proie et ravisseurs avec de bons chevaux, à la porterie. C'est la femme… qu'ils voulaient. Adieu, mon maître… Ils vont la tuer dès que… ce maudit Valézan sera certain qu'elle ne sait rien. Retrouvez-la avant… qu'il ne soit trop tard… Vengez-moi, vengez-nous tous…

— Je te vengerai. Que je meure si je me dédis.

La tête d'Étienne Malembert retomba sur les genoux de Mortagne. Le comte demeura là, d'interminables secondes, égaré. Le pilier qui avait soutenu ses jeunes années, le confident, l'ami qui avait accompagné son âge d'homme, reposait. Un vide effroyable le suffoqua. Il concéda au chagrin son tribut. Des larmes dévalèrent de ses yeux, trempant ses lèvres. Les seules depuis le trépas d'Anne.

Abbaye de femmes des Clairets et les Étilleux,
Perche, janvier 1307

Charles d'Ecluzole avait vu juste. Valézan et ses tueurs avaient rejoint leur tanière provisoire des Étilleux.

À Plaisance qui exigeait des explications, furieuse d'avoir été tenue prisonnière dans son bureau et surtout paniquée par l'enlèvement d'Alexia, Mortagne répondit :

— Nulle excuse ne pourrait atténuer la façon dont je me suis comporté à votre égard.

— Je me contremoque de vos excuses, Mortagne ! siffla l'abbesse, hors d'elle. C'est même le cadet de mes embarras. Qu'allez-vous faire ? La retrouverez-vous ? Saine et sauve ? Oh je le hais, je l'exècre et je suis certaine que Dieu me le pardonne ! C'est un monstre, un démon qu'il est urgent de défaire. Sur ce point, vous aviez raison.

— Alors priez pour nous.

— Et que croyez-vous que je fasse en ce moment même ?

La hargne l'abandonna. Elle supplia d'une petite voix, une voix de très jeune fille :

— Et vous ? Reviendrez-vous bien sauf ? Vous ignorez leur nombre aux Étilleux.

356

– Certes, mais eux mésestiment ma fureur. À très vite, madame.

Mortagne, son grand bailli, deux gens d'armes et une monte supplémentaire démarrèrent au soir échu.

Plaisance de Champlois errait dans sa tête depuis le départ du comte, refusant d'envisager le pire, mais le pire est tenace.

Un désert. En quelques semaines sa vie était devenue un désert. Même les beaux souvenirs de son enfance auprès de madame Catherine de Normilly l'avaient abandonnée. Cette abbaye, qui avait été une sorte d'antichambre du paradis à ses yeux, lui semblait maintenant hostile. Plaisance se leva de sa table de travail.

Une présence amie. Un visage d'aimable complicité. Elle en avait impérieuse nécessité ce soir. Hermione. Après tout, elle pouvait prendre prétexte de sa récente blessure pour justifier son besoin de compagnie.

La lumière dispensée par les esconces tremblotait derrière la peau huilée qui tendait la petite fenêtre de l'herbarium. Plaisance soupira de soulagement. Elle avait craint que l'apothicaire ait déjà rejoint le dortoir principal. Sans doute avait-elle quelques simples à préparer à la lune. Le calme chaleureux de sa fille l'apaiserait.

Elle poussa la porte. Un cri affolé. Hermione se redressa de son banc et cacha son visage derrière ses mains. Pas assez rapidement, toutefois.

Une sorte de vertige déséquilibra l'abbesse, qui tituba vers sa fille. Elle balbutia :

– Hermione ? Que…

Un sanglot sec. Les mains de l'apothicaire retombèrent le long de sa robe. Le feu qui rougissait l'une de ses joues contrastait avec la sorte d'emplâtre d'un prune tirant sur le marron qui couvrait l'autre.

Une multitude d'infimes détails se bousculèrent dans l'esprit de l'abbesse. Cette économie de mots, cette voix grave, ce vif désir d'isolement. La manne dont sa fille se couvrait le visage.

Une infinie lassitude remplaça sa stupeur.

– Il ne s'agit pas d'un onguent, n'est-ce pas? Ni d'une maladie de peau.

Hermione secoua la tête.

– Il s'agit d'une sorte de… d'épilatoire? Votre nom… monsieur?

– Thibaud de Gonvray, ma mère. Je… je vous en supplie, ne me repoussez pas. Souvenez-vous… je suis votre sœur, votre fille aimante. (Un infini désespoir remplaça sa panique.) Qui suis-je pour requérir clémence de votre part?

Assommée, Plaisance sortit sans un mot.

La nuit était pleine lorsque leur petite troupe parvint aux Étilleux, devant l'auberge des Coutilliers[1]. Des rires, des exclamations avinées, bref un véritable charivari[2] leur parvenait de l'intérieur.

Mortagne tira une pièce de sa bourse et lança à son grand bailli :

– Voici un petit royal*. Quatorze bons deniers tournois, de quoi les faire rouler sous les tables jusqu'au

---

1. Soldat, parfois monté, armé d'une épée et d'une longue dague, parfois d'une javeline, qui combattait aux côtés des hommes d'armes à cheval.

2. À l'origine, il s'agissait d'un chahut rituel organisé par les proches d'un veuf ou d'une veuve qui se remariait. Dérision du mariage, souvent obscène, l'Église réprouva cette pratique sans parvenir à l'empêcher.

demain. Charles, je compte sur vous pour les enivrer comme les porcs qu'ils sont. Je doute que Valézan partage leur beuverie.

Ecluzole sembla hésiter. Mortagne précisa :

— Vous êtes le seul qui ne sente pas le soldat à pleines narines, avec moi. Or, ils peuvent me reconnaître. Dévouez-vous. Le monstre qui rémunère ces scélérats va me payer la mort de Malembert et des autres.

— Bien monseigneur, soupira l'autre. Que dois-je inventer afin d'expliquer ma libéralité à leur endroit ?

— Votre premier mâle né, une belle affaire… que sais-je ? Charles, demeurez sobre, je vous en conjure. Videz les gobelets avec parcimonie.

Il s'écoula plus de deux heures. Une sorte de brouhaha indistinct remplaça peu à peu les vociférations, les injures et les gaîtés grasses qui leur parvenaient. À l'intérieur, Ecluzole, qui s'en tenait à sa fable de rejeton, luttait contre un début d'ivresse imposée. S'emmêlant dans le compte de ses donzelles, il racontait à qui voulait encore l'entendre :

— Quatre filles… de rang… vous rendez-vous compte !

— Ah ? C'était pas cinq ? grommela un soudard du prélat qui s'affalait progressivement sur l'épaule du grand bailli…

— Si, l'ami. Belle mémoire. La dernière est si petiote qu'elle compte à peine.

L'homme s'écroula, son front heurtant la table. Un autre était endormi et ronflait à faire trembler les murs. Quant au dernier, il vidait avec application le cruchon au goulot. Il rota, se leva en trébuchant et déclara :

— Faut que j'aille pisser.

Puis il s'affala de tout son long sur le sol en terre battue.

Charles d'Ecluzole le poussa de la botte. L'autre grogna. Ecluzole sortit, aspirant l'air glacial à pleins poumons afin de s'éclaircir les idées. Il chuchota :

— Monseigneur ?

— À dix pas, à droite.

— La voie est libre. Je gage que le quatrième, gravement blessé par Malembert, a été achevé par ses bons compères ou qu'il a péri de ses blessures en route. Je me sens comme imbibé de vinasse. Il fallait bien que je boive pour les pousser à la soûlerie. Tudieu, me voilà incertain sur mes jambes.

— Reprenez-vous, mon ami. Encerclez l'auberge avec vos hommes. Valézan ne doit nous échapper à aucun prix. Or, la bête est rusée. Je vous hélerai dès que je saurais où se trouve madame de Nilanay. Vous la ferez sortir et la conduirez aussitôt au château. À bride abattue.

— Et vous ?

— Moi ? Je meurs de me présenter enfin à monseigneur de Valézan.

Le seigneur du Coutillier se précipita au-devant du comte, l'échine courbée, jetant un regard satisfait aux trois hommes assommés d'alcool. Il avait fait bonne recette ce soir. Il expliqua cependant :

— Ma modeste demeure aura été honorée de belles visites. D'abord ce seigneur qui fête en grande générosité son premier mâle né, et vous, monseigneur.

Mortagne rétorqua d'un ton affable :

— Tu en oublies une, n'est-ce pas l'ami ? Un prélat, archevêque avec ça, qui a trouvé logement chez toi. Il est de mes amis.

La méfiance remplaça l'obséquiosité. L'aubergiste biaisa :

— Vraiment ? C'est que… Ma foi, j'ai bien peur que vous ne l'ayez raté. Monseigneur est reparti, il y a peu.

La suite fut si rapide que maître Coutillier ne devait jamais comprendre comment la dague de cet homme presque lent s'était retrouvée appuyée contre sa gorge.

— Je ne suis guère d'humeur à écouter tes mensonges, l'homme, et je te déconseille vivement d'appeler à l'aide. Où se trouve-t-il? Où est la dame qui l'accompagnait?

L'autre se contorsionna, pleurnichant :

— De grâce, monseigneur… je ne suis qu'un honnête tenancier… C'est lui… enfin…

— Je sais, il t'a grassement dédommagé pour ta complaisance, car je ne doute pas que cette dame a dû renâcler en arrivant chez toi. Vite, ma patience arrive à son terme.

— La dame est… enfin, elle est dans la réserve, à l'arrière de l'auberge. Elle menait grand tapage… Ils ont…

La dague s'enfonça dans la peau grasse. Le tavernier couina :

— Ils l'ont… un peu bousculée… ligotée, je crois. Je n'y suis pour rien. Sur l'âme de ma pauvre mère !

— Oh, avec toi, elle ne craint plus rien, ironisa Mortagne. Si jamais il est arrivé quelque chose de fâcheux à cette jeune dame, tu m'en rendras compte, personnellement. Et lui?

— Dans la plus grande chambre, à l'étage, au bout du couloir, bredouilla l'autre.

— Mes hommes sont dehors. Le grand bailli également. Un conseil charitable, l'ami : mets-toi dans un coin. Bouche-toi les oreilles, ferme les yeux et, surtout, n'ouvre pas la bouche.

— Oh… je n'y manquerai pas, vous pouvez me croire, acquiesça le cabaretier en détalant comme un lapin.

Aimery de Mortagne ressortit le temps d'indiquer à Ecluzole la geôle improvisée d'Alexia de Nilanay.

Il monta l'escalier avec précaution, prenant garde de ne pas signaler son approche.

Il colla l'oreille au battant de la porte. Nul son ne lui parvenait. Un violent coup d'épaule lui livra passage.

Jean de Valézan était allongé sur son lit et lisait. Il se redressa, la bouche ouverte de stupeur.

– Que…!

Mortagne était saisi. Ainsi, ce petit homme grassouillet, au visage poupin et rose de bonne chère, était son ennemi juré? Il l'avait imaginé sombre et long, d'une ténébreuse élégance, conforté en cela par l'allure et la superbe de sa sœur Hucdeline.

La morgue revint à monseigneur de Valézan. Il se drapa dans sa robe de nuit de riche brocart doublée de vair et se leva, toisant l'intrus qui avait l'air d'un gentilhomme.

– Quelle outrecuidance, quelle impertinence! Seriez-vous un gueux en atours pour vous conduire avec une telle vulgarité, monsieur. Vous devriez suffoquer d'encombre!

– Je vous laisse la suffocation, Valézan. Mortagne. Aimery de Mortagne qui ne vous salue pas.

Le camouflet fit trembler les joues grasses du prélat. Il avança d'un pas.

– Sortez à l'instant. Je veux croire que seule l'ivresse est responsable de votre conduite déhontée. Sortez et restons-en là.

– Certes pas, lâcha le comte en dégainant la dague pendue à gauche de sa ceinture et en la lui tendant. Je n'énumérerai pas toutes les raisons qui justifient ma présence en votre chambre, ce soir. Vous les connaissez encore mieux que moi. Cela étant, vous venez de commettre coup sur coup deux erreurs qui vous seront fatales. L'une se nommait Malembert, l'autre Alexia de Nilanay. Pour tous ceux qui ont péri par votre faute, pour tous ceux qui se sont perdus pour vous avoir cru, en garde, monsieur ! Vous étiez gentilhomme – bien que cette qualité ne fût jamais plus mal portée – et vous devez savoir manier les armes.

Jean de Valézan sentit alors que rien ne ferait reculer son adversaire. La panique commença à entamer sa belle confiance en lui. À son habitude, il rusa :

– Oublieriez-vous ma robe ? Manqueriez-vous de respect pour notre sainte Église ? Honte à vous !

– Vous n'êtes qu'un vil assassin en déguisement. Quant à notre sainte Église, elle ne vous sert qu'à asseoir votre gloire personnelle, et vous la souillez de votre existence. Battez-vous, monsieur, le bras me démange.

Jean de Valézan lâcha la dague qui ricocha sur le plancher dans un geignement métallique et enfouit ses mains potelées dans ses larges manches. Mortagne songea qu'il dissimulait leur tremblement. Valézan reprit d'une voix qu'il tentait de raffermir :

– Vaurien ! Je ne déshonorerai pas la robe que je porte en versant le sang. Pas même celui d'un coquin !

– Quant à vous, vous êtes un poltron. Juste ciel… Si je m'attendais à cela !

Le mépris qui vibrait dans la voix du comte souffleta Jean de Valézan et lui fit oublier pour une seconde la terreur qu'il ressentait. Mortagne n'avait toujours pas tiré la lame pendue à la droite de sa ceinture. L'archevêque se rua vers lui, la courte et large daguette dissimulée dans sa manche brandie haut.

Le temps d'un battement de cœur, il s'émerveilla en amateur de la rapidité de geste et de mouvement de son ennemi. Le temps d'un autre battement de cœur, il sut qu'il allait mourir. Mortagne le saisit au poignet, faisant dévier la daguette et le tira avec violence vers lui, vers sa lame. Le temps d'un ultime battement de cœur, ils demeurèrent ainsi, haine contre haine, leurs regards soudés.

Un sanglot. Jean de Valézan s'écroula au sol, dans une mare de sang, murmurant :

– Dieu aime les forts ! Quelle erreur, je devais réussir.

Aimery de Mortagne fixait Plaisance de Champlois, assise très droite derrière sa table de travail. Il avait requis de la nouvelle secrétaire, une jeune moniale allègre, permission d'une brève entrevue avec l'abbesse.

– Je vous venais saluer avant de m'en retourner à Mortagne, madame. La dépouille d'Étienne Malembert, escortée par Charles d'Ecluzole et ses hommes, m'y précédera de peu. Madame de Nilanay, bien qu'éprouvée, est en belle santé. Elle s'y trouve déjà, en invitée de rang.

– Une réjouissante nouvelle, approuva Plaisance, le visage grave.

– Elle ne semble pourtant guère vous égayer.

– C'est que monsieur, les récents ravages que nous avons essuyés mettront longtemps à se cicatriser tout à fait. Il me reste encore tant à… constater, réparer… Des choses peu plaisantes, précisa Plaisance en songeant au prochain départ de Bernadine Voisin, à laquelle elle avait ordonné de rejoindre au plus rapide une autre abbaye.

Quant à Hermione, ou plutôt Thibaud de Gonvray, Plaisance le fuyait depuis cette éprouvante scène dans l'herbarium. Déchirée entre la réelle affection, la reconnaissance qu'elle éprouvait pour cette fille – qui se révélait un fils en déguisement – et l'impossibilité de participer à son mensonge, l'abbesse ne parvenait à se résoudre à exposer la vérité au chapitre. Thibaud de Gonvray risquait la sentence capitale, précédée de tourments.

– Monseigneur de Valézan? reprit la jeune fille.

– Est mort comme il a vécu : en vilain rat.

Elle soupira et Mortagne ne sut s'il s'agissait de soulagement.

– La nouvelle de son trépas court déjà. Il semblerait qu'il soit tombé sous les coups d'un ivrogne qui l'a détroussé avant de disparaître, l'informa-t-elle.

Un lent sourire étira les lèvres de Mortagne, qui précisa :

– Aidé en cela par l'aubergiste, ce seigneur du Coutillier, je suppose. Au fond, j'en suis aise. Je n'aurai pas à m'expliquer sur les raisons de ce duel. Valézan sera porté en terre avec les honneurs. Si sa mort en arrange beaucoup et en dédommage d'autres, le scandale de sa répugnante vie épargnera l'Église, et c'est pour le mieux.

Plaisance approuva d'un hochement de tête et revint à sa véritable inquiétude :

– Et le diptyque, le secret qu'il détient selon vous? Comptez-vous jamais le produire, maintenant que Valézan n'est plus? Ne vaudrait-il pas mieux le détruire? Il a déjà tant fait couler le sang d'innocents.

– Le détruire? Je m'y résoudrai sans doute. Pourtant, une certitude arrête encore mon geste. Ce diptyque représente à mes yeux un fragment de la connaissance, et elle est sacrée.

– Elle est également dangereuse.

– Pour qui la manie mal ou la corrompt.

Les lèvres de Plaisance de Champlois se serrèrent. Le sort lui était contraire.

Ce tôt matin, Élise de Menoult, sœur chambrière chargée de débarrasser le logement de feu la grande prieure, lui avait porté une courte lettre retrouvée cachée sous la toile qui recouvrait le fond du coffre à registres d'Hucdeline de Valézan. D'une voix tremblante, sa gentille fille avait annoncé : « Je l'ai parcourue... C'est une telle... ignominie que j'ai d'abord refusé d'y croire. »

Lorsque Plaisance avait pris connaissance de sa teneur, un vertige l'avait déséquilibrée. En quelques mots graveleux s'étalait l'inceste des Valézan. Pourquoi Hucdeline avait-elle conservé la preuve écrite de ces turpitudes ? Pour se prémunir au besoin contre son frère Jean ?

À l'abattement, au dégoût qu'elle ressentait, s'était substituée l'idée d'un marché. Elle offrait la lettre accusatrice à Mortagne en échange du diptyque. Il ne pouvait rêver meilleure arme de dissuasion contre monseigneur de Valézan. Une fois en possession des deux rouleaux de toile, elle condamnait aux flammes celui qui représentait le soldat et son intolérable message.

Valézan occis, Mortagne n'avait plus utilité de la lettre et Plaisance perdait sa monnaie d'échange. Plaisance hésita pour la dixième fois de cette matinée. Fallait-il prévenir Rome de cette découverte ? Valait-il mieux pour tous se taire à jamais ?

Aimery de Mortagne se leva pour prendre congé.

– Madame, en dépit de l'effroi de ces derniers jours, du chagrin que me cause le décès de mon valeureux ami Malembert, en dépit des ravages que vous évoquiez et de notre mésentente au sujet de ce tableau, croyez que l'honneur de vous rencontrer et de vous seconder fut un des plus vifs de ma vie.

– L'honneur fut mien, monsieur. En dépit de tout, en effet.

– Puis-je… Me pardonnerez-vous l'audace de vous croire un peu mon amie, madame ?

Le premier sourire de cette entrevue détendit le visage juvénile de l'abbesse. Elle se leva et tendit les mains vers lui en déclarant :

– Eh quoi ? Auriez-vous pu devenir notre sauveur sans devenir ainsi mon noble ami ? Je la revendique, cette belle amitié. À vous revoir donc, monsieur. En de meilleures circonstances. Dieu veille sur vous toujours.

Beaujeu (Guillaume de), ?-1291. Il est élu grand maître de l'Ordre le 13 mai 1273. Issu d'une famille baronniale ayant des liens avec la royauté, il se comporte en Terre sainte à la manière d'un seigneur, traitant d'égal à égal avec les princes, et se met à dos le roi de Chypre, Hugues III. Son autorité et son rayonnement sont utilisés contre Jacques de Molay (nouveau grand maître) lors du procès du Temple, tout comme ses prétendues « accointances » avec les musulmans. En réalité, Guillaume de Beaujeu connaît admirablement le monde musulman, dont il a le respect, ayant toujours tenu parole. De plus, il a su constituer un réseau d'espions dans l'entourage direct du sultan, qui lui permet de récolter de précieux renseignements. Ainsi, il est informé de l'attaque qui se prépare contre la ville de Tripoli, mais ses mises en garde sont balayées et la ville tombe en avril 1289. Sans doute faut-il voir dans les relations favorables de Guillaume de Beaujeu avec le monde musulman une des raisons qui le lient à Charles d'Anjou (le frère de Saint Louis). En effet, ce dernier œuvre à se garantir de bons rapports avec le sultan d'Égypte puisque après avoir été roi de Sicile puis de Naples, il est devenu roi de Jérusalem. Guillaume de Beaujeu décède des suites de ses blessures, lors de la prise d'Acre.

Benoît XI, Nicolas Boccasini, 1240-1304, pape. On sait relativement peu de chose de lui. Issu d'une famille très pauvre, ce dominicain reste humble toute sa vie. Une des rares anecdotes qui nous soient parvenues le démontre : lorsque sa mère lui rend visite après son élection, elle se fait belle pour voir son fils. Il lui explique gentiment que sa mise est trop riche et qu'il la préfère en femme simple. Réputé pour son tempérament conciliant, cet ancien évêque d'Ostie tente d'apaiser les querelles qui opposent l'Église et Philippe le Bel, tout en se montrant sévère vis-à-vis de Guillaume de Nogaret et des frères Colonna. Il décède après huit mois de pontificat, le 7 juillet 1304, empoisonné par des figues ou des dattes.

Bingen (Hildegarde de), 1098-1179. Elle prononce ses vœux à quinze ans et devient abbesse en 1136. Poétesse et musicienne, elle correspond avec les grands du monde durant la seconde moitié du XIIe siècle. Elle aurait réalisé des miracles, et ses visions auraient été vérifiées. D'une santé très fragile, elle s'intéresse vite aux simples. Elle rédige, entre autres, une œuvre médicinale qui la fait considérer à l'heure actuelle comme la première phytothérapeute « moderne ». En dépit de sa piètre santé, elle vit plus de quatre-vingts ans, un record à cette époque. Peut-être faut-il y voir une preuve de la pertinence de ces recettes thérapeutiques ! Bien qu'on lui attribue fréquemment le titre de sainte, elle ne fut jamais canonisée.

Boniface VIII, Benedetto Caetani, vers 1235-1303. Cardinal et légat en France, il devient pape sous le nom de Boniface VIII. Il est le virulent défenseur de la théocratie pontificale, laquelle s'oppose au droit moderne de l'État. L'hostilité ouverte qui l'opposera à Philippe le Bel commence dès 1296. L'escalade ne faiblira pas, même après sa mort, la France tentant de faire ouvrir un procès contre sa mémoire.

Chartagne (maladrerie de). Elle est fondée aux abords de Mortagne par Rotrou III – dit « le Grand » –, comte du Perche, seigneur de Nogent et comte de Mortagne dès son retour de croisade, aux environs de 1100. Il souhaite y accueillir ses compagnons de Terre sainte contaminés par la lèpre. La maladrerie est desservie par quatre chanoines de Saint-Augustin. Les familles de chevaliers atteints, et donc reclus entre ses murs, la dotent richement.

Clairets (abbaye de femmes des), Orne. Située en bordure de forêt des Clairets, sur le territoire de la paroisse de Masle, sa construction, décidée par charte en juillet 1204 par Geoffroy III, comte du Perche, et son épouse Mathilde de Brunswick, sœur de l'empereur Othon IV, dure sept ans, pour se terminer en 1212. Sa dédicace est cosignée par un commandeur templier, Guillaume d'Arville, dont on ne sait pas grand-chose. L'abbaye est réservée aux moniales de l'ordre de Cîteaux, les bernardines, qui ont droit de haute, moyenne et basse justice.

Clément V, Bernard de Got, vers 1270-1314, pape. Il est d'abord chanoine et conseiller du roi d'Angleterre. Ses réelles qualités de diplomate lui permettent de ne pas se fâcher avec Philippe le Bel durant la guerre franco-anglaise. Il devient archevêque de Bordeaux en 1299, puis succède à Benoît XI en 1305 en prenant le nom de Clément V. Redoutant d'être confronté à la situation italienne qu'il connaît mal, il s'installe en Avignon en 1309. Il temporise avec Philippe le Bel dans les deux grandes affaires qui les opposent : le procès contre la mémoire de

Boniface VIII et la suppression de l'ordre du Temple. Il parvient à apaiser la hargne du souverain dans le premier cas et se débrouille pour circonscrire le second.

Lèpre. Maladie infectieuse endémique dans certaines régions du globe due au bacille de Hansen. L'homme est le seul réservoir de la lèpre. Contagieuse, à incubation lente (de deux à huit ans et parfois vingt ans), elle évolue très progressivement. Elle est déjà connue des Grecs et des Arabes quinze siècles avant Jésus-Christ, et sa première description écrite remonte à six cents ans avant notre ère. Importée en Europe par les armées romaines, elle se propage très rapidement en France à l'époque des croisades. D'abord tolérés en Terre sainte, les lépreux sont vite considérés comme des parias lorsque l'on découvre que la maladie se transmet. Objet d'hostilité ouverte, ils sont parqués dès le XIIe siècle dans des maladreries, sont interdits dans les édifices publics et doivent signaler leur approche à l'aide d'une cliquette puis d'une crécelle. La crainte populaire se transforme en vindicte, et ils sont souvent accusés de sorcellerie. Grâce à la raréfaction de la maladie en France et dans le reste de l'Europe à partir du XVe siècle, les lépreux réintègrent le droit commun d'où ils avaient été exclus.

Il existe cinq types de lèpre, d'intensité et de pronostic variables en fonction de la résistance immunitaire du sujet. Les symptômes commencent par l'apparition de lésions cutanées avec perte de la sensibilité au niveau de ces taches. Les nerfs sont ensuite atteints et le sujet souffre de déficits musculaires. D'autres atteintes de type viscéral et oculaire suivent. Ces atteintes peuvent prendre des proportions catastrophiques chez les sujets les plus faibles. Il existe maintenant des traitements extrêmement efficaces. On dénombre aujourd'hui, approximativement, 15 millions de lépreux dans le monde, principalement en Afrique noire, en Chine, en Asie orientale, en Inde, à Madagascar, au Portugal, en Espagne, aux Antilles, en Amérique du Sud, en Nouvelle-Calédonie, etc.

Nicolas IV, Jérôme d'Ascoli ou Girolamo Masci, vers 1230-1292. Fils d'un greffier, il entre chez les Frères mineurs et obtient un doctorat de théologie. Envoyé par Grégoire X à Constantinople, il relance les négociations visant à réunir les Églises d'Orient et d'Occident. Nommé pape en 1288, à la suite d'un très long conclave de douze mois, il a la réputation d'un homme patient et indulgent. Néanmoins, il livre les hérétiques de Provence à l'Inquisition. Il tente durant tout son pontificat de réunir les deux Églises et soutient les ordres mendiants. On lui reproche un favoritisme vis-à-vis des Frères mineurs et des frères Colonna qui devinrent les opposants farouches de Boniface VIII.

Nogaret (Guillaume de), vers 1270-1313. Docteur en droit civil, il enseigne à Montpellier puis rejoint le Conseil de Philippe le Bel en 1295. Ses responsabilités prennent vite en ampleur. Il participe, d'abord de façon plus ou moins occulte, aux grandes affaires religieuses qui agitent la France. Nogaret sort ensuite de l'ombre et joue un rôle déterminant dans l'affaire des Templiers et dans la lutte du roi contre Boniface VIII. Nogaret est un homme d'une vaste intelligence et d'une foi inébranlable. Son but est de sauver à la fois la France et l'Église. Il deviendra chancelier du roi pour être ensuite écarté au profit d'Enguerran de Marigny, avant de reprendre le sceau en 1311.

Philippe IV le Bel, 1268-1314. Fils de Philippe III le Hardi et d'Isabelle d'Aragon. Il a trois fils de Jeanne de Navarre, les futurs rois : Louis X le Hutin, Philippe V le Long et Charles IV le Bel, ainsi qu'une fille, Isabelle, mariée à Édouard II d'Angleterre. Courageux, excellent chef de guerre, il est également inflexible et dur. Il convient de tempérer ce portrait puisque des témoignages contemporains de Philippe le Bel le décrivent comme manipulé par ses conseillers qui « le flattaient et le chambraient ».

L'histoire retiendra surtout de lui son rôle majeur dans l'affaire des Templiers, mais Philippe le Bel est avant tout un roi réformateur dont l'un des objectifs est de se débarrasser de l'ingérence pontificale dans la politique du royaume.

GLOSSAIRE

Offices liturgiques

(Il s'agit d'indications approximatives puisque l'heure des offices variait en fonction des saisons.)

Outre la messe – et bien qu'elle n'en fasse pas partie au sens strict –, l'office divin, constitué au vi[e] siècle par la règle de Saint-Benoît, comprend plusieurs offices quotidiens. Ils réglaient le rythme de la journée. Ainsi les moines et les moniales ne pouvaient-ils souper avant que la nuit ne soit tombée, c'est-à-dire après vêpres.

Vigiles ou matines : vers 2 h 30 ou 3 heures.

Laudes : avant l'aube, entre 5 et 6 heures.

Prime : vers 7 h 30, premier office de la journée, sitôt après le lever du soleil, juste avant la messe.

Tierce : vers 9 heures.

Sexte : vers midi.

None : entre 14 et 15 heures.

Vêpres : à la fin de l'après-midi, vers 16 h 30-17 heures, au couchant.

Complies : après vêpres, dernier office du soir, vers 18-20 heures.

Si l'office divin est largement célébré jusqu'au XIe siècle, il sera ensuite réduit afin de permettre aux moines/moniales de consacrer davantage de temps à la lecture et au travail manuel.

S'y ajoutait une prière de nocturnes vers 22 heures.

Mesures de longueur

La traduction en mesures actuelles est un peu ardue puisqu'elles variaient souvent en fonction des régions.

Arpent : de 160 à 400 toises carrées, soit de 720 m^2 à 2 800 m^2.

Lieu : 4 kilomètres environ.

Toise : de 4,5 m à 7 mètres.

Aune : de 1,2 m à Paris à 0,7 m à Arras.

Pied : 34-35 centimètres environ.

Pouce : environ 2,5-2,7 cm.

Monnaies

Il s'agit d'un véritable casse-tête puisqu'elles différaient souvent avec les règnes et les régions. En fonction des époques, elles ont été – ou non – évaluées selon leur poids réel en or ou en argent et surévaluées ou dévaluées.

Livre : unité de compte. Une livre valait 20 sous ou 240 deniers d'argent ou encore 2 petits royal d'or (monnaie royale sous Philippe le Bel).

Petit royal : équivalent à 14 deniers tournois.

Denier tournois (de Tours) : il remplace progressivement le denier parisis de la capitale. Douze deniers tournois représentaient un sou.

BIBLIOGRAPHIE

Ouvrages le plus souvent consultés

Blond Georges et Germaine, *Histoire pittoresque de notre alimentation*, Paris, Fayard, 1960.

Bruneton Jean, *Pharmacognosie, phytochimie et plantes médicinales*, Paris-Londres-New York, Tec et Doc-Lavoisier, 1993.

Burguière André, Klapisch-Zuber Christiane, Segalen Martine, Zonabend Françoise, *Histoire de la famille*, tome II, *Les Temps médiévaux, Orient et Occident*, Paris, Le Livre de Poche, 1994.

Cahen Claude, *Orient et Occident au temps des croisades*, Paris, Aubier, 1983.

Delort Robert, *La Vie au Moyen Âge*, Paris, Seuil, 1982.

Demurger Alain, *Vie et mort de l'ordre du Temple*, Paris, Seuil, 1989.

–, *Chevaliers du Christ, les ordres religieux au Moyen Âge, XIᵉ-XVIᵉ siècle*, Paris, Seuil, 2002.

Duby Georges, *Le Moyen Âge*, Paris, Hachette Littératures, 1998.

Eco Umberto, *Art et beauté dans l'esthétique médiévale*, Paris, Grasset, 1997.

Eymeric Nicolau et Pena Francisco, *Le Manuel des inquisiteurs*, Paris, Albin Michel, 2001.

Falque de Bezaure Rollande, *Cuisine et potions des Templiers*, Coudray-Macouard, Cheminements, 1997.

Favier Jean, *Histoire de France*, tome II, *Le Temps des principautés*, Paris, Le Livre de Poche, 1992.

–, *Dictionnaire de la France médiévale*, Paris, Fayard, 1993.

Ferris Paul, *Les Remèdes de santé d'Hildegarde de Bingen*, Paris, Marabout, 2002.

Flori Jean, *Les Croisades*, Paris, Jean-Paul Gisserot, 2001.

Fournier Sylvie, *Brève histoire du parchemin et de l'enluminure*, Gavaudin, Fragile, 1995.

Gauvard Claude, Libera Alain de, Zink Michel (dir.), *Dictionnaire du Moyen Âge*, Paris, PUF, 2002.

Gauvard Claude, *La France au Moyen Âge du Vᵉ au XVᵉ siècle*, Paris, PUF, 2004.

Jerphagnon Lucien, *Histoire de la pensée, Antiquité et Moyen Âge*, Paris, Le Livre de Poche, 1993.

Libera Alain de, *Penser au Moyen Âge*, Paris, Seuil, 1991.

Melot Michel, *Fontevraud*, Paris, Jean-Paul Gisserot, 2005.

–, *L'Abbaye de Fontevraud*, Paris, Petites monographies des grands édifices de la France, CLT, 1978.

Pernoud Régine, *La Femme au temps des cathédrales*, Paris, Stock, 2001.

–, *Pour en finir avec le Moyen Âge*, Paris, Seuil, 1979.

Pernoud Régine, Gimpel Jean, Delatouche Raymond, *Le Moyen Âge pour quoi faire ?*, Paris, Stock, 1986.

Redon Odile, Sabban Françoise, Serventi Silvano, *La Gastronomie au Moyen Âge*, Paris, Stock, 1991.

Richard Jean, *Histoire des croisades*, Paris, Fayard, 1996.

Siguret Philippe, *Histoire du Perche*, Céton, éd. Fédération des amis du Perche, 2000.

Verdon Jean, *La Femme au Moyen Âge*, Paris, Jean-Paul Gisserot, 2006.

Vincent Catherine, *Introduction à l'histoire de l'Occident médiéval*, Paris, Le Livre de Poche, 1995.

Du même auteur :

Aux Éditions du Masque

La Femelle de l'espèce, 1996
(Masque de l'année 1996)
La Parabole du tueur, 1996
Le Sacrifice du papillon, 1997
Dans l'œil de l'ange, 1998
La Raison des femmes, 1999
Le Silence des survivants, 2000
De l'autre, le chasseur, 2001
Un violent désir de paix, 2003

Aux Éditions Flammarion

Et le désert…, 2000
Le Ventre des lucioles, 2001
Le Denier de chair, 2002
Enfin un long voyage paisible, 2005

Aux Éditions Calmann-Lévy

Sang premier, 2005
La Dame sans terre

 **www.livredepoche.com**

- le **catalogue** en ligne et les dernières parutions
- des **suggestions de lecture** par des libraires
- une **actualité éditoriale permanente** : interviews d'auteurs, extraits audio et vidéo, dépêches…
- **votre carnet de lecture** personnalisable
- des **espaces professionnels** dédiés aux journalistes, aux enseignants et aux documentalistes

Composition réalisée par ASIATYPE

Achevé d'imprimer en mars 2010, en France sur Presse Offset par
Maury-Imprimeur - 45330 Malesherbes
N° d'imprimeur : 153459
Dépôt légal 1ʳᵉ publication : mars 2009
Édition 03 - mars 2010
LIBRAIRIE GÉNÉRALE FRANÇAISE - 31, rue de Fleurus - 75278 Paris Cedex 06

31/2295/9